DEAR LOVE I HATE YOU

ELIAH GREENWOOD

DEAR LOVE I HATE YOU

CARLSEN

Für alle mit schmutzigen Geheimnissen.
Möget ihr jemanden finden, der eure Geständnisse verdient.

VORBEMERKUNG

Liebe Leserin, lieber Leser,

dieser Roman enthält potenziell triggernde Inhalte. Aus diesem Grund befindet sich hier eine Triggerwarnung. Am Romanende findest du eine Themenübersicht, die Spoiler enthält.

Entscheide bitte für dich selbst, ob du diese Warnung liest. Gehe während des Lesens achtsam mit dir um. Falls du auf Probleme stößt und/oder betroffen bist, bleibe damit nicht allein. Wende dich an deine Familie und an Freunde oder suche dir professionelle Hilfe.

Wir wünschen dir alles Gute und das bestmögliche Erlebnis beim Lesen dieser besonderen Geschichte.

Eliah und das Carlsen-Team

PLAYLIST

SECRETS AND LIES – RUELLE

RIVER – BISHOP BRIGGS

I NEED YOU TO HATE ME – JC STEWART

OUT OF MY LEAGUE – FITZ AND THE TANTRUM

A LITTLE BIT YOURS – JP SAXE

PROLOG

Liebe Ms. Callahan …

Sie sind ein Arschloch.
Das wusste ich vom ersten Moment an, als ich am Anfang der zwölften Klasse den Klassenraum betreten habe. So. Ich habe es gesagt. Sie. Sind. Ein. Arschloch. Und nicht eines von den »wenn-man-sie-erst-mal-kennenlernt-ist-sie-eigentlich-ganz-nett«-Arschlöchern. Sie sind das menschliche Äquivalent davon, einen Kieselstein im Schuh zu haben.
Es würde mich nicht überraschen, wenn Sie Ihre Abende damit verbringen, im Höllenfeuer zu baden und sich neue Arten auszudenken, Ihre Schüler leiden zu lassen. Ernsthaft, was denken Sie sich eigentlich?
»Zwanzig Seiten über ein Gedicht schreiben? Tolle Idee! Und achtundvierzig Stunden Zeit, um das gesamte Buch zu lesen und den Aufsatz abzugeben? Genial!«
Bevor ich mit meinem Wutanfall weitermache, würde ich mich gerne (nicht wirklich) für eventuelle

Fehler entschuldigen, die ich in diesem Brief, der Sie wo möglich niemals bekommen werden, gemacht habe. An Grammatik bin ich im Moment nicht sonderlich interessiert.
Verstehen Sie, meine Zeit ist begrenzt. Ich versuche, meinen Highschoolabschluß zu machen und ein einmaliges Stipendium zu ergattern, damit ich endlich aus dieser Stadt verschwinden kann.
Ich spiele Chauffeuse für meine Schwester, das Wunderkind, und bin gleichzeitig eine Vollzeitenttäuschung für meine Mom.
Und nicht zu vergessen, die zwanzig Seiten. Wer braucht schon Schlaf?
Klar, theoretisch gesehen ist es meine Schuld, dass ich diesen Gedichtband am Hals habe. Aber woher zum Teufel hätte ich wissen sollen, dass Sie uns das Buch für unseren Aufsatz, der die Hälfte unserer Note ausmacht, ausgerechnet an dem Tag aussuchen lassen, an dem ich krank bin?
Okay, ich hätte sowieso ein langweiliges Buch abbekommen (es ist ja nicht so, als hätten Sie superaufregende Alternativen zur Wahl gestellt).
Sie denken bestimmt, ich bin verrückt. Aber ich kann versichern, das bin ich nicht. Ich bin

eigentlich ein ziemlich netter Mensch, wenn ich nicht gerade mittelalte Frauen Satan nenne. Zu meiner Verteidigung: meine Therapeutin sagt, meine Gefühle aufzuschreiben würde mir helfen, mit ihnen umzugehen.
Also, was ist schon dabei, wenn ich Sie n Arschloch nenne? Was soll es schon, dass ich hier in der Bücherei sitze und meine Zeit damit vergeude, einen Hassbrief an eine Lehrerin zu schreiben, die sich sowieso nie an meinen Namen erinnern kann. Es ist ja nicht so, als würde diesen Brief jemals jemand lesen.
Ich merke gerade, dass das alles ein wenig durcheinander ist, also fasse ich den Inhalt einmal für Sie zusammen:

Liebe Ms. Callahan,
aufrichtig,
aus tiefstem Herzen,
fuck you.

– L

1. KAPITEL

AVEENA

»Aveena Harper D'Amour?«, ruft Mr. Lowen, mein sechzigjähriger Mathelehrer, über das Chaos hinweg und ich verspüre einen Anflug von Mitleid mit ihm. Es ist alles andere als einfach, während eines tobenden Gewitters die Anwesenheitsliste durchzugehen.

»Hier!«, rufe ich einmal.

Zweimal.

Dreimal.

Kein Glück.

Eine Minute später erblickt mich Mr. Lowen in der Menge, nickt kurz und hakt mich auf seiner Liste ab. Ihr fragt euch bestimmt, wie ich hier gelandet bin? Draußen, im strömenden Regen? Wo ich mir gemeinsam mit der gesamten Schülerschaft der Easton High auf dem Rasen vor dem Schulgebäude den Arsch abfriere?

Ich. Habe. Nicht. Die. Geringste. Ahnung.

»Puh, Gott sei Dank!« Jemand zieht an meinem Ärmel, und ich wirble so schnell herum, dass ich das Gleichgewicht verliere. Ich brauche eine Sekunde, um mich wieder zu fangen und durch die fallenden Wassermassen meine beste Freundin Diamond zu erkennen. Sie ist komplett durchnässt und ihr Markenzeichen, die schwarz gelockten Haare, hängen schnurgerade herunter.

»Ich habe überall nach dir gesucht!«, ruft sie und zieht mich in eine so feste Umarmung, dass mir die Luft aus den Lungen gepresst wird. Das einzige Fach, das Dia und ich nicht gemeinsam haben, ist Mathe, und *natürlich* musste genau in dieser Stunde die gesamte Schule evakuiert werden.

»Was um alles in der Welt ist los? Die Lehrer sagen uns nichts.« Ich löse mich von ihr. »Brennt es wirklich?«

»Muss wohl.« Sie zuckt mit den Schultern. »Warum sollte sonst der Feueralarm losgegangen sein?«

Ich nicke und lasse meinen Blick über das kleine Gebäude schweifen, das die Easton High School beherbergt. Aber ich sehe und rieche nichts – kein Rauch, kein Feuer, *absolut nichts*.

In der Ferne donnert es, und ich schreie auf und packe den Arm meiner besten Freundin. Der Himmel ist ein dunkler, wolkenverhangener Albtraum. Mutter Natur lässt uns auf ihre Art wissen, dass sie gerade erst angefangen hat.

»Meinst du, es ist nur eine Übung?«, frage ich Dia.

Ein höhnisches Schnauben hinter uns hält sie von einer Antwort ab. Wir drehen die Köpfe und erblicken einen zerzausten, durchnässten Theodore Cox. Er wird von allen Theo genannt. Ein kleiner Ratschlag am Rande: Verwendet niemals seinen vollen Namen.

Es könnte sonst passieren, dass er beißt.

Theo ist, wie seine Kumpel aus der Basketballmannschaft, das typisch schlagfertige und beliebte Arschloch. Ihr wisst schon, so ein »Er ist attraktiver, als gut für ihn ist«-Typ. Er ist groß, arrogant, denkt, er hat immer recht, und zu meinem großen Leidwesen muss ich auch noch *täglich* Zeit mit ihm verbringen.

»Wolltest du was mit der Klasse teilen, Cox?«, seufzt Dia.

»Das ist auf keinen Fall eine verfickte Übung«, schnaubt Theo. »Wir hatten dieses Jahr schon eine. Außerdem würden sie das nicht während dieser Sintflut machen.« Mit einer ausladenden Geste fordert er uns auf, uns umzuschauen.

Auf dem Rasen vor der Schule stehen Schüler dicht gedrängt aneinander und wir alle frieren.

Sind von Kopf bis Fuß durchnässt.

Der Mistkerl hat nicht ganz unrecht.

Die Schule würde wohl kaum während dieser Weltuntergangsstimmung eine Brandübung durchführen. Und so verrückt es auch klingen mag, Theodore Cox ist nicht *komplett* dämlich. Wisst ihr, jahrelang dachte ich, Sportskanonen verfügten über die Intelligenz einer Fußmatte, und ich habe lange an diesem Klischee festgehalten. Doch dann musste meine beste Freundin sich ausgerechnet in einen der beliebtesten Kerle verlieben …

Finley Richards. Star-Basketballspieler, Herzensbrecher und Dias neueste und liebste schlechte Entscheidung. Was ich eigentlich sagen will: Dieses Jahr hängen wir mit Finns Clique ab. Dia ist meine einzige Freundin. Also habe ich keine andere Wahl, wenn ich nicht bis zum Schulabschluss alleine in der Cafeteria sitzen will. Alles begann letzten Sommer, als Dia einen Job als Housesitterin der Richards ergattert hatte. Finns unerträglich reicher Vater verbringt seine Sommer in Santa Monica und hatte kein Vertrauen, dass sein Sohn sich um das Haus kümmert. Sagte ich Haus? Ich meinte *Villa*.

Der Golden Boy nahm das mangelnde Vertrauen seines Vaters nicht gut auf und ließ seinen Frust an Dia aus. Er machte ihr das Leben zur Hölle und überschritt jegliche Grenzen, um sie zur Kündigung zu bewegen. Kurz gesagt: Finn und Dia hassten einander.

Bis … ihre Genitalien es nicht mehr taten.

Und so begann die verwirrendste Liebes-/Hass-Beziehung aller Zeiten. Warum? Weil Dia und Finn nicht zusammen sind. Also *nicht wirklich*. Sie sagen gerne, dass sie »Freunde mit gewissen Vorzügen« sind, aber jeder mit ein bisschen Menschenverstand weiß, dass das Bullshit ist. Sie tun alles, was Pärchen auch tun: Sex, knutschen und Händchenhalten in der Öffentlichkeit, übelkeitserregende Spitznamen.

Die Liste ist endlos.

Es ist fast schon schmerzhaft, wie offensichtlich es die beiden erwischt hat. Trotzdem bezeichnen sie sich nie gegenseitig als Freund und Freundin. Wenn ihr mich fragt, diese sogenannte *lockere* Beziehung wartet nur darauf, in einer fetten Katastrophe zu enden.

Zwei Löschfahrzeuge der örtlichen Feuerwehr und ein Streifenwagen rasen auf das Schulgelände, bevor Dia und Theo sich weiter streiten können.

»Na, sieht das nach einer Übung aus?« höhnt Theo.

»Halt den Mund, Cox«, grummelt Dia und zwirbelt ihre Haare, um das Wasser herauszupressen. Die Flut ist zu einem feinen Nieselregen verebbt. Wurde auch langsam Zeit. Sehr viel länger hätten sie uns nicht im strömenden Regen stehen lassen können.

»Wo wir gerade davon sprechen, wo ist eigentlich Finn?« Dia stellt sich auf Zehenspitzen und sucht nach ihrem *Nicht-Freund*. Sie hat recht. Er sollte inzwischen hier sein, denn die beiden sind wie Magneten.

»Woher soll ich wissen, wo dein Freund ist?«, fragt Theo. In diesem Moment piept sein Handy. Er nimmt es aus der Hosentasche und reißt die Augen auf, als er durch die Nachricht scrollt. »Ihr wollt mich doch verarschen.«

»Was ist?«, fragt Dia.

»Diese verrückten Idioten. Sie haben es *tatsächlich* gemacht«, sagt er mehr zu sich selbst.

»Wovon zum Teufel redest du?«, hakt Dia nach.

»Es ist …« Theo bricht abrupt ab, die Augen fest auf etwas in der Ferne gerichtet. Doch es ist nicht nur er; die gesamte Schülerschaft ist seltsam still geworden.

Dia und ich folgen Theos Blick zum Haupteingang der Schule. Oder genauer gesagt zu den beiden über eins neunzig großen Schwachköpfen, die gerade vom Sheriff aus dem Gebäude eskortiert werden.

Der Erste, den ich sehe, ist Finn.

Dann sehe ich *ihn*.

Xavier Emery.

Finns bester Freund – der wie ein Bruder für ihn ist. Die beiden sind praktisch Familie und tragen sogar die gleichen Halsketten. Xavier ist vieles: beliebt, Kapitän der Basketballmannschaft und so schön, dass es beinahe wehtut ... Aber für mich? Für mich ist er nur das kleine Arschloch, das einen meiner Zöpfe abgeschnitten hat, als wir noch Kinder waren.

Dia dreht durch. »Cox, bei Gott, wenn du mir nicht sofort sagst, was los ist, werde ich ...«

»Entspann dich«, knickt er ein. »Gestern habe ich die zwei über einen Streich reden gehört. Ich dachte, es wäre nur Angeberei. Nie hätte ich geglaubt, dass sie das ernst meinen.«

Wurden wir deshalb evakuiert?

Weil die Stars der Basketballmannschaft einen *Streich* abgezogen haben?

Was haben sie Schlimmes getan, dass der Feueralarm ausgelöst und die gesamte Schule evakuiert werden musste?

»Was für ein Streich?«, fragt Dia. Ihre Stimme zittert.

Theo zuckt mit den Schultern. »Irgendwas mit Stinkbomben, glaube ich?«

Dia schließt die Augen und stößt lange und genervt den Atem aus. Das Schlimmste ist, dass sie nicht mal überrascht wirkt. Finn Richards war schon *immer* ein Unruhestifter.

Dieser impulsive, leichtsinnige Typ! Hätte er nicht so einen reichen Vater, wäre er schon lange von der Schule geflogen! *Aber hey, was kann man schon machen?* Easton High braucht die finanzielle Unterstützung, und genau wie Xavier ist Finn einer der wertvollsten Spieler der Schule, also wird sein Verhalten unter den Teppich gekehrt. Objektiv gesehen war von Finn nichts anderes zu erwarten. Es ist der Xavier-Part, der für mich keinen Sinn ergibt. Er ist der korrekteste Typ, den ich kenne, warum also beteiligt er sich an einem solchen Streich? Ich kapiere es nicht.

»Warte mal, sind Stinkbomben nicht illegal?«, frage ich, als es mir langsam dämmert.

»Das ist es. Mein Gott, sind die beiden bescheuert. Das könnte sie den Rest der Saison kosten.« Theo schnalzt verständnislos mit der Zunge.

Ich richte meine Aufmerksamkeit wieder auf Finn und Xavier. Ersterer scheint zu realisieren, dass er es richtig verkackt hat, als er die sechshundert Schüler im Regen stehen sieht. Xavier hingegen wirkt vollkommen ungerührt.

Absolut ungerührt.

Es ist die Haltung seiner Schultern, die Art, wie sein Blick gelangweilt über die Menge gleitet. Wenn ich es nicht besser wüsste, würde ich sagen, Xavier und Finn haben ihre Körper in der weltschlechtesten Neuverfilmung von *Freaky Friday – Ein voll verrückter Freitag* getauscht.

Ein Polizist zieht Rektorin Emery zu Seite. Jupp, Xaviers Mom ist die Rektorin an unserer Schule. Was im Moment vielleicht ganz günstig ist. Und das Sahnehäubchen? Xaviers Dad arbeitet ebenfalls an der Easton High. Er ist unser Sportlehrer und ihm gegenüber empfinden wir eine Art Hassliebe. Klar, Silver Springs ist eine Kleinstadt. Trotzdem hätten die beiden zumindest versuchen können, nicht an ein und demselben Ort zu arbeiten.

Der Cop sagt etwas zu Rektorin Emery, das wir nicht verstehen können, worauf sie mit einem *Tun Sie, was Sie tun müssen*-Nicken reagiert. Das Stichwort für das Universum, den gesamten Pazifischen Ozean über uns auszuschütten.

Der Regen setzt stärker ein als zuvor, und doch kann ich nicht anders, als dabei zuzusehen, wie die zwei Blödmänner zum Streifenwagen geführt werden.

Erinnert ihr euch, als ich gesagt habe, dass Xavier Emery so schön ist, dass es beinahe wehtut? So, wie er in diesem Moment aussieht … das ist genau das, was ich meine. Selbst komplett durchnässt und kurz davor, seinen Hintern in einen Streifenwagen verfrachtet zu bekommen, mit einem Hemd, das an seinem harten, muskulösen Körper klebt, und braunem Haar, das ihm nass in die Stirn fällt, ist er ein feuchter Traum – dieses Wortspiel war Absicht.

Sicher, der Kerl war ein Arsch, als er mit acht Jahren aus meinem Leben verschwand. Trotzdem weiß ich den Anblick des blauäugigen Adonis ebenso zu würdigen wie alle anderen Mädchen.

»In Silver Springs wirds nie langweilig, hm?«, merkt Theo an, als Xavier und Finn auf den Rücksitz geschoben werden und der Streifenwagen mit Vollgas losfährt. »Mann, ich hoffe, das bedeutet, wir haben morgen frei. Ich hab noch nicht mal mit Ms. Callahans Aufsatz angefangen.«

Bei diesem Stichwort trifft mich die Erinnerung wie ein Schlag.

Dieses Jahr konnte ich einen Job in der Schulbücherei ergattern, die gleichzeitig auch als öffentliche Bücherei von Silver Springs fungiert. Gestern hatte ich eine Schicht, bevor ich losfuhr, um meine Schwester von ihrem Gesangsunterricht abzuholen. Sie endete damit, dass ich einen albernen Brief an meine Englischlehrerin geschrieben habe, um Dampf abzulassen. Heute früh konnte ich den Gedichtband jedoch nicht in meinem Rucksack finden.

Ich habe das Buch vergessen, oder?

Ich hab das Buch in der Bücherei vergessen.

Mit dem Brief darin.

Verdammt, Vee, wie blöd kann man eigentlich sein?

Es ist eine Sache, einen wirklich schlechten Tag zu haben und das in einem Hassbrief an eine nervtötende Lehrerin zu verarbeiten. Aber es ist eine ganz andere Sache, so dumm zu sein und den Brief in der Bücherei zu vergessen, wo jeder ihn finden könnte.

Ich sehe schon förmlich vor mir, wie die Schule meine Mutter anruft, um ihr mitzuteilen, dass ihre am wenigsten geliebte Tochter suspendiert wurde, weil sie – und ich zitiere: »… ihre Lehrerin beschuldigt hat, im Höllenfeuer zu baden«.

Doch bevor die Panik mich vollkommen überwältigt, höre ich die Stimme meines Vaters in meinem Kopf.

Ganz ruhig. Atme tief durch und finde das Positive an der Situation.

Mein einziger Trost ist, dass ich den Brief in einem alten, staubigen Buch zurückgelassen habe, das seit über zehn Jahren nicht mehr ausgeliehen worden ist. Die Chancen stehen gut, dass ich auf dem College bin, bevor jemand ihn findet. Und selbst *wenn* ihn jemand finden sollte, könnte ihn niemand zu mir zurückverfolgen. *Shit, ich glaube, ich habe meine Schwester, das Musikgenie, erwähnt. Und mein mögliches Stipendium.*

Okay, vielleicht könnte man den Brief zu mir zurückverfolgen, wenn sich jemand die Mühe macht, zu recherchieren. Aber so weit wird es nicht kommen. Das lasse ich nicht zu.

Mr. Lowen gibt uns den Rest des Tages frei und alle Gedanken an Xavier Emery schwinden aus meinem Kopf. Es bleibt nur ein Gedanke übrig.

Eine Mission.

Ein Plan.

Ich *muss* den Brief in die Hände bekommen, bevor jemand anderes ihn findet.

2. KAPITEL

XAVIER

»Habt ihr zwei Trottel *irgendeine* Ahnung, was ihr da gerade angerichtet habt?«, stößt Hank, Finns Dad, in diesem tiefen, zischenden Ton aus, der zehnmal einschüchternder ist, als wenn er uns anbrüllen würde.

Vermutlich sollte ich am ganzen Leib zittern und über mein »kindisches und leichtsinniges Verhalten« (Hanks Worte) nachdenken. Oder noch besser, ich sollte mir eine Ausrede einfallen lassen, um mein Handeln zu rechtfertigen. Doch während ich von dem Mann, der mir so nahesteht wie ein zweiter Vater, die Standpauke meines Lebens bekomme, kann ich nur eines denken: *Verdammt, das ist eine verflucht dicke Ader an seiner Stirn.*

Warum würde ich sie so gerne zum Platzen bringen?

Bitte, Ader, platz.

Ein Teil von mir hatte gehofft, dass Sheriff Daniel uns nur zur Show aufs Revier bringt. Immerhin habe ich *jahrelang* zugesehen, wie Finn ähnliche Streiche abgezogen hat, ohne auch nur eine Verwarnung zu kassieren. Meine Hoffnungen lösten sich jedoch in Rauch auf, als sie unsere kriminellen Ärsche in einen Befragungsraum verfrachteten und uns befahlen, uns zu setzen. Dann wechselten der Sheriff und Finns Dad sich drei Stunden lang damit ab, uns anzubrüllen.

»Xav?«, drängt Hank.

Ich reiße mich zusammen. »Hm?«

»Wartest du darauf, dass das Gras wächst? Falls nicht, beantworte die verdammte Frage.«

Mist.

Notiz an mich: Du solltest besser zuhören, wenn die Leute mit dir reden.

»Ich …«

Finn unterbricht mich. »Nein, natürlich haben wir nicht damit gerechnet, dass sie die Schule evakuieren, Dad. Es war nur eine kleine Stinkbombe.«

Ich stelle Blickkontakt mit meinem besten Freund her.

Finn grinst.

Danke für die Rettung, Idiot.

»Diese *eine kleine Stinkbombe*«, Hank malt Gänsefüßchen in die Luft, »hat so schlimm gestunken, dass eure arme Lehrerin geglaubt hat, es handle sich um ein Gasleck. Du hast ganz genau gewusst, was du da tust, Finn. Verstehst du das nicht? Du steckst tief in der Scheiße. Und ich weiß nicht, ob ich dich dieses Mal da rausholen kann.«

Hank atmet tief durch, um sich unter Kontrolle zu bringen. »Wie klingt eine dreiwöchige Suspendierung, hm? Wie wäre es, wenn wir Basketball für den Rest des Schuljahres streichen? Und was den Abschlussball angeht, ich hoffe, du hattest nicht vor, hinzugehen. Denn das wird verdammt noch mal nicht passieren.«

Hilflos schließt Finn den Mund und sackt auf seinem Stuhl zusammen. Um fair zu sein, auch wenn es in dem Klassenraum gerochen hat, als wäre etwas gestorben, habe ich keine Ahnung, wie unsere Vertretungslehrerin »warmer Müll und Furz« mit »Gas« hatte verwechseln können.

Ich habe hinten in der Klasse gesessen und die Stinkbombe gezündet, als sie kurz den Raum verließ. Sobald der Gestank sich verbreitete, wurde die Gute panisch und informierte das Schulsekretariat per Gegensprechanlage über einen »ekelhaften, giftigen Gestank«.

Daraufhin wurde der Feueralarm ausgelöst und wir wurden in Rekordgeschwindigkeit aus dem Gebäude geführt.

Ich kann immer noch nicht fassen, wie schnell wir ertappt wurden.

Alles dank ihres sogenannten Videos.

Das war das Erste, was sie zu uns sagten, als sie Finn und mich aus der Versammlung auf dem Rasen herausgeholt haben. Dass sie uns per Video überführen konnten, hat uns eiskalt erwischt. Dann wurden wir auch schon ins Gebäude gezerrt, um auf die Cops zu warten.

Ich habe keine Ahnung, wie ein Video in einem Klassenraum ohne Kamera zustande kommen konnte, aber darüber kann ich im Moment nicht nachdenken.

»Du musst lernen, nachzudenken, bevor du handelst, Sohn.« Hank klopft gegen Finns Stirn, als wolle er sichergehen, dass sich dahinter ein Gehirn befindet. »Denk *verflucht* noch mal nach.«

Ich erinnere mich daran, wie cool ich Hank als Kind fand, weil er fluchte. Deswegen habe ich auch immer zugehört, wenn er etwas gesagt hat. Und vertraut mir, das bedeutet viel, wenn es von dem kleinen Scheißer mit der zweisekündigen Aufmerksamkeitsspanne kommt, der ich mal war. Doch dann passierte der Unfall und beinahe jedes zweite Wort von ihm ist nun ein Kraftausdruck.

Irgendwann hat es seine Wirkung verloren.

Andererseits … Ich würde auch fluchen, wenn ich die Liebe meines Lebens verloren hätte.

»Und was dich angeht.« Hanks Blick bohrt sich direkt in meinen Schädel. »Du kannst dich glücklich schätzen, dass es das erste Mal ist, dass du so einen Scheiß verzapft hast. Im Gegensatz zu *jemand anderem* …« Er schaut Finn an, »… solltest du in der Lage sein, die Saison zu beenden. Vielleicht wirst du für ein paar Wochen suspendiert. Und das auch nur, weil wir den Sheriff auf unserer Seite haben. Wenn ihr zwei Clowns jemand anderes wärt, könntet ihr euch im Moment auf eine verfickte Anzeige gefasst machen, ist euch das klar?«

Finn und ich nicken. In den Augen meines besten Freundes schimmert Reue. Das hier ist die reinste Folter für ihn. Basketball ist unser gesamtes Leben. Und ich weiß, wie sehr er Teamkapitän werden wollte. Nachdem ich und nicht er Kapitän wurde, war ihm das Grinsen für mehrere Tage vergangen.

Ah, Shit, ich kann das nicht zulassen.

»Er hatte nichts damit zu tun«, platzt es aus mir heraus.

Die Arme vor der Brust verschränkt schweigt Hank sekundenlang. Ich spüre, dass er mir nicht glaubt, aber wenn es auch nur die kleinste Chance gibt, meinem Freund sein letztes Schuljahr zu retten, muss er mich anhören.

Finn sieht mich mit großen Augen an. »Xav, was hast du …«

»Lass ihn reden, Sohn.« Hank bedeutet mir mit einem Nicken, fortzufahren.

»Er hat nichts damit zu tun. Ich habe die Idee gehabt. Ich habe das blöde Ding mit in die Schule gebracht. Ich habe es ausgelöst. Das war alles ich«, lüge ich.

»Netter Versuch, aber ich habe das Video gesehen. Verdammt, ich wette, die ganze Schule hat es inzwischen gesehen. Du hast ihm die Stinkbombe, eine Minute bevor sie losging, in deinem Rucksack gezeigt.«

Ich schlucke den Drang herunter, ihn nach dem verdammten Video zu fragen, von dem sie ständig reden.

Das ist jetzt nicht der richtige Zeitpunkt, Xav.

»Ganz genau. Ich habe sie ihm *gezeigt*. Was soll das beweisen? Es bedeutet nicht, dass er vorher davon gewusst hat. Oder dass er auf irgendeine Weise damit zu tun hatte.«

Hank läuft im Raum auf und ab und massiert sich die Schläfen, als ob er tatsächlich glaubt, dass ihm das beim Denken helfen würde. Fünf schmerzhafte Sekunden später sagt er es.

»Ich glaube dir nicht.«

Und da geht mein Moment als Held dahin.

»Du bist nicht der Typ dafür, Xav. Du bist ein guter Junge. Seit achtzehn Jahren kenne ich dich, und du hast dich nicht ein einziges Mal von meinem Sohn in seine schlechten Ideen hineinziehen lassen. Also nein, ich glaube dir nicht.«

Geschlagen senke ich den Blick zu Boden.

»Aber …«, fährt Hank fort, und ich hebe überrascht den Kopf. »Wenn das deine Version der Geschichte ist, wenn du die Schuld auf dich nehmen willst, um deinem Freund zu helfen, kann ich dich nicht aufhalten.«

Aus dem Augenwinkel werfe ich Finn einen Blick zu. Finn, der zum ersten Mal in seinem Leben nicht der führende Kopf hinter einem Streich war. Es ist vielleicht gelogen, wenn ich sage, er hatte nichts damit zu tun. Aber eines ist wahr: Es war meine Idee. *Meine*. Wenn überhaupt war ich derjenige, der ihn dazu überredet hat.

»Ich sage das nicht, um ihn zu decken. Es war wirklich so.«

Ich sehe förmlich, wie das Gewicht der Welt von Finns Schultern abfällt, als diese Worte über meine Lippen kommen.

»Wenn du das sagst.« Hank nickt, und ein kleines Lächeln zupft an seinen Mundwinkeln.

Ich kann ihn glasklar lesen.

Das ist ein »Dankeschön«.

»Okay. Wir leiten die Nachricht an die Schule weiter und lassen sie über das Strafmaß entscheiden. Der Sheriff will noch mal mit euch reden, danach steht es euch frei, zu gehen.« Hank geht zur Tür, bleibt dort jedoch noch einmal stehen und wirft mir einen Blick über die Schulter zu. »Ich habe nur eine Frage.«

Ich warte darauf, dass er sie mir stellt.

»Warum jetzt?«, fragt er.

»Ich verstehe nicht?«, erwidere ich.

»Warum benimmst du dich plötzlich so? Das bist nicht du, Junge.«

Wenn ich es dir sagen würde, würdest du mich nie wieder auf die gleiche Art ansehen.

»Es hat keinen Grund.«

* * *

»Was zum Teufel hast du dir nur dabei gedacht?«, kreischt meine Mutter, und ihre Stimme klingt wie Fingernägel, die über eine Tafel kratzen.

Halt den Mund.

Halt einfach den Mund.

»Xavier Emery! Ich rede mit dir!«, brüllt sie.

Ich zucke nicht mal.

Falls sie denkt, es würde etwas bringen, mich mit meinem vollen Namen anzusprechen, dann hat sie sich geirrt. Ich sinke tiefer in den Beifahrersitz und beobachte, wie die einzige Stadt, in der ich je gewesen bin, am Fenster vorbeizieht.

Seitdem sie mich vor einer halben Stunde am Polizeirevier abgeholt hat, werde ich von dieser Frau mit Fragen gelöchert. Ich habe bisher noch keine einzige davon beantwortet, aber *»aufgeben«* kommt in ihrem Wortschatz nicht vor.

Mal so unter uns … Sie hat auch Probleme mit dem Wort *Treue.*

»Xavier, hast du mir überhaupt zugehört?« Sie wird langsam ungeduldig.

»Ja, ich habe dich gehört«, brumme ich.

Zufrieden setzt sie ihre Tirade fort. »Hast du eine Ahnung, wie glücklich du dich schätzen kannst, dass Hank eng mit Sheriff Daniel befreundet ist? Das ist der einzige Grund, und ich meine wirklich der *einzige* Grund, warum du heute gehen durftest. Ich hätte den Sheriff sonst auf Knien anflehen müssen, dich nicht anzuzeigen.«

Ich lache schnaubend.

Es wäre sicher nicht das erste Mal, dass du diese Woche vor einem anderen Mann auf die Knie gegangen wärst, oder, Mom?

»Ich habe dir gesagt, dass dieser Finn einen schlechten Einfluss auf dich hat. Genau wie sein älterer Bruder.« An einer roten Ampel betrachtet sie sich im Rückspiegel und wischt sich mit dem Zeigefinger einen Lippenstiftfleck vom Mundwinkel. »Es ist mir egal, wie lange ihr euch kennt. Oder dass Finns und dein Dad alte Freunde sind. Diese Familie bedeutet nur Schwierigkeiten. Ich wünschte, ihr zwei würdet den Kontakt zu diesen Leuten endgültig beenden.«

Um mich von einer Erwiderung abzuhalten, beiße ich mir so hart auf die Zunge, dass es blutet. Ein metallischer Geschmack flutet meinen Mund, und ich balle die Hände zu Fäusten, damit ich nicht die Beifahrertür aufstoße und aus dem Wagen springe.

Du hast wirklich keine Ahnung, oder?

Ich weiß, was du getan hast.

Ich weiß alles.

Hanks Frage nagt an mir, seit ich das Revier verlassen habe. Warum benimmst du dich plötzlich so? Das bist nicht du. Vielleicht habe ich mich unterbewusst davon überzeugt, dass so einen Mist am Arbeitsplatz meiner Mutter zu veranstalten der beste Weg ist, um Rache an ihr zu üben.

Um ihr für das wehzutun, was ich gesehen habe.

Andererseits ... warum will ich dann immer noch ein Loch in ihre Windschutzscheibe schlagen? Warum ertrage ich den Gedanken nicht, meinem Dad in die Augen zu schauen? Und warum, verfickt noch mal, bringe ich es nicht über mich, es ihm zu sagen?

Mom versucht sich für fünf Minuten an Small Talk, bevor sie den Hinweis versteht. Der Rest der Fahrt verläuft ereignislos, abgesehen davon, dass mein Handy mit einer Nachricht von Finn piept, als wir auf unsere Auffahrt einbiegen.

Finn: Danke für das, was du da vorhin getan hast. Ich schulde dir was. Oh, und nur als kleine Vorwarnung: Du solltest besser die Snapchat-Story deiner Freundin angucken.

3. KAPITEL

AVEENA

DREI TAGE SPÄTER

»Bries Snapchat-Story?« Das Lachen platzt aus mir heraus, als ich meiner besten Freundin die Treppe hinauf zu ihrem Zimmer folge. »Auf keinen Fall.«

»Doch.« Dia grinst. »Alle reden darüber. Ich kann nicht fassen, dass du sie noch nicht gesehen hat.« Sie stößt die Tür zu ihrer Abstellkammer auf und wirft sich auf das in der Ecke stehende Bett. Ich mache mich nicht über ihr Zimmer lustig. Es war *tatsächlich* mal ein Abstellraum.

Dia kommt aus einer Familie mit vier Kindern und als ihre Väter im letzten Jahr das jüngste adoptiert haben, ging ihnen der Platz aus. Also mussten sie improvisieren. Da wir alle in ein paar Monaten sowieso aufs College gehen, bot Dia freiwillig an, bis dahin in dieser Kammer zu wohnen. Es ist kein Vergleich zu ihrem alten Zimmer, aber ein zugegebenermaßen doch recht großer und überraschend gemütlicher Abstellraum.

»Fünf Dollar, dass Xavier die liebe Brie dafür verlässt.« Dia klopft neben sich auf die Matratze. »Setz dich.«

Ich gehorche und setze mich im Schneidersitz auf das Bett meiner besten Freundin, während sie ihr Handy herausholt und die Kamera-App öffnet.

»Ich habe ihre Story aufgenommen, bevor sie verschwunden ist«, erklärt Dia und scrollt durch die Fotos von ihr und Finn, auf denen sie lächeln, einander umarmen, sich küssen – und dabei *immer noch* behaupten, dass sie nur Freunde sind. Es dauert einen Moment, bis sie das Video unter dem ganzen süßen Pärchenkram findet.

»Tada!«, sagt sie und zieht das Video größer.

Brielle Randall, Cheerleaderin, Präsidentin der Schülervereinigung und professionelles Biest, taucht auf dem Display auf und aktiviert den Snapchat-Puppy-Filter. Das muss aufgenommen worden sein, als die Lehrerin den Raum verlassen hat. Die Lippen zum Schmollmund verzogen spielt Brie mit einer Hand an ihren langen, feuerroten Haaren und schaut aufreizend in die Kamera. Dazu der Hashtag: *#IHaveNoSelfieControl*

Anfangs sehe ich es nicht – ironischerweise hat Brie es anfangs auch nicht gesehen.

Doch dann spielt Dia es noch einmal ab.

Und ich sehe sie im Hintergrund.

Xavier und Finn.

Nichts ahnend, dass die Handykamera auf sie gerichtet ist, tauschen die beiden einen wissenden Blick, während Xavier auf den Rucksack zu seinen Füßen zeigt und ihn mit dem Fuß näher zu Finn schiebt, damit der einen Blick hineinwerfen kann. Auf dem Video ist offensichtlich, dass sie etwas im Schilde führen. Kein Wunder, dass die Schule innerhalb von Millisekunden eins und eins zusammengezählt hat. Xavier checkt seine Umgebung nach Zeugen ab – allerdings nicht gründlich genug, wie wir jetzt wissen – und steckt dann eine Hand in den Rucksack. Das Video endet in dem Moment, als er die Stinkbombe herausholt.

Ja, das genügt.

Viel Glück damit, deine Unschuld zu beweisen, Kumpel.

Ich weiß, ich sollte das Unglück anderer nicht amüsant finden, aber die Ironie, dass Seine Majestät Xavier Emery auf Social Media von seiner eigenen Freundin überführt wurde, ist einfach zu surreal.

»Was ist passiert? Wurden sie suspendiert?« Ich muss mir ein Grinsen verkneifen.

»Du hast es noch nicht gehört?«, Dia klingt schockiert.

»Sorry«, schnaube ich. »Weißt du nicht, mit wem du hier redest?« Dia weiß verdammt gut, dass ich nie im Bilde bin, was den Schulklatsch angeht. Dieses Mädchen ist der einzige Grund, warum ich überhaupt irgendetwas mitbekomme.

»Stimmt.« Sie lacht leise. »Xavier hat die Schuld auf sich genommen und geschworen, dass Finn nichts damit zu tun hatte. Das ist zumindest die offizielle Version.«

»Wirklich? Warum hat er das gemacht?« Ich kann meine Überraschung nicht verbergen.

»Ich schätze, um seinen Kumpel zu beschützen?« Dia zuckt mit den Schultern. »Finn meinte, sie hatten vor, ihn aus der Mannschaft auszuschließen, also hat Xav die Schuld auf sich genommen. Das ist so typisch für ihn.«

Ich halte mich zurück, ihr zu sagen, was ich wirklich von Mr. Nice Guy halte. Es ist, als würde die ganze Schule – *die ganze Stadt, um ehrlich zu sein* – eine unsterbliche Leidenschaft dafür teilen, Xavier Emery Zucker in den Arsch zu blasen.

Was verständlich ist.

Sie kennen ihn nicht so gut wie ich.

Soweit die anderen es beurteilen können, ist Xavier dieser großartige, aufrichtige junge Mann. Er hat eine Freundin, der er treu ist, ist intellektuell genauso begabt wie sportlich und zettelt nie irgendeinen Unsinn an. *Na ja, bis jetzt.*

Xavier verbringt seine gesamte Zeit mit Finn und Theo. Die beiden haben sich quasi schon durch das gesamte Cheerleading-Team geschlafen, und dennoch … Xavier ist schon seit über einem Jahr in einer festen Beziehung mit Brie.

Alle wissen, dass Finn und Theo diesen Scheiß lieben: die Partys; dass die Stadt jedes Spiel beinahe religiös verfolgt; die Groupies. Zu ihrer Verteidigung muss man sagen, dass Silver Springs, North Carolina, nicht gerade der Hotspot für heiße Kerle ist – das ist die Schattenseite des Lebens in einer Kleinstadt.

Aber Xavier?

Er wirkt ehrlich gesagt ein wenig … gelangweilt. Gelangweilt von den leichten Siegen, den Afterpartys nach den Spielen, den mit den Wimpern klimpernden Mädchen. Für den Rest der Welt ist Finn der Bad Boy und Xavier der strahlende Ritter.

Aber ich kaufe ihm das nicht ab.

Nicht für eine Sekunde.

Nur weil Xavier einen Hauch weniger schlimm ist als der Rest seiner Freunde, macht ihn das in meinen Augen nicht zu einem Heiligen. Ganz im Gegenteil. Ich scheine nicht denselben Kerl zu kennen wie der Rest der Welt, denn Xavier Emery hat sich mir gegenüber nie anders als ein Arschloch benommen. Sicher, wir waren acht, als wir das letzte Mal etwas miteinander zu tun hatten, aber egal.

Finn, Xavier und ich waren damals quasi befreundet. Wir trafen uns jeden Sonntagmorgen während des Gesangsunterrichts meiner Schwester in Finns Haus zum Spielen, während unsere Mütter miteinander tratschten. Wir frühstückten zusammen und gingen uns gegenseitig höllisch auf die Nerven. Und mit uns auf die Nerven gehen meine ich, dass Xavier und Finn mich genervt haben. RIP an alle Barbiepuppen, die in jenem Sommer auf dem Grill gelandet sind.

Natürlich war das noch zu der Zeit, als unsere Mütter einander ausstehen konnten. Wie sich herausstellte, war das Einzige, das meine Mutter und Delilah Emery – Xaviers Mom – jemals gemeinsam hatten, die Freundschaft mit Nora Richards. Als Finns Mutter in jenem Sommer bei einem tragischen Bootsunglück starb, zerbrach das Trio.

Ab da veränderte sich alles.

Es gab keine gemeinsamen Frühstücke mehr, keine Spieltreffen und auch keine gegrillten Barbiepuppen. Kurz darauf wechselten Xavier und Finn die Schule und ich verschwendete nie wieder einen Gedanken an die zwei. Bis ich sie zu Beginn des neunten Schuljahres in die Easton High stolzieren sah, als gehöre sie ihnen.

Okay, das ist *gelogen*.

Ein klein wenig habe ich an Xavier gedacht, nachdem er aus meinem Leben verschwand. Aber nur wegen dem, was im Park passiert war, als wir das letzte Mal miteinander spielten. Unvorstellbar, dass wir zu diesem Zeitpunkt noch nicht die geringste Ahnung hatten, dass Ms. Richards vierundzwanzig Stunden später so ein tragisches Schicksal ereilen würde. Und das ausgerechnet vor den Augen ihres Sohnes.

Ich hatte mich weinend unter der großen Rutsche versteckt, nachdem Xavier mich vom Klettergerüst gestoßen hatte. Der Rotz lief mir aus der Nase und Blut sickerte aus einer Wunde am Knie. Das war das erste und einzige Mal, dass ich echtes Gefühl in Xaviers Augen gesehen habe.

Und dieses Gefühl war *Schuld*.

Sehr viel Schuld.

»Es tut mir leid. Bitte hör auf zu weinen«, flehte er mich an. Ich glaube, er fürchtete, Schwierigkeiten zu bekommen. Es war eine Sache, mich zu ärgern, aber eine ganz andere, mir wirklich wehzutun. »Ich schwöre, ich wollte das nicht. Es tut mir leid. Bitte sag es nicht meinem Dad.«

Es war auch das erste Mal, dass er *halbwegs* nett zu mir war. Doch als ich nicht aufhörte zu weinen, wurde er panisch und meinte: »Was soll ich tun? Sag es mir. Soll ich es mit einem Kuss besser machen?« Ich erinnere mich, dass ich ihn ansah, als wäre er nicht ganz dicht, mir vorzuschlagen, mein blutiges Knie zu küssen. Er lachte nur, packte mein Gesicht, wischte eine Träne ab … und küsste mich.

Glaubt mir, das brachte mich sofort zum Verstummen.

Xavier Emery war mein erster Kuss.

Aber er ist trotzdem ein Arschloch.

»… gehört, er und Brie haben sich deswegen gestritten. Sie hat auch einige ihrer Fotos von Instagram gelöscht.«

Ich kehre in die Gegenwart zurück und nicke brav zu der Geschichte, die meine beste Freundin erzählt, wobei ich mich frage, woher sie immer all diese Dinge weiß. Die Sache ist kaum drei Tage her.

Das Wochenende ist noch nicht mal vorbei.

Den Freitag haben wir freibekommen. Die Feuerwehr hat das gesamte Schulgebäude durchsucht, um sicherzustellen, dass die beiden uns nicht noch mehr … *Überraschungen* hinterlassen haben. Noch nie hatte ich es so eilig, endlich wieder in die Schule zurückkehren zu können.

Ich sage nur ein Wort: *Hassbrief*.

Seit wir am Donnerstag nach Hause geschickt wurden, bin ich besessen davon, dieses blöde Stück Papier zurückzukriegen. Dank des Streichs war die Bücherei das ganze Wochenende geschlossen, was bedeutete, dass ich nicht arbeiten konnte und keine Gelegenheit hatte, das verdammte Ding zu verbrennen. Vermutlich reagiere ich über. Die Chancen, dass jemand den Brief vor mir findet, stehen beinahe bei null. Ms. Callahan hat uns wissen lassen, dass sie von allen Büchern Exemplare zu Hause hat, also wird sie definitiv nicht nach dem Buch suchen. Trotzdem habe ich Panik, erwischt zu werden.

»Also, was für eine Strafe bekommt Xavier?«, frage ich. »Wenn er die Schuld auf sich nimmt, muss es ernst sein.«

»Äh, das weiß ich noch nicht.« Diamond zuckt mit den Schultern. »Ich glaube, nicht mal Xav weiß es. Aber da es sein erstes Mal ist und so, vermute ich, dass er nur nachsitzen muss.« Dias Handy piept mit einer Nachricht, und sie schaut schnell auf das Display. »Nachher ist eine Party bei Theo. Seine Eltern sind über Nacht weg. Bist du dabei?«

»Lass mich darüber nachdenken.« Ich halte kurz inne. *»Ich passe.«*

»Das war nicht darüber nachdenken«, murrt Dia.

»Ich denke sehr schnell«, erwidere ich grinsend, und sie stößt einen entmutigten Seufzer aus. »Was ist mit unserem Plan, dass wir beide heute Abend allein abhängen?«

Sie kaut auf ihrer Unterlippe herum. »Vee, du weißt, dass ich dich lieb habe, aber … wir haben die letzten drei Jahre damit verbracht, allein abzuhängen. Es ist unser letztes Schuljahr. Willst du da nicht auch ein wenig was erleben?«

Tief im Inneren hatte ich immer vermutet, dass Dia mehr will.

Mehr Beliebtheit, mehr Partys, mehr Flirts.

Und wenn ich ehrlich bin, hat ein Teil von mir sich immer vor dem Moment gefürchtet, an dem dieses *»mehr«* auch sie will.

Ich habe nur auf den Tag gewartet, an dem die Hohlköpfe von der Easton aufwachen und erkennen, dass meine beste Freundin umwerfend hübsch ist. Dia ist eine dunkelhaarige Schönheit und hätte keine Probleme, Millionen Follower auf Instagram zu bekommen, wenn sie es nur versuchen würde.

Und nein, ich bin nicht neidisch.

Mein Selbstbewusstsein reicht so weit, dass ich weiß, dass ich nicht komplett unansehnlich bin. An guten Tagen mag ich mein Aussehen sogar: meine karamellfarbenen Haare, die mir in Wellen über den gesamten Rücken fallen; meine braunen Augen mit den grünen Flecken darin; sogar meine Sommersprossen, die ich früher immer abgedeckt habe. Aber ich fühle mich in meiner Haut nicht halb so wohl, wie Dia es in ihrer tut.

Ich trage keine Shorts, Crop-Tops oder Bikinis. Ich bin eher der Typ für Rollkragenpullover und Mom-Jeans, die eine Nummer zu groß sind. Und obwohl mir mein Mauerblümchen-Stil gefällt, weiß ich, dass er mich unsichtbar macht. Zumindest was den männlichen Teil der Bevölkerung angeht.

Ist vermutlich besser so.

Mein Vater sagte immer, Silver Springs sei eine Sackgasse. Bevor er starb, war er *so* kurz davor, Mom davon zu überzeugen, hier wegzuziehen. Er würde sich im Grab umdrehen, wenn er sähe, dass sein kleines Mädchen sich auf irgendetwas anderes als seine Träume konzentrierte. Aber da müsste er sich keine Sorgen machen, denn das Einzige, das für mich zählt, ist ein Stipendium zu ergattern.

»Erde an Vee?« Dia wedelt mit einer Hand vor meinem Gesicht.

»Sorry. Hör mal, wenn du Finn sehen willst, sag es einfach. Das ist in Ordnung.«

»Will ich nicht«, behauptet sie, und ich ziehe fragend eine Augenbraue hoch. »Okay, gut. Ich habe ihn das ganze Wochenende über nicht gesehen, aber ich will auch Zeit mit dir verbringen.«

»Ist schon okay, D. Wir treffen uns einfach wann anders. In einer halben Stunde muss ich sowieso Ashley abholen.« Ich habe noch nicht mal meinen ersten Schritt gemacht, als Dia vom Bett springt und mich aufhält. »Vee, weißt du, wie viele Leute in der Schule dafür *töten* würden, um auf diese Partys eingeladen zu werden?« Sie packt meine Schultern, als wolle sie mir die Worte ins Gehirn einhämmern. »In ein paar Monaten ist die Highschool vorbei. *Für immer.* Wenn du nicht wenigstens versuchst, den Rest der Zeit zu genießen, wird dein zukünftiges Ich es bereuen.«

Zögernd kaue ich auf der Innenseite meiner Wange.

»Komm schon, wir spielen nur ein wenig Billard und trinken ein bisschen was. Das ist alles ganz locker. Nur wir und die Jungs. Bitteeeee.« Sie legt die Hände zusammen und fleht mich an.

»Meine Güte, na gut«, gebe ich nach. »Ich komme vorbei, nachdem ich Ashley abgeholt habe. Aber wenn es ätzend ist, bin ich sofort wieder weg.«

Laut quietschend zieht Dia mich in eine Umarmung. »Es wird nicht ätzend, versprochen.«

Ich löse mich aus ihren Armen, verabschiede mich und verlasse das Haus der Mitchells.

* * *

»Ashley Camilla Harper!«, rufe ich aus voller Lunge, sobald ich unser Haus betrete. »Würde es dich umbringen, mir Bescheid zu sagen, wenn deine Probe abgesagt wird?«

Keine Antwort.

Ihre Schuhe sind hier, was bedeutet, sie ist es auch. Wütend schmeiße ich meine Schlüssel auf die Ablage im Flur und stürme, zwei Stufen auf einmal nehmend, die Treppe hoch zum Zimmer meiner Schwester.

»Ich habe zwei Stunden auf dich gewartet. *Zwei Stunden!*«, brülle ich über die Musik, die durch ihre geschlossene Tür dringt. Je näher ich komme, desto lauter dröhnt der Chor von Bishop Briggs' *River*.

Ich drücke die Klinke herunter, stoße die Tür auf und … *bereue es sofort.*

Das Erste, was ich sehe, ist meine Schwester, die halb nackt auf dem Bett liegt.

Das Zweite ist der Kerl, der mit freiem Oberkörper auf ihr liegt.

Lustigerweise entsetzt es mich nicht so sehr, meine siebzehnjährige Schwester dabei zu ertappen, wie sie mit einem Typen rummacht. Es ist vielmehr der Kerl, der mir das Herz in den Magen plumpsen lässt.

Was um alles in der Welt macht er hier?

Die Musik ist so laut, dass sie mich nicht hereinkommen hören.

Das Arschloch schiebt seine Hand unter den Rücken meiner Schwester, um ihren BH zu öffnen, und ich bekomme eine kleine Panikattacke. Es wäre mir lieber, sie ließe den BH an, wenn ich sie gleich anbrülle.

In einem Anflug von Panik trenne ich das Handy meiner Schwester von dem Lautsprecher und stoße das lauteste »Was zum Teufel?« hervor, das ich auf Lager habe. Die beiden springen so schnell auseinander, wie es nur menschenmöglich ist. Ashleys

Kiefer sackt beinahe zu Boden, während sie mit der Hand auf dem Bett nach ihrem T-Shirt tastet.

»Vee! W-was machst du denn schon so früh zurück?« Sie presst das Stück Stoff gegen ihren Oberkörper.

»Früh? Es ist nach sechs.«

»Wirklich?« Ashley springt vom Bett und zieht ihr T-Shirt über, als wäre die Uhrzeit wesentlich wichtiger als die Tatsache, dass sie mit *ihm* im Bett erwischt wurde.

»Du hast mich zwei Stunden an der Akademie warten lassen.«

»Shit, Shit, Shit.« Sie wirbelt wie eine Verrückte durch das Zimmer. »Ich … Bitte, verrate Mom nichts. Es tut mir so leid, Vee. Ich wollte an der Schule auf dich warten, damit du mich wie geplant abholst, aber dann … Ich schätze, wir haben die Zeit vergessen und …«

»Warte mal«, unterbreche ich sie. »Was meinst du damit, du wolltest an der Schule auf mich warten, damit ich dich abhole? Warst du gar nicht da?«

Ihr Gesicht verrät alles. *Das hatte nicht rauskommen sollen, oder?*

Sie verzieht das Gesicht. »Okay, sei nicht sauer, aber … Es kann sein, dass ich die sonntäglichen Proben erfunden habe.«

»Wie bitte?«

Sie schlägt sich die Hände mit den manikürten Nägeln vors Gesicht. »Ich weiß. Es tut mir so leid. Bitte hass mich jetzt nicht. Ich wollte nur einfach ein wenig freie Zeit haben. Mom treibt mich in den Wahnsinn.«

»Du willst mir also sagen, dass ich mir seit drei Monaten den Arsch aufreiße, um dich von einem Ort abzuholen, an dem du gar nicht jeden Sonntag sein musst?«

Als wäre es nicht schlimm genug, dass ich sie an jedem Tag der Woche von ihrem Gesangsunterricht an ihrer noblen Musikakademie abholen muss.

»Du weißt verdammt gut, dass Mom mir sonntags zusätzliche

fünf Stunden gebucht hätte, hätte ich mir die Proben nicht ausgedacht. Und ich habe so schon kaum Zeit zum Atmen. Es tut mir leid, dass du den Chauffeur spielen musst. Ich habe Mom gesagt, dass ich den Bus nehmen kann, damit sie dich nicht zwingt, mich abzuholen, aber sie hat darauf beharrt, dass du nichts Besseres zu t…«

»Ash.« Ich atme aus. »Ist schon gut. Ich verstehe das.«

Sosehr ich auch sauer auf sie sein will, ich kann es nicht.

Ich kann ihr nicht vorwerfen, dass sie auch ein wenig leben will.

Ich kann ihr auch nicht vorwerfen, dass sie so unglaublich talentiert ist, dass sie mit nur sechs Jahren *Rising Voices* gewonnen hat, einen großen Gesangswettbewerb im Fernsehen. Und *vor allem* kann ich ihr nicht vorwerfen, dass sie seitdem mit dem Preisgeld und ihrem YouTube-Kanal einen Großteil unserer Rechnungen bezahlt.

Die elfjährige Aveena hat sich einst nach diesem Scheiß gesehnt. Es hat eine Zeit gegeben, da hätte ich getötet, nur um Moms schillernder Stern zu sein. Das Zentrum ihres Universums. Damals hätte ich so gern Ashleys Platz eingenommen.

Heute nicht mehr.

Denn heute verstehe ich, welches Glück ich hatte, als ein ganz gewöhnlicher Mensch geboren worden zu sein.

Meine Mutter wurde in dem Moment der *Momager* meiner Schwester, in dem Ashley einen Ton halten konnte. Da kann sie nicht viel älter als vier gewesen sein. Und eines habe ich in der Zeit gelernt, in der ich zusehen musste, wie Ashley seit der Vorschule versucht, sich eine Karriere aufzubauen: es hat einen Preis, besonders zu sein. Und nur wenige sind mutig genug, ihn zu zahlen.

»Wirst du es Mom sagen?« Ashley kaut auf ihrer Unterlippe herum. Ich tue, als würde ich darüber nachdenken, obwohl meine Antwort bereits in Stein gemeißelt ist.

»Nein«, sage ich, und sie lässt erleichtert die Schultern sacken.

»Danke, Vee. Du bist die Beste.«

»Aber du fährst ab heute mit dem Taxi. Es ist mir egal, was du tagsüber machst: Solange wir beide zur gleichen Zeit zu Hause sind, muss Mom es nicht erfahren.«

Ohne ein Wort schlingt sie ihre Arme um mich, und ich erwidere die Umarmung halbherzig. Ich habe lange versucht, sie zu hassen, doch es hat nicht funktioniert. Denn egal, wie talentiert sie ist, egal, wie viele Hits ihre Songs auf YouTube kriegen, meine kleine Schwester ist ein wirklich netter Mensch.

Ich bin mit meiner Mutter in vielen Dingen nicht einer Meinung. Aber sie hatte recht damit, darauf zu bestehen, dass Ashley ihren Highschoolabschluss in Silver Springs macht, bevor sie nach Los Angeles zieht und diesem Superstar-Ding eine Chance gibt. Es hält sie geerdet …

Zum Großteil.

Na gut, manchmal hat Ash ein übergroßes Ego und glaubt, dass die Welt sich nur um sie dreht. Dabei erkennt sie nicht, wie viel Glück sie hat, das alles bereits mit siebzehn zu haben. Trotzdem ist sie eine gute Seele … Was mehr ist, als ich über das Stück Dreck in ihrem Bett sagen kann.

»Oh, und das hier …« Ich zeige auf ihren Ex-Freund. »Muss aufhören. Mom wird dich umbringen.«

Ashleys schlechte Entscheidung lässt seinen Blick einmal über meinen gesamten Körper gleiten.

»Lange nicht gesehen, Vee.« Sein Grinsen jagt mir Schauder des Ekels über den Rücken.

»Logan.« Ich gönne ihm kaum einen Blick, sondern konzentriere mich auf Ashley. »Seit wann seid ihr wieder zusammen?«

»Das ist ehrlich gesagt gerade erst passiert«, antwortet meine Schwester mit einem breiten, verliebten Lächeln im Gesicht, und mein Herz zieht sich zusammen.

»Ich dachte, du hättest die Stadt verlassen«, sage ich zu Logan und muss all meine Energie aufbringen, um meine Abneigung gegen ihn zu verbergen.

Du Scheißkerl. Du hast es versprochen.

Du hast versprochen, dass du nach dem, was wir getan haben, nie wieder zurückkommen würdest.

»Ich weiß, aber ich habe meine Meinung geändert. Was soll ich sagen? Ich habe mein Mädchen vermisst.« Er schaut mir direkt in die Augen, als er das sagt. Der Unterton ist so schmerzhaft deutlich, dass ich mir ein Loch graben und mich vor den Dämonen meiner Vergangenheit verstecken will.

Vor meiner Scham.

Ashleys Handy klingelt zum Glück, bevor es unangenehm wird.

»Mist, das ist Rob.« Sie dreht das Handy so, dass ich den Namen ihres Managers lesen kann. Mom glaubt gerne, dass sie die Kontrolle hat. Aber wir alle wissen, dass eigentlich er derjenige ist, der Ashley die Jobs verschafft. »Da muss ich ran.«

Sie verlässt das Zimmer und lässt mich mit dem Menschen allein zurück, den ich auf dieser Welt am wenigsten mag. Ihre polternden Schritte auf der Treppe sind Logans Stichwort, seinen Zug zu machen.

»Hast du mich vermisst?«, besitzt er doch tatsächlich die Frechheit zu fragen.

»Nicht für eine verdammte Sekunde.«

Ungerührt kommt er auf mich zu.

»Tja, das ist schade. Denn ich habe dich vermisst, *Vee-Card*.«

Ekel sammelt sich in meiner Kehle.

Hat er mich so genannt?

War das mein Spitzname, wenn er mit seinen Freunden über mich geredet hat?

»Verstehst du? Vee-Card? Weil du Aveena heißt und, nun ja, den Rest muss ich nicht erklären, oder?«

Nein, muss er nicht. Ich weiß, dass *V-Card* für *Virginity-Card* steht. Dieser bescheuerte Ausdruck steht dafür, dass man noch Jungfrau ist.

»L-lass mich eines klarstellen: Das mit euch beiden war vorbei. Ihr hattet schon Monate vorher Schluss gemacht.« Ich bemühe mich, selbstsicher zu klingen, aber meine Stimme ist kaum mehr als ein Flüstern. »Und du hast gesagt, dass du niemals zurückkommen wirst. Du und ich … Das hat nichts bedeutet. *Überhaupt nichts.* Verstanden?«

»Okay.«

Zuerst bin ich überrascht, wie einfach das war.

Überrascht, dass er die Botschaft anscheinend wirklich verstanden hat. Bis er die Tür zumacht und mich in der engen Ecke bei Ashleys Schreibtisch einkesselt.

Ich könnte kotzen.

Denn er ist hart.

Und ich bin ein schrecklicher Mensch.

Aber vor allem bin ich eine furchtbare Schwester. Ich hasse es, dass das einzig Verrückte, das ich je in meinem Leben gemacht habe, sich als mein allergrößter Fehler herausgestellt hat.

»Aber das bedeutet nicht, dass wir es nicht noch mal tun können, oder, Vee-Card?« Mit dem Daumen streicht er mir über die Wange, und ich zucke zurück. »Verdammt, wenn Ashley Bock darauf hat, könnten wir doch einen Dreier machen, was meinst du?«

Das Schlimmste ist: Ich glaube nicht, dass er das als Scherz meint.

»Lass mich verfickt noch mal in Ruhe!« Ich schubse ihn von mir.

»So ein schmutziger kleiner Mund. Mir hat es besser gefallen, als er um meinen …«

Ich ohrfeige ihn so hart, dass es mich selbst schockiert. Sein Kiefer erschlafft und seine Augen werden so dunkel wie seine Seele, als er einen drohenden Schritt auf mich zu macht.

»Du Schlampe«, stößt er zwischen zusammengebissenen Zähnen aus, verstummt dann aber, als Ashleys Stimme lauter wird. Sie ist immer noch am Handy, aber auf dem Weg zurück in ihr Zimmer. »Oh, Schwesterlein kommt zurück. Was meinst du? Ist es ein schlechter Zeitpunkt, um ihr die Idee mit dem Dreier vorzuschlagen?«

Die Angst scheint mir ins Gesicht geschrieben zu stehen, denn er lacht hämisch auf. Ashley und ich haben unsere Beziehung gerade erst wieder auf eine gute Ebene gebracht. Sie darf niemals erfahren, was passiert ist. Niemals.

»Sei doch nicht gleich beleidigt, Vee-Card. Dein Geheimnis ist bei mir sicher.«

Logan zieht sich aufs Bett zurück, wo meine Schwester ihn zurückgelassen hat. Tränen brennen in meinen Augen, und ich ziehe die Tür auf, doch zwei Sekunden bevor ich auf den Flur hinauslaufen kann, fügt Logan hinzu: *»Für den Moment.«*

4. KAPITEL

AVEENA

Es ist Viertel vor sieben, als ich in die Einfahrt zu Theodore Cox' Haus einbiege und den Motor abstelle. An jedem anderen Tag hätte ich mir alle möglichen Ausreden einfallen lassen, um nicht zu dieser Party zu gehen – oder dem »gemeinsamen Chill-out« oder wie auch immer sie das nennen. Aber ich musste aus dem Haus.

Weg von Ashley und Logan.

Vor allem, nachdem meine Mom ihn zum Dinner eingeladen hat. Es ist verrückt, wie leicht es Logan fällt, den Schalter umzulegen und einen auf netten Kerl zu machen. Es ist über ein Jahr her, dass er und Ashley sich getrennt haben, und der skrupellose und manipulative Mistkerl findet noch immer ohne ein Blinzeln in seine Rolle zurück.

Er hat seine Arschkriecher-Persönlichkeit perfekt gemeistert: das scheue Lächeln, das ständige »Bitte« und »Danke«, die falschen Komplimente an meine Mom, die unbedingt glauben will, dass sie nur halb so alt aussieht, wie sie ist.

Er hätte mich wirklich täuschen können. Verdammt, er *hat* mich getäuscht. Er hat mich dazu gebracht, ihm zu vertrauen, mich ihm zu öffnen, mein eigen Blut zu hintergehen.

Auf Theos Einfahrt stehen mehrere Autos, darunter Dias limettengrüner Käfer. Als ich auf das einstöckige Haus zugehe, tippe ich eine Nachricht an meine beste Freundin:

Ich bin hier.

Verdammt.

Ich war schon mal bei Theo. Auf der Party zum Ferienende, auf die Dia mich vor Beginn unseres letzten Schuljahres geschleppt hat. Bevor ich meine Manieren vergesse und uneingeladen eintrete, klopfe ich. Die Küche ist leer, aber die Arbeitsplatten sind mit leeren Bierdosen und roten Plastikbechern übersät.

»Dia?«, rufe ich und recke den Hals, um ins Wohnzimmer zu gucken. Keine Menschenseele in Sicht.

Doch dann höre ich einen spitzen Schrei, gefolgt von einem lauten Platschen und entferntem Gelächter. Ich folge den Geräuschen in Richtung Garten und schiebe die Glastür auf, hinter der sich die Elite der Easton High im Pool tummelt.

Nun ja, rein technisch gesehen sind es nur Finn, Dia und Theo. Brielle und die Kapitänin der Cheerleader, Lacey Mattson, liegen in ihren Bikinis auf gelben Sonnenliegen, während Axel Fletcher – ein Typ aus der Basketballmannschaft – sie beäugt, als wären sie Lammkoteletts.

Ich schlendere aus dem Haus, wobei sich Nervosität in meinem Magen ausbreitet. Dia schreit Finn an, weil er sie komplett angezogen ins Wasser geworfen hat, aber er schwimmt nur lächelnd auf sie zu, nimmt sie in die Arme und küsst sie und sie schmilzt daraufhin förmlich in seinen Händen.

Bisher hat mich noch niemand bemerkt.

Ich könnte nicht weniger hierherpassen, wenn ich mich bemühen würde. *Das ist mein Stichwort.* Ich ziehe mich langsam zurück und hoffe, es zu meinem Auto zu schaffen, bevor sie mich bemer…

»Vee?« Ich erkenne Dias Stimme.

Mist.

»Oh, hey.« Ich winke verlegen.

Alle Augen sind auf mich gerichtet.

»Wolltest du gerade gehen?«, fragt meine beste Freundin besorgt.

»Was? Nein, ich wollte nur … was zu trinken holen. Drinnen. Weil mir heiß ist.« Ich fächere mir Luft zu.

Sehr smooth, Trottel.

»Nicht nur dir.« Axel Fletcher schiebt seine Sonnenbrille ein Stück die Nase herunter, als würde er das Angebot mustern.

Arschloch.

Ich muss zugeben, der Kerl macht seinem Ruf alle Ehre. Er könnte eine solide Acht sein, wenn er nicht alles innerhalb eines Wimpernschlags sexualisieren würde.

Dia kommt aus dem Pool und geht schnurstracks zu der roten Kühlbox am Grill. Ihre durchweichten Shorts und das Tanktop kleben wie eine zweite Haut an ihr, und ihre dicken schwarzen Haare sind total zerzaust. Finn hat sie so *richtig* erwischt.

»Was willst du? Bier? Eistee? Wir haben alles.«

»Eistee klingt gut.«

»Bitte.« Sie reicht mir eine Dose Arizona Iced Tea.

»Mist, du hast deinen Badeanzug nicht dabei, oder?«

Ich schüttle den Kopf.

»Du etwa?« Ich zeige auf ihre Klamotten, und sie lacht.

»Ja, ich wollte ihn gerade anziehen, als mein Trottel von Freun…« Sie räuspert sich. »Als *Finn* mich in den Pool geworfen hat.«

Da ist es. Ich habe schon eine Weile darauf gewartet, dass sie sich verplappert, um meinen Verdacht bestätigt zu bekommen.

Ihre nichtexklusive Beziehung ist nicht Dias Idee. Und das war sie auch nie. Es ist Finns. *Er* ist derjenige, der auf diesem »Freunde mit gewissen Vorzügen«-Unsinn besteht. Dia hätte es schon vor einer Ewigkeit offiziell gemacht.

Das wird so was von nicht gut enden.

»Ich ziehe mich schnell um. Los, misch dich unter die Leute.« Sie deutet auf ihre neuen Freundinnen.

Ich nicke, flehe sie aber innerlich an, mich nicht mit ihnen allein zu lassen. Dia marschiert in Richtung Haus, bleibt dann aber kurz stehen und schaut über die Schulter zu mir zurück. »Oh, und Vee?«

»Ja?«

»Ich bin echt froh, dass du gekommen bist.«

Lüge ich und schenke ihr ein kleines Lächeln.

Nachdem Dia im Haus verschwunden ist, gehe ich zum Pool. Eine Sekunde lang überlege ich, ob ich mich zu den Mädels setzen soll, aber dann wird mir klar, dass ich mir eher die Augen mit einer Mistgabel ausstechen würde, als Small Talk mit Brielle Randall zu halten.

Wir waren schon vor der Highschool auf der gleichen Schule, und sie und ihr Gefolge haben mir damals das Leben zur Hölle gemacht. Auch als Dia und ich das erste Mal bei Finn und seinen Kumpels abhingen, verteilte Brie ständig Spitzen gegen mich.

Zu meinem Glück brachte Finn sie schnell zum Schweigen. Er meinte, jeder, der Dia wichtig wäre, wäre auch ihm wichtig und sie könne entweder ihr verdammtes Maul halten oder gehen. Finn mag ein Schwachkopf mit Bindungsängsten sein, aber selbst ich muss zugeben, dass er verdammt loyal ist.

»Hey Aveena!« Lacey winkt, als ich beinahe am Pool angekommen bin.

»Hey.« Ich schenke ihr ein Lächeln, und das ist überraschenderweise echt. Manchmal frage ich mich, warum Lacey mit Brielle abhängt. Okay, sie sind beide Cheerleader, umwerfend und beliebt, aber was ihre Persönlichkeiten angeht, könnten sie nicht unterschiedlicher sein.

Einmal hatte ich ein gemeinsames Naturwissenschaftsprojekt mit Lacey– äh, fangen wir noch mal von vorne an: Ich habe ganz allein ein Naturwissenschaftsprojekt gemacht, während Lacey dabei zugesehen hat, aber sie war nett. Sie ist vielleicht nicht die hellste Leuchte, aber dafür, dass sie die Kapitänin der Cheerleader ist, ist sie überraschend … anständig.

Ich setze mich an den Rand des Pools, rolle meine Jeans so weit hoch, wie es geht, und schlüpfe aus meinen gefälschten Toms, um meine Füße ins Wasser zu tauchen.

»Vee, hey. Ich freue mich, dass du kommen konntest«, sagt Finn aus reiner Höflichkeit. Es ist so offensichtlich wie Bries Selbstbräuner, dass er nur nett zu mir ist, weil ich Dias beste Freundin bin. Aber ich weiß es trotzdem zu schätzen.

Theo schnaubt. »Aveena, richtig? Hat dir jemals jemand gesagt, dass dein Name klingt wie eine Handcreme?«

Ich will gerade etwas erwidern, als Theos Augen aufleuchten.

»Da ist er ja!«, ruft er. »Das wurde auch verdammt noch mal Zeit.«

Ich wirble mit dem Kopf herum und sehe niemand Geringeren als Xavier Emery in all seinem sexy Good-Boy-Glow aus Theos Haus kommen. Ich würde ja gerne *Bad Boy* sagen, aber laut der gesamten Stadt kann der Kerl ja nichts falsch machen. Er trägt zerrissene Jeans und ein schwarzes T-Shirt. Es sieht so aus, als hätte er die Info, dass das hier eine Pool-Party ist, auch nicht bekommen.

»Babyyyy!« Brie springt von ihrer Liege auf, schlendert auf ihn zu und schlingt ihm die Arme um die Schultern, um ihm einen Kuss auf die Wange zu geben. Xavier schenkt ihr nicht mal einen Blick, bevor er ihre Arme einen nach dem anderen von sich löst.

Autsch.

Dann kommt er zum Pool und vollführt irgendeinen komplizierten Handschlag mit Finn und Theo.

Brie steht da mit weit aufgerissenen Augen und offenem Mund.

»Das kann nicht dein Ernst sein. Du bist immer noch sauer?«, winselt sie.

Cool wie ein Eisberg dreht Xavier sich zu ihr um, schaut ihr direkt in die Augen und sagt: »Ich bin nicht sauer. Das mit uns ist einfach nur vorbei.«

Im Garten ist es so still, dass ich meinen eigenen Atem hören kann.

»*Verdammmmmt Mann!*« Theo beißt sich auf die Faust.

Erinnert ihr euch, als ich sagte, dass Theodore Cox nicht komplett dämlich ist?

Das nehme ich zurück.

»Ich habe das gestern Abend ernst gemeint, Brie. Wir sind fertig miteinander. Du musst aufhören, mit meinen Freunden abzuhängen«, versetzt Xavier ihr den Todesstoß.

Jeder normale Mensch wäre in dieser Situation am Boden zerstört, aber die dominierende Emotion in Bries Miene ist nicht Trauer. Es ist Wut. Sie sieht aus, als überlege sie, wie sie damit durchkommen könnte, Xavier in eine Million kleine Teile zu zerlegen.

»Was auch immer. Ich habe dich sowieso nie geliebt«, erwidert sie schnippisch und wendet sich zum Gehen. »Lace, kommst du? Wir sind hier nicht mehr willkommen.«

»Ehrlich gesagt«, schaltet Finn sich ein, »Lacey ist hier, weil Dia sie eingeladen hat – im Gegensatz zu deinem Stalker-Arsch, der beschlossen hat, sich ihr anzuschließen und sich selbst einzuladen. Sie kann also bleiben.«

Für den Bruchteil einer Sekunde bricht Bries angeschlagenes Ego durch ihr Pokerface.

»Lacey?«, beharrt sie.

Lacey weicht Bries Blick aus. »Weißt du, ich … ich glaube, ich bleibe noch ein bisschen.«

Brie tut mir beinahe leid.

Aber nur beinahe.

Dann erinnere ich mich daran, wie sie in der dritten Klasse Sekundenkleber auf meinem Stuhl verteilt hat und ich meine Hose ausziehen musste, um aufstehen zu können.

Dia kommt in dem Moment in einem Bikini aus dem Haus, in dem Brie zu Xavier sagt: »Nur damit du es weißt, sollte jemand fragen, du bist grottenschlecht im Bett.«

Damit zeigt sie ihm den Mittelfinger und verlässt das Grundstück der Cox. Sekunden später rast ihr Wagen die Straße hinunter.

»Was zum … Was habe ich verpasst?«, fragt Dia.

»Brie ist gerade sitzen gelassen worden. Das hast du verpasst. Und jetzt schwing deinen süßen Hintern in den Pool«, befiehlt Finn. Dia gehorcht und gesellt sich zu ihrem Freund. Finn zieht sie an seine Brust und verteilt Küsse auf ihrem Hals und ihren Wangen, während sie kichert.

Wow, ich bin so dermaßen Single.

»Lace, komm!«, ruft Dia, und Lacey vergeudet keine Zeit, sondern springt mit einem Köpfer in den Pool. Wann haben die beiden sich angefreundet? Ach ja. Was hatte ich erwartet? *Dia ist jetzt beliebt.* Ich bin überzeugt, dass ich mich nirgendwo so fehl am Platz fühlen könnte wie in diesem Moment hier.

Bis *er* mir das Gegenteil beweist.

»Was zum Teufel macht *sie* hier?«

Ich muss ihn nicht ansehen, um zu wissen, dass er mich meint. Dennoch schießt mein Kopf hoch, und ich schaue in die lebhaftesten meerblauen Augen, die ich je gesehen habe. Bis zu diesem Punkt war ich still, beinahe unsichtbar, aber jetzt kann ich mich nicht mehr verstecken.

»Ich dachte, wir hätten gesagt nur enge Freunde.« Xavier starrt mich angewidert an.

»Sei kein Arsch, Mann. Sie ist Dias beste Freundin«, kommt Finn zu meiner Rettung.

»Na und? Sie ist keine meiner Freundinnen.«

»Ah, da ist der Tyrann, an den ich mich erinnere.« Die Worte verlassen meine Lippen, bevor ich sie zurückhalten kann. Bei meiner Antwort schießen Xaviers Augenbrauen in die Höhe. Ich schätze, er hat nicht damit gerechnet, dass ich etwas erwidere, weil ich das noch nie getan habe.

Tja, wir sind nicht mehr acht Jahre alt.

Sein Blick fixiert mich und in seinen Augen sehe ich eine

Million Fragen auftauchen. Erst da kapiere ich, dass ich das alles ganz falsch verstanden habe. Er ist nicht überrascht, dass ich was gesagt habe. Er ist verwirrt. *Weil er sich nicht an mich erinnert.*

»Fick dich, Xavier«, zischt Dia. »Sie bleibt.«

»Also wenn ich von jetzt an Sozialdienst leisten muss, sagt es mir wenigstens, damit ich den Scheiß in meinen Lebenslauf packen kann.« Xavier lacht sarkastisch auf und geht zum Haus zurück.

Ich bin sprachlos.

»Tut mir leid. Es liegt nicht an dir«, unterbricht Finn die Stille, sobald sein Kumpel außer Hörweite ist. »Xav ist im Moment zu jedem ein Arsch. Er macht gerade eine schwere Phase durch.«

Ich nicke, obwohl ich weiß, dass er lügt. Es liegt an mir. Xavier war in meiner Gegenwart immer so, aber irgendwie habe ich mich der Illusion hingegeben, dass er sich in den letzten zehn Jahren geändert hat.

Eines haben alle wenigstens richtig erkannt.

Xavier Emery ist nicht wie seine Freunde.

Er ist schlimmer.

* * *

»Du hast meine Frage vorhin nicht beantwortet. Dein Name … woher kommt der? Shampoo oder Handcreme?« Theo beugt sich für den ersten Stoß über den Billardtisch. Seine Frage lässt mich die Augen verdrehen, aber ich muss auch ein bisschen grinsen. Wir sind bereits bei unserem vierten Spiel.

Wie sich herausgestellt hat, ist Theodore Cox nicht die übelste Gesellschaft, wenn er nicht gerade Witze über meinen Namen macht. Seit wir uns alle ins Wohnzimmer zurückgezogen haben, unterhält er sich mit mir. Axel ist vor zwanzig Minuten gegangen. *Zum Glück.* Ich konnte mich nicht für das Spiel vornüberbeugen, ohne seinen Blick auf mir zu spüren. Xavier kam nach seinem dramatischen Abgang nicht mehr zurück. Finn hat ihm bereits mehrere Nachrichten geschickt, aber wie es scheint, hat der Kerl keine Sekunde länger in meiner Gegenwart ertragen können.

»Warte mal, ist deine Schwester nicht berühmt oder so?«, fragt Theo, als ich auf seine Neckereien nicht reagiere.

»Vielleicht. Warum? Willst du ein Autogramm?«, ziehe ich ihn auf und versenke drei Kugeln mit einem Stoß.

Theo lässt ein Lächeln aufblitzen. »Sorry. Es muss ätzend sein, ständig nach ihr gefragt zu werden.«

Ich bin versucht, ihm zu sagen, dass er ehrlich gesagt der Erste ist, der mich auf sie anspricht. Ashley war so jung, als sie *Rising Voices* gewonnen hat. Die Leute, die sich an sie erinnern, sind normalerweise älter. Hauptsächlich Eltern und Großeltern. Ich bin immer ein wenig überrascht, wenn jemand in unserem Alter Ashley aus ihrer Fernsehzeit kennt.

Ganz zu schweigen davon, dass meine Schwester sich ziemlich unter dem Radar hält.

Sie geht auf eine private Musikschule in einer anderen Stadt und hält sich von Partys und den Jugendlichen in Silver Springs fern. Außerdem ist sie keine Angeberin. Wenn man sie trifft, würde man nie ahnen, dass sie fast zwei Millionen Abonnenten auf YouTube hat oder mit sechs Jahren schon reich war.

»Meine Mom ist besessen von diesen ganzen verdammten Talentshows«, führt Theo weiter aus. »Im Moment schaut sie sich die Wiederholungen ihrer Lieblingssendungen an. Es gibt kaum eine Folge, bei der sie mich nicht über die Gewinnerin vollquatscht, die hier geboren und aufgewachsen ist. Ashley, richtig?«

Ich nicke.

»Ich habe mir ein paar ihrer Sachen im Internet angesehen. Sie ist gut.«

Glaub mir, *das weiß sie.*

»Außerdem ist sie heiß. Verdammt heiß.« Theo grinst.

Das weiß sie auch.

Ja, Ashley ist das Gesamtpaket: sie hat die Stimme eines Engels, ist gebräunt, schlank mit Kurven, hat bernsteinfarbene Augen und langes, honigfarbenes Haar. Sie wurde immer als »die Schönheit der Familie« betitelt, wodurch ich mich natürlich wie das hässliche Entlein gefühlt habe. Aber mein Dad pflegte zu sagen, wir wären beide gleich schön. Es wären einfach nur unterschiedliche *Arten* von Schönheit.

Es kostete mich Jahre, zu verstehen, was er damit gemeint hat.

Aber jetzt weiß ich, dass meine Schwester nicht so viel hübscher ist als ich. Sie ist einfach *auffälliger*. Was das angeht, ist sie ein wenig wie Dia. Sie trägt fließende Kleider, das richtige Make-up, um ihre gottgegebene Schönheit zu betonen, und sie gibt viel Geld für Haarmasken aus, damit ihre goldenen Locken diesen perfekten Glanz bekommen.

Sie *will* gesehen werden.

Ich? Eher nicht.

Als Kind fühlte ich mich von meiner Schwester so in den Schatten gestellt, dass ich meinen *Geist*-Status irgendwann mit offenen Armen annahm und es mir zur Aufgabe machte, unsichtbar zu sein. Den Großteil meiner Kindheit trug ich übergroße Sweatshirts und Jungsjeans. Daran hat sich nicht viel geändert. Schöne Kleidung oder meine Haare sind mir nicht so wichtig.

Wo läge darin auch der Sinn? Es ist ja nicht so, als ob es jemandem auffallen würde.

»Ist sie Single?« Theo setzt zu einem weiteren Versuch an.

Ich unterdrücke ein Grinsen.

»Ich würde dir ja ein Date mit ihr verschaffen, aber zu dieser Zeit im Jahr engagiert sie sich nicht für wohltätige Zwecke.«

Die anderen kichern über meine Antwort, und ich fühle mich wie das stolze Kind, das die Klasse zum Lachen gebracht hat. Seit Dia mir gesagt hat, dass wir in der Schule von nun an am Tisch der Sportler sitzen, habe ich das erste Mal das Gefühl, dazuzugehören.

Bisher stand ich nur am Rand und hielt meinen Mund. Aber da die gehässige Brie weg und auch Xavier verschwunden ist, wird mir langsam klar, dass ich die Gegenwart der anderen nicht komplett verabscheue.

»Verdammt, Vee. Ich wusste nicht, dass du das in dir hast.« Finn hebt seine Hand für mich.

Lachend klatsche ich ab, da legt Dia schon einen Arm um meinen Hals und zieht mich für eine seitliche Umarmung an sich.

»Mutig, Harper, das respektiere ich«, sagt Theo, während er sich die dunklen, beinahe schwarzen Haare aus den smaragdgrünen Augen streicht.

»Aber …?«, hake ich nach.

»Ich würde dich noch mehr respektieren, wenn du mir die Nummer deiner Schwester geben würdest.«

Ich schnaube. »Netter Versuch, Loverboy.«

Theo und Ashley würden nicht einen Tag überleben. Theo ist ein Frauenheld und Ashley viel zu klug, um sich von einem Typen wie ihm verführen zu lassen. Wobei, angesichts ihres derzeitigen und ihrer vergangenen Freunde vermute ich, dass ein sportlicher, grünäugiger und heißer Kerl wie Theo genau nach ihrem Geschmack wäre.

Wir spielen noch eine weitere halbe Stunde, bevor ich mich entschuldige, um ins Bad zu gehen. Als ich mir die Hände wasche, klingelt mein Handy. Ich gehe in die Küche, um zu sehen, wer es ist.

Mom.

Ich habe außerdem drei ungelesene Nachrichten von ihr.

Mom: Wo bist du?

Mom: Ashley muss morgen früh um Punkt sieben an der Schule sein. Frühunterricht. Und du fährst sie. Sie darf auf keinen Fall zu spät kommen.

Mom: Aveena???

Es ist noch nicht mal acht.

Einmal bleibe ich länger weg als sonst, und schon dreht sie durch aus Angst, dass ich ihren perfekten Zeitplan durcheinanderbringe. Ich leite ihren Anruf an die Mailbox weiter. Kurz darauf schwingt die Hintertür auf und Xavier stürmt in Theos Küche.

Auf keinen Fall will ich sein Verhalten von vorhin entschuldigen, aber Finn hat nicht gelogen. Xavier sieht aus, als hätte er gerade die Zeit seines Lebens – man bemerke den Sarkasmus.

Ich frage mich, warum er zurückgekommen ist. Nein, streicht das – ich frage mich, warum er bei meinem Anblick *geflohen* ist. Soweit ich weiß, bin ich nicht diejenige, die mit Farbe gefüllte Ballons auf ihn geworfen hat, als wir noch Kinder waren. Und ich habe auch nicht seine gesamte Familie mit einer Axt niedergemetzelt, also würde ich es sehr zu schätzen wissen, wenn er seine Feindseligkeit ein wenig herunterschrauben würde.

»Immer noch hier?«, stöhnt er, als er mich sieht.

»Immer noch ein überhebliches Arschloch?«, schieße ich zurück.

Eigentlich erwarte ich, dass er mit seinen fiesen Kommentaren gleich noch einen drauflegt. Deshalb könnt ihr euch meine Überraschung vorstellen, als ein kleines Lächeln um seine Mundwinkel spielt. Seine blauen Augen mustern mein Gesicht einen Moment zu lang, und ich winde mich innerlich unter seiner ungeteilten Aufmerksamkeit.

Warum, o warum nur, muss er so aussehen?

Seltsamerweise habe ich das Gefühl, dass er sich nie zuvor die Zeit genommen hat, mich wirklich anzuschauen. Ja, er sieht mich jeden Tag in der Schule. Sieht mein Gesicht in der Menge. Sieht mich beim Mittagessen irgendwo zwischen all den anderen am Tisch sitzen. Aber *sieht* er mich jemals wirklich an?

Nein.

Nicht so.

Nicht, als würde er etwas Neues entdecken.

Er scheint zu überlegen, ob dieses »Neue« etwas Gutes oder Schlechtes ist. Als sein halbes Lächeln zu einem vollen Grinsen wird, weiß ich, dass er sich eine Meinung gebildet hat. Trotzdem kann ich das Urteil in seinen Augen nicht entziffern.

»Was hast du noch mal gesagt, wie du heißt?« Er kneift die Augen ein wenig zusammen – ein Anzeichen dafür, dass er hart nachdenkt.

Mein Blut fängt an zu kochen.

Der Mistkerl hat mir meinen ersten Kuss geraubt und kann sich nicht mal mehr an mich erinnern!

»Aveena?«, sage ich in der Hoffnung, dass bei ihm etwas klingelt.

Er fährt fort, mich zu mustern, als wäre er sich immer noch nicht ganz sicher.

»Ich kenne dich, oder?«

Ich lache schnaubend.

Ist das sein Ernst?

»Wir gehen auf dieselbe Schule? Ganz zu schweigen davon, dass wir jeden Tag mit den gleichen Typen abhängen?«

Er schüttelt den Kopf. »Nein, das meine ich nicht. Ich kenne dich von irgendwo anders. Das hast du vorhin gemeint, oder?«

Ich verfluche mich dafür, dass ich meine große Klappe nicht halten konnte. Ich hätte das Thema einfach auf sich beruhen lassen sollen.

»Du hast gesagt, dass du mich als Tyrannen in Erinnerung hast«, erklärt er. »Haben wir mal was zusammen unternommen oder so?«

Aus reinem Selbstrespekt überlege ich, es zu leugnen. Ehrlich gesagt bin ich ein wenig verletzt, dass er die Puzzleteile nicht früher zusammengefügt hat. Sicher, wir waren damals erst acht, aber selbst Finn hatte mal erwähnt, dass er sich erinnert. Und wenn sogar Finn Richards sich an mich erinnert, der verplanteste Typ, den ich kenne, und noch dazu jemand, der – anders als Xavier – mir nicht meinen ersten Kuss gestohlen hat, warum kann er das dann nicht?

»Ich habe keine Ahnung, wovon du redest.« Ich wende mich zum Gehen.

»Das kann nicht sein.« Der Groschen ist bei ihm gefallen. »Die kleine Vee?«

Und da ist es.

»Du bist das Mädchen, das Finn und ich früher …« Er beendet den Satz nicht, aber ich weiß auch so, was er sagen wollte.

»Genervt? Aufgezogen? Gequält habt? Ja, das war ich. Ist dir das wirklich jetzt erst klar geworden? Sind wir heute ein bisschen langsam?«, spotte ich.

Mein Ausbruch scheint ihn jedoch nur zu amüsieren.

»Hey, zu meiner Verteidigung: Deine Mutter hat dich immer nur *Vee* genannt. Ich dachte, das wäre die Kurzform von Vicky oder Vivian oder so. Und außerdem ist das zehn Jahre her. Ich kann mich nicht mal mehr daran erinnern, was ich gestern zu Abend gegessen habe.«

»Wie auch immer«, erwidere ich achselzuckend.

»Shit, ich muss sagen, Vee …« Er betrachtet mich von Kopf bis Fuß. »Du hast dich ganz schön verändert.«

Meine Wangen drohen zu explodieren.

»Ich wünschte, ich könnte das Gleiche über dich sagen«, lüge ich durch zusammengebissene Zähne.

Xavier lächelt über meinen fehlgeschlagenen Versuch, das Unleugbare zu leugnen. Lasst uns nicht so tun, als hätte die Natur nicht allen weiblichen Wesen auf der Welt einen Gefallen getan, als sie Xavier Emery innerhalb eines Sommers von »süß« in »sündig heiß« verwandelt hat.

»Ich glaube, du wolltest *danke* sagen.« Er lässt ein selbstgefälliges Grinsen aufblitzen, das in mir den Wunsch weckt, mein Knie da zu versenken, wo es am meisten wehtut.

Und doch … mein Herz schlägt ein wenig schneller, als er auf mich zukommt. Er ist einschüchternd, und zwar auf verdammt nervtötende Weise. Nämlich unabsichtlich. Er *versucht* es nicht mal. Er hat einfach nur diese Ausstrahlung, dieses Charisma, das schwer zu ignorieren ist. Ich wünschte, es wäre mir egal, was für strahlende Augen er hat.

»Es überrascht mich, dass du dich dran erinnerst, wie ich damals ausgesehen habe. Du scheinst ja sonst Probleme mit deinem Erinnerungsvermögen zu haben«, feuere ich zurück.

»Ah, bist du beleidigt, weil ich mich nicht an dich erinnert habe, *kleine Vee*?«, zieht er mich auf, was mich nervt.

Denn er hat recht.

Es sollte mich nicht stören, aber das tut es. Ich habe es nie zugegeben, doch ich glaube, die »kleine Vee« hat ein wenig für den blauäugigen Jungen geschwärmt, der sie an jenem Tag unter der Rutsche geküsst hat. Wie schade, dass besagter Junge zu einem eingebildeten Blödmann herangewachsen ist.

Bevor ich etwas antworten kann, platzen Finn, Dia, Theo und Lacey in die Küche.

»Ich hab doch gesagt, dass ich ihn gehört habe«, sagt Theo.

»Xav, du bist zurück«, spricht Finn das Offensichtliche aus.

»Danke, Einstein.« Theo schnaubt, und Finn stößt ihm mit dem Ellbogen in die Rippen.

»Wohin bist du vorhin verschwunden, Mann?« Finn legt einen Arm um Dias Schultern und zieht sie an sich.

»Ich muss jetzt sonntags nachsitzen, du Armleuchter. Das habe ich dir gestern erzählt«, erklärt Xavier. »Mir ist erst eingefallen, dass das heute losgeht, als ich schon hier war.«

Damit wäre das erklärt.

»Stimmt ja. Sorry, Kumpel. Für … alles.« Finns Stimme trieft vor Schuldgefühlen. Ich vermute, dass Xavier doppelt so hart bestraft wurde, nachdem er behauptete, den Stinkbombenangriff alleine durchgezogen zu haben.

Xavier kann genauso gut seine Sachen packen und in den Nachhilferaum ziehen. Seine Chancen, seine freie Zeit diesen Monat irgendwo anders zu verbringen, stehen schlecht.

»Ich wusste nicht, dass man auch am Wochenende nachsitzen muss.« Theo rümpft die Nase.

»Tja, also … du wusstest auch nicht, dass man Kondome auch überziehen muss. Stimmts nicht, Lacey?«, fragt Xavier breit grinsend.

Alle lachen – außer Lacey und Theo. Praktisch jeder weiß, dass die beiden vor einer Weile einen großen Schreck hatten, da sie dachten, Lacey sei schwanger.

»Ficken Sie sich mit einem Kaktus, mein guter Herr«, gibt Theo ungerührt zurück. Gerüchten zufolge hatten Theo und Lacey die gesamte elfte Klasse über eine Affäre, bis zu jenem Schreck. Es war nur falscher Alarm, aber Grund genug für Theo, aus Angst das Ganze zu beenden.

Es ist kein Geheimnis, dass Lacey seitdem hofft, irgendwann wieder da anzuknüpfen, wo sie aufgehört haben. Seit der dritten Klasse ist sie von Theo besessen.

Der Rest des Abends ist lustig – *aus meinem Mund klingt das verrückt, oder*? Wir lachen, spielen Billard, und obwohl er die ganze Zeit kein Wort mit mir wechselt, scheint Xavier meine Gegenwart nicht mehr komplett abstoßend zu finden.

Ein erster Schritt.

Als ich mich um kurz nach zehn Uhr verabschiede, umarmt Dia mich fest. »Ich bin so froh, dass du …«, hicks, »ihnen eine Chance gegeben hast«, lallt sie an meinem Ohr. Ihre Sprache ist von den ganzen Wodka-Sodas, die sie hatte, ein wenig schleppend. Ich lasse sie in dem Glauben, auch wenn ich nicht denke, dass wir alle von jetzt an eine große, glückliche Familie sein werden.

Ich weiß, morgen werde ich beim Mittagessen wieder unsichtbar und sie weiterhin die Könige der Easton High sein. Ich werde meine Schicht in der Bücherei antreten, während Xavier, Theo und Finn sich ihren Basketball schnappen. Morgen wird alles wieder normal sein.

Morgen werde ich den Brief verbrennen, der mein Leben zerstören könnte …

Vorausgesetzt, niemand findet ihn bis dahin.

5. KAPITEL

AVEENA

Es heißt, ein Unglück kommt selten allein.

Ich dachte immer, das wäre eine hochtrabende Art zu sagen: »Wenn das Leben scheiße ist … *ist es richtig scheiße.*« Auch wenn ich zugeben muss, dass ich die Bedeutung dessen nie wirklich verstanden habe.

Bis jetzt.

Der Brief ist weg.

W-e-g. *Weg.*

Heißt: Mein Leben ist vorbei.

Ich bin mir sicher, dass mein Herzschlag für eine ganze Sekunde ausgesetzt hat, als ich in der Mittagspause in der Bücherei vorbeigeschaut habe und sah, dass der Gedichtband nicht da war, wo er sein sollte.

Es gibt nur ein Exemplar, und ich bin mir absolut sicher, dass ich es nicht verlegt habe. Gang sechs ist der zugeteilte Platz für das Buch. Ich muss es wissen – ich habe die Bücher persönlich sortiert.

Das muss ein Fehler sein.

Meine Kollegin Lucille, die Bibliothekarin, konnte sich auch nicht erinnern, wer das Buch ausgeliehen hatte. Allerdings sucht sie auch regelmäßig nach ihrer Brille, die sie auf der Nase trägt. Auf ihre Antwort konnte ich mich also kaum verlassen.

Ich hatte überlegt, ob ich sie bitten sollte, mich selbst in unserem System nachschauen zu lassen, entschied mich aber dagegen. Ich war außerhalb meiner Arbeitszeit hier, was hätte so wichtig sein können, dass ich tagsüber den Computer benutzen muss, wenn ich am Abend nach der Schule sowieso wieder hier sein würde?

Mein erster Gedanke war, dass der Brief irgendwo aus dem Buch gefallen ist, als jemand es zur Hand genommen hat, aber er war in der gesamten Bücherei nirgendwo zu finden.

Es war, als wäre er einfach vom Erdboden verschwunden.

Puff!

In der fünften Stunde reichte ich dann meinen zwanzigseitigen Aufsatz bei Ms. Callahan ein, konnte aber für den Rest der Stunde nicht ein einziges Wort aufnehmen, das aus ihrem Mund kam. Ich war zu sehr damit beschäftigt, mir vorzustellen, wer sich den Gedichtband ausgeliehen haben könnte.

Von leichter Panik angetrieben umklammere ich nach Schulschluss mein Handy und dränge mich auf dem Weg in die Bücherei durch die Menge auf den Korridoren. Ich arbeite jeden Tag nach der Schule bis sechs Uhr. Dann fahre ich direkt zur Musikakademie, um Ashley von ihrer privaten Gesangsstunde abzuholen.

Noch bin ich nicht zu Rektorin Emery gerufen worden, was ein gutes Zeichen ist. Aber meine Angst wird mich erst loslassen, wenn ich den Brief in den Händen halte und ihn in Fetzen reißen kann. Während ich über den Flur eile, rufe ich meinen Instagram-Account auf, um mich von dem Brief-Desaster abzulenken.

Drei Benachrichtigungen.

@The_Axel_Fletcher folgt dir jetzt.
@The_Axel_Fletcher gefällt dein Foto.
@The_Axel_Fletcher gefällt dein Foto.

Ich zucke innerlich zusammen und passe auf, dass ich ihm nicht aus Versehen auch folge. Erinnert ihr euch, als ich sagte, nach dem Abend bei Theo gestern würde alles wieder in normale Bahnen zurückkehren?

Das war nicht ganz richtig.

Ich wurde heute früh auf dem Flur von Finn und Theo mit einem Nicken gegrüßt. Und stellt euch vor: Dia war nicht bei mir.

Die beiden hätten mich früher nie bemerkt. Ich habe nicht zurückgenickt, weil ich dachte, vielleicht meinten sie jemand anderen und ich wäre dann der Trottel, der glaubte, sie meinten mich.

Immerhin war Xavier auch bei ihnen, doch er hat direkt durch mich hindurchgeguckt. Dann hat Theo den Kopf gedreht und gerufen: »Hey, Harper! Ich warte immer noch auf die Telefonnummer deiner Schwester.«

Es gab keinen einzigen Menschen auf dem Flur, von dem ich nicht angestarrt wurde.

»Darauf wirst du noch eine Weile warten müssen!«, rief ich zurück und er lachte laut, bevor er mit den Jungs in der Menge verschwand. *Seltsam.*

Und dann kam die Mittagspause.

Ich war sehr erfreut, zu erfahren, dass Brie nicht mehr mit uns essen würde, weil sie gerade vom Kapitän der Basketballmannschaft abserviert worden war. Zu meiner großen Überraschung wurde ich nicht ignoriert. Es war beinahe so, als hätte der gestrige Tag ihnen die Augen für meine Existenz geöffnet.

Axel hat ein paar Mal versucht, mich anzugraben, aber ich habe ihn höflich abgewiesen. Sein Name in meinem Instagram-Feed verrät mir jedoch, dass es nichts genützt hat. Theo hat mich noch weiter wegen Ashley genervt. Sobald ich durchsickern ließ, dass sie einen Freund hat, wandte sich der arme Kerl wieder Lacey zu. Von Finn wurde ich gefragt, ob Dia und ich am Freitag zum Spiel kommen. Direkt angesprochen zu werden, anstatt wie ein Möbelstück behandelt zu werden, fühlte sich seltsam an.

Auf gute Art seltsam.

Ich kam außerdem nicht umhin, zu bemerken, dass Xavier aussah, als würde er lieber Farbe beim Trocknen zusehen, als uns Gesellschaft zu leisten. Er hat kaum etwas gegessen, nur wenig gesagt und nicht gelacht, wenn alle anderen es taten. Ich verbringe meine Zeit jetzt schon seit ein paar Monaten mit den Sportlern, und auch wenn Xavier nicht so redselig ist wie seine Kumpels, habe ich ihn noch nie *so* schweigsam erlebt. Normalerweise teilt er genauso aus wie sie und lässt Finns und Theos Unsinn über sich ergehen, aber nicht heute.

Finn macht sich Sorgen um ihn, das konnte ich deutlich spüren. Er warf seinem besten Freund immer wieder Blicke zu, als wollte er etwas sagen, hat es aber nie getan. Alles in allem habe ich beschlossen, ein wenig nachsichtiger zu sein. Vielleicht sind sie alle gar nicht so übel.

Während ich die Tür zur Bücherei aufstoße, stecke ich mein Handy in die Hosentasche. Lucille steht hinter dem Computer und wühlt in ihrer Handtasche. Ihre Schicht ist vorbei, und sie sieht aus, als wäre sie mehr als bereit, zu gehen.

Gut.

Wir tauschen ein paar Höflichkeiten aus, bevor sie mit mir durchgeht, was heute noch zu tun ist. Ich warte so verzweifelt darauf, dass sie endlich geht, dass ich im Kopf die Sekunden zähle, bis sie zur Tür raus ist.

Sobald sie weg ist, lasse ich meinen Blick durch den Raum gleiten, der jetzt bis auf mich leer ist. Dann logge ich mich in den Computer ein, um unseren Katalog zu durchsuchen. Nachdem ich den Namen des Buches eingetippt habe, blinkt das Ladezeichen auf dem Monitor auf.

Komm schon, du Dinosaurier.

Mach zu!

Drei quälende Minuten später spuckt der Computer das von mir gewünschte Ergebnis aus. Zum ersten Mal seit Donnerstag habe ich das Gefühl, wieder atmen zu können. Als wäre mir die Last der Welt innerhalb einer Sekunde von den Schultern gefallen.

Das Buch ist da.

Es wurde heute zurückgebracht. Offenbar nachdem ich danach gesucht habe. Aber von wem? Ich recherchiere weiter und überfliege die Ausleihhistorie.

»Mr. Tate?«, denke ich laut.

Warum um alles in der Welt sollte mein Naturwissenschaftslehrer sich einen Gedichtband ausleihen? Mir fällt auf, dass er neun weitere Bücher ausgeliehen hat. Als ich das Datum sehe, runzle ich die Stirn.

Sonntag.

Warte. Was?

Die Bücherei ist sonntags *für alle* geschlossen.

Er muss irgendeine Sondergenehmigung besitzen. Das ist die einzig logische Erklärung. Ich denke nicht länger darüber nach, sondern eile zu Gang sechs und schnappe mir das Buch und damit hoffentlich auch meinen Brief an Ms. Callahan.

Bitte sei da.

Bitte sei da.

Bitte sei da.

Ich könnte vor Freude heulen, als ich das zerknitterte Papier sehe. Es ist noch da. Auf der gleichen Seit…

Moment.

Zuerst glaube ich, meine Wahrnehmung spielt mir einen Streich.

Dann sehe ich sie. Die Kritzeleien, die Wörter, die Kommentare. Jemand hat mir geantwortet. Schlimmer noch, jemand hat mich *korrigiert*.

Bevor ich mit meinem Wutanfall weitermache, würde ich mich gerne (nicht wirklich) für eventuelle Fehler entschuldigen, die ich in diesem Brief, den Sie wo möglich* niemals bekommen werden, gemacht habe.

*wohl möglich wird auseinandergeschrieben und womöglich nicht. Mein Gott, so schwer ist das doch nicht.

Ich kann es nicht fassen. Für wen zum Teufel hält er sich? Ich sage *er*, weil die Schrift aussieht wie von einem Kerl.

Verstehen Sie, meine Zeit ist begrenzt. Ich versuche meinen Highschoolabschluß* zu machen und damit ich endlich aus dieser Stadt verschwinden kann.

*Highschoolabschluss wird nicht mit ß geschrieben, weil es ein kurzes u ist. MEINE AUGEN BRENNEN.

Also, was ist schon dabei, wenn ich Sie n Arschloch nenne?

Um Himmels willen: Zwei Buchstaben mehr. Wie schwer kann es sein, ZWEI BUCHSTABEN einzufügen?

Es ist ja nicht so, als würde diesen Brief jemals jemand lesen.

Äh, das ist jetzt unangenehm …

aufrichtig,
aus tiefstem Herzen,
fuck you.
– L

L, hm? Ich frage mich, wie du wirklich heißt. Oh, ich weiß!
L … ern endlich, richtig zu schreiben?

Und jetzt macht er sich auch noch über meinen »Namen« lustig.

Ich hätte den Brief gar nicht erst unterzeichnen sollen. Das habe ich nur aus Gewohnheit getan. Spontan habe ich mich für

L entschieden, kurz für *Love*. Man könnte sagen, der Spitzname »Love« hat für mich sentimentalen Wert, was dieser Mistkerl aber nicht mal ansatzweise verstehen würde.

Hat er den Teil überlesen, in dem ich geschrieben habe, dass ich meine Rechtschreibfehler nicht korrigieren werde? Nein, streicht das. Hat er nicht gesehen, wie verletzlich ich in dem Brief war? Ich hatte an dem Tag die Schnauze gestrichen voll, also hat dieses Arschloch sich gedacht: »Ha, ich sollte mich mal so richtig über diese Fremde lustig machen.«

Gerade, als ich glaube, ich hätte alles gesehen, finde ich auf der Rückseite eine weitere Notiz in der gleichen Handschrift.

Das war lustig. Kleiner Tipp: Spar dir die Opferrolle. Keiner mag Heulsusen. Ich würde außerdem aufhören, Hassbriefe zu schreiben, wütende Maus. Stell dir vor, deine Lehrerin hätte ihn gefunden. Du willst doch nicht, dass sie einen Herzinfarkt erleidet, weil sie so sehr über deine Grammatik lachen muss?

Was zum Teufel habe ich da gerade gelesen?

Wer kann so ein riesiges Arschloch sein? Mr. Tate?

Immerhin hat er das Buch ausgeliehen. Aber nein. Auf keinen Fall. Der Mann würde keiner Fliege etwas zuleide tun, geschweige denn wie ein Bulldozer über jemandes Selbstwert brettern. Außerdem ist diese Schrift beinahe lesbar. Mr. Tates Anmerkungen auf meinen Arbeiten zu entziffern bereitet mir immer Kopfschmerzen.

Das hier war jemand anderes.

Wütend lasse ich den Gedichtband auf den nächstbesten Tisch fallen, reiße den Brief in tausend Fetzen und versenke diese tief im Papierkorb. Dann schnappe ich mir Stift und Block vom Empfangstresen. Ich bin mir sehr wohl bewusst, dass einen weiteren Brief in das Buch zu legen eine gigantische Zeitverschwendung ist. Die Chance, dass meine Antwort diesen Mistkerl erreicht, geht gegen null, aber das interessiert mich im Moment nicht.

Du denkst, du hast mich wütend gesehen, du Troll?

Dann warte mal ab.

* * *

Von dem Moment an, in dem ich die Tür zu unserem Haus öffne, plane ich meinen Fluchtweg. *Ich muss nur die Treppe erreichen, bevor jemand mich sieht.* Das ist zu schaffen. Mom ist in der Küche und telefoniert.

»Auf keinen Fall. Was davon verstehst du nicht? Wir haben das doch schon besprochen. *Meiner* Tochter steht es frei, die Stadt zu verlassen, wenn – und nur wenn – sie ihren Abschluss hat. Nicht einen Tag vorher!«

Ich vermute, sie streitet sich mit Robert, Ashleys Manager. Das tut sie in letzter Zeit oft. Jedes Mal, wenn sie das Gefühl hat, die Kontrolle über ihre kostbare Ashley zu verlieren, kriegt sie einen Anfall. Ash gleitet ihr langsam aus den Händen, und das weiß meine Mom. Sie *spürt* es kommen, fühlt, wie er jeden Tag näher rückt: der Moment, in dem Ashley achtzehn wird und sie verlässt.

Dann wird Mom sie nicht länger mit Sätzen wie *»Solange du minderjährig bist und unter meinem Dach wohnst«* in Schach halten können. Und ich denke – nein, ich weiß –, sie hat so viel Energie in Ashleys Karriere gesteckt, dass sie panische Angst davor hat, was sie mit sich anfangen soll, sobald ihre talentierte Tochter das Nest verlässt.

Rob hingegen wartet geduldig auf den Tag, an dem er Ashley zu einem echten Star machen kann. Und darauf muss er nicht mehr sonderlich lange warten. Nächstes Jahr macht Ashley ihren Abschluss an der renommierten Musikakademie, und damit wird die Herrschaft meiner Mutter ein für alle Mal enden.

Es würde mich nicht überraschen, wenn sie das Haus verkauft und Ashley um die halbe Welt folgt, um ihr Leben weiter regieren zu können.

So leise wie nur irgend möglich schließe ich die Haustür und schleiche auf Zehenspitzen zur Treppe. Ich bin nicht in der Stimmung, mit …

»Aveena? Bist du das?«

Verdammt.

»Wer sollte es sonst sein?«, murmle ich.

»Perfekt. Du bist zu Hause.« Meine Mom kommt um die Ecke. »Hast du Ashley von …«

»Ja, ich habe sie von ihrem Gesangsunterricht abgeholt.«

»Und hast du sie zu dem Zehnjahrestreffen der …«

»Ja, Mom«, sage ich.

»Mein braves Mädchen.« Mom nickt zufrieden.

Wir haben vor ein paar Tagen erfahren, dass die Produzenten von *Rising Voices* daran interessiert waren, ein Zehnjahrestreffen mit Ashley aufzuzeichnen. Eigentlich ist es elf Jahre her, aber ich schätze, das klingt nicht so schnittig. Sie waren so begierig darauf, dass das Team sogar die Reise nach North Carolina auf sich genommen hat.

In der Folge nächste Woche werden sie am Ende ein kleines Interview mit Ashley zeigen, ganz nach dem Motto: »Was ist aus den Gewinnern geworden?« Das überrascht mich nicht. Ashley ist eine der wenigen Gewinner von diesem Wettbewerb, die sich nach der Show tatsächlich eine Karriere und Online-Präsenz aufgebaut haben.

Ich erinnere mich noch daran, als wäre es gestern gewesen.

Es war gerade zwei Tage her, dass Ashley sich zum Sieg gesungen hatte. Sie, Dad, Mom und ich wollten aus Kalifornien abreisen, wo die Sendung gedreht wurde. Wir warteten in einer übertrieben teuren– von der Produktion gestellten – Hotelsuite auf unseren verspäteten Flug.

Da holte Mom ihre nagelneue Videokamera raus und sagte zu meiner Schwester, sie solle etwas singen. Meine Mutter sollte eigentlich Esther *Überflieger* Harper heißen, denn sie brauchte keine zehn Minuten, um Ashleys YouTube-Kanal einzurichten und ein Video von ihrer Sechsjährigen zu posten, wie sie *No One* von Alicia Keys singt.

Vierundzwanzig Stunden später hatte sie zehntausend Abonnenten.

Achtundvierzig Stunden später waren es fünfzigtausend.

Am dritten Tag hunderttausend.

Als Ashleys siebter Geburtstag heranrollte, waren es ironischerweise nur noch siebenhundert.

* * *

Mom nimmt ihr Handy heraus, um Abendessen zu bestellen. Sie kocht nicht. Sie sagt, seit sie Ashley in ihrer Musikkarriere unterstützt, hätte sie dazu keine Zeit mehr. Jetzt verbringt sie ihre Tage eingeschlossen in ihrem »Büro«, das mal der alte Trophäenraum meines Vaters war, und macht wer weiß was an ihrem Computer.

Ich kann mich nicht erinnern, wann wir den Raum das letzte Mal betreten durften, während sie gearbeitet hat. Seit Dad uns verlassen hat, hält sie die Tür verschlossen. Ashley zuckt nicht mal mit der Wimper über die Tatsache, dass Mom von ihrem Eine-Million-Dollar-Gewinn der Show sowie den Werbe- und Sponsoreneinnahmen ihres YouTube-Kanals lebt. Ich habe meine Schwester mal danach gefragt, und sie meinte, sie wäre einfach nur dankbar, weil Mom so sehr an sie geglaubt hat, dass sie sogar ihren Job als Buchhalterin gekündigt hat.

»Wann soll ich sie noch mal abholen?«, frage ich, bevor ich weitergehe.

»Rob wird sie heute Abend nach Hause bringen«, antwortet

Mom, den Blick fest auf ihr Display gerichtet. »Er ist heute früh eingeflogen, um sie zu begleiten.«

»Okay.« Ich wende mich zum Gehen, aber …

Etwas hält mich zurück.

Eine immer noch schmerzhafte Erinnerung.

»Mom?« Über die Schulter werfe ich ihr einen Blick zu.

»Ja, Schätzchen?« Sie scrollt weiter auf ihrem Handy.

»W-weißt du, was heute für ein Tag ist?« Meine Stimme bricht ein wenig.

Sie hält inne und denkt nach. »Montag?«

Sie könnte mir das Herz herausreißen und das würde *immer noch* weniger wehtun als das, was sie gerade gesagt hat. Alles würde weniger wehtun als ihre Ignoranz.

»Nein, das Datum«, stoße ich aus.

Als die Worte meine Lippen verlassen, ist es, als wäre die Heizung ausgefallen. Im Zimmer wird es kalt; die Luft ist so eisig wie das Herz, von dem ich mir nicht sicher bin, dass meine Mom es besitzt. Der winzige Anflug von Schmerz, der über ihre Miene huscht, erleichtert mich ein wenig.

Sie *weiß* es.

Auch wenn sie eher sterben würde, als darüber zu sprechen.

Sie räuspert sich. »Ich habe deine Sachen aus der Reinigung geholt und auf dein Bett gelegt.«

Ich wusste nicht, dass es möglich ist, so enttäuscht zu sein. Am liebsten würde ich schreien: »Das ist es? Wir werden *ein weiteres Jahr* lang so tun, als wäre nichts passiert? Ein weiteres Jahr so leben, als hätte unsere Welt nicht an diesem Tag vor neun Jahren aufgehört, sich zu drehen?«

Aber ich finde den Mut nicht. Stattdessen stürme ich aus dem Haus, steige in mein Auto und vergrabe meine Zähne in meiner Unterlippe, um die Tränen in Schach zu halten. Mein Tank ist beinahe leer, aber das ist mir egal. Ich muss das hier tun.

Für ihn.

Für *mich.*

Ich muss sein Leben feiern.

Da mir der Mut fehlt, zu den Quellen zu fahren – irgendwoher musste Silver Springs seinen Namen ja haben –, fahre ich ziellos umher, bis aus dreißig Minuten fünfundvierzig werden. Irgendwo habe ich mal gelesen, dass es besser ist, ein traumatisches Ereignis in jungen Jahren zu erleben, als wenn man bereits älter ist. Irgendwas darüber, dass Kinder ihre verstörendsten Momente in der hintersten Ecke ihrer Erinnerungen wegschließen und somit in der Lage sind, das Undenkbare hinter sich zu lassen.

Für einige mag das stimmen … Ich hatte nicht so viel Glück.

Ich war neun, als ich ihn gefunden habe. Nicht mehr wirklich ein Kind, aber auch nicht alt genug, um als Teenager zu gelten.

Dennoch erinnere ich mich an alles.

Jede Einzelheit.

Jedes Geräusch.

Aber woran ich mich am lebhaftesten erinnere, ist der Geruch.

Alkohol, Zigaretten …

Tod.

Am Tag nach meinem neunten Geburtstag nahm mein Vater sich in unserer Garage das Leben. Ashley, Mom und ich waren auf ein Benefizkonzert zugunsten von Leukämiekranken gegangen, wo Ash singen sollte. Wir hatten einen Mädelstag daraus gemacht, waren beim Friseur und dann im Einkaufszentrum, um das perfekte Kleid für Ashleys großen Auftritt zu suchen. Mom hatte sogar – wenn auch sehr widerstrebend – eingewilligt, dass ich mir die Haarspitzen pink färben lassen durfte, während meine Schwester blonde Strähnen bekommen hat.

Es war ein perfekter Tag.

Bis er es nicht mehr war.

Ich war vor Mom und Ashley ins Haus gelaufen, um Dad zu suchen. Ich konnte es kaum erwarten, ihm meine Haare zu zeigen. Ashley war immer ein Mamakind, aber ich war ganz die Tochter meines Vaters. Curtis D'Amour war mehr als mein Papa.

Er war mein bester Freund und der einzige Mensch in meinem Leben, bei dem ich das Gefühl hatte, er sähe mich genauso klar und deutlich wie meine Schwester. Der einzige Mensch, der mir das Gefühl gab, seine Favoritin zu sein. Er hatte sogar einen besonderen Spitznamen für mich, und nur für mich.

Love.

Ein alberner kleiner Name.

Das ist alles, was mir von ihm geblieben ist.

Als ich ihn nirgends finden konnte, ging ich in die Garage. Ich wusste, dass er seit dem Unfall seine Zeit gern dort verbrachte. Auch wenn ich nicht wusste, warum. Erinnert es ihn nicht daran, was er verloren hat?, fragte sich die neunjährige Aveena. *Denkt er nicht daran, dass er nie wieder eines dieser superschnellen Autos fahren kann?*

Mein Dad war Rennfahrer gewesen. Und zwar ein verdammt guter.

Er hatte es mehr geliebt als alles andere auf der Welt.

Offenbar sogar mehr als seine Familie.

Eine falsche Lenkbewegung, und es war vorbei.

Bei dem schweren Unfall verlor er nicht nur das Gefühl in seinen Beinen, sondern seine Karriere, seinen Traum. Er wurde ein komplett anderer Mensch. Über Nacht verwandelte er sich vom besten Vater der Welt in die leere Hülle eines menschlichen Wesens. Dann fiel er in eine so dunkle Depression, dass niemand, nicht einmal meine Mom, ihn da herausholen konnte.

Und sie hat es versucht. Bei Gott, sie hat es versucht. Sie hat meinen Vater mehr geliebt, als sie uns liebte. Sogar mehr, als sie Ashley geliebt hat. Sie zwang ihn, sich Hilfe zu suchen. Aber nach zwei Jahren konstanter Therapie fanden wir uns hier wieder.

In einer alten, staubigen Garage, die nach Abschieden roch.

Als ich hereinkam, sah ich ihn in einem alten Hängestuhl

sitzen. Zuerst rüttelte ich nur an seinem Arm. Ich flehte ihn – nein, ich *brüllte* ihn an, aufzuwachen, bis meine Stimme versagte. Mein kindliches Gehirn konnte nicht verstehen, was die leere Pillendose in seiner Hand bedeutete.

Es gab auch einen Brief.

Einen, den meine Mutter uns nicht hat lesen lassen.

Sie behauptete, er enthalte nur das Gefasel eines gebrochenen Mannes und wir wären zu jung, um so einer Tragödie ausgesetzt zu werden. Sie schwor, es wäre zu unserem Besten. Das einzig Wichtige sei, dass er gesagt habe, er liebe uns und es täte ihm leid. Ich habe geweint und sie angefleht, mich seine letzten Worte lesen zu lassen.

Ein paar Tage später verbrannte sie den Brief.

Danach haben wir nie wieder ein Wort über die Sache verloren.

Ashley und ich wurden von ihr in Therapie geschickt, damit wir mit jemandem über ihn reden konnten. Aber wir haben *niemals* direkt mit ihr gesprochen. Ich besuche die Therapie noch immer von Zeit zu Zeit. Mom ist damals komplett in die Leugnungsphase eingetreten und hat bis heute keinen Weg heraus gefunden. Es ist, als hätte sie dichtgemacht, nachdem sie mich von ihm hatte losreißen müssen. Schon lange bevor mein Dad starb, stand sie Ashley näher als mir. Aber nach jenem Abend wurde sie noch distanzierter.

Nach zwei Stunden ziellosem Herumfahren habe ich ausreichend Mut gefasst, um zu den Quellen zu fahren. Wenn ich als Kind traurig war, hat Dad mich hierhin mitgenommen. Die Quellen waren unser Ort. Unser Lieblingsplatz in der Stadt, sogar in der ganzen Welt. Wir haben am Fluss gesessen und der Natur und dem Wasser, das in der Ferne rauschte, gelauscht. Das hat mich jedes Mal wieder aufgeheitert.

Ich fahre auf den Parkplatz und schalte den Motor aus. Vom Auto aus kann ich die Quellen schon sehen und hören. Seltsamerweise ist es auf dem Parkplatz nie voll. Die Bewohner sind das Wunder der Stadt leid geworden und überlassen die Besuche jetzt den Touristen und den Pärchen, die nach einem Ort suchen, wo sie ungestört sein können.

Halbherzig öffne ich das Handschuhfach und hole Stift und Block heraus. Ich komme jedes Jahr gut vorbereitet her. Ich spreche es nie laut aus, aber ich hasse meine Mutter für das, was sie mit seinen letzten Worten gemacht hat.

Und da ich seinen Brief niemals werde lesen können …

Dachte ich, vielleicht kann er dafür meinen lesen.

Jedes Jahr komme ich hierher und lasse laute Musik durch den Wagen dröhnen, während ich mir die Augen ausheule und ihm einen Brief schreibe. Ich erzähle ihm alles, was er verpasst hat. Vermutlich ist das sinnlos, aber ich tue es trotzdem.

Früher habe ich den Brief ins Wasser geworfen und zugesehen, wie er auf den Grund sinkt. Aber irgendwann dachte ich, dass das nicht sonderlich gut für die Umwelt ist, deshalb reiße ich ihn jetzt immer in kleine Stücke und lasse diese vom Wind davontragen.

Was vermutlich auch nicht gut für die Umwelt ist, aber hey, ich habe mich wenigstens bemüht.

Ich drehe das Radio lauter, um meinen Zusammenbruch zu übertönen, und lasse alles raus. Ich weine, bis ich keine Luft mehr bekomme. Mein Brief ist nicht lang, aber das war seiner auch nicht.

Es war nur eine Seite.

Eine kurze Seite, um sich zu verabschieden. Ich unterschreibe den Brief mit »*Love*«, seinem Kosenamen für mich, und setze rückwärts aus der Parklücke. Als ich mein Fenster runterlasse, um meine Worte vom Wind zu meinem Vater tragen zu lassen, hoffe ich, dass … *Love* eines Tages für etwas Gutes stehen wird.

6. KAPITEL

XAVIER

Brie: Bist du wieder zu Verstand gekommen?

Brie: Ich habe dir doch gesagt, dass mir das mit der Snapchat-Story leidtut. Was willst du noch hören?

Brie: Hör auf, dich wie ein verdammtes Baby zu benehmen, und komm zu mir. Ich könnte etwas … Liebe gebrauchen 😉

Während ich durch die Nachrichten meiner Ex scrolle, springe ich aus meinem Truck und werfe mir die Sporttasche über die Schulter. Seit ich ihr gesagt habe, dass es mit uns vorbei ist, bombardiert sie mein Handy.

Ich tippe schnell eine Antwort ein.

Xavier: Kein Bedarf, danke.

Eine Nanosekunde später antwortet sie.

Brie: Wie wäre es mit jetzt?

Sie hat ein Foto angehängt, bei dessen Anblick mir die Augen aus dem Kopf fallen. Die Beleuchtung ist scheiße, aber gut genug, um eine nur in ihrem Slip auf dem Bett liegende Brie zu sehen, deren Nippel von Lolli-Emojis verdeckt sind.

Ich habe nichts gegen ein Versöhnungs-Nacktfoto, aber ich habe nicht vor, wieder mit ihr zusammenzukommen. *Ach, was solls.* Vielleicht fahre ich nach dem Nachsitzen bei ihr vorbei. Um Sex zu haben muss man nicht zwingend ein Paar sein.

Ich reagiere zum ersten Mal seit Tagen direkt auf das, was sie schreibt.

Xavier: Mit solchen Fotos solltest du vorsichtig sein.

Ich war ein Jahr mit Brie zusammen. Sie weiß also, dass ich mit ihren Nacktfotos *nie* etwas anstellen würde. Allerdings gibt es Jungs an der Easton, die so was im Bruchteil einer Sekunde viral gehen lassen würden.

Mein Handy piept einmal.

Brie: Hast du eine andere?

Zweimal.

Brie: Xavier?

Dann kommt die Drohung.

Brie: Denk an meine Worte: Wenn du eine andere vögelst, ist es mir egal, wer sie ist. Ich werde sie zerstören.

Uuund ich habe die Schnauze voll.

Ich versuche, ihrem Trotzanfall keinen Gedanken mehr zu widmen, und werfe das Handy in meine offene Sporttasche. Auf dem Weg zum Haus steigt mir der Geruch von Schweiß in die Nase. *Mein Gott, bin ich das?* Ich muss vor dem Nachsitzen dringend unter die Dusche. Das Training heute war brutal.

Hanks Auto steht auf der Einfahrt.

Genau wie das von meinem Dad.

Beinahe hätte ich es vergessen. Heute ist Pokerabend. Die Poker-Dienstage sind hier in der Gegend beinahe ein Ritual. Finn und ich mögen gute Freunde sein, aber unsere Dads? Die zwei sind so eng, wie man es ohne Blutsverwandtschaft nur sein kann. Wie sagt man noch? Seine Freunde kann man sich aussuchen, seine Familie nicht?

Meine Freundschaft mit Finn war weniger eine Wahl als Schicksal. Dank unserer alten Herren sind wir zusammen aufgewachsen, haben zusammen Basketball gespielt, sind zusammen zur Schule gegangen.

Sobald ich die Küche betrete, sehe ich die Sträuße aus weißen Rosen, die auf der Arbeitsplatte in der Küche liegen. In einem von ihnen steckt eine Karte. Ich gehe hin und ziehe sie heraus.

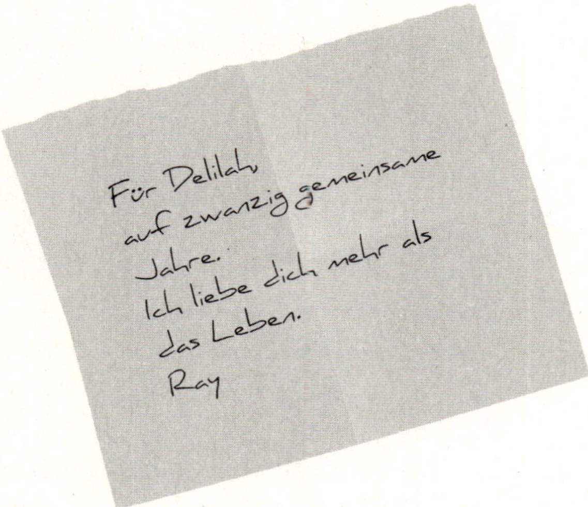
Für Delilah,
auf zwanzig gemeinsame
Jahre.
Ich liebe dich mehr als
das Leben.
Ray

Ich lasse meinen Blick über die Karte und die ungelenke Schrift meines Vaters gleiten. Stimmt, morgen ist der zwanzigste Hochzeitstag meiner Eltern. Dad organisiert stolz jedes Jahr etwas Besonderes für meine Mom, aber diesmal hat er sich selbst übertroffen. Hier liegen bestimmt zwanzig Blumensträuße.

Lasst mich raten – zwanzig Sträuße für zwanzig gemeinsame Jahre?

Bitte entschuldigt mich, während ich mich kurz übergebe.

Es ist ihm so wichtig, dass es mich krank macht. Es wäre so viel einfacher, wenn er nicht alles nur Denkbare tun würde, um den

Funken am Leben zu erhalten. Wenn er sie nicht so sehr lieben würde, hätte ich kein Problem damit zuzusehen, wie ihre Ehe in Flammen aufgeht.

Aber ich bin ein Feigling. Obwohl ich große Reden schwinge, bin ich zu feige, es ihm zu sagen. Wie auch immer, es liegt an meiner Mom, das Chaos aufzuräumen. Nur sie kann gestehen, was sie getan hat. Was sie schon seit Jahren tut. Wenn es nur einmal mit irgendeinem Fremden passiert wäre, könnte mein Dad es vielleicht verzeihen.

Aber sie hat sich das selbst eingebrockt, als sie sich gegen meinen Vater entschieden hat.

Schritte erklingen im Flur, und ich wirble herum und sehe meinen Vater mit Hank in die Küche kommen. Vermutlich sind sie auf dem Weg nach draußen, um sich mit ein paar anderen zum Pokerspielen zu treffen.

»Warum bist du nicht beim Training?«, fragt mein Dad.

Dir auch einen schönen Abend, Vater.

»Der Trainer hat uns heute früher gehen lassen. Ich dachte, ich springe schnell unter die Dusche und ziehe mich um, bevor ich zum Nachsitzen gehe.«

»Für wen willst du denn gut riechen? Diese Brie vielleicht? Geht ihr beide auf ein Date?«, zieht Hank mich auf. »Ich drücke die Daumen, dass das nicht auch auf Snapchat landet.«

»Das nennt sich Hygiene, alter Mann«, erwidere ich, und Hank lacht kehlig auf. Verrückt, dass ich nie die Eier hätte, so etwas zu meinem Dad zu sagen, es aber, ohne mit der Wimper zu zucken, zu Finns Vater sagen kann.

Hank war immer schon wesentlich entspannter als mein Vater. Er ist der coole Dad, der über seine eigenen Witze lacht – ihr wisst schon, welche Sorte Dad ich meine. Aber glaubt nicht, dass er einem nicht einen Arschtritt bis zum Mars und zurück geben würde, wenn man was verbockt. *Man erinnere sich nur an die Szene auf dem Polizeirevier.*

Alles in allem ist er ziemlich entspannt, wenn er einen nicht gerade anschreit, während diese freakige Ader in seiner Stirn pocht. Das mag auch etwas damit zu tun haben, dass er stinkreich ist.

Mein Dad ist das genaue Gegenteil.

Raymond Emery ist der kühle Dad, dem zu viel Zuneigung unangenehm ist, und der sich hinter dem Vorwand versteckt, nur das Beste für sein Kind zu wollen. Ohne besagtem Kind jemals wirklich *zuzuhören*. Das ist einer der vielen Gründe, wieso er und Hank sich so gut verstehen. Sie balancieren einander aus. Finns Dad erinnert meinen daran, ab und zu mal loszulassen.

Ich muss innerlich lachen, als ich daran denke, was Hank gerade gesagt hat.

Eines ist sicher: Für dieses Arschloch Mr. Tate möchte ich bestimmt nicht gut riechen. Ich wusste in der Sekunde, in der mein alter Naturwissenschaftslehrer den Raum betrat, dass diese Stunden die reinste Hölle werden.

Der Kerl hasst Finn, Theo und mich mit brennender Leidenschaft, weil wir in der zehnten Klasse ständig Ärger in seinem Unterricht gemacht haben. Ich hätte nicht gedacht, dass er nach all dieser Zeit immer noch einen Groll gegen mich hegt, aber sein Blick sagte alles.

Ich schwöre euch, ich habe ein finsteres Lächeln gesehen.

Ich konnte ihn förmlich denken hören: *Karma, Bitch.*

Er sah außerdem so aus, als würde er lieber in der Hölle schmoren, als uns Nachsitzer zu beaufsichtigen. Wir waren zu zehnt und der Wichser musste mir natürlich den dicksten Gedichtband aller Zeiten geben, um ihn in den nächsten zwei Wochen abzuschreiben.

Zufall?

Verfickt noch mal, ich denke nicht.

Ich hatte nicht die geringste Ahnung, dass ich darin etwas finden könnte, das mich unterhält. Es ist zwar höchst unwahrscheinlich, dass ich noch mal einen Brief von dem wütenden Mädchen entdecke, aber ich hatte meinen Spaß.

»Bist du bereit für das Spiel am Freitag?«, nervt mich mein Dad.

»Immer.« Ich wende mich zum Gehen. Das Nachsitzen fängt in fünfundvierzig Minuten an, und ich rieche wie seit zwei Wochen in der Sonne stehender Müll. Gott sei Dank muss ich in den nächsten beiden Wochen nur sonntags, dienstags und donnerstags nachsitzen, sonst würde ich den Verstand verlieren.

»Sind die neuen Taktiken vom Coach gut? Was ist mit dem Training?«, hakt mein Vater nach. »Bekommst du mit dem ganzen Nachsitzen ausreichend Stunden rein? Und warum hat der Coach euch heute früher gehen lassen?«

Mom meint, das wäre Dads Art, mir zu zeigen, dass ich ihm wichtig bin. Manchmal glaube ich allerdings, dass das *alles* ist, was ihn interessiert. Allein die Tatsache, dass mein Dad der Nächste auf der Liste für die Trainerposition unserer Schule ist … Er hat den Job als Sportlehrer lediglich in der Hoffnung angenommen, eine Chance auf die Stelle als Trainer zu bekommen, wenn er nur lange genug wartet. Ich danke täglich meinem Glücksstern, dass das noch nicht geklappt hat.

»Dad, ich komme zu spät. Können wir nachher sprechen?«

Missbilligend presst er die Lippen zusammen. Seine Neugier ist noch lange nicht befriedigt. »Ich nagle dich darauf fest.« Er geht zur Haustür. »Deine Mom sollte bald zu Hause sein. Sag ihr, ich wünschte, ich wäre da, um ihre Reaktion zu sehen.« Er zeigt auf die Blumen.

»Mache ich.«

»Bis später, Punk.« Hank hebt eine Hand zum Salut an die Stirn, bevor er meinem Vater aus dem Haus folgt.

* * *

Jemand muss mich kneifen.

Da ist ein weiterer Brief.

Da. Ist. Ein. Weiterer. Brief.

Ich habe den ganzen Abend versucht, mich davon zu überzeugen, dass die Chance auf eine Antwort gegen null geht. Aber da ist sie. Steckt ordentlich zwischen zwei Seiten. *Heute muss mein Glückstag sein.*

Ich werfe einen Blick zu Mr. Tate, der vorne am Tisch Arbeiten korrigiert. Ich habe keine Ahnung, wie die wütende Fremde es geschafft hat, innerhalb der achtundvierzig Stunden, in denen das Buch in der Bibliothek stand, einen Brief reinzulegen. Aber das ist mir auch egal. Ich bin nur froh, dass ich etwas anderes zu tun habe, als für die nächsten zehn Minuten Gedichte abzuschreiben.

Vorsichtig falte ich den Brief auf und fange an zu lesen.

Liebe Grammatikpolizei,

ich hoffe, du wirst von einem Auto angefahren. Versteh mich nicht falsch, ich will nicht, dass du stirbst. Denn im Gegensatz zu dir bin ich ein GUTER Mensch. Und gute Menschen laufen nicht herum und schikanieren grundlos andere Leute. Trotzdem würde ich mir wünschen, dass du von einem Auto angefahren wirst.

Und dir dabei vielleicht eine Rippe brichst. Oder zwei.

Oder vierundzwanzig.

Vielleicht könntest du dann deine Genesungszeit nutzen, um dich zu fragen, warum du so ein

Arschloch bist. Denk mal scharf darüber nach. War es eine schwere Kindheit? Abwesende Eltern?

Ich würde es zu gern wissen.

Das hier wirst du vermutlich nie lesen, aber für den Fall, dass ich mich nicht deutlich genug ausgedrückt habe: Ich brauche weder deine Hilfe, was Grammatik angeht, noch deine gehässigen Kommentare zu meinem Brief, der übrigens PRIVAT hatte bleiben sollen.

Und nur fürs Protokoll: DU KENNST MICH NICHT. Ich bin das absolute Gegenteil von einer Heulsuse. Oder einer »wütenden Maus«. Und überhaupt: Woher willst du wissen, ob ich ein Mädchen bin?

Ich könnte ein zwei Meter großer Kerl mit einem fiesen rechten Haken sein. Also, hier ist mein Vorschlag, Arschloch: Spielen wir ein Spiel namens fick dich.

Du fängst an.

L

Ich sollte beleidigt sein, schockiert von der großen Klappe dieses Mädchens. Aber während ich den Brief zum dritten Mal lese, kann ich nicht anders, als zu grinsen, bis meine Wangen schmerzen.

Die wütende Maus hat Temperament.

Ein Punkt für mich.

Ich muss mir das dumme Lächeln von meinem Gesicht wischen, um nicht die Aufmerksamkeit von Mr. Tate auf mich zu ziehen. Ich kann es kaum glauben, aber ich fühle mich im Moment wirklich gut unterhalten – und seltsamerweise vielleicht sogar erregt?

Also schnappe ich mir einen Stift, drehe den Brief um …

Und mache mich an die Arbeit.

* * *

AVEENA

Das Buch ist am Dienstag erneut ausgeliehen worden.

Und das Verrückte ist? *Wieder* von Mr. Tate.

Er hat dieselben zehn Bücher ausgeliehen. Was seltsam ist, aber ich denke nicht weiter darüber nach. Vielleicht mag er langweilige Bücher? Andererseits scheint er sie nicht zu lesen, denn sonst hätte er meine Briefe schon längst gefunden. Vermutlich ist es vollkommen unrealistisch von mir, aber als ich sah, dass das Buch nicht mehr da war, hatte ich nur einen Gedanken: … Werde ich wieder eine Antwort bekommen?

Dafür habe ich mich selbst ausgelacht.

Träum weiter, Vee.

Ich winke Lucille zum Abschied und warte ungeduldig auf das Geräusch der zufallenden Tür, bevor ich den Buchtitel in den Computer eintippe.

Lädt.

Lädt.

Lädt.

Dann ploppt endlich der Status des Buches auf.

Ich halte den Atem an.

Vorhanden.

Was zum …

Ich kann kaum den Blick von diesem kleinen Wort losreißen. Die Bücherei ist beinahe wie ausgestorben. Lediglich eine alte Frau und ihr Ehemann sind da. Ich bin mir sicher, dass ich es schaffen werde, während meiner Schicht einen Blick ins Buch zu werfen.

Zögernd schleiche ich wie eine Kriminelle zu Gang sechs und sehe mit Erleichterung, dass das Buch auf dem untersten Regalbrett steht.

Doch …. Mein Brief liegt unberührt zwischen zwei Seiten.

Keine Korrekturen.

Keine gemeinen Kommentare.

Nichts.

Dann drehe ich das Blatt um.

Ich will verdammt sein.

Liebe wütende Maus,

erst einmal danke für den Lacher. Den habe ich gebraucht.
Zweitens, du solltest dich nicht so schnell ärgern lassen. Das nimmt der Sache den Spaß.
Um deine Frage zu beantworten: Deine schnörkelige Schrift hat mir verraten, dass du ein Mädchen bist. Oh, und wie du in deinem ersten Brief an Ms. Callahan das Opfer gespielt hast. Erinnerst du dich? »Ich Arme, meine Mummy liebt mich nicht und ich muss einen Aufsatz schreiben.«
Heul leiser.
Wir haben alle unsere Probleme.
Du hast mich außerdem gefragt, warum ich ein Arschloch bin. Die Wahrheit ist: Das bin ich nicht. Zumindest nicht im echten Leben. Ich bin ehrlich gesagt ein ziemlich netter Kerl, wenn

man mich erst einmal kennt. Wenn auch schätzungsweise nicht ansatzweise so nett, wie du es bist. Ich drehe durch, sobald das Leben ätzend wird. Aber du, wütende Maus? Du wirkst wie ein Mädchen, das sich auch noch dafür bedankt.

Hut ab, dass du keine Mordgelüste hast.

Du sagst, dass du ein guter Mensch bist. Wie wäre es, wenn du mich das beurteilen lässt? Weißt du, ich glaube, wir sind nur so gut wie das Schlimmste, das wir je getan haben.

Also, sag mir, wütendes Mädchen:

Was ist das Schlimmste, das du je gemacht hast?

Zac

PS: Das ist ein ausgedachter Name, damit du mich nicht weiterhin »Grammatikpolizei« nennen musst. Gern geschehen.

Ich könnte ihn erwürgen.

Wenn dieser »Zac« wirklich glaubt, ich wäre so dumm, meine dunkelsten Geheimnisse mit einem Fremden zu teilen, wird er eine Überraschung erleben. Ich blicke mich schnell in der Bücherei um, beobachte einen Moment das ältere Paar, das sich in der Psychologie-Abteilung umsieht, und überlege, ob ich diesem Troll noch mehr von meiner Zeit schenken soll. Antworte ich? Oder schmeiße ich den Brief weg und bereite dem Ganzen ein für alle Mal ein Ende?

Fünf Minuten später entscheide ich mich für: »Ach, was ich habe ich schon zu verlieren.«

Er will ein Geständnis?

Dann bekommt er eins.

7. KAPITEL

AVEENA

Lieber Zac,

(was für ein langweiliger Name übrigens. Du hättest dir jeden Namen aussuchen können. JEDEN. *kopfschüttel*)
Herzlichen Glückwunsch, du hast mich ertappt. Ich bin ein Mädchen. Schade, dass das das Einzige ist, das du richtig erraten hast. Ich habe gesagt, dass ich ein guter Mensch bin. Aber ich habe NIEMALS behauptet, ich wäre perfekt. Auch wenn es dich nichts angeht: Als ich elf war, habe ich meinen Eltern mal zwanzig Dollar geklaut, um mir ein Jonas-Brothers-Album zu kaufen.
Rein technisch gesehen bin ich also eine Kriminelle.
Und rein technisch gesehen ist deine Theorie außerdem Müll.
Wer sagt, dass man es nicht vermasseln und trotzdem ein guter Mensch sein kann? Scheiß was auf deine »Man ist nur so gut wie das

Schlimmste, das man jemals getan hat«-Mentalität. Wie wäre es mit: »Man ist nur so schlecht wie sein Mangel an Reue?«
Es ist kein Weltuntergang, wenn man es mal verbockt. Im Leben gibt es so viel mehr. Nicht alles ist schwarz oder weiß. Manchmal ist es grau. Verwirrendes, uneindeutiges Grau. Und am Ende des Tages läuft alles auf eine einzige Frage hinaus ...
Bereust du es?
Wenn die Antwort Ja lautet, gibt es Hoffnung. Es bedeutet, dass man seine Fehler einsieht und es besser machen kann. Dass man sich ändern kann. Menschen werden nicht über ihre Fehler definiert, Zac.
Sondern über die Entscheidungen, die sie anschließend treffen.

L.

PS: Was ist das Schlimmste, das DU je getan hast?
PPS: Deine Theorie ist trotzdem Müll.

* * *

Liebe L,

DAS IST ALLES?
DU HAST MAL 20 DOLLAR GEKLAUT?
DAS ist das Schlimmste, was du je getan hast? Mein Gott, ich fremdschäme mich für dich. Oh, und nette Ansprache, die du da gehalten hast. Fünf Sterne. Ich hatte beinahe Tränen in den Augen.
Du willst also meine dunkelsten Sünden wissen? Erwarte nicht zu viel. Ich gebe nur so viel, wie ich bekomme. Und deine jämmerliche Entschuldigung eines Geständnisses macht noch nicht mal die Kalorien wett, die ich verbrenne, während ich das hier schreibe.
So eine Schande. Ich wollte die großen Geschütze auffahren und dir die Crème de la Crème geben (ich rede hier von Geschichten, bei denen dir der Mund offen stehen bleibt), aber jetzt bin ich mir nicht mehr so sicher, ob du das überhaupt verdient hast.
Also: wappne dich, wütendes Mädchen.
Hier kommt ein Geständnis auf Kindergartenniveau.
Das Schlimmste, was ich je getan habe #1: Als ich zehn war, habe ich einmal aus Versehen einem Mädchen die Vorderzähne mit einem Football ausgeschlagen. Ihre Eltern konnten es sich nicht leisten, das richten zu lassen. Also hat sie mich verpetzt (in der Hoffnung, dass meine Eltern das Bargeld ausspucken würden), und ich habe es geleugnet, kleiner Scheißer, der ich damals war. Sie ist drei Jahre lang ohne Vorderzähne herumgelaufen und wurde dafür heftig gehänselt. Noch heute habe ich deswegen Schuldgefühle.
Das Schlimmste, was ich je getan habe #2: Bevor wir den Führerschein hatten, haben mein Kumpel und ich das Auto seines Vaters geklaut und sind damit gegen einen Laternenmast gekracht. Wir sind panisch geworden und mit dem Wagen

mitten ins Nirgendwo gefahren in der Hoffnung, sein Dad würde ihn als gestohlen melden und es niemals herausfinden. Kurz gesagt, sie haben das Auto innerhalb von zwei Stunden gefunden. Wir haben dafür den ganzen Sommer gratis in seiner Firma gearbeitet.

Danke, Verkehrsüberwachungskameras.

Das reicht für heute. Wie gesagt, ich habe noch VIEL verrücktere Geschichten als diese. Unglücklicherweise musst du dich ihrer als würdig erweisen. Aber da ich gute Laune habe, gebe ich dir noch eine Chance: Erzähl mir etwas Verrücktes. Vielleicht überlege ich es mir dann noch mal …

Zac

PS: Dich »wütende Maus« zu nennen wird langsam langweilig. Hast du auch einen Namen?

Ich falte den Brief in der Mitte und nehme ihn aus dem Buch, bevor ich ein Blatt von meinem Notizbuch reiße und mich daranmache, zu antworten. Die Bücherei ist seit zehn Minuten für die Öffentlichkeit geschlossen. Zehn Minuten, und ich bin immer noch hier und mache »Überstunden«, nur damit ich einem komplett Fremden einen Brief schreiben kann.

Heute war, wie immer am Freitag, so viel los, dass ich bisher keine Gelegenheit dazu hatte. Ich muss verrückt geworden sein, denn während ich die perfekte Antwort formuliere, merke ich, dass ich Spaß habe. *Echten* Spaß. Dieser Zac-Typ bietet mir was für mein Geld, so viel ist sicher.

Sobald ich fertig bin, lege ich den Brief wieder zwischen zwei Seiten und bringe das Buch zurück zu Gang sechs. Hoffentlich leiht Mr. Tate es sich nächste Woche wieder aus.

Als ich die Bücherei abschließe, vibriert mein Handy mit einer Nachricht von Dia.

Dia: Wir gehen heute Abend nach dem Spiel zu Finn. Nur die Gang. Interesse?

Mit einer Hand tippe ich meine Antwort ein, mit der anderen taste ich in meinen Hosentaschen nach dem Autoschlüssel. Normalerweise wäre ich um diese Zeit schon auf halbem Weg zu Ashleys Schule. Mom wird meinen Kopf auf einen Spieß stecken und über den Kamin hängen, sollte meine Schwester zu spät nach Hause kommen.

Aveena: D, du weißt, dass du mich nicht zu allem einladen musst, oder? Du kannst feiern gehen und deinen Freund sehen, ohne mich immer mitschleppen zu müssen.

Es ist schon schlimm genug, dass sie darauf besteht, heute Abend gemeinsam mit ihr zum Basketballspiel zu gehen. Auf keinen Fall will ich, dass sie sich verpflichtet fühlt, mich überallhin mitzunehmen, nur weil wir beste Freundinnen sind. Dias Leben ist jetzt anders, und das verstehe ich. Aber auf Mitleidseinladungen kann ich gut verzichten.

Ihre Antwort kommt sofort:

Dia: Zuerst einmal ist er nicht mein Freund. Und zweitens, Finn wollte, dass ich dich einlade. (Auch wenn ich das sowieso getan hätte.)

Dia: Und Theo hat gefragt, ob du kommst.

Dia: Mit deiner Schwester, aber trotzdem.

Dia: Sieht so aus, als würdest du ihnen langsam ans Herz wachsen, Vee ;)

Ich kann das Grinsen nicht unterdrücken, das sich auf meinem Gesicht ausbreitet. Die Veränderungen in der Dynamik sind mir diese Woche nicht entgangen.

Dia: Also? Kommst du? Und falls du überlegst, Nein zu sagen, gibt es jetzt eine neue Art, das zu schreiben.

Aveena: Die da wäre?

Dia: J-A.

Ich lache leise auf.

Aveena: Okay, ich bin dabei.

Dia: JUHU! Wollen wir uns vor dem Spiel gemeinsam fertig machen?

Aveena: Klar. Ich komme zu dir, sobald ich Ashley zu Hause abgesetzt habe.

* * *

Unser Team hat gewonnen.

Okay, ich werde nicht lügen und so tun, als hätte ich in der Sporthalle die beste Zeit meines Lebens gehabt. Aber es wäre lächerlich zu behaupten, ich hätte es nicht genossen, Xavier, Finn und Theo muskulös und verschwitzt in ihren schwarz-weißen Trikots herumlaufen zu sehen.

Ich war noch nie bei einem Spiel und habe Xavier in Action gesehen. Ich wusste, dass er gut ist. Er ist nicht umsonst Kapitän der Stallions geworden, aber ich wusste nicht, dass er *so* gut ist. Nein, ich wusste nicht, dass er der *Beste* ist.

Das Faszinierende daran? Er wirkt nicht mal so, als würde er sich groß anstrengen. Der Kerl spielt, als läge es ihm im Blut. Er hat einen *Slam Dunk* gelandet, wie Dia es nannte, ohne auch nur mit der Wimper zu zucken. Finn ist fast genauso gut. Und nicht weit dahinter folgt Theo, auch wenn offensichtlich ist, dass er Basketball nicht ganz so ernst nimmt wie seine Freunde.

Ich bin mir nicht sicher, was Xavier hat, das ihn ein wenig schneller und agiler macht als seine Teamkollegen. Vielleicht liegt es daran, dass er gute drei Zentimeter größer ist als Finn, womit er stolze eins fünfundneunzig groß ist.

Die Uhr an meinem Armaturenbrett zeigt 23:18, als Dia und ich in Finns riesige Auffahrt einbiegen. Ich übertreibe nicht. Der Weg zu seinem Haus ist länger als eine verdammte Landebahn. Wir sind zu spät. Die Party hat um zehn Uhr angefangen, aber Dia und ich sind nach dem Spiel noch mal zu ihr nach Hause gefahren. Davor musste ich meine Mom überreden, mir einen Abend von den Botengängen für Ashley freizugeben. Dazu hat sie natürlich erst mal Dias Dads angerufen, um sich meine Geschichte bestätigen zu lassen. Gaten und Dave haben mich gedeckt, denn technisch gesehen war es keine Lüge – ich *werde* heute bei den Mitchells übernachten. Ich habe meiner Mom nur nicht erzählt, wo ich davor hingehe.

»Ernsthaft?«, seufzt Dia mit Blick auf ihr Handy.

»Was ist?« Ich werfe ihr vom Fahrersitz aus einen Blick zu.

»Tja, das hat ja nicht lange gedauert«, grummelt sie und wühlt in ihrer Handtasche, um eine Bürste herauszuholen und …

Warum zum Teufel trinkt sie aus ihrer Haarbürste?

Ich blinzle verwirrt und trete auf die Bremse, um sicherzugehen, dass ich nicht halluziniere. Ich dachte, ich hätte es mir nur eingebildet, aber nein. Sie hat tatsächlich den Griff aufgeschraubt und trinkt direkt aus ihrer Bürste, als wäre das normal.

Als Dia die Fragezeichen in meinen Augen bemerkt, lacht sie auf. »Ich habe gerade erfahren, dass wir den ganzen Abend mit Brie verbringen werden. Entschuldige bitte, dass ich da einen verdammten Drink brauche.«

In meinem Gehirn kommt es zu ein paar Kurzschlüssen.

»Hast du gerade aus deiner Bürste getrunken?«

Wieder lacht sie. »Das ist eine getarnte Flasche, Vee. Ich darf ja wohl kaum mit einer Flasche Tequila in meiner Handtasche erwischt werden, oder? Willst du auch einen Schluck?« Sie hält mir die »Bürste« vor die Nase, aber ich lehne ab, während sich ein nostalgisches Gefühl in meiner Brust ausbreitet.

Noch letztes Jahr tranken Dia und ich nicht mal Bier, geschweige denn etwas Stärkeres. Und jetzt? Jetzt kippt sie Tequila runter, als wäre es Wasser. Ich schätze, ich habe mir nie wirklich die Zeit genommen, darüber nachzudenken, wie sehr sie sich seit dem letzten Sommer verändert hat.

Seit Finn.

Ich mache ihr keine Vorwürfe. Sie hat jedes Recht, ihr Leben zu leben und neue Dinge auszuprobieren, aber wir waren mal wie Zwillinge, *Seelenschwestern* Dia hat mich immer in meiner Entscheidung bestätigt, dem Alkohol fernzubleiben. Nachdem ich meinen Dad an jenem Abend gefunden hatte, konnte ich den Geruch nicht mehr ertragen.

Bourbon.

Das war alles, was ich gerochen habe, als ich mit dem Kopf in seinem Schoß weinte. Könnte das etwas mit meiner Abstinenz zu tun haben? Meine Therapeutin glaubt, ja. Sie hat mir erklärt, dass mein Gehirn den Geruch von Alkohol mit der schlimmsten Erinnerung meines Lebens verknüpft hat.

»Warte mal. Wir verbringen den Abend mit Brie?«, frage ich.

Dia nickt. »Ich habe in Laceys Instagram-Story ein Foto gesehen, auf dem sie und Xavier im Whirlpool knutschen. Sieht so aus, als wären die beiden wieder zusammen.«

Ich zucke innerlich zusammen und parke neben dem Springbrunnen.

Die Villa von Finns Eltern sitzt auf einem Hügel. Die riesigen Fenster erstrecken sich über die ersten beiden Stockwerke. Es gibt drei Garagen und eine von diesen lächerlichen runden Auffahrten, aus denen man nicht rückwärts herausmanövrieren muss. Denn jeder weiß, dass Reiche sich immer nur nach vorn bewegen. Es ist seltsam, dass hier alles mit Finn und Dia angefangen hat. Ich frage mich, ob meine beste Freundin immer noch die schüchterne, keinen Alkohol trinkende Jungfrau wäre, die ich einst kannte, wenn sie letzten Sommer nicht durch diese Tür getreten wäre.

»Alle sind im Garten. Komm.« Dia bedeutet mir, ihr um das Haus herum zu folgen. Mein Magen verknotet sich. Warum bin ich so nervös? Liegt es an Brie? Fürchte ich mich vor ihren fiesen Kommentaren?

Nein, das ist es nicht.

Ich hatte bereits meinen Frieden damit geschlossen, dass mich ein unangenehmer Abend erwartet. Was also sorgt für dieses unangenehme Gefühl in meinem Bauch?

Dann fällt es mir ein.

Es ist dieser Ort.

Finns Haus.

Ich habe sehr lebhafte Erinnerungen an Finns Garten. Die perfekt getrimmten Hecken, der riesige Pool und dieser Albtraum von Trampolin – mit acht hätte ich mir einmal beinahe den Knöchel gebrochen, als ich davon runtergefallen bin. Das war, nur Tage bevor ein Sicherheitsnetz installiert wurde.

Ja, was so etwas angeht, bin ich wohl ein echter Glückspilz.

Das letzte Mal war ich vor zehn Jahren hier. Damals, als Finns Mom noch lebte. Als *mein* Dad noch lebte. Jetzt ist alles so anders. Alles, außer dem Garten. Der hat sich kein bisschen verändert und sieht noch genauso aus wie damals.

Mein Herz schlägt schneller, als ich die Gang erblicke. Ein kleiner Teil von mir hatte erwartet, dass sich diese Versammlung zu einer wilden Party ausgewachsen hat. Immerhin haben die Stallions gerade ihr drittes Spiel in Folge gewonnen. Doch Finn hat sein Wort gehalten. Ich sehe nur ihn, Xavier, Theo, Axel, Lacey und Brie.

Die sechs liegen auf Finns Trampolin, lachen, trinken und reichen einen Joint herum. Je näher wir kommen, desto offensichtlicher wird, dass die coolen Kids der Eston High so high sind wie das Empire State Building.

»Ihr kommt gerade rechtzeitig«, ruft Axel, als er uns sieht. Sein Kommentar lenkt die gesamte Aufmerksamkeit auf uns – außer der von Brie und Lacey. Die beiden sind zu sehr damit beschäftigt, sich gegenseitig etwas ins Ohr zu flüstern und grundlos zu kichern.

Sobald Finns Blick auf Dia fällt, beißt er sich von innen auf die Wange. Dann springt er auf und empfängt uns am Pool. Zuerst denke ich, er ist wütend auf sie. Doch ich merke schnell, dass ich damit völlig falschliege.

Das ist keine Verärgerung in seinen Augen.

Es ist Verlangen.

Pures, schamloses Verlangen.

Wenige Zentimeter vor ihr bleibt er stehen, beugt sich vor und flüstert ihr etwas ins Ohr, das Dia schwer schlucken lässt. So, wie er sie danach erwartungsvoll anblickt, schätze ich, dass er ihr eine Frage gestellt hat. Dia läuft rot an und ich sehe, dass sie hin- und hergerissen ist.

»Geh ruhig«, sage ich grinsend.

Dia schenkt mir ein dankbares Lächeln und nickt ihrem Beinahe-Freund zu, der sofort ihre Hand ergreift und sie daran mit sich zum Haus zieht.

»Sehr subtil«, ruft Xavier, und Theo und Axel lachen schnaubend. Selbst ich kann ein Lächeln nicht unterdrücken.

»Subtil zu sein war nie mein Ziel«, ruft Finn zurück.

»Hey, Schwachkopf?«, ruft Xavier.

Finn schaut über die Schulter zu seinem besten Freund.

»Mach nicht den Theo. Benutzt ein Kondom.«

Finn grinst, bevor er mit Dia im Haus verschwindet. Ich beäuge Theo, der rechts von Xavier sitzt, und warte auf seine Reaktion. Theo entscheidet sich für den guten alten Mittelfinger in Xaviers Richtung, bevor er an dem Joint in seiner Hand zieht. Wenn Theodore Cox keinen Kommentar abgibt, *muss* er super-high sein.

Schweigen breitet sich aus, und mir wird die unangenehme Situation, in die ich hineinkatapultiert wurde, nur allzu bewusst. Ich bin allein mit einer Gruppe bekiffter Sportskanonen, von denen einer meinen Puls auf eine Weise rasen lässt, die mir nicht gefällt. Und zwei Cheerleadern, die seit fünf Minuten über denselben Witz lachen.

Aber ich kann Dia keinen Vorwurf machen Sie hat mich zwar keine fünf Sekunden nach unserer Ankunft allein gelassen, aber sie ist eben verliebt.

»Worauf wartest du, Babe? Komm rauf.« Axel klopft auf den Platz neben ihm auf dem Trampolin und ich zucke unter dem Spitznamen so heftig zusammen, dass es körperlich wehtut. Schüchtern gehe ich zum Trampolin und krabble durch die Tür im Sicherheitsnetz, nur um mich in folgendem Dilemma wiederzufinden: *wo setze ich mich hin?*

Mein Blick schweift über die Fläche. Überall liegt Zeug: Bierdosen, die Basketballjacken der Jungs, Bries und Laceys Handtaschen – und der einzige freie Platz ist neben dem gruseligen Axel, der mich mit einem schmierigen Grinsen und eindeutigen Absichten mustert.

Nur. Über. Meine. Leiche.

Noch einmal sehe ich mich um in dem verzweifelten Versuch, einen anderen Platz zu finden. Dabei fange ich Xaviers Blick auf.

Seine Augen sind weder rot noch die Pupillen klein.

Ehrlich gesagt sieht er überhaupt nicht high aus.

Wahrscheinlich hat er den Joint abgelehnt. Seine hellbraunen Haare sind nach seinem Ausflug in den Whirlpool noch feucht und sexy zerzaust. Ich verfluche die Reaktion meines Körpers auf ihn. Verdammt, ich kann förmlich *spüren*, wie meine Pupillen sich weiten.

Schweigend hält Xavier meinen Blick fest.

Dann bewegt er sein Bein, um mir Platz zu schaffen.

Hat er gerade …?

Ich schiebe den Gedanken daran, wie fies er kürzlich zu mir war, schnell beiseite, setze mich neben ihn und schreie dem Universum innerlich »Willst du mich verarschen?« zu, als der Wind mir den Duft von seinem Aftershave in die Nase treibt.

Eilmeldung: Xavier Emery riecht gut.

Natürlich tut er das.

Fick dich, Wind.

»Seid ihr Langweiler bereit für ein Spiel oder was?« Axel nimmt ein Kartendeck aus seiner Tasche.

»Mein Gott, Fletcher, bist du immer noch dabei?«, stöhnt Xavier. »Kannst du es nicht gut sein lassen? Wir spielen nicht Saugen und Blasen.«

»Warum denn nicht? Wir sind drei von uns und drei von denen.« Axel zeigt auf die zugedröhnten Brie und Lacey. »Was sollen wir denn sonst machen, während Finn und Dia vögeln?«

»Ich spiele.« Lacey beschließt in diesem Moment, in das Land der Lebenden zurückzukehren. Mir wird klar, warum, als sie ihrem Langzeitschwarm einen nicht wirklich diskreten Blick zuwirft.

Theo sitzt zu ihrer Linken. Er ist total durch und offensichtlich mehr an dem Joint in seiner Hand interessiert als an der Unterhaltung um ihn herum. *Ah.* Wenn wir spielen, müsste Lacey die Karte an ihn weitergeben.

Mit dem Mund.

Genug gesagt.

»Ich auch.« Brie setzt sich auf. »Diese Party ist ätzend.«

»Das ist keine Party, Prom-Queen«, spottet Theo.

»Wie auch immer«, schnaubt sie.

»Cox, spielst du mit?«, fragt Axel.

Theo lacht. »Im Leben nicht.«

Ich betrachte ihn genauer. Mit seinen zusammengekniffenen, blutunterlaufenen grünen Augen und dem zerzausten Haar sieht er bekiffter aus als Brie *und* Lacey zusammen.

»Aber du musst mitspielen«, schmollt Lacey.

»Viel zu offensichtlich, Lace«, zieht Xavier sie auf. Seine Stimme ist so tief und rau, dass niemand außer mir ihn hören kann. Bei seiner Bemerkung muss ich ein Grinsen unterdrücken.

»Nur eine Runde. Für mich. Bitte.« Lacey klimpert mit den Wimpern auf eine Weise, die besagt: »Ich sorge dafür, dass es sich für dich lohnt«, und er seufzt.

»Eine. Aber mehr nicht«, knickt er ein.

»Xav?«, wendet sich Brie an ihren Freund.

»Ja, was solls«, grummelt er, ohne richtig zuzuhören, und dann tritt er gegen Theos Fuß, um die Aufmerksamkeit seines Freundes zu erregen. »Gib her.« Er streckt die Hand aus, und Theo reicht ihm den Joint.

Ich schätze, ich habe mich mit meiner Annahme, dass Xavier heute abstinent ist, geirrt. Doch dann befeuchtet er sich die Finger mit der Zunge und drückt den Joint ohne Vorwarnung aus.

»Was zum Teufel?«, brüllt Theo, aber Xavier hat den Rest bereits mit seinem Schuh zertreten.

»Du bist einen Zug davon entfernt, nicht mehr zwischen Lacey und deiner rechten Hand unterscheiden zu können. Du kannst mir später danken«, sagt Xavier ungerührt und alle lachen.

Theo gibt ein genervtes »Fick dich, Mann« von sich.

Axel befiehlt Lacey, sich zwischen Theo und Xavier zu setzen, damit die Jungs sich nicht gegenseitig »Saugen und Blasen« müssen – ja, ich *weiß*, wie schmutzig das klingt –, und fragt: »Kennen alle die Regeln?«

»Ich habe das ehrlich gesagt noch nie gespielt.« Es ist das erste Mal seit meiner Ankunft hier, dass ich etwas sage.

Das ist Bries Stichwort.

»*Boah.* Ich hatte ganz vergessen, dass die hier ist. Wie geht es deiner Schwester, Vee? Ist sie immer noch in praktisch allem besser als du?« Sie lacht gackernd.

Ich wünschte, ich hätte die perfekte Erwiderung, um ihr das giftspritzende Maul zu stopfen, aber ich kann nicht mehr tun, als hier zu sitzen und es über mich ergehen zu lassen. Soll sie mich doch schikanieren. Mach ruhig.

Story of my fucking life.

»Oh, tut mir leid, wo sind meine Manieren. Ist es für dich hier zu hell? Wir können das Terrassenlicht ausmachen, wenn du willst. Du musst es gewohnt sein, in der Dunkelheit zu leben. Du weißt schon, wo du ständig in ihrem Schatten stehst«, fügt Brie an.

Normalerweise könnten mir Bries Kommentare nicht egaler sein, aber im Moment habe ich das Gefühl, dass sie an den wenigen Fäden zieht, die mich gerade noch zusammenhalten. Es ist eine Sache, sich selbst zu sagen, dass man die Außenseiterin seiner Familie ist. Aber etwas ganz anderes, wenn ein professionelles Arschloch deine Unsicherheiten ausgräbt und sie als Waffe gegen dich verwendet.

»Und deine liebe Mom? Hat sie schon versucht, dich zurückzugeben, um ihr Geld zurückzubekommen …?«

»Halt den Mund, Brie.«

Wir alle halten den Atem an und tauschen Blicke, die quasi besagen: »Was zum Teufel ist da gerade passiert?«

Dann macht es bei mir klick.

Xavier.

Xavier ist passiert.

»Wie bitte?«, faucht Brie.

»Habe ich mich undeutlich ausgedrückt? Hör auf, sie zu beleidigen.«

Verwirrt blinzle ich den Tyrannen meiner Kindheit an. *Wurde ich gerade in ein Paralleluniversum befördert, in dem Xavier Emery ein guter Mensch ist?*

Brie erdolcht mich mit ihren Blicken.

Nicht ihren Freund, der sie gerade zurechtgewiesen hat.

Sondern mich.

Als wäre *ich* diejenige, der sie die Schuld dafür gibt.

»Warum zum Teufel verteidigst du sie?«, zischt sie.

»Dia ist eine von uns, was bedeutet, sie ist auch eine von uns. Ende der Geschichte.«

Schweigen.

Xaviers Nettigkeit verblüfft mich.

»Spielen wir jetzt oder was?«, fragt Brie schnippisch und verzieht vor Wut ihre rot angemalten Lippen, während sie sich gegen das Sicherheitsnetz lehnt.

»Vee kennt die Regeln immer noch nicht«, sagt Theo.

»Okay.« Axel wendet sich mir zu. »Es ist ganz leicht. Du saugst die Luft ein, sodass die Karte an deinen Lippen klebt, dann reichst du sie zu dem weiter, der neben dir sitzt, indem du bläst. Klingt das gut, Baby?«

»Und wenn die Karte runterfällt?«, weiche ich seinem Flirtversuch aus.

»Dann müsst du und die Person neben dir trinken und ein Stück von der Karte abreißen, damit es mehr Lippenaction gibt. Bereit?«

Es gibt zwei Dinge, die ich in diesem Moment sagen will.

Erstens, dass ich nicht trinke. Und dass ich damit auch nicht wegen eines dummen Trinkspiels anfangen werde. Zweitens, dass ich allein bei dem *Gedanken*, auch nur in die Nähe von Xaviers Mund zu kommen, einen Herzinfarkt bekomme. Aber das kann ich ihnen nicht verraten. Also nicke ich nur.

Und hoffe bei Gott, dass ich die Karte nicht fallen lasse.

»Ich fange an«, meldet Lacey sich freiwillig – warum bloß – und Axel wirft ihr die Karten zu. Einen Herzschlag später reicht sie eine an Theo weiter und lässt sie »aus Versehen« fallen, sobald ihre Münder einander berühren.

Die anderen lachen, als Lacey sich in den Kuss stürzt. Theo scheint sie weder zurückzuweisen noch willkommen zu heißen. Er lässt sich einfach einen Moment von ihr küssen, bevor er sich zurückzieht und einen großen Schluck Bier trinkt. Glaubt nicht, dass mir die Enttäuschung entgeht, die in Laceys Augen aufblitzt.

Sie tut mir so leid.

Sie will das mit Theo so verzweifelt wieder zum Leben erwecken. Jetzt reißt er ein Stück von der Karte ab, und meine Angespanntheit erreicht neue Höhen. Wenn die Karte noch mehr zusammenschrumpft und ich Xavier dann mehr oder weniger küssen muss, sobald ich an der Reihe bin, werde ich auf der Stelle sterben.

Theo reicht die Karte ohne Zwischenfälle an Brie weiter, und sie dreht sich zu Axel, um das Gleiche zu tun. Nur lässt sie die Karte in der letzten Sekunde fallen und fängt stattdessen an, mit ihm herumzumachen.

Sie will Xavier bestrafen.

Daran habe ich keinen Zweifel. Das ist ihr Versuch, ihm wehzutun, weil er mich verteidigt hat. Und sie geht es nicht schüchtern an. Sie vergräbt ihre Finger in Axels Haaren und geht zur Sache. Axel tut nicht mal so, als würde er sich wehren, sondern erwidert den Kuss mit gleicher Heftigkeit. Es ist ein Gewusel aus Zungen und Zähnen, untermalt von Bries Stöhnen. Das hätte ich nun *wirklich nicht* sehen müssen.

Mein Blick gleitet zu Xavier.

Er zuckt nicht mal mit der Wimper, während seine Freundin ihn betrügt. Er wirkt weder verletzt noch eifersüchtig oder wütend. Wenn ich es nicht besser wüsste, würde ich sagen, er wirkt desinteressiert. Hatte Dia mir nicht erzählt, die beiden wären wieder zusammen?

Warum ist es ihm dann egal?

Brie beobachtet ihn aus dem Augenwinkel, um seine Reaktion zu sehen. Sehr schnell merkt sie, dass sie ihr Ziel verfehlt hat, und stößt Axel von sich. Ihre Lippen sind geschwollen, der Lippenstift verschmiert. Und Axel? Der steht unter Schock.

»Xav, Bro, ich …«, stammelt er, als ihm bewusst wird, wie *unangenehm* das Ganze ist.

»Ist cool, Mann«, erwidert Xavier achselzuckend. »Sie ist ein freier Mensch.«

Also … sind sie nicht wieder zusammen?

Axel lässt das Thema fallen und trinkt regelkonform einen Schluck von seinem Bier. Brie tut es ihm gleich, wobei sich Tränen der Wut über ihre misslungene Manipulation in ihren Augen sammeln. Axel reißt noch ein Stück der Karte ab, und mein Magen zieht sich zusammen.

Ich bin als Nächste dran.

Dass Axel mir die Karte übergibt, könnte mir nicht egaler sein. Vor allem nach dem, was eben passiert ist. Nachdem er gerade mit Brie wie wild vor ihrem Ex herumgeknutscht hat, wird er auf keinen Fall etwas versuchen. Aber warum …

Warum bin ich so nervös, die Karte an Xavier weiterzugeben?

Ich atme tief ein und nähere mich Axel, der die Karte von seinem Mund an meinen weitergibt. Sie ist jetzt so klein, dass unsere Lippen sich dabei unweigerlich berühren und mich ein angeekelter Schauder überläuft.

Dann drehe ich mich zu Xavier.

Und mit einem Mal gibt es im gesamten Universum nicht genügend Sauerstoff.

Es liegt an seinen Augen.

Ein Blick von ihm, und ich befinde mich wieder unter jener Rutsche und weine mir vor dem kleinen Jungen, mit dem ich meinen ersten Kuss hatte, die Augen aus.

Vee, es ist nur ein albernes Spiel, reiß dich zusammen!

Xavier ist lange nicht so hin- und hergerissen wie ich und beugt sich vor.

Er kommt näher.

Und näh…

»Ich muss aufs Klo«, platzt es aus mir heraus.

Dann springe ich auch schon auf und laufe zum Haus.

* * *

Danach sitze ich für eine halbe Stunde in Finns Badezimmer. Und bevor ihr fragt, *nein*, ich erledige hier nicht das Geschäft des Jahrhunderts. Ich konnte mich bisher nur nicht überwinden, mein Gesicht wieder zu zeigen, nachdem ich so peinlich geflüchtet bin. Zumindest nicht ohne Dia. Dia, die auf *keine* meiner Millionen Nachrichten geantwortet hat, in denen ich sie gefragt habe, ob sie sauer auf mich wäre, wenn ich einfach verschwinde.

Rein technisch gesehen hätte ich schon vor einer Ewigkeit verschwinden können, immerhin bin ich mit meinem Auto hier. Aber ich soll Dia nach Hause bringen und bei ihr übernachten. Das ist der einzige Grund, warum ich im Moment noch nicht in meinem Bett liege.

Das Gute ist, durch das gekippte Fenster im Bad konnte ich hören, dass meine Flucht die anderen ziemlich ungerührt gelassen hat. Das Spiel ging auch ohne mich weiter, sie lachten, zogen sich gegenseitig auf und vergeudeten keinen weiteren Gedanken an mein Verschwinden.

Was mir klarmacht, dass meine Flucht in meinem Kopf vermutlich wesentlich demütigender ist als im echten Leben. Soweit es die anderen angeht, musste ich nur einfach dringend pinkeln, mehr nicht. Sie haben nicht den Hauch einer Ahnung, was in diesem Moment in mir vorging. Und wenn wir ehrlich sind …

Ich bin mir selbst nicht mal sicher, was ich mir dabei gedacht habe.

Dass ich mich von Xavier Emery angezogen fühle, war mir irgendwie schon immer bewusst – *ich weiß, willkommen im verdammten Club*. Aber mir war nicht klar, dass es so schlimm ist. Dass mich schon allein der Gedanke daran, ihn zu küssen, die Flucht ergreifen lässt. Ich verstehe diese Wirkung nicht, die er auf mich hat, weshalb mir nur eine Option bleibt: mich von ihm fernzuhalten, bis wir aufs College gehen und einander nie wiedersehen.

Das sollte doch machbar sein, oder? Ich seufze erleichtert, als mein Handy eine Nachricht von Dia empfängt.

Dia: Ich muss hier sofort raus!

Dia: Warte an der Tür auf mich.

Sofort geht mein Beste-Freundin-Radar an und eine ohrenbetäubende Sirene schrillt in meinem Kopf. Irgendetwas stimmt nicht.

Aveena: Alles in Ordnung?

Keine Antwort.

Schnell folge ich ihrer Anweisung und schleiche mich auf Zehenspitzen aus dem Bad. Ich bezweifle, dass sie schon an der Tür ist, aber es macht mir nichts aus, auf sie zu warten. Solange ich nicht Xavier über den Weg lau…

»Ah, da hast du dich also versteckt.«

Soll das ein schlechter Witz sein?

Er ist hier.

Steht an der Kücheninsel, die Arme vor der Brust verschränkt, die Augen auf mich gerichtet. Wieso habe ich ihn nicht gesehen?

»I… ich habe mich nicht versteckt«, stammele ich.

Er wirft einen Blick zur Badezimmertür und unterdrückt ein Grinsen.

O mein Gott.

Es sieht so aus, als hätte ich darin die ganze Zeit mein großes Geschäft erledigt, oder?

»Nicht, dass ich …«, stottere ich. »Ich war nicht … Ich musste ehrlich gesagt gar nicht, ich …«

Hör.

Verdammt noch mal.

Auf.

Zu.

Reden.

Ich räuspere mich. »Was machst du hier drinnen? Suchst du nach einer Schulter, an der du dich ausweinen kannst?«

Xavier zieht eine Augenbraue in die Höhe. »Wie kommst du darauf, dass ich die brauche?«

»Puh, keine Ahnung, vielleicht, weil deine Freundin gerade vor deinen Augen mit einem anderen Typen herumgemacht hat? Verzeih mir, dass ich dachte, das würde dich interessieren. Ich werde nie wieder fragen.«

»Warum hast du dann gefragt? Machst du dir etwa Sorgen um mich, Harper?«, zieht er mich auf, während ein teuflisches Lächeln seine Mundwinkel umspielt. »Oder hast du gehofft, *du* könntest meine Schulter zum Ausweinen sein?«

»Ich würde mich lieber selbst in Brand setzen«, erwidere ich ausdruckslos.

»Sicher? Die Stelle ist noch nicht vergeben«, sagt er grinsend.

Flirtet er etwa mit mir?

Sei nicht albern, Vee.

Er langweilt sich einfach nur.

»Ganz sicher.« Ich weigere mich, mich von seinem Charme einnehmen zu lassen.

»Okay. Auch gut«, beschließt er. »Um deine Schulter in Anspruch zu nehmen, müsste ich nämlich überhaupt erst mal traurig sein.«

»Und das bist du nicht?«

»Warum sollte ich? Wir sind nicht mehr zusammen.«

»Warum hast du sie dann hierher eingeladen?«

Er massiert sich den Nacken. »Wenn ich das verdammt noch mal wüsste. Ein Moment der Schwäche, nehme ich an? Sie war so hartnäckig, dass ich nachgegeben und ihr versprochen habe, über eine zweite Chance nachzudenken, sollte der heutige Abend gut laufen. Und wir wissen alle, wie *das* geendet hat.«

Die Nummer mit Axel hat Bries Schicksal besiegelt. Er wird ihren jämmerlichen kleinen Arsch nicht so bald wieder zurücknehmen.

»Das mit euch beiden ist also wirklich vorbei?«

Er schnaubt. »Ich werde nicht wieder mit ihr zusammenkommen, falls du dich das fragst.«

Für ein paar Sekunden schweigen wir.

»Was ist mit dir, kleine Vee? Hast du jemanden?«, fragt er.

Ich halte kurz inne.

»Nein.«

Ein Grinsen breitet sich auf seinem Gesicht aus. »Das habe ich gesehen.«

»Was?«

»Du hast gezögert.«

»Habe ich nicht«, protestiere ich.

Okay, vielleicht doch. Ich hasse mich dafür, aber der Erste, der mir in den Sinn kam, war dieser Schwachkopf Zac.

»Lüge. Wer ist der Kerl? Kenne ich ihn?«

Verdammt, nicht mal *ich* kenne ihn.

Er ist nur ein Fremder, der mir Briefe schreibt. Wir werden uns niemals treffen, und ich mag ihn nicht einmal. Aber er ist der einzige Typ, mit dem ich in letzter Zeit Kontakt hatte.

»Du kennst ihn nicht, weil er nicht existiert.« Ich klettere auf einen der Barstühle, die an der Kücheninsel stehen. »Mir rennen die Kerle nicht gerade die Bude ein, falls du das noch nicht bemerkt hast.«

»Ja, aber das liegt nur daran, dass du so abweisend bist.« Xavier sagt das, als wäre es offensichtlich, während er sich vorbeugt und mit den Unterarmen auf der Arbeitsplatte abstützt.

»Wie bitte?« Ich bin schockiert.

»Du hast mich gehört. Du bist verdammt einschüchternd.«

»Was?« Seine Offenheit verblüfft mich. »Das stimmt nicht. Ich bin überhaupt nicht abweisend oder einschüchternd.«

Er schnaubt. »Natürlich bist du das.«

»Na gut. Klär mich auf.« Ich straffe die Schultern. »Wieso genau bin ich einschüchternd?«

Falls Mr. Perfect die Antwort auf die Frage hat, wieso ich mein ganzes bisheriges Leben uninteressant für das männliche Geschlecht war, könnt ihr darauf wetten, dass ich sie aus ihm herausquetschen werde.

»Willst du das wirklich wissen?«, hakt er nach.

»Ja«, knurre ich ungeduldig. »Schieß los.«

»Nun, zum einen ... die meisten Jungs in unserem Alter sind nicht auf eine Beziehung aus.« Er führt weiter aus: »Sie wollen nur rumvögeln. Und die, die eine Beziehung wollen, suchen nur nach einer Freundin, mit der sie sich besser fühlen.«

»Soll heißen?«

»Soll heißen, sie wollen eine Freundin, die über ihre Witze lacht, ihr Ego streichelt, gut im Bett ist ... Das ist es auch schon so ziemlich.« Er entlockt mir ein belustigtes Grinsen. »Wenn diese Kerle also ein Mädchen wie *dich* sehen, das weder leicht zu haben ist noch verzweifelt wirkt, schüchtert sie das ein. Sie nennen sie anstrengend und ergreifen so schnell wie möglich die Flucht. Du bist schön und klug, Vee. Du bist der Albtraum eines jeden unreifen Highschool-Kerls.«

Ich kann keinen klaren Gedanken fassen. Ich hatte mit etwas gerechnet wie: »Du bist so verschlossen«, oder: »Du bist nicht freundlich genug«, aber das? Nichts, absolut *nichts* konnte mich darauf vorbereiten.

»Aber hey, das sind nur meine Gedanken«, sagt Xavier und stößt sich von der Arbeitsplatte ab.

Hitze breitet sich in meinen Wangen aus. Ich atme stockend ein, überwinde den Abstand zwischen uns – *fragt bitte nicht, woher ich den Mut nehme;* ich habe keine Ahnung. Wir stehen nicht mal sonderlich nah beieinander, und ich habe bereits das Gefühl, dass alle meine Nerven zum Zerreißen gespannt sind.

»Und du?«, überrasche ich mich selbst mit meiner Frage.

Ich wage noch einen Schritt vor und glaube, zu sehen, wie er schluckt.

»Ich *was?*«, fragt er mit leicht rauer Stimme.

»Findest du mich auch einschüchternd?«

Mit angehaltenem Atem warte ich, während er mich sehr lange ansieht. Es wirkt, als versuche er zu entscheiden, ob er mir antworten soll oder nicht.

Schließlich trifft er eine Entscheidung.

»Schon immer, Vee.«

Beruhige dich, Puls.

»Ich …«

»Dia, warte!« Finns panische Stimme hallt vom ersten Stock zu uns herunter.

Mein Magen zieht sich zusammen.

Das klingt gar nicht gut.

Eine Sekunde später kommt meine beste Freundin in die Küche gestürmt. Ihre tränenfeuchten Augen brennen vor Wut und ihre gebräunten Wangen zieren Mascarastreifen. Ihre vorhin noch perfekten Locken sind jetzt nur noch ein wildes, zerzaustes Nest. Sie haben da oben eindeutig nicht »Kniffel« gespielt.

»Vee. Auto. *Sofort!*«, befiehlt sie.

Verwirrt blicke ich zu Xavier, der genauso ahnungslos aussieht, wie ich mich fühle. Dann eile ich zu Dia und gemeinsam stürzen wir aus dem Haus. Finn folgt uns auf den Fersen. Ich sehe, wie ernst es Dia ist, als sie Richtung meines Wagens rennt. Und wenn meine beste Freundin vor einem Kerl wegrennt, *renne ich mit ihr.*

»Dia!«, ruft Finn, der uns nachläuft. Er klingt so verzweifelt, dass er mir beinahe leidtut.

Ich schließe das Auto auf und Dia kann gar nicht schnell genug einsteigen. Sekunden später setze ich mich hinters Lenkrad, stecke den Schlüssel ins Zündschloss und verschließe die Türen. Dia kann sich nicht eine Sekunde länger zusammenreißen.

»Bring mich hier weg.« Sie bricht in herzzerreißende Schluchzer aus. Sie weint so sehr, dass sie kaum Luft bekommt. Ich überlege kurz, Finn für das, was er ihr angetan hat, zu überfahren. Bis er sich *buchstäblich* auf meine Motorhaube schmeißt und mir klar wird, dass ich in Gefängniskleidung fürchterlich aussehen würde.

»Dia, bitte.« Durch die Windschutzscheibe versucht er, ihren Blick zu erhaschen. Mein Fenster ist einen Spalt geöffnet, sodass wir ihn laut und deutlich hören können. »Tu das nicht. Hör mir einfach zu.«

»Fahr los«, bittet sie, und ich lege den Rückwärtsgang ein und hoffe, dass ich nicht gegen einen goldenen Springbrunnen oder sonst irgendeinen teuren Scheiß krache. Aber Finn lässt sich nicht abwimmeln. Der Wagen hat sich noch keinen Zentimeter bewegt, da eilt er schon zur Beifahrerseite und schlägt mit der flachen Hand gegen die Scheibe.

»Dia, sieh mich an. Sieh mich verdammt noch mal einfach an. Bitte.« Er bettelt um ihre Aufmerksamkeit, aber sie ignoriert ihn und verdeckt ihr Gesicht wie ein weltbekannter Popstar, der nicht will, dass die Paparazzi Fotos von ihm machen. Finns kantiger Unterkiefer zuckt vor Schmerz und seine braunen Haare hängen ihm in seine mit Tränen gefüllten braunen Augen.

Ich muss zugeben, dass Finley Richards echt gut aussieht.

Genau wie Xavier.

Oder Theo.

Aber … wenn er kurz davorsteht, in Tränen auszubrechen, ist sein Charme beinahe vernichtend. Ich wiederhole: *Finn Richards*, der Typ von dem ich jahrelang glaubte, er hätte einen Eisblock anstelle eines Herzens, steht kurz davor zu heulen.

Echte Tränen.

Echte. Menschliche. Tränen.

Hat Dia eine magische Vagina?

Wie zum Teufel hat sie das angestellt?

»Diamond, ich liebe dich«, krächzt er.

Erst da schaut sie ihn an. Angesichts des schockierten Aufblitzens ihrer Augen ist es wohl das erste Mal, dass Finn das zu ihr gesagt hat. Und es ist definitiv ein Moment, von dem ich nicht Zeugin hätte sein sollen.

»Verdammt, ich liebe dich, Dia. Wirklich. Gib mir eine Chance, es zu erklären. Lass mich einfach … *Bitte.*«

Sie gibt kein Geräusch von sich, doch Zweifel wabern in ihren glasigen Augen, und sie reibt sich mit dem Ärmel über die Wangen. Er sieht so wundervoll kaputt aus, wie er da steht und sie mit Tränen in den Augen anfleht. Beinahe glaube ich, dass sie ihre Meinung ändern wird.

Verdammt, ich würde meine Meinung ändern.

Bis sie aus vollem Hals brüllt: »Erzähl das deinem Seitensprung!«, und ich erkenne, dass sie allen Grund hat, ihn *niemals* zurückzunehmen. Und ich würde eher riskieren, Finn zu überfahren, als Dia noch eine Sekunde länger diesem Drama auszusetzen.

Also packe ich das Lenkrad so fest, dass meine Fingerknöchel weiß hervortreten, und drücke aufs Gas. Wenn Finn leben will, wird er mir aus dem Weg gehen. Zum Glück tut er das. Als ich mit meiner Freundin und ihrem gebrochenen Herzen auf dem Beifahrersitz davonfahre, überlege ich, wie sehr ich mich geirrt habe.

Vielleicht ist Xavier doch nicht so schrecklich, wie ich dachte …

8. KAPITEL

Lieber Zac,

fick dich.

Diese zwanzig Dollar haben mich den Großteil der sechsten Klasse über verfolgt! Ich dachte, die Polizei würde jeden Moment bei mir zu Hause auftauchen und mich ins Gefängnis stecken.

Ich bin mir zu 99 % sicher, dass ich es bereuen werde, aber mit all deinem Gerede über »verrücktere Geschichten« hast du mich neugierig gemacht. Also nehme ich dein Angebot an. Meine verrückte Geschichte im Austausch für deine.

Lasst die Spiele beginnen.

Als ich vierzehn war, habe ich beim Babysitten aus Versehen einen Porno angemacht. Die Familie hatte es nicht so mit Technik, weswegen sie nur diesen Videorekorder und einen Disney-

film für ihre Tochter auf einer VHS-Kassette hatten. Gleich zu Beginn meiner Schicht hat diese Kassette den Geist aufgegeben und ich habe ÜBERALL nach einem anderen Film gesucht. Als ich dann »Die kleine Meerjungfrau« fand, habe ich beinahe vor Erleichterung geheult.
Nur hätte ich mal genauer lesen sollen, weil der richtige Titel »Die geile Meerjungfrau« lautete. Und die Hauptdarsteller waren die Eltern. Zum Glück konnte ich den Film rechtzeitig stoppen, bevor die Kleine irgendwas gesehen hat. (Wenn ich die Augen schließe, sehe ich immer noch den haarigen Hintern ihres Vaters vor mir.)

Habe ich mir jetzt eine deiner guten Geschichten verdient?

Ich sage dir was: Wenn die nächste Story RICHTIG gut ist, verrate ich dir meinen Namen. (Natürlich meinen falschen. Ich will ja nicht, dass du herausfindest, wer ich bin.)
L

* * *

Liebe L,

nicht schlecht. Ich würde sogar fast sagen, dass deine Geschichte ganz okay war. Ja, ich habe dir gerade ein Kompliment gemacht. Nein, ich stehe nicht unter Drogen. Sieht ganz so aus, als würde ich dir ein Geständnis schulden.
Ich brauchte dringend ein neues Auto, nachdem ich meines im Jahr davor geschrottet hatte (frag nicht). Also habe ich zwei Bleche von den Brownies, die meine Mom gerade gebacken hatte, auf die Geburtstagsparty meines besten Freundes mitgenommen und für $30 das Stück verkauft. Niemand hat je gefragt, ob da wirklich Gras drin ist. Alle gingen einfach davon aus.
Kleiner Hinweis: War es nicht.
Kurzfassung: Ich habe innerhalb einer halben Stunde mehrere Hundert Dollar verdient.
Korrigiere mich, wenn ich falschliege, aber ich glaube, damit habe ich deinen Namen verdient – den ausgedachten, aber trotzdem. Nicht, dass ich je versuchen würde, herauszufinden, wer du bist. (Kannst du dir das Grauen vorstellen, sollten wir entdecken, dass wir einander kennen?)
Du bist dran, wütendes Mädchen.
Zac

* * *

Lieber Zac,

ich kann es kaum erwarten, dir zu sagen, was »L« bedeutet, damit du endlich aufhörst, mich mit diesem schrecklichen Spitznamen anzusprechen.

Wie oft muss ich es dir noch sagen? Ich bin KEIN wütendes Mädchen.
Wenn überhaupt solltest du mich »stilles Mädchen« oder »passiv-aggressives Mädchen« nennen. Oder noch besser: »Du wirst nicht mal merken, wenn ich wütend bin«-Mädchen. Du hast es gleich beim ersten Mal richtig erkannt: Wenn das Leben ätzend wird, nehme ich es einfach so hin ... Warte, das klingt nicht halb so schmeichelhaft, wie ich dachte.

Ähm, kommen wir doch gleich zur Geschichte.
Wenn ich bei meiner besten Freundin bin, verstecke ich manchmal absichtlich ihr Handy (ich stecke es in meine Tasche oder unter ihre Matratze), damit sie nicht irgendwohin eingeladen wird und unsere Pläne für den Abend über den Haufen wirft.
Es ist nicht so, dass ich nicht will, dass sie ein Sozialleben führt. Aber früher waren wir vollkommen damit zufrieden, einfach nur zu zweit abzuhängen, und jetzt dreht sich bei ihr alles nur noch um Partys und Jungs.
Ich weiß, ich weiß. Die Story ist relativ brav. Aber nicht jeder hat lauter verrückte

Dinge im Leben erlebt. Mein Leben ist ziemlich langweilig. Außerdem kann ich dir nicht zu viel verraten, sonst findest du noch heraus, wer ich bin.
Um das Gleichgewicht wiederherzustellen, schlage ich vor, dass du mir nächstes Mal auch eine langweilige Geschichte erzählst.
Love
PS: Lass uns einen Pakt schließen. Keiner von uns darf JEMALS versuchen, herauszufinden, mit wem wir sprechen. Und wir dürfen niemandem von den Briefen erzählen.
PPS: Außerdem würde ich gerne sicherstellen, dass ich mit keinem 13-Jährigen schreibe. Wie alt bist du?

* * *

Liebe Love,

schöner Name. Ein bisschen kitschig, aber damit komme ich klar. Und Mist, du hast recht. Daran hatte ich noch gar nicht gedacht. Ich bin gerade in meinem Abschlussjahr an der Easton. Und du?
Du wirst dich doch hoffentlich nicht für älter ausgeben, obwohl du in Wahrheit erst dreizehn bist, oder?
In einer Sache irrst du dich allerdings. Dein Leben ist nicht langweilig. Du verschweigst mir nur die interessanten Dinge.

(Ich rede von dem dunklen, abgedrehten Scheiß.) und das kann ich dir nicht einmal vorwerfen. Ich habe ja selbst kaum an der Oberfläche gekratzt. Es ist an der Zeit, dass ich dir ein richtiges Geständnis mache, findest du nicht?
Also hier mein echtes Geständnis: Ich habe gerade herausgefunden, dass mein bester Freund mit meiner Ex-Freundin gevögelt hat. Das Schlimmste daran? Es ist mir egal. Ich weiß, aus Prinzip sollte ich sauer sein oder ihm die Scheiße aus dem Leib prügeln wollen, aber ich habe ihm noch nicht mal gesagt, dass ich es weiß.
Ich bin auch längst nicht perfekt, und er muss sich schon mit genug herumschlagen. Wenn du seine Geschichte kennen würdest, würdest du ihm vermutlich auch einen Freifahrtschein geben.
Ich bin mir nicht sicher, ob ich es ihm je sagen werde, weil mir unsere Freundschaft wesentlich wichtiger ist als die Momente, die ich mit meiner Ex verbracht habe.
Ist das real genug für dich, L?
Und nur damit du es weißt: Ich erwarte ein Geständnis auf dem gleichen abgefuckten Niveau.
Danke.
Zac
PS: Ja zu dem Anonymitätspakt. Ich hätte nie versucht, herauszufinden, wer du bist. Aber wenn es dir hilft, besser zu schlafen, haben wir einen Deal.

* * *

Liebe Love,

wohin bist du verschwunden?
Hat mein letztes Geständnis dich verschreckt?
Oder habe ich deine Lügen durchschaut und du bist wirklich

eine dreizehnjährige Hochstaplerin? Ich hoffe aufrichtig, dass die Antwort auf beide Fragen Nein lautet.
Ich würde lügen, wenn ich sage, heute keine Antwort von dir zu finden hat mich nicht enttäuscht. Lass dir das nicht zu sehr zu Kopf steigen, aber ich habe mich in letzter Zeit irgendwie auf deine Briefe gefreut. Sie sind wie eine nette kurze Pause von der Realität.
Bis später?
Zac

* * *

Lieber Zac,

du kannst nicht ohne mich leben, oder?
Die Schule war doch am Mittwoch wegen irgendeinem Feiertag geschlossen, weißt du nicht mehr?
Ich kam nicht an das Buch ran. Auch wenn ich sagen muss, dass es mir großes Vergnügen bereitet hat, zu sehen, wie sehr du klammerst.
Um auf deine Fragen zurückzukommen: Nein, ich bin nicht dreizehn, ich mache auch gerade mein Abschlussjahr.
Dir ist schon klar, dass die Wahrscheinlichkeit groß ist, dass wir uns in diesem Jahr mindestens einmal begegnet sind, oder? Nach allem, was wir wissen, könnten wir uns sogar jeden Tag über den

Weg laufen. Dein letztes Geständnis hatte es ganz schön in sich. Es überrascht mich, dass du mir ein so großes Geheimnis anvertraust. Ich bewundere deinen Mut!

Vielleicht erwidere ich den Gefallen sogar, wenn du mir versprichst, für meinen nächsten Brief da zu sein.

Und den Brief danach.

Und auch den danach.

(Jetzt bin ich dran mit dem Klammrigsein.)

Dein Mini-Zusammenbruch hat mir klargemacht, dass diese Brieffreundschaft ein Verfallsdatum hat, und ich würde meine Geheimnisse nur ungern jemandem anvertrauen, der jeden Moment aufhören könnte, mir zu antworten.

Also, Z, verrate mir: Wirst du aufhören?

Love

9. KAPITEL

AVEENA

Liebe Love,

was für eine Ironie, dass du mich fragst, wie lange das hier andauern wird … Als hättest du es geahnt, denn dies ist mein letzter Brief.

Das hier war echt, L, aber ich werde dir nicht weiter durch dieses Buch antworten können. Ich würde dir ja verraten warum, aber das würde dem Sinn unseres Anonymitätspakts widersprechen.

Ich muss ehrlich sagen, vor zwei Wochen hätte ich alles gegeben, um diesen verdammten Gedichtband nie wieder in den Händen halten zu müssen, aber jetzt bin ich mir nicht mehr so sicher. Du hast einigen todlangweiligen Momenten Leben eingehaucht, wütendes Mädchen.

Danke.

»Das ist alles?«, kreische ich und sorge damit für zwei Herzinfarkte auf einen Schlag. Die beiden Frauen mittleren Alters, die in der Nähe von Gang sechs sitzen und lesen, zucken vor Schreck zusammen; eine von ihnen fasst sich sogar ans Herz, während ihre Freundin mich missbilligend anfunkelt.

»Sorry«, forme ich entschuldigend mit den Lippen.

Sie haben jedes Recht darauf, genervt zu sein. Es ist eine besondere Form der Ironie, dass ich – *die Bibliothekarin* – so einen Terz veranstalte. Aber ich konnte nicht anders. Ich habe das gesamte Wochenende ungeduldig auf meine Schicht in der Bibliothek am Montag gewartet und an Zacs Antwort gedacht. Alles nur für … *das hier*?

Ernsthaft? Was Besseres ist ihm nicht eingefallen? Er hat es nicht mal geschafft, namentlich zu unterschreiben. Dabei hat *Zac* nur drei Buchstaben. Ich weiß nicht, was ich erwartet hatte. Es war von Anfang an klar, dass es so enden würde. *Ich bin selbst schuld, dass ich mich da so sehr reingesteigert habe.*

Ich nehme den Brief aus dem Buch, um ihn wegzuwerfen, als mir ein flüchtiges »Was wäre, wenn« durch den Kopf schießt. Was wäre, wenn … da mehr wäre?

Es wäre nicht das erste Mal, dass er auf der Rückseite weiterschreibt. Noch nicht gewillt, meine Hoffnung aufzugeben, drehe ich das Blatt um und spüre, wie mein Herz vor Erleichterung anschwillt, als ich die vertraute Handschrift sehe.

Da steht eine Telefonnummer.

Und neben der Nummer eine Herausforderung.

Schick mir eine Nachricht, wenn du dich traust.
Zac

* * *

»Werden wir je darüber reden?«, nerve ich Dia, während wir über den Flur zu unserer letzten Stunde gehen. Ich hasse den Sportunterricht. Unser Lehrer Mr. Emery ist weit davon entfernt, ein Lichtblick zu sein, um es mal milde auszudrücken. Er ist einer dieser Lehrer, der zu seinen Schülerinnen sagt, dass ihre heftigen Regelschmerzen keine große Sache sind und sie sich nicht so anstellen sollen. Xavier hat einen verdammten Preis dafür verdient, dass er diesen Mann jeden Tag erträgt.

»Dia?«, hake ich nach, irritiert von ihrer ausbleibenden Reaktion.

»Was?«, fragt sie, den Blick fest auf ihr Handy gerichtet. Nur der Himmel allein weiß, mit welchem ihrer Lückenbüßer sie gerade chattet.

»Werden wir je darüber reden, warum du Schluss gemacht hast?«

»Man kann nicht mit jemandem Schluss machen, mit dem man nie zusammen war.«

Ich glaube, sie versteht mich absichtlich falsch.

So ist sie schon seit Freitag.

Verschlossen, abweisend.

Dia hat sich in einen Turm der Trauer eingeschlossen, in dem keine Seele sie erreichen kann. Nachdem ich Finn beinahe überfahren hätte, sagte sie kein Wort. Sie lag nur die ganze Nacht in meinem Arm und weinte. Sie hat so lange geschluchzt, bis sie keine Kraft und keine Tränen mehr hatte.

Seitdem weigert sie sich strikt, mir mehr zu erzählen als das Nötigste, nämlich, dass Finn mit irgendeiner Tussi geschlafen hat. Sie sagt mir nicht, mit wem oder wann es passiert war. Oder wie sie es herausgefunden hat.

Alles, was ich aus ihren Erzählungen raushören kann, ist, dass sie es hinter sich lassen will.

Bisher ist sie sehr gut darin, so zu tun, als ginge es ihr hervorragend. Aber wisst ihr, wer überhaupt nicht gut darin ist?

Finley Richards.

Samstag früh tauchte er um sieben vor Dias Haus auf und klingelte uns aus dem Bett, um Dia anzuflehen, ihn zurückzunehmen. Es bedurfte der Hilfe von Dias Dads *und* ihrem älteren Bruder Jesse, um ihn vom Grundstück zu zerren.

Seitdem war er nicht mehr in der Schule.

So schlimm ist es.

Ich werfe Dia einen Blick zu, die immer noch im Chat mit ihrem Fuckboy des Tages versunken ist, und hole mein eigenes Handy heraus. Ich scrolle durch meine Kontakte und tippe auf die Nummer, die ich vor fünf Tagen eingespeichert habe.

Zacs.

Die ganze Woche über habe ich die verdammten Ziffern angestarrt und versucht, den Mut zu sammeln, um ihm eine Nachricht zu schicken. Aber irgendwie bringe ich das nicht über mich. Per Chat zu kommunizieren ist irgendwie so viel … *persönlicher.*

Und gefährlicher.

Als wir uns nur Briefe geschrieben haben, war das Risiko kalkulierbar. Aber ihm meine Handynummer zu geben? Ist das nicht fast schon eine *Einladung* dazu, meine Identität herauszukriegen? Er müsste nur ein wenig herumfragen.

Viele Leute auf dieser Schule haben meine Nummer. Dia, Lacey, sogar Finn, um nur ein paar zu nennen. Zac könnte sie problemlos zu mir zurückverfolgen. Andererseits hat er versprochen, dass er nie versuchen würde, mich zu finden.

Die Frage ist …

Vertraue ich ihm?

»Wer ist Z?«, holt Dias Stimme mich aus meinen Gedanken.

»Was? Oh, das ist nichts. Ich meine, e-er ist niemand.« Schnell stecke ich das Handy wieder weg.

Dia reißt die Augen auf. »*Er?*«

Shit.

»Aveena Harper D'Amour, chattest du mit einem Kerl?« Sie betont jede Silbe meines französischen Namens und deutet anklagend mit dem Finger auf mich. »Schaust du dich deshalb in letzter Zeit immer suchend auf den Fluren um? Weil du dich mit einem Typen triffst?«

Und ich dachte, ich wäre unauffällig gewesen.

Es stimmt, dass ich in der letzten Woche ein bisschen Detektiv gespielt habe. Ich kann einfach nicht anders. Jedes Mal wenn ich auf den Fluren unterwegs bin, frage ich mich, ob Zac und ich uns über den Weg laufen.

Jedes. Einzelne. Mal.

Diese ganze Sache mit der Brieffreundschaft verwirrt mich. Ich würde Dia so gern davon erzählen. Allerdings glaube ich fest daran, dass, sobald man ein Geheimnis ins Universum entlässt, es sich wie ein Waldbrand ausbreitet. Vielleicht nicht gleich morgen oder nächste Woche, aber es *wird* auf die eine oder andere Weise ans Licht kommen.

Die einzige Möglichkeit, sicherzugehen, dass etwas ein Geheimnis bleibt, ist, es für sich zu behalten.

Ich überlege mir eine Ausrede. »Sei nicht albern. Das ist nur eine alte Nummer. Ich gehe gerade meine Kontakte durch und lösche die, die ich nicht mehr brauche.«

Schuldgefühle spiegeln sich in ihrer Miene wider.

»Vee, du weißt, dass du immer noch mit mir über diese Dinge reden kannst, oder? Nur weil mein Liebesleben ein großer Haufen Scheiße ist, heißt das nicht, dass dasselbe auch für dich gelten muss. Ich bin immer für dich da.«

Okay.

Außer, wenn du es gerade *nicht* bist.

Was in letzter Zeit häufig vorkommt.

»Ich sage dir doch, da gibt es niemanden.«

Ihr Blick verrät mir, dass sie mir nicht glaubt.

»Okay. Aber nehmen wir mal an, es *gäbe* da wen, dann würde ich dir sagen: Tu es. Wer weiß? Du könntest sonst die heißeste, umwerfendste Liebesgeschichte deines Lebens verpassen.«

Das wage ich stark zu bezweifeln.

Wir biegen um die Ecke in Richtung des Umkleideraums am Ende des Flurs. Kaum haben wir die Türschwelle erreicht, erblickt Dia ihre neue beste Freundin.

»Lacey!« Innerhalb eines Herzschlags ist Dia zu meinem Ersatz gelaufen. Seit Finn sie betrogen hat, haben wir auch keinen Kontakt mehr zu seinen Kumpels, Lacey und Dia sind allerdings beste Freundinnen geblieben.

Yay!

Dia mag Finn zwar verloren haben, aber ihre Beliebtheit hat definitiv nicht darunter gelitten. Das wird anhand der Menge an Nachrichten deutlich, die sie seit Ende ihrer Beziehung bekommt.

Ich suche mir wahllos einen Spind, stelle meine Sachen hinein und gehe zur erstbesten Kabine, um mich umzuziehen.

Dias Worte nagen an mir.

Du könntest die heißeste, umwerfendste Liebesgeschichte deines Lebens verpassen.

Auch wenn ich das mit Zac nicht so sehe, hat sie nicht ganz unrecht. Mir ist in meinem Leben bisher viel entgangen.

Damit ist jetzt Schluss.

Ich nehme all meinen Mut zusammen, entsperre mein Handy, suche seine Nummer und fange an, zu tippen.

Love: Hey, ich bins, L.

* * *

Er hat nicht geantwortet.

Es ist Stunden her.

Stunden.

Vermutlich läuft er gerade durch die Stadt und fragt jeden, ob er meine Nummer kennt. Warum nur musste ich diese blöde Nachricht schicken? Und warum braucht Ashley so lange, um aus dem Schulgebäude zu kommen? Ihre Stunde sollte schon längst vorbei sein. Und waru…

Ping!

Ich zucke überrascht zusammen.

Er hat geantwortet?

Zac: L wer?

Zac: Lydia Leonard? Ich brauche schon ein bisschen mehr als das.

Ich wünschte, ich wäre die Art Mädchen, die einen Kerl doppelt so lange warten lässt, wie er sie hat warten lassen, bevor sie zurückschreibt. Aber wie sich herausstellt, bin ich eher ein Mädchen, das innerhalb einer *Nanosekunde* antwortet.

Love: Ich bin Love, du Trottel.

Love: Außerdem wette ich, dass du überhaupt niemanden kennst, der Leonard heißt.

Zu meiner freudigen Überraschung antwortet er genauso schnell wie ich.

Zac: Es könnte aber sein.

Love: Ist es aber nicht.

Zac: Aber es könnte!

Love: Immer noch nicht.

Zac: Na gut, ich kenne niemanden, der so heißt.
Zac: Aber zumindest bin ich kein mieser Chatpartner, der sich ewig nicht meldet.

Ich versuche, mein Lächeln zu unterdrücken.

Love: Ja ... sorry.

Zac: Es wurde auch Zeit, L. Ich wurde hier schon langsam alt und grau.

Love: Warst du etwa verletzt, dass ich dir nicht sofort geschrieben habe?

Zac: Verdammt, nein. Allerdings muss ich gestehen, dass ich ganz vielleicht in die Bücherei gegangen bin und nachgeschaut habe, ob du diese Woche einen weiteren Brief in dem Buch versteckt hast …

Ich lache laut auf.

Ich habe nämlich genau dasselbe getan. In den letzten zwei Wochen habe ich mich an unser Geplänkel gewöhnt.

Love: Willst du ein Geheimnis wissen?

Zac: Schieß los.

Love: Beinahe hätte ich dir nicht geschrieben.

Zac: Warum?

Love: Es klingt dumm, aber ich hatte Angst, dass du herumfragen würdest, ob jemand diese Nummer kennt.

Es vergehen ein paar Minuten.

Zac: Verdammt, daran hatte ich überhaupt nicht gedacht.
Zac: Danke für den Tipp. Werde ich so machen.

Jetzt ist es offiziell: Ich bin eine selbstsabotierende Idiotin.

Love: ZAC!

Zac: Entspann dich. Ich mach nur Witze. Ich werde mich nicht umhören … wenn du mir sagst, wie du aussiehst.

Love: Träum weiter.

Zac: Komm schon! Ich bitte dich ja nicht um ein Foto. Ich will nur eine vage Vorstellung davon haben, mit wem ich rede.

Love: Tja, ich bin ein Mädchen. Und achtzehn.

Zac: Langweilig. Das wusste ich bereits. Verrate mir etwas Neues.

Love: Tja, mehr bekommst du nicht. Anonymitätspakt und so, weißt du noch?

Zac: BUH!

Ich will gerade antworten, als ich eine Nachricht von Dia erhalte.

Dia: Party bei Theo heute Abend. Du kommst mit.

Aveena: Wird Finn nicht auch da sein?

Dia: Keine Ahnung. Ist mir auch egal. Ich werde mich nicht für den Rest des Schuljahres vor dem fremdgehenden Arsch verstecken.
Dia: Oh, und Lacey hat uns zum Vorglühen zu sich nach Hause eingeladen. Wann soll ich dich abholen?

Aveena: Ich weiß nicht, ob ich in der Stimmung bin.

Dia: Was? Aber du MUSST kommen. Ich brauche dich als moralische Unterstützung. Das ist die erste Regel im Beste-Freundinnen-Kodex.

Ich überlege, ob ich die beste Freundin sein soll, die sie unterstützt. Oder ob ich sie liebevoll, aber entschieden enttäuschen soll. Ihr wurde gerade erst das Herz gebrochen. Und ich habe beschlossen, ab jetzt *nichts* mehr zu verpassen.

Ach, was solls, warum eigentlich nicht?

Aveena: Hol mich um 9 Uhr ab.

10. KAPITEL

XAVIER

»Du hast Lacey *was* gesagt?«, brüllt Finn über die ohrenbetäubend laute Musik und funkelt Theo an, als überlege er, ob er ihm die Eier abreißen solle. In den letzten Tagen ist Finn dank seines gebrochenen Herzens eh schon ein unerträgliches Arschloch. Jetzt aber ist er auch noch *betrunken*, da kann Theo sich auf einiges gefasst machen.

»Sorry, Alter, ich habs versaut.« Theo hebt abwehrend die Hände. »Ich hätte Lacey nicht sagen sollen, dass sie einladen darf, wen sie will. Aber wie hätte ich ahnen können, dass sie Dia einladen würde?«

»Vielleicht indem du dein verficktes *Gehirn* benutzt?« Finn springt auf die Füße und baut sich bedrohlich vor Theo auf. »Du weißt, dass sie befreundet sind. Was zum Teufel hast du dir nur dabei gedacht?«

Theo ballt die Hände zu Fäusten und atmet geräuschvoll aus in dem Versuch, sein Temperament im Zaum zu halten. »Ich habe doch gesagt, dass es mir leidtut. Was willst du noch von mir, Richards? Dass ich sie wieder auslade?«

Quer durch das vollgepackte Wohnzimmer tauschen Axel und ich einen Blick, mit dem wir uns fragen, ob wir eingreifen sollen. Finn und Theo sind gleich stark, dafür war unser halbbetrunkener Wettbewerb im Armdrücken neulich Beweis genug. Ich wäre ungern dabei, wenn die zwei aufeinander losgehen. Das könnte Stunden dauern.

»Verdammt, Cox. Ich kann es nicht gebrauchen, dass sie hier rumhängt, während ich eine neue abschleppe«, knurrt Finn.

Beinahe hätte ich gelacht.

Dieser Schwachkopf kann niemanden täuschen.

Finn ist wegen Dia ein absolutes Wrack. Alle hier wissen, dass sie die Einzige ist, die er »abschleppen« will. Er hält sich für so cool, wenn er so tut, als wolle er sie nicht hier haben, aber ich würde meinen Arsch verwetten, dass er insgeheim darauf gehofft hat, dass sie kommt.

Immerhin war er es, der Theo gebeten hat, die Party zu schmeißen. Ich wette, noch bevor die Party vorbei ist, bettelt er Dia um eine zweite Chance an. Der Kerl steht total unter ihrem Bann, aber er würde lieber seinen Schwanz in der Autotür einklemmen, als das zuzugeben. In all den Jahren habe ich noch nie erlebt, dass er einem Mädchen so sehr hinterherlaufen wollte wie ihr. Das Schlüsselwort hier ist: wollte. Denn er tut es nicht.

Natürlich nicht.

Dafür steht ihm sein Stolz zu sehr im Weg.

Letztes Wochenende tauchte er vor Dias Haus auf, und sie hat ihn abgewiesen. Jeder normale Kerl würde es danach weiter versuchen, nicht aber Finley Richards. Keine Chance. Er hält es für besser, ihr seitdem aus dem Weg zu gehen, als hätte sie die Pest.

Vielleicht liegt es an seinem verletzten Ego, vielleicht aber auch an seiner grundlegenden Unfähigkeit, mit Gefühlen umzugehen. Was auch immer es ist, es sorgt dafür, dass Finn sich selbst davon zu überzeugen versucht, *sowieso nie* irgendetwas für Dia empfunden zu haben. Er will nicht einmal mehr klarstellen, dass er sie überhaupt nicht betrogen hat. Das hat er bei seinem Leben geschworen. Normalerweise würde ich ihm das nicht abkaufen. Aber ich habe den Ausdruck in seinen Augen gesehen, nachdem Dia an jenem Abend mit Vee davongefahren ist. Ich kann Dia nicht vorwerfen, dass sie fest davon überzeugt ist, dass Finn sie betrogen hat. Trotzdem glaube ich ihm.

Die Beweise sind jedoch *ziemlich* erdrückend.

Jedes Mal, wenn ich ihn frage, warum er sich nicht endlich zusammenreißt und ihr die Wahrheit sagt, erzählt er mir irgendeinen Scheiß. Das mit Dia wäre nur Spaß gewesen und er hätte sich eh gelangweilt. Es ist, als würde er glauben, jemanden an seiner Seite zu brauchen wäre unter seiner Würde. Aber ich kenne meinen bekloppten besten Freund. Auch wenn ich mir sicher bin, dass es in Finns traumageplagter kleiner Welt eine gute Erklärung für sein Verhalten gibt, muss er endlich erwachsen werden und anfangen, sich wie ein normaler Mensch zu benehmen.

Und das am besten noch, *bevor* er das einzige Mädchen verliert, das es mit ihm aufnehmen kann.

»Fan-fucking-tastisch«, regt Finn sich mit Blick auf irgendetwas in der Ferne auf.

Ich drehe den Kopf.

Mit Wodkaflaschen in der Hand stolpern Dia, Lacey und Aveena gerade durch die Haustür. Sie sehen alle schon ziemlich betrunken aus. Okay, abgesehen von Vee. Sie wirkt schmerzhaft nüchtern.

Wie immer.

»Jupp, damit bin ich raus.« Finn nimmt seine Flasche von der Couch, trinkt einen großen Schluck und verschwindet in der Menge der Feiernden. Ich bezweifle, dass wir heute Abend viel von ihm zu sehen bekommen. Sobald *Hurrikan Finn* abgezogen ist, lässt Axel das Mädchen, das er eben noch am Tisch neben dem Punsch angebaggert hat, stehen und kommt rüber, um Finns Platz einzunehmen. Theo tut es ihm gleich und wirft sich auf die Ledercouch. Er fühlt sich wegen der Dia-Sache schlecht, das sehe ich.

»Er kommt schon darüber hinweg«, sage ich zu ihm.

Theo nickt, wirkt aber nicht überzeugt.

»Kurze Frage: Wann ist Aveena Harper eigentlich so verdammt hot geworden?«, platzt es aus Axel heraus, während sein hungriger Blick jemandem in der Menge folgt. Ich schaue in die gleiche Richtung und sehe Vee, die neben der Anlage mit ihren Freundinnen quatscht. Die Antwort ploppt in meinem Kopf auf und erwacht wie ein kaputtes Neonschild flackernd zum Leben.

Sie war schon immer schön.

Sie ist nur ein Profi darin, es zu verbergen.

Das Mädchen läuft mit hochgezogenen Schultern in weiten Pullovern und zerrissenen Jeans herum. Voller Angst, dass jemand sie bemerken könnte. Es ist, als fühle sie sich schlecht, wenn sie zu viel Platz einnimmt oder so.

Aber nicht heute Abend.

Heute Abend ist sie anders.

Sie hat sich geschminkt, die Haare gemacht, das ganze Programm. Es muss das erste Mal sein, dass ich Aveena in etwas sehe, das ansatzweise eng sitzt. Innerlich danke ich dem Herrn für Leggins.

»Dreh dich um, Baby. Komm schon.« Axel reckt den Hals, um einen Blick auf Vees Hintern zu werfen, der allerdings von uns abgewandt ist.

Als hätten sie ihn gehört, drehen die Mädchen sich auf ihren Absätzen um und gehen in die Küche, wo ein paar Jungs aus der Mannschaft *Flip Cup* spielen. Ich werde nicht lügen und so tun, als hätte ich Aveenas Hintern im Gehen nicht ausgecheckt.

Denn das habe ich.

Sehr sogar.

Hey, ich bin wenigstens nicht so ein starrendes Schwein wie Axel.

»Mein Gott, wo hatte sie denn diesen Körper versteckt?« Axel ist in seinem Element. »Ich würde sie so hart in den Arsch ficken, dass sie einen Monat lang nicht lau…«

Ich versetze ihm einen harten Schlag gegen den Hinterkopf. Er blinzelt mich geschockt an.

»Sehr stilvoll, Bro«, sage ich.

»Ach, tu doch nicht so, als würdest du sie nicht auch gern zum Stöhnen bringen«, wirft Axel mir vor.

Ich würde dich gern zum Stöhnen bringen.

Vor Schmerzen.

Weil ich dir ins Gesicht geschlagen habe.

Mit einem Backstein.

Zählt das?

»Du solltest erst ihre Schwester sehen«, schaltet Theo sich ein. »Ich sage euch, diese Familie hat gute Gene.«

Die Unterhaltung wendet sich Vees Schwester zu, und ich passe nicht mehr auf, sondern ziehe mein Handy heraus. Ich habe fünf ungelesene Nachrichten von Brie, in denen sie mich fragt, wann wir uns zum Sex verabreden können.

Und keine von Love.

Auf meine Bitte, mir etwas über sich zu erzählen, hat sie nicht geantwortet. Fühlt sie sich unter Druck gesetzt? Vielleicht hätte ich das nicht schreiben sollen.

Ich schnaube.

Sieh dich an.

Total durch den Wind wegen eines Mädchens, das du niemals treffen wirst.

Ich lasse den Blick über Theos proppevolles Wohnzimmer gleiten und frage mich, was Love wohl gerade tut. Ob sie so gelangweilt ist wie ich. Ob sie allein zu Hause sitzt oder auch auf einer Party festhängt. Alle meine Fragen lösen sich jedoch in Luft auf, als die Haustür aufschwingt und eine vertraute Stimme durchs Haus hallt.

»Geht das nur mir so oder sind Theodore Cox' Partys nicht mehr das, was sie mal waren?«

Alle meine Muskeln spannen sich an.

Nein.

Nicht er.

Nicht jetzt.

Theo und Axel springen sofort auf und begrüßen den Scheißkerl an der Tür. Vor einem Monat wäre ich dabei gewesen, aber jetzt? Jetzt ertrage ich es kaum, mich im gleichen Raum wie dieses Arschloch aufzuhalten.

Also bleibe ich auf der Couch sitzen und trinke meinen Drink in einem Zug aus. Dann zerquetsche ich den roten Plastikbecher mit aller Kraft und wünschte, es wäre der Schädel von einem gewissen Verräter. Ich hole mein Handy heraus und tue so, als steckte ich mitten in einer faszinierenden Unterhaltung mit niemandem. Den einzigen Kontakt, den dieser Typ von mir erwarten kann, ist der von meiner Faust mit seinem Gesicht.

»Brody fucking Richards, wie er leibt und lebt«, feiert Theo den großen Bruder von Finn wie der Arschkriecher, der er ist. Verständlich. Seitdem er aufs College geht, haben wir Brody kaum noch gesehen.

»Du Hurensohn hast gesagt, dass du es nicht schaffst.« Theo zieht Brody für eine Umarmung an sich. »Was hat deine Meinung geändert?«

»Ach, weißt du, ich bin früher als geplant wieder in der Stadt gewesen. Ich hatte einige … *Verpflichtungen*, wenn du verstehst, was ich meine«, prahlt Brody, und die Jungs lachen, als wären sie seine Groupies.

Täuscht euch nicht, ich war früher genauso.

Ich wuchs damit auf, die Platzverschwendung zu bewundern, die sich Brody Richards nennt. Er hat uns das Basketballspielen beigebracht und uns auch sonst auf jeglicher Ebene gezeigt, wie man punktet – nicht nur auf dem Spielfeld. Lange bevor wir alt genug waren, hat er uns in Clubs reingeschmuggelt. Da er zwei Jahre älter ist als wir, habe ich immer zu ihm aufgeschaut und ihn als eine Art Mentor angesehen.

Er war der große Bruder, den ich nie hatte.

Bis ich erkannte, wie er wirklich ist.

»Wie lange bleibst du?«, fragt Axel. »Vermissen die Mädels an der Duke dich nicht zu sehr?«

Brody lacht. »Ich bin nur übers Wochenende hier. Und du weißt ja, wie es ist. Die Frauen folgen mir auf Schritt und Tritt.«

»Ich versteh schon, Mann. Siehst du hier irgendeine, die dir gefällt?«, fragt Axel, und Brody tut, als würde er sich im Wohnzimmer umschauen.

»*Nah.* Zu jung für meinen Geschmack.«

»Also stehst du jetzt auf Cougars, hm?« Axel stößt ihm scherzhaft den Ellbogen in die Rippen.

»So in der Art«, grinst Brody.

Wut steigt in mir auf, und der Drang, ihm den Kiefer zu brechen, kratzt wie Schleifpapier in meinen Adern. Wenn der Arsch auch nur in meine Richtung guckt, dann schwöre ich bei Gott…

»Erde an Xavier Emery?«

Ernsthaft?

»Hat deine Mutter dir nicht beigebracht, dass es unhöflich ist, Leute zu ignorieren?«, höhnt Brody. Ich tue so, als hätte ich ihn nicht gehört, und halte den Blick fest auf mein Handy gerichtet. »Alter, du starrst schon seit zwanzig Minuten auf das Ding. Du hast da besser ein paar Pornos drauf.«

Theo und Axel lachen über den Witz. Ich balle die Faust so fest, dass das Blut aus meinen Knöcheln weicht, und muss mich ermahnen, dass er immer noch Finns Bruder und der Sohn des besten Kumpels meines Dads ist. Aber Mann … wenn er *irgendjemand* anderes wäre, bräuchte er jetzt definitiv einen Termin beim Zahnarzt.

»Nö, Mann. Bin nur gelangweilt«, murmle ich so kühl, wie ich nur kann.

Brody denkt sich bei meinem Ton nichts, sondern macht mit den Jungs da weiter, wo er aufgehört hat. Ich glaube schon, ihn abgeschüttelt zu haben, als …

»Hey, Arschloch, hast du meinen Bruder gesehen?«, nervt er mich.

Mission gescheitert.

Ich kann nicht eine weitere Sekunde lang so tun, als würde ich ihm nicht am liebsten das Gesicht eintreten. Nicht mal für meinen Dad.

Oder für Finn.

Ich muss hier raus.

»Nein.« Ich erhebe mich von Theos Couch und dränge mich durch die Menge in Richtung Haustür.

»Wo willst du hin?«, fragt Theo, als ich mich an ihm vorbeischlängle und die Tür aufstoße.

Ich suche in meinem Portemonnaie nach meinem gefälschten Ausweis und zeige ihn ihm. »Ich hol nur mehr Stoff.«

Theo zieht die Stirn kraus. »Was? Aber der Kühlschrank ist voll mit …«

Doch da bin ich schon weg.

* * *

AVEENA

Ich war immer stolz darauf, meine beste Freundin zu kennen. Ich meine, *hey,* welche beste Freundin ist das nicht? Seit wir uns im Sommer vor der neunten Klasse auf dem jährlichen Stadtfest kennengelernt haben, war Dia wie eine Schwester für mich.

Dias Familie war damals wegen der Arbeit ihres Dads gerade wieder nach Silver Springs zurückgezogen und ich hatte übers Wochenende einen neuen Job als Aufseherin an der Hüpfburg. Und mit »Aufseherin« meine ich, es war mein Job, sicherzustellen, dass die Kinder sich nicht gegenseitig zertrampeln.

Die gesamte Highschoolzeit über habe ich Dia als einen Teil von mir angesehen. Nein, streicht das. Als *Spiegelbild* von mir. Eine andere, selbstbewusstere Version, aber dennoch ein Spiegelbild.

Aber in letzter Zeit ist dieses Spiegelbild beschlagen.

Verzerrt.

Und die Dia, die ich jetzt sehe? Diejenige, die mit der Kapitänin der Cheerleader Shots kippt wie Wasser und Weed-Gummis förmlich inhaliert? Sie ist eine Spiegelung, die ich nicht wiedererkenne. Ein Bild, von dem ich nicht sicher bin, ob ich es behalten will.

Ich hatte heute Abend wirklich keinen Bock auf Gruppenzwang – das habe ich *nie* –, aber irgendwie war ich so dumm, zu glauben, dass Dia mich tatsächlich als moralische Unterstützung braucht. Ich habe mich von ihr überreden lassen, diese Drogenparty zu besuchen, wofür ich sogar meine Mom angelogen habe. Ich überlege ernsthaft, nie wieder Ja zu etwas zu sagen.

Schon lange habe ich den Überblick darüber verloren, wie oft Dias neue beste Freundin mich dazu gedrängt hat, »mal ein bisschen zu leben«. *Komm schon, nur ein Weed-Gummi. Danach wirst du dich großartig fühlen.* Ich wette, sie denkt, ich habe nicht gehört, wie sie leise »Prüde Gans« vor sich hin gemurmelt hat.

Ach, wem will ich hier was vormachen?

Dia braucht meine Unterstützung nicht. Sie hat ihre Medizin auf dem Grund eines roten Plastikbechers gefunden. Nachdem Finns schlechter Einfluss aus ihrem Leben verschwunden ist, dachte ich, sie würde nicht direkt dem nächsten Rausch hinterherjagen. Würde ein wenig zurückfahren, langsamer machen. Aber da habe ich mich geirrt. Wenn überhaupt ist es schlimmer geworden, seit sie Schluss gemacht haben. Es ist, als würde sie einen Marathon der Selbstzerstörung laufen.

Verzweifelt in dem Versuch, dem Schmerz davonzurennen.

Während ich mit den Mädels auf Theos Ledercouch fläze, schaue ich mich im Wohnzimmer um und betrachte das Chaos, das die betrunkenen Basketballspieler anrichten. Überall Drogen. Auf dem Couchtisch. In der Küche. Oh, und ich bin mir ziemlich sicher, dass die Cheerleader im Bad Lines ziehen.

Die Erwähnung von Xaviers Namen holt mich abrupt zurück ins Hier und Jetzt. Ich konzentriere mich auf die Unterhaltung, die ich in den letzten zwanzig Minuten ausgeblendet habe.

»Xavier? Wirklich?«, kreischt Dia. »Hat er nicht *gerade erst* Brie abgeschossen?«

Lacey verdreht die Augen. »Oh, bitte. Sie waren nicht zusammen, als wir es getan haben.«

Meine Augen quellen förmlich aus ihren Höhlen.

Moment … Xavier hat mit Lacey geschlafen?

Der besten Freundin seiner Ex?

So viel dazu, dass er der »Nette« ist.

»Wann hattest du überhaupt die Zeit dafür, mit ihm zu vögeln?«, hakt Dia nach.

»An dem Abend bei Theo«, gibt Lacey zu.

Scheiße … Er hatte *gerade mal* ein paar Stunden vorher mit Brie Schluss gemacht.

Unter Dias offensichtlicher Missbilligung zuckt Lacey zusammen. »Guck mich nicht so an, D. Wir waren beide betrunken und ich war traurig und … Ich weiß auch nicht. Ich habe ihn geküsst, und dann ist die Sache eskaliert.«

»Du bist *so was* von tot, wenn Brie das herausfindet«, spricht Dia meine Gedanken laut aus.

»Wen interessiert das schon?«, antwortet Lacey achselzuckend. »Es wäre eine Sache gewesen, wenn ich mit ihm gevögelt hätte und wir noch Freundinnen wären. Aber Brie und ich reden kaum noch miteinander. Und außerdem, wie schon gesagt, ist er Single.«

»Ich dachte, du wärst noch nicht über Theo hinweg?«, ruft Dia ihr in Erinnerung.

»Das bin ich auch nicht, n*icht mal ansatzweise.* Aber was soll ich sonst machen? Er hat einfach kein Interesse. Aber eine Frau muss ihre Bedürfnisse eben auch irgendwie stillen.«

Dia lacht leise auf und wirft sich gefühlt das tausendste Weed-Gummi in den Mund. Das macht sie, seit sie vorhin Finn am Bierpong-Tisch gesehen hat. Dabei hat sie jedoch *keine einzige* Emotion durch ihre Fassade dringen lassen. Nicht das kleinste

Wimpernzucken. Aber so, wie sie zwei Wodka-Shots in Folge heruntergestürzt hat, war mir klar, dass sein Anblick sie schwer getroffen hat.

»Von allen Typen in der Schule, warum ausgerechnet er?«, fragt sie jetzt.

»Versteh mich nicht falsch, Theo ist ein verdammter Traumprinz«, führt Lacey aus. »Er ist heiß, lustig, gut im Bett, das ganze Paket. Aber ich fand schon immer, dass Xavier so eine …« Sie hält inne. »So etwas *Geheimnisvolles* an sich hat, weißt du? Er ist wie ein Rätsel. Die meiste Zeit über kann ich nicht sagen, was er gerade denkt. Und hallo? Er ist umwerfend attraktiv.«

Was das Rätsel angeht, stimme ich ihr zu.

Xavier sieht immer so aus, als wäre er in Gedanken weit, weit weg. Als würde er auf eine Welt voller Trottel schauen und sich denken: *Verdammt, ich hasse es hier.* Der Kerl scheint völlig unbeeindruckt von dem ganzen Mist zu sein, den gleichaltrige Kerle in seinem Alter für gewöhnlich feiern.

Eine Sache, die ich sehr gut nachfühlen kann.

»Was denn? Stimmt doch«, beharrt Lacey, als Dia kichert. »Er ist unerreichbar. Es ist, als würde es ihn einen Scheiß interessieren, beliebt zu sein. Der Typ ist zu cool für die coolen Kids.«

Damit hat sie recht.

Xavier *ist* zu cool für die coolen Kids.

Warum?

Weil er den Titel von Anfang an nicht haben wollte.

»Frag mich nicht, wieso, aber das macht mich tierisch an«, gesteht Lacey ungerührt. »Und zwischen uns … Er ist im Bett unglaublich. Ich bin viermal gekommen. *Vier Mal!*« Sie quietscht vor Begeisterung während ich mich innerlich unter der Vorstellung winde. Jetzt reckt Lacey den Hals und schaut sich suchend um. »Wo wir gerade von Xav sprechen, habt ihr ihn irgendwo gesehen? Zu einer zweiten Runde würde ich nicht Nein sagen.«

»Nein, seit vorhin habe ich ihn nicht mehr gesehen.« Dia guckt sich ebenfalls suchend um. »Ich glaube, ich habe Theo sagen hören, dass er losgefahren ist, um noch mehr Alkohol zu kaufen.«

Die Mädels nehmen ihr Gespräch wieder auf, und ich hole mein Handy aus der Tasche und rufe den Chat mit Zac auf. Erst jetzt wird mir bewusst, dass ich ihm gar nicht mehr geantwortet habe, nachdem er versucht hat, weitere Informationen über mich zu entlocken.

Ich werfe Lacey und Dia einen Blick zu, die sich gerade an Himbeer-Wodka-Shots verschluckt haben, und schaue wieder auf das Display.

Soll ich ihm schreiben?

Besser spät als nie, oder?

Was ist, wenn er nicht antwortet?

Was ist, wenn er schon schläft?

Es ist immerhin schon nach Mitternacht.

Halt den Mund und mach es einfach.

Ich fasse meinen Mut bei den Eierstöcken – ja, richtig, Eier sind zu empfindlich, Eierstöcke sind hier die wahren Gewinner – und formuliere eine Antwort.

Love: Ich habe ein Tattoo auf meiner linken Schulter.

Sieben Minuten vergehen.

Keine Antwort.

Dann erhält mein Ego einen Dämpfer.

Nachricht gelesen um 0:30 Uhr.

Okay, das habe ich verdient.

Aber ich gebe noch nicht auf.

Love: Du wolltest etwas Neues über mich wissen, oder nicht?

Er liest meine Nachricht, direkt nachdem sie verschickt wurde.

Fünf Minuten später hat er immer noch nicht geantwortet.

Na gut.

Ich muss lernen, einzusehen, wenn ich verloren habe.

Ich mache Anstalten, mein Handy wegzu…

Zac: Was für eins?

Ein lächerlich breites Grinsen legt sich um meine Mundwinkel.

Love: Das kann ich dir nicht verraten. Das wäre VIEL zu gefährlich, wenn du mich mal im echten Leben sehen solltest.

Seine Antwort folgt sofort.

Zac: Dann sag mir wenigstens, warum du es dir hast stechen lassen.

Ich überlege eine Minute lang, ob ich ihm die tragische Geschichte dahinter verraten soll, komme aber schnell wieder zu Verstand. Niemand auf dieser Erde weiß, warum ich mir eine Raupe habe tätowieren lassen. Verdammt, bis vor einer Minute wusste niemand auf dieser Welt, dass ich überhaupt ein Tattoo habe. Na ja, außer Dia, die es mal gesehen hat, als ich bei ihr übernachtet habe. Aber meine Mom hat keine Ahnung. Ihr wärt überrascht, was man alles verbergen kann, wenn man keine Tanktops oder sonstige freizügige Kleidung trägt.

Die Bedeutung des Tattoos ist ein Geheimnis, das ich mit ins Grab nehmen werde. Auf keinen Fall werde ich es einem Fremden verraten.

Love: Das kann ich dir auch nicht sagen.

Keine Antwort.

Sechs Minuten später mache ich mir Sorgen, dass ihn meine Ausweichmanöver langweilen.

Bis mein Handy erneut piept.

Zac: Wie auch immer. Ich wette, es ist so ein typisches Kitschmotiv wie eine Rose oder so.

Love: FALSCH!

Zac: Dann ein Schmetterling.

Love: Wieder falsch. Außerdem, warum werden Schmetterlinge so überschätzt? Die leisten überhaupt keine Arbeit. Die machen allein die Raupen. Und dafür bekommen sie nicht genügend Anerkennung. Das macht mich sauer.

Zac: Ja, aber Schmetterlinge sind viel cooler.

Love: Einigen wir uns darauf, dass wir uneinig sind.

Zac: Habe ich da einen Nerv getroffen?

Love: Nö. Ich habe nur einen beschissenen Abend. Sorry.

Zac: Du auch?

Love: Du hast ja keine Ahnung.

Zac: Was ist passiert?

Love: Du zuerst.

Zac: Ich stecke auf einer ätzenden Party fest und überlege, mich in der Punschschüssel zu ertränken. Und du?

Mir stockt der Atem.

Eine Party?

Doch nicht etwa … *diese* Party?

Love: Die Party von Theodore Cox?

Bitte sag Nein.

Zac: Ja. Woher wusstest du das?

Fuck.

Love: Weil ich auch hier bin.

Er antwortet eine Weile nicht. Man muss kein Genie sein, um zu wissen, dass er vermutlich genauso durchdreht wie ich. Wir sind einander näher als gedacht.

Sehr viel näher.

Und ich dachte, dieser Anonymitätspakt wird einfach.

Zac: Wir verkehren also in denselben Kreisen?

Love: Sieht so aus.

Zac: Ich wusste nicht, dass du beliebt bist, L.

Love: Wer sagt, dass ich das bin?

Zac: Spar dir die Mühe. Du bist zu der Party von einem der beliebtesten Kerle eingeladen worden. Das Spiel ist aus.

Love: Na und? Vielleicht habe ich mich durch die Hintertür hineingeschlichen.

Zac: Du meinst die abgeschlossene Hintertür? Keine Chance.

Love: Woher weißt du, dass sie abgeschlossen ist?

Zac: Ich habe vorhin versucht, zum Pinkeln rauszugehen.

Verdammt.

Wenn ihr mich fragt, bedeutet seine Anwesenheit hier höchstwahrscheinlich, dass er zum Basketballteam gehört oder mit einem der Spieler befreundet ist. Was auch immer es ist, er muss beliebt sein. Oder vielleicht ist er ein Kiffer? Das würde ich Theo durchaus zutrauen. Ich weiß, dass er jeden einlädt, der verspricht, Gras zu liefern.

Bevor ich antworten kann, schickt Zac mir ein Emoji von zwei Händen, die sich abklatschen.

Love: Was war das?

Zac: Nur ich, wie ich mich selbst abklatsche.

Love: Wofür?

Zac: Dafür, dass ich recht hatte. Ich hatte es im Gefühl, dass du attraktiv bist.

Ich unterdrücke ein Lachen.

Love: Das glaubst du vielleicht. Aber nach allem, was du weißt, könnte ich auch Quasimodo sein.

Zac: Unwahrscheinlich. Die Jungs laden vor allem Girls ein, die sie attraktiv finden. Du bist hot, L. Komm damit klar.

Ich schnaube.

Und ich finde es höchst ironisch, dass Theo mich technisch gesehen nicht persönlich eingeladen hat. Zac ist sich seiner Behauptungen so sicher, dass er nie darüber nachgedacht hat, dass ich der einzige *nicht beliebte* Mensch in diesem Haus sein könnte.

Zac: Versteh mich nicht falsch, aber ich wünschte, du wärst zu Hause geblieben. Jetzt werde ich die ganze Nacht damit verbringen, an dich zu denken.

Er hat recht.

Ich habe es vermasselt. Ich hätte ihm nicht sagen müssen, dass ich hier bin. Okay, es *wimmelt* auf dieser Party nur so von Mädchen, was es ihm schwer machen dürfte, mich zu finden. Trotzdem hätte ich einfach meine große Klappe halten sollen, anstatt mir selbst eine Grube zu graben.

Jetzt werde ich mich bei jedem Typen, den ich sehe, fragen, ob er es ist. Zumindest so lange, bis Dia bereit ist, zu gehen. Was vermutlich nicht vor vier oder fünf Uhr früh passieren wird. Was zum Teufel habe ich mir nur dabei gedacht, mich von ihr mitnehmen zu lassen?

Ich schaue mich im Wohnzimmer um und mein Herz setzt jedes Mal einen Schlag aus, wenn ich einen Kerl an seinem Handy sehe. Der erste Kandidat ist Axel, der am Kamin steht. Er hat die Arme um die Schultern einer Brünetten gelegt, während er mit einem trägen Grinsen auf sein Handy starrt.

O Gott, nein.

Bitte nicht.

Rechts von ihm steht Theo, auch mit dem Handy in der Hand,

wobei es bei ihm eher so aussieht, als würde er durch Social Media scrollen, als zu chatten.

Vee, reiß dich zusammen!

Wenn du jedes Mal in den Detektiv-Modus schaltest, sobald du einen Typen mit seinem Handy siehst, sitzen wir bis zur Abschlussfeier hier.

Mein Handy piept und erinnert mich daran, dass ich meinem Chat-Kumpel noch nicht geantwortet habe.

Zac: Ich gebe dem maximal eine Woche.

Love: Wem?

Zac: Unserem Anonymitätspakt.

Zac: Eine Woche. Zwei, wenn wir Glück haben.

Love: Okay, Pessimist.

Zac: Was? Jemand musste es mal aussprechen. Ich sage dir, es wird irgendetwas passieren, und wir finden es heraus, ohne es zu wollen. Auf keinen Fall können wir das hier aufrechterhalten, wenn wir mit den gleichen Leuten befreundet sind.

Seine düstere Prognose zieht mich runter.

Aber das Schlimmste ist die Erkenntnis, die dem folgt.

Shit. Jetzt muss ich ihn ghosten, oder?

Das Universum scheint es sich in den Kopf gesetzt zu haben, dass unsere Wege sich kreuzen werden. Erst haben wir über einen alten Gedichtband Briefe ausgetauscht und nun sind wir sogar auf derselben Party – mal ehrlich, wie wahrscheinlich ist so etwas bitte?

Schluss jetzt, Universum. Ich mache deine Spielchen nicht mit.

»Dia, Axel hat Magic Mushrooms«, sagt Lacey, und ich schaue auf. »Komm.«

Laceys Bitte scheint Dia an meine Existenz zu erinnern, denn der Blick aus den blutunterlaufenen Augen meiner besten Freundin schießt zu mir.

Sie ist besorgt.

Aber nicht meinetwegen.

Es ist meine *Reaktion*, die ihr Angst macht.

Wenn sie von dieser Couch aufsteht, bricht sie ihr Versprechen … und das weiß sie verdammt gut. Das Versprechen, das sie mir vor ein paar Monaten auf einer Party gegeben hat. Ich hatte gesehen, wie sie sich Molly einwarf, und sie daraufhin beiseitegenommen. Ihr gesagt, dass ich meine beste Freundin nicht mehr wiedererkenne.

Damals versprach sie mir, das harte Zeug nicht mehr anzurühren, und tischte mir anschließend eine ganze Liste an Ausreden auf, wie sehr sie unter dem Druck leidet, in Finns Welt zu passen.

Ich habe ihr jedes Wort abgekauft.

Aber die Finn-Karte zieht nicht mehr.

»Dia, beweg deinen Hintern!« Lacey zupft an Dias Ärmel. »Wir haben fünf Minuten, bevor Axel die Mushrooms an Finns Bruder weitergibt.«

Dia rührt sich nicht.

Genervt jammert Lacey: »D, komm schon! Es war doch deine Idee!«

Da steht Dia auf.

Und mein Herz bricht ein kleines bisschen. Es ist eine Sache, in Laceys bescheuerten Plan hineingezogen zu werden. Aber eine ganz andere, diejenige zu sein, die den Plan überhaupt erst hatte.

Als würde sie meine Enttäuschung spüren, hält Dia inne und ich freue mich zuerst, denn ich bin so dumm, zu glauben, dass ihr vielleicht Zweifel kommen. Dass die alte Dia noch irgendwo da drin ist. Die, die mich jeden Sommer, bevor ich ein Auto hatte, von der Arbeit abgeholt hat, nur weil ihr danach war.

»Vee, ich …« Dia guckt mich genauso schuldbewusst an wie in jener Nacht, in der ich sie das erste Mal wegen der Drogen zur Rede gestellt habe.

»Ist schon gut. Ich wollte sowieso gehen.« Ich stehe auf.

»Vee, warte!«, ruft sie, aber ich dränge mich schon durch die Menge. Eine Minute später stürme ich aus dem Haus. Mein Herz pocht schmerzhaft, als ich den Bürgersteig entlanglaufe. Ich habe keine Ahnung, wie ich nach Hause kommen soll.

Meine Mom glaubt, dass ich bei Dia übernachte. Ich könnte ihr natürlich sagen, dass wir uns gestritten haben. Dafür müsste ich sie allerdings nachts um eins anrufen, damit sie mich von einer Party abholt, wegen der ich sie angelogen habe.

Da ich in einem komplett anderen Stadtteil wohne, rufe ich Google Maps auf meinem Handy auf und gebe meine Adresse ein, um zu sehen, wie weit es von hier ist.

Fünfundzwanzig Minuten.

Ich atme erleichtert auf.

Dann erst sehe ich, dass Maps auf Autostrecke eingestellt ist.

Die Zeit zu Fuß ist wesentlich beunruhigender.

Zwei Stunden und achtundfünfzig Minuten.

Na super.

Geschlagen trotte ich die Straße entlang und verfluche meine kleine Stadt dafür, dass es hier kein Taxiunternehmen gibt. Hoffentlich werde ich nicht entführt. Abgesehen von Theos Haus ist die Straße dunkel und es herrscht komplette Stille. Leichte Panik ergreift mich, als ich ein Stück die Straße hinunter einen Truck parken sehe.

Darin sitzt jemand.

In der Dunkelheit.

Allein.

Um ein Uhr morgens.

Großartig.

Mein Puls beschleunigt sich, aber ich verlangsame meine Schritte nicht, sondern nähere mich dem Wagen schnell und zielstrebig. Der Truck steht auf der anderen Straßenseite und je näher ich komme, desto offensichtlicher wird, dass der Fremde ein Mann ist.

Er ist am Handy, das blassblaue Licht erhellt sein Gesicht. Einen Herzschlag später bin ich auf gleicher Höhe und der Typ hebt den Kopf. Unsere Blicke treffen sich und alle Anspannung weicht aus meinen Schultern.

Ist das Xavier?

Seine kantigen Gesichtszüge erhellen sich, als er mich erkennt, dann zieht er die Stirn kraus, als wäre er genauso verwirrt wie ich. Ich kann sehen, dass er sich fragt, was ich mitten in der Nacht allein hier draußen mache. Ich könnte ihn dasselbe fragen. Warum ist er nicht drinnen und hat Spaß auf der Party?

Oder … mit Lacey?

Ich weiß, dass die Jungs vorhin nach ihm gesucht haben.

War er den ganzen Abend über hier?

Hat er sich in seinem Truck versteckt?

Ich ermahne mich, mich um meinen eigenen Kram zu kümmern, und setze meinen Weg fort. Dann höre ich seinen Motor starten. Ich drehe mich um und sehe, wie er in die andere Richtung davonfährt. Vermutlich nach Hause. Ich gehe weiter und umklammere mein Handy so fest, als erwartete ich, dass mich jeden Moment jemand aus dem Dunkeln anspringt.

Ein Hupen dröhnt durch die Nacht, und ich schreie auf, wobei ich mein Handy fallen lasse und es mit dem Display voran auf dem Bürgersteig landet. Gerade will ich es aufheben, als ein Wagen neben mir verlangsamt.

Bitte lass es nicht irgendeinen Widerling sein.

Xavier ist gerade weggefahren, was bedeutet, es wird keine Zeugen geben.

»Hast du vor, dich umbringen zu lassen?«, fragt mich eine dunkle Stimme.

Ruckartig drehe ich meinen Kopf und sehe, dass Xavier mich durch das heruntergelassene Fenster anschaut. *Ich dachte, er wäre weggefahren?* Schnell scanne ich die Umgebung und erkenne, dass er vermutlich nur die Straße heruntergefahren ist, um zu wenden.

Ich antworte nicht sofort, sondern hebe mein Handy auf und zucke zusammen, als ich das gesprungene Display sehe.

»Willst du mir verraten, was zum Teufel du hier mitten in der Nacht alleine machst?«

»Dia ist nicht in der Lage, mich zu fahren, und ich habe keine andere Möglichkeit, nach Hause zu kommen, also … muss ich zu Fuß gehen.« Damit setze ich meinen Weg fort. Ich erwarte, dass Xavier es dabei belässt und weiterfährt. Stattdessen lässt er den Wagen ganz langsam im Schritttempo neben mir herrollen.

»Wie weit wohnst du weg?«, fragt er.

»Ungefähr fünfundzwanzig Minuten«, antworte ich.

Was technisch gesehen nicht gelogen ist.

»Mit dem Auto oder zu Fuß?« Er hat mich durchschaut.

»Auto«, murmle ich.

»Steig ein.« Das ist keine Bitte. »Ich fahre dich.«

Gott sei Dank.

»Bist du sicher?« Ich tue so, als würde ich zögern, obwohl ich innerlich Freudentränen vergieße. Es könnte mir im Moment nicht egaler sein, dass er die beste Freundin seiner Ex am selben Tag gevögelt hat, an dem er mit ihr Schluss gemacht hat. Ich habe viel zu viel Angst vor dem Heimweg im Dunkeln, um sein Angebot abzuschlagen.

Ehrlicherweise ist das hier nicht das beste Viertel. Sicher, wir wohnen in einer relativ sicheren Stadt. Aber *die wenigen* Verbrechen, die es in Silver Springs gibt, passieren normalerweise hier.

»Vee, ich werde nicht morgen nach dem Aufstehen lesen, dass

deine Leiche in einem Müllcontainer gefunden wurde. Steig in den verdammten Truck.« Als ich nicht schnell genug reagiere, fügt er an: »Außer du willst, dass ich die ganze Zeit so neben dir herfahre.«

Ein Lachen steigt in mir auf.

So verrückt das auch klingt, ich glaube nicht, dass er blufft. *Er würde das tatsächlich tun.*

»Danke.« Ich schenke ihm ein schüchternes Lächeln und klettere auf den Beifahrersitz.

»Wohin?« Sobald ich mich angeschnallt habe, tritt er aufs Gaspedal. Ich nenne ihm meine Adresse, und er nickt, den Teil der Stadt kennt er offenbar. Mehr als zehn Minuten fahren wir schweigend. Auf halbem Weg zu mir nach Hause schießt mir durch den Kopf, dass Dia sagte, Xavier wäre losgefahren, um noch mehr Alkohol zu kaufen, Ich schaue mich suchend im Wagen um.

Vorne: nichts.

Hinten: nichts.

Vielleicht sind die Flaschen auf der Ladefläche?

Tja, wo wir schon so gemütlich beisammensitzen, können wir uns auch genauso gut unterhalten.

»Warst du nicht unterwegs, um Alkohol zu besorgen?«, frage ich.

»Nö«, erwidert er achselzuckend. »Ich habe das nur gesagt, um wegzukommen. Ich brauchte eine Pause.«

Dass er lieber allein in seinem Auto sitzt, als mit seinen Freunden zu feiern, lässt mich glauben, dass er das Handbuch für beliebte Kerle nicht gelesen hat.

»Was ist mit dir? Welche Entschuldigung hast du dafür, so früh zu gehen?«

»Die Frage ist eher, was war meine Entschuldigung dafür, *überhaupt* zu kommen«, murmle ich.

Er nickt verständnisvoll. »Nicht so deine Welt, hm?«

»Wovon redest du? Ich schmeiße Partys wie diese jedes Wochenende«, witzle ich, und er verzieht die Lippen zu einem leichten Grinsen.

»Und du hast mich nie eingeladen?«, fragt er gespielt schockiert.

Ich unterdrücke ein Lachen.

»Das hätte ich ja, aber ich hatte Sorge, du würdest dich dann die ganze Zeit in deinem Wagen verstecken.«

Er lacht.

Es ist nur ein Lachen. Wie so viele andere. Ich habe andere Jungs schon eine Million Male zuvor lachen gehört. Aber *sein* Lachen fühlt sich warm an. Wie eine weiche Decke. Es hallt durch meinen Körper, befeuert dieses Ding in meiner Brust, lässt es schneller schlagen. Sich zusammenziehen. Es mag zwar ein paar Dinge an Xavier Emery geben, die mir nicht gefallen …

Aber ich liebe sein Lachen.

Wenn es einen Lachwettbewerb gäbe, würde er ihn gewinnen.

Okay, ich wechsle jetzt lieber das Thema, das hier wird langsam seltsam.

»Warum hast du dich versteckt?« Ich erwarte nicht, dass er sich mir anvertraut, probiere mein Glück aber trotzdem. »Ich dachte, Partys wären die Highlights für euch Sportskanonen.«

»Glaubst du das wirklich?«, zieht er mich auf. »Dass alle Sportler auf der Welt es lieben, sich zu besaufen? Als wären wir nur Kopien voneinander?«

»Nein, natürlich nicht«, rudere ich zurück. »Es ist nur … ich meine, hast du deine Freunde mal *kennengelernt*?«

Er versteht, was ich meine, und grinst.

»Na ja, die haben alle eine große Fresse. Unter uns, Finn ist heute nur gekommen, weil er gehofft hat, Dia zu sehen. Und Theo hat die Party geschmissen, weil Finn ihn darum gebeten hat.«

Das erklärt, warum das alles so kurzfristig war.

»Er vergeudet seine Zeit«, merke ich an.

»Wer?«

»Finn. Er kann so viele Partys schmeißen, wie er will, Dia wird ihn nie zurücknehmen.« Ich bin von mir genervt. Dia hat mir eben eindeutig klargemacht, dass *Drogen* ihr wichtiger sind als unsere Freundschaft. Trotzdem will ich, dass sie glücklich wird.

»Da wäre ich mir nicht so sicher, Harper.«

»Du machst Witze, oder? Finn hat sie betrogen. *Betrogen!* Klar, sie waren beide zu feige, um zuzugeben, dass sie überhaupt zusammen waren. Aber davon, betrogen zu werden, erholt man sich nicht.«

»Er hat es aber nicht getan«, korrigiert Xavier mich.

Mir bleibt der Mund offen stehen.

»Was?«

»Er hat sie nicht betrogen. Das denkt Dia nur.«

Ich will ihn gerade mit Fragen bombardieren, als eine aufheulende Sirene droht, mir das Trommelfell zu zerreißen. Xavier und ich zucken zusammen, unsere Blicke schießen zum Rückspiegel und den rot-blauen Lichtern hinter uns.

Polizei.

Wir werden herausgewunken.

»Ihr wollt mich doch verarschen«, schnaubt Xavier, bevor er seinen Truck am Straßenrand anhält. Sofort packt mich die Angst.

Was, wenn Mom davon erfährt?

Was, wenn sie uns aufs Revier bringen?

Und warum zum Teufel haben sie uns überhaupt angehalten? Xavier ist nicht rücksichtslos gefahren. Vielleicht war er ein wenig zu schnell, aber nicht viel. Wenn meine Mom herausfindet, mit wem ich im Auto gefahren bin – noch dazu auf dem Rückweg von einer Party –, werde ich bis zum Schulabschluss Hausarrest bekommen. Und ich werde meinen Job aufgeben müssen.

Sie hat mehr als deutlich gemacht, dass sie meine Arbeit in der Bücherei als Zeitverschwendung ansieht. »Es ist ja nicht so, als ob du das Geld brauchen würdest«, sagte sie mal und deutete auf das dreigeschossige Haus, das von meiner Schwester bezahlt wurde. Ich werde noch zur lebensechten Version von Aschenputtel, die das Haus nur verlassen darf, um zur Schule zu gehen und Besorgungen für Ash zu erledigen.

Wenigstens habe ich noch Dia.

Dann trifft es mich wie ein Schlag.

Nein, hast du nicht.

Von ihr wurdest du auch verlassen.

»Vee?«, reißt Xaviers Stimme mich aus meiner Abwärtsspirale.

Ich kehre in die Realität zurück und schaue in wunderschöne meerblaue Augen, die mich ansehen. Erst da fällt mir auf, wie hektisch ich atme. Mein Brustkorb hebt und senkt sich und meine Hände zittern wie Espenlaub.

Ich. Bekomme. Nicht. Genügend. Luft.

»Vee, was ist los?«, fragt er erneut, als ich nicht reagiere.

Nicht, weil ich nicht will.

Sondern, weil ich nicht *kann.*

Die Worte auf meiner Zunge explodieren in winzige Fragmente, die sich tief in meiner Kehle festsetzen. Da verstehe ich, dass ich eine Panikattacke habe. Und ich mich in den Griff bekommen muss, bevor der Polizist unseren Wagen erreicht.

Noch einmal öffne ich den Mund, um Xavier mitzuteilen, dass meine Mom nichts von dem hier erfahren darf, aber ich bringe nur ein quietschiges »M-meine Mom« heraus. Zum Glück scheint ihm das Erklärung genug zu sein, denn Xavier nickt und schaut dann über den Rückspiegel zu dem Streifenwagen, der hinter uns anhält.

Uns rennt die Zeit davon.

Dann sagt er das Letzte, mit dem ich gerechnet hätte.

»Atme mit mir.«

Ich gucke ihn blinzelnd an. Mein Herz macht einen Rückwärtssalto, als er seine Hand ausstreckt und meine zitternden

Finger ergreift. Seine Hand fühlt sich warm an. Tröstend. Sie ist groß. Sehr viel größer als meine.

Aber ich kann noch immer nicht atmen.

Das hier darf doch nicht wahr sein.

Ich dachte, meine Panikattacken wären vorbei. So schlimm hatte ich sie seit dem Geburtstag meines Vaters letztes Jahr nicht mehr.

»Vee, sieh mich an. Ich bin hier.« Xavier legt einen Finger unter mein Kinn, damit ich ihn anschaue. »Du bist nicht allein.«

Er hat keine Ahnung, wie sehr er sich damit irrt.

Keine. Ahnung.

»Atme einfach mit mir zusammen, okay?«, sagt er und atmet tief ein.

Langsam.

Ich muss all meine Kraft aufbringen, um mich seinem Tempo anzupassen. Doch nach ein paar Minuten geschieht ein Wunder und mein Pulsschlag normalisiert sich.

Ich atme ein.

Ich atme aus.

Wieder und wieder.

Bis ich endlich zur Ruhe komme.

»Bist du okay?«, fragt Xavier besorgt. »Nur ein Wort und wir finden eine Lösung.« So wie er das sagt, rührt sich etwas Unbekanntes in meiner Brust.

Nicht in einer Million Jahre hätte ich mit so viel Freundlichkeit gerechnet. Es ist schwer zu glauben, dass das hier der gleiche Typ ist, der links und rechts Cheerleader abschleppt. »Das meine ich ernst, Vee. Ich sage ihnen einfach, dass du eine Panikattacke hast oder so. Wir …«

»Xavier, mir geht es gut«, stoße ich hervor. »Wirklich.«

Er wirkt nicht überzeugt, nickt aber widerstrebend und drückt ein letztes Mal meine Finger, bevor er seine Hand zurückzieht. Sofort fehlt mir die Wärme.

Keine Sekunde später klopft der Sheriff gegen das Fahrerfenster, und Xavier lässt es herunter, um dem Mann auf der anderen Seite sein strahlendstes Lächeln zu schenken.

»Sheriff Daniel, was kann ich für Sie tun?«

Der Mann, den ich auf Mitte vierzig schätze, scheint von Xaviers Nettigkeit überrascht, hat seine Gesichtszüge aber schnell wieder unter Kontrolle. Ich schätze, nicht alle jungen Leute, die er um ein Uhr nachts anhält, sind so freundlich.

»Sieh an, sieh an. Xavier Emery.« Der Sheriff stellt sich auf Zehenspitzen, um in die Fahrerkabine zu schauen. Als er mich auf dem Beifahrersitz erblickt, unterdrückt er ein Schnauben. Er wirkt nicht überrascht, ein Mädchen dort zu finden. »Wo kommt ihr beide denn so spät noch her?«

»Von einem Freund«, sagt Xavier, ohne zu zögern.

»Du meinst die Party bei den Cox, von der ihr glaubt, wir wüssten nichts davon?« Sheriff Daniels Lippen verziehen sich zu einem schiefen Grinsen.

»Ja, genau von der.« Xavier macht sich nicht die Mühe, zu lügen.

»Hast du was getrunken?« Die Frage war vorauszusehen.

»Nein, Sir.«

Ich wette, das ist eine Lüge und Xavier hatte heute Abend mindestens einen Drink. Aber die Wahrheit könnte ihn den Führerschein kosten. Außerdem, sollte er ein paar Drinks gehabt haben, merkt man ihm das weder an seinem Verhalten noch an seiner Fahrweise an.

Der Sheriff zieht eine Augenbraue hoch. »Bist du dir da sicher?«

»Absolut sicher.«

»Wo wollt ihr hin?« Die Fragen nehmen kein Ende.

»Ich bringe sie nach Hause.«

»Wirklich.« Der Sheriff grinst anzüglich. Weder ich noch Xavier vergeuden unseren Atem damit, seine Annahme richtigzustellen. Er hat sich bereits sein eigenes Bild gemacht. Die Fragen ziehen sich gefühlt eine Ewigkeit hin, bis der Sheriff endlich aufgibt.

Es ist alles in Ordnung.

Er hat keinen Grund, uns länger aufzuhalten.

»Okay, dann … Du hast ein kaputtes Rücklicht, mein Junge. Das musst du schnellstens richten lassen.«

Ich fasse es nicht.

Darum geht es hier?

Wegen eines kaputten Rücklichts habe ich eine Panikattacke bekommen?

»Ich gebe dir drei Tage, um dich darum zu kümmern. Nicht einen mehr. Haben wir uns verstanden?«

»Ja, Sir«, versichert Xavier ihm.

Der Sheriff schreibt Xavier eine Ermahnung, dass er das Rücklicht reparieren muss, und fragt nach seinem Führerschein und den Fahrzeugpapieren. Xavier holt widerstandslos sein Portemonnaie heraus und reicht ihm die Papiere. Als der Sheriff den Führerschein sieht, stutzt er.

»Bist das wirklich du?«, fragt er und kneift die Augen zusammen.

»Unglücklicherweise, ja. Das ist ein altes Foto, Sie wissen ja, wie das ist«, antwortet Xavier.

Sheriff Daniel hält den Führerschein näher an sein faltiges Gesicht. »Wie alt bist du da drauf?«

»Sechzehn, Sir. Ich hatte meinen Führerschein gerade erst bekommen.«

Ich kann ein Lächeln nicht unterdrücken.

Das Foto ist gar nicht mal so alt. Auf keinen Fall sieht Xavier jetzt *komplett* anders aus. Ich kannte ihn, als er sechzehn war und damals sah er schon sehr gut aus. Er war, nur noch nicht ganz so muskulös. Der Sheriff gibt ein kehliges Raucherlachen von sich, bevor er Xavier die Papiere zurückgibt.

»Du solltest ein neues Foto machen lassen«, empfiehlt er.

»Mache ich, Sir.« Xavier nickt.

»Okay. Fahrt vorsichtig, Kids«, verabschiedet der Sheriff sich. Das ist Xaviers Stichwort, um seinen Führerschein mit der Vorderseite nach unten in den Becherhalter seines Wagens zu schmeißen und den Motor zu starten.

Die restliche Heimfahrt verläuft zu meiner Erleichterung ereignislos und ruhig. Ich war nicht besonders scharf darauf, meinen Anfall zu besprechen, aber als Xavier vor meinem Haus anhält und den Motor abstellt, weiß ich, dass die Konversation nun eine Richtung einschlagen wird, die mir nicht gefällt.

»Wegen eben«, sagt er leise.

»Nicht … Bitte.«

Ich sehe, dass er mich fragen will, was da los war. Aber er bedrängt mich nicht.

»Danke«, flüstere ich. »Für das, was du getan hast.«

Er hebt den Blick und sieht mich an. »Die Fahrt oder das andere?

»Beides«, gestehe ich. »Aber mehr für das andere.«

»Gern geschehen. Hinterlass mir eine Bewertung auf Yelp«, witzelt er, und ich lache peinlich grunzend auf. Es ist einer von diesen schweineähnlichen Grunzern, die unmöglich zu überhören sind, und Xavier bemüht sich so angestrengt, nicht zu lachen, dass es aussieht, als hätte er Schmerzen.

Unsere Blicke treffen sich.

Seine blauen Augen fragen: *»Wollen wir das einfach ignorieren?«* Meine Wangen brennen vor Scham. Ich hatte also nicht nur eine Panikattacke vor diesem Typen, ich muss auch noch lachen wie ein Schwein, sobald ich in seiner Nähe bin?

Verdammt. Nein.

Aus einem Impuls heraus schnappe ich mir seinen Führerschein aus dem Becherhalter.

»Was haben wir denn hier?«, drehe ich den Spieß um.

Sein Lächeln verschwindet sofort.

Jetzt lachst du nicht mehr, hm?

»Wage es ja nicht«, warnt er, aber sein Tonfall ist spielerisch. Was mich zu unseren unzähligen Nachmittagen in Finns Garten zurückkatapultiert, als wir als Kinder Fangen gespielt haben. Es lässt mich denken, dass vielleicht … vielleicht das Einzige, das sich seitdem zwischen uns geändert hat, die Tatsache ist, dass wir zehn Jahre älter sind.

»Schauen wir uns das Foto doch einmal an, was meinst du?«, drohe ich, und er streckt den Arm aus und versucht, mir den Führerschein wegzunehmen. Ich quietsche lachend und weiche seiner Hand gerade noch rechtzeitig aus. Dann lehne ich mich in Richtung Beifahrertür, aber bevor ich mir den Führerschein genauer ansehen kann, höre ich, dass Xavier seinen Gurt löst.

Oh, er macht keine Witze.

Sein langer, muskulöser Arm schießt auf mich zu und ohne zu blinzeln, nimmt Xavier mir den Führerschein weg.

Einfach so.

Nicht, dass mich das schockiert. Er ist größer als ich. Stärker. Ich weiß, dass ich gegen ihn keine Chance habe. Das hält mich allerdings nicht davon ab, ebenfalls den Gurt zu lösen und mich auf Xavier zu stürzen, um ihm den Führerschein wieder abzunehmen. Er lässt ihn nicht los, sondern wehrt mich mit einem entwaffnenden Lächeln ab, bei dem mir in jeder anderen Situation schwindelig geworden wäre.

Wir ringen miteinander, bis Xavier aus Versehen mit dem Ellbogen gegen das Lenkrad stößt und die Hupe durch die Nacht dröhnt. Wenn ich nicht so sehr lachen müsste, hätte ich ihn zusammengestaucht, weil er damit riskiert hat, meine Mom aufzuwecken.

Warte. Das ist keine schlechte Idee.

»Mist, du hast meine Mom aufgeweckt«, platzt es aus mir heraus, und er fällt darauf herein. Genau, wie ich es mir gedacht habe. Für eine Sekunde ist er abgelenkt und blickt zu unserem Haus. Ich nutze die Chance und ziehe den Führerschein aus seinen Fingern, um ihn mir genau anzusehen.

Wenn zu siegen einen Geschmack hätte, wäre er süß.

Warum also schmeckt das jetzt so bitter?

Warum fühle ich mich, als müsste ich mich jeden Moment auf die Ledersitze übergeben? Es liegt nicht am Foto. Der sechzehnjährige Xavier sieht, wie erwartet, bezaubernd aus. Nein, was mir den Magen umdreht und meine Kehle vor Panik zuschwellen lässt …

Ist sein zweiter Vorname.

Der Name, den ich nicht habe kommen sehen.

Xavier Zachary Emery.

11. KAPITEL

AVEENA

Die meisten Mütter begrüßen ihre Töchter an einem Samstagmorgen mit: »Guten Morgen«, oder: »Hast du gut geschlafen?« Sie fragen, was man zum Frühstück essen will oder welche Pläne man für den Tag hat …

Aber meine Mom …

Meine Mom gibt mir To-do-Listen.

Manchmal soll ich Ashs Sachen aus der Reinigung holen oder meine Schwester zu einem frühen Fotoshoot fahren.

Diesmal soll ich in der Stadt ein besonderes Mineralwasser besorgen, weil Ash während ihrer privaten Tanzstunden ausreichend trinken muss und Mom der Meinung ist, das Wasser aus dem Hahn wäre nicht gut genug.

Sie beharrt darauf, dass eine gute Sängerin zu sein gar nichts bedeutet, wenn man nicht auch tanzen kann, und Ashley muss eine »echte Künstlerin« werden, um in Los Angeles eine Chance zu haben.

Und deshalb stehe ich nun hier in der Schlange an der Supermarktkasse mit fünf Flaschen *Fiji*-Wasser in meinem Einkaufswagen. Zu meinem Pech hat offenbar die gesamte Bevölkerung von Silver Springs beschlossen, zur gleichen Zeit einkaufen zu gehen, und die Schlange erstreckt sich meilenweit. Nach ein paar Minuten, in denen ich mit den Fingern auf den Griff des Einkaufswagens getrommelt habe, nehme ich mein Handy heraus und rufe den Chat mit Zac auf.

Eigentlich sollte ich ihn ghosten. In der Sekunde, in der ich gestern aus Xaviers Truck gestiegen bin, hätte ich seine Nummer löschen sollen.

Doch das habe ich nicht.

Ich konnte es einfach nicht.

Stattdessen verbrachte ich Stunden damit, mich im Bett zu wälzen und mir wieder und wieder Xaviers vollen Namen vorzusagen, während ich versuchte, meine eigene Theorie zu widerlegen.

Xavier. Zachary. Emery.

Zachary wie in … *Zac*?

Nein, das muss ein Zufall sein.

Xavier *kann* nicht Zac sein. Das geht einfach nicht. Und selbst wenn er es wäre, wäre es egal, weil ich ihm nie wieder schreiben werde und …

Mein Handy piept mit einer Nachricht.

Zac: Ich habe mich letzte Nacht dann doch nicht in der Punschschüssel ertränkt … Nur für den Fall, dass du dich gefragt hast.

Ich bin wütend auf mich, weil mich das lächeln lässt.

Noch wütender bin ich auf mich, weil ich ihm trotzdem antworte, obwohl ich mir gerade eben versprochen habe, nie wieder mit ihm zu chatten.

Love: Habe ich nicht, aber danke für die Info.

Seine Antwort kommt zehn Minuten später.

Zac: Du bist kein Morgenmensch, oder?

Love: Ich bin nur überrascht, dass du mir immer noch schreibst.

Zac: Warum sollte ich nicht?

Love: Puh, ich weiß nicht, vielleicht, weil du der Meinung bist, unser Anonymitätspakt wird nicht funktionieren.

Zac: Und? Das gilt für alles im Leben.

Love: Was soll das denn heißen?

Zac: Denk mal drüber nach: Unsere Leben enden auch damit, dass unsere Körper an einem gewissen Punkt versagen. Was nicht bedeutet, dass wir sie nicht genießen sollten, solange wir können.

Love: Danke, Dr. Phil.

Zac: Schön, dass ich helfen konnte.

Love: Du willst also sagen, dass du nicht nervös bist, weil ich womöglich herausfinden könnte, wer du bist? So überhaupt nicht?

Zac: Nicht wirklich.

Love: Trotz all der persönlichen Dinge, die du mir erzählt hast?

Zac: Nee. Wenn es passieren soll, wird es passieren. Dagegen kann ich nichts tun.

Seine Einstellung ist also, dass es Schicksal ist, sollte ich herausfinden, wer er ist.

Aber die nervige Stimme in meinem Kopf schreit …

Was, wenn ich es bereits herausgefunden habe?

Die Schlange bewegt sich vorwärts, und ich schätze, dass ich in weniger als fünf Minuten an der Reihe bin.

Zac: Ich kann jederzeit aufhören, dir zu schreiben. Wenn du das willst.

Willst du, dass er aufhört?

Sei ehrlich, Vee.

Willst du das?

Nein.

Nein, das will ich nicht.

Love: Ich sage nur, dass wir uns von jetzt an nicht mehr erzählen sollten, wo wir gerade sind. Gestern Abend war für meinen Geschmack VIEL zu gefährlich.

Zac: Sehe ich auch so.

Love: Und kein Teilen mehr von so spezifischen Dingen wie Tattoos. Das macht es zu leicht, herauszufinden, mit wem wir reden, und wir haben den Pakt ja nicht umsonst geschlossen.

Zac: Ja, Ma'am.

»Miss?« Ich zucke zusammen und blicke in das wartende Gesicht der Kassiererin. Ohne eine Antwort zu schicken, stecke ich das Handy in meine Hosentasche und stelle die Wasserflaschen auf das Kassenband.

* * *

Dias limettengrünes Auto konnte man noch nie als besonders subtil bezeichnen. Man kann es schon aus der Ferne erkennen, egal ob Tag oder Nacht und egal bei welchem Wetter. Dennoch traue ich meinen Augen kaum, als ich in die Sackgasse einbiege, die zu unserem Haus führt, und ihren Käfer auf der Einfahrt stehen sehe.

Ich blinzle einmal.

Zweimal.

Sie ist wirklich hier.

Vor meinem Haus.

Um halb elf an einem Samstagmorgen.

Ich parke auf dem letzten freien Platz, bevor ich mich umdrehe, um die Einkaufstüte vom Rücksitz zu nehmen. Sosehr ich mir auch das Hirn zermartere, mir fällt keine logische Erklärung ein, die Dias Anwesenheit hier rechtfertigen würde. Könnte es sein, dass sie bei ihrem letzten Besuch was vergessen hat?

Vielleicht ihre Loyalität?

Ich gehe zur Haustür, wobei es mir nicht gelingt, meine Nervosität zu zügeln, und trete ein. Auf den ersten Blick ist die Küche leer, aber als ich ein wenig zur Seite gucke, sehe ich Dia auf der samtbezogenen Bank neben der Tür sitzen.

Auf ihren Knien hält sie einen Korb mit Mini-Muffins.

Ich überlege, was ich von ihrem Besuch halten soll, doch der vertraute Duft von Apfel-Pecan-Muffins verrät mir ihre Absichten. Sie hat meine Lieblingsmuffins mitgebracht – ich wage zu behaupten, dass sie hier ist, um sich zu entschuldigen.

»Hey.« Sie springt auf und schenkt mir ein schüchternes Lächeln.

»Hey?«

»Deine Mom hat mich reingelassen«, erklärt sie. »Dann musste sie hoch, um Ashleys Tanzstunde zu überwachen.« Sie zeigt zur Decke, genauer gesagt zum Studio, wo jedes Wochenende Ashs Tanzunterricht stattfindet.

Beyoncés *Partition* hallt durchs Haus bis runter in die Küche. Ich verdrehe die Augen.

Das ist so typisch meine Mom.

Gottbewahre, dass sie der professionellen Tanzlehrerin vertraut, ihren Job richtig zu machen – eine Frau, die bereits für einige der Größen in der Musikindustrie Choreografien entwickelt hat.

»Ich dachte, ich bringe dir ein paar Muffins.« Dia zeigt auf ihr Friedensangebot in Form eines Geschenkkorbs.

Ich starre sie ausdruckslos an.

»Was machst du wirklich hier, Diamond?«, komme ich auf den Punkt.

Bei der Nennung ihres vollen Namens zuckt sie zusammen und stellt den Korb hinter sich auf der Bank ab. Dann stößt sie ein schmerzhaftes »Ich versuche, meine Freundin nicht zu verlieren« hervor.

Ich mustere sie genauer.

Mit ihrer Jogginghose, der alten Strickjacke und einem unordentlichen Knoten auf dem Kopf sieht sie aus, als hätte sie in den letzten vierundzwanzig Stunden nicht eine Sekunde geschlafen. Wobei, wenn ich sie genauer betrachte, glaube ich, dass die dunklen Flecken unter ihren Augen Reste ihres gestrigen Make-ups sind.

Hat sie geweint?

»Ich bin nicht deine einzige Freundin. Du hast Lacey, weißt du noch?«

Sie schnaubt. »Nicht mehr.«

Ich würde sie am liebsten fragen, was sie damit meint. Will fragen, was passiert ist, nachdem ich gegangen bin. Die Wunden sind jedoch noch zu frisch.

»Es tut mir so leid, Vee. Ich war eine schreckliche Freundin.« In ihren Augen schimmert Bedauern. »Und ich meine nicht nur gestern Abend, sondern das ganze zwölfte Schuljahr.«

Es ist mir unmöglich, den Blickkontakt aufrechtzuerhalten, aber es fühlt sich an, als wäre mir eine tonnenschwere Last von den Schultern genommen worden.

Vielleicht gibt es doch noch Hoffnung für uns.

»Ich weiß, dass ich mich verändert habe. Seit ich letzten Sommer den Fuß in Finns Haus gesetzt habe, war ich eine fürchterliche Freundin.«

Das stimmt.

Sie hat sich verändert.

Seit dem Tag, an dem sie bei mir vorbeikam und mir erzählte, dass sie sich mit Finn Richards trifft, habe ich versucht, mir einzureden, dass ich verrückt bin. Dass meine Angst vor Veränderung zwischen uns steht und ich mich Dias neuer Welt öffnen sollte.

Veränderungen sind normal, habe ich mir gesagt.

Veränderungen gehören zum Leben.

Veränderungen sind etwas Gutes.

Ich wünschte nur, dass unsere Freundschaft sich nicht auch verändern musste.

»Ich habe mich so davon einwickeln lassen. Ich wollte neue Sachen ausprobieren. Und ich …« Sie hält kurz inne. »Ich hab dich so lieb, Vee, aber ich hatte immer das Gefühl, dass ich diesen Teil vor dir verbergen muss. Den Teil, der Fehler machen und die falschen Jungs küssen will. Den Teil, der ab und zu mal durchdrehen will.«

»Liegt es an etwas, das ich getan habe?«, frage ich.

»Nein. Es ist nur … du bist immer so gefasst. Dir sind Aufmerksamkeit, Kerle oder Beliebtheit nicht so wichtig. Und dann die Sache mit dem Alkohol wegen deines Dads …« Sie verzieht das Gesicht, als würden die Worte einen bitteren Geschmack in ihrem Mund hinterlassen. »Ich fühlte mich wie ein Monster, weil ich all diese Dinge wollte. Und als ich angefangen habe, mich mit Finn zu treffen …« Bei der Nennung seines Namens zuckt sie leicht zusammen.

Er hat ihr *wirklich* wehgetan.

»Er hat mir das Gefühl gegeben, es wäre in Ordnung, diesem Drang nachzugeben. Mit ihm zusammen zu sein war wie ein

High. So etwas habe ich noch nie erlebt. Aber dann war das High vorbei. Und ich habe versucht, mir das Gefühl woanders zu holen. Versucht, es so lange festzuhalten, wie ich nur konnte, egal zu welchem Preis.«

Tränen steigen ihr in die Augen.

Deshalb hatte sie die Magic Mushrooms probieren wollen.

Um sich noch einmal so zu fühlen.

»Bis du gestern Abend gegangen bist. Da habe ich gemerkt, dass selbst das höchste High es nicht wert ist, wenn unten niemand mehr auf mich wartet.«

Nun werden meine Augen feucht.

»Ich habe Lacey gesagt, dass ich es nicht durchziehe. Dann haben wir uns gestritten und sie hat mich auf Snapchat blockiert, also … Ich schätze, das wars dann.« Sie lacht leise.

»Das ist ätzend, D. Es tut mir leid.«

Ich kann selbst kaum glauben, dass ich das ernst meine. Dem Gruppenzwang zu widerstehen kann nicht leicht gewesen sein, und ich bin stolz auf sie.

Sie zuckt mit den Schultern. »Wie auch immer. Lacey war eine lustige Freundin, wenn es um Partys ging. Sie ist aber nicht die Freundin, die man nachts um vier heulend anruft. Oder die Freundin, mit der man Erinnerungen schafft. Ehrlicherweise ist sie nicht mal die Freundin, mit der man nach der Highschool in Kontakt bleibt. Wir, das hier … Das mit uns ist fürs Leben, Vee. Ich möchte nicht meine Für-immer-Freundin verlieren.«

Ich bin inzwischen im kompletten Heulmodus.

»Ist zwischen uns alles wieder gut?«, fragt Dia zwischen Schluchzern.

»Was glaubst du, warum ich heule, Dummie?« Ich schniefe und breite meine Arme für eine Umarmung aus. Sie lacht und lässt sich fest von mir drücken.

Ich muss wieder an Xaviers Worte denken.

Du bist nicht allein.

Und zum ersten Mal seit langer, langer Zeit …

Stimme ich dem zu.

* * *

»Sie hat was gemacht?«, kreische ich so laut, dass ich selbst erschrecke. Als Dia vorgeschlagen hat, dass wir in mein Zimmer gehen und uns durch den Muffin-Korb futtern, hatte ich keine Ahnung, dass sie mir eine so schockierende Geschichte erzählen würde. Eine, die in mir den Wunsch weckt, Finn die Eier abzureißen. »*Das* Mädchen ist auf der Party aufgetaucht?«

»Jupp.« Dia nimmt sich einen weiteren Muffin. »Der Mistkerl war noch so dreist, mich anzuflehen, ihn anzuhören. Da kam sie mit ihren Freundinnen herein, als würde ihr das Haus gehören.«

»Du verarschst mich doch, oder? Bist du sicher, dass Finn sie eingeladen hat und nicht Theo?«

»Es ist mir egal, ob die verdammte Königin von England sie eingeladen hat. Tatsache ist, sie war da.«

»Was hat Finn gemacht, als er sie gesehen hat?«

»Er hat mich stehen lassen.« Ihre Stimme bricht.

»*Was?*«

»Das Arschloch hat mich einfach stehen lassen, um mit ihr zu reden. Dann habe ich die beiden für den Rest des Abends nicht mehr gesehen.«

»Du glaubst doch nicht, dass er …« Ich kann es nicht mal aussprechen.

»Ich kann eins und eins zusammenzählen«, krächzt Dia. Der Schmerz steht ihr ins Gesicht geschrieben.

»Dieser Kerl ist echt unglaublich.«

Ich werde aus Finns Verhalten nicht schlau. Nach allem, was er getan hat, sollte er froh sein, dass Dia ihn überhaupt noch *ansieht*. Wenn er sie wirklich *so sehr* zurückgewinnen will, wie Xavier behauptet hat, hat er eine sehr seltsame Art, das zu zeigen.

Xavier.

Sein Name schießt durch meinen Kopf und lässt mich an unsere letzte Unterhaltung denken. Gestern Nacht hat er gesagt, dass Finn Dia nicht betrogen hat. Ich persönlich bin mir da nicht so sicher, aber Dia sollte die Möglichkeit haben, sich ihre eigene Meinung zu bilden.

»Xavier hat mir gestern Abend etwas erzählt, und ich glaube, das solltest du wissen.«

Sie zieht besorgt die Augenbrauen zusammen. »Was?«

»Behalte im Hinterkopf, dass das von jemandem kommt, der alles für Finn tun würde, also ist die Info mit Vorsicht zu genießen. Xavier meinte, dass Finn dich nicht betrogen hat.«

Dias Miene bleibt vollkommen ausdruckslos.

»Ich weiß«, sagt sie schlicht.

»Wirklich?«

»Finn hat gestern Abend versucht, mir den gleichen Bullshit zu erzählen. Aber keine Sorge, ich kaufe ihm das keine Sekunde lang ab.«

»Und würde das etwas ändern … Also, wenn er es nicht getan hätte?«

Dia kaut unentschlossen auf ihrer Unterlippe.

»Es ist egal, weil er es getan hat. Ende der Geschichte.« Sie schließt die Möglichkeit komplett aus, und ich spüre, dass es ihr lieber ist, wenn wir es dabei belassen. Ich denke schon, wir sind nun durch damit, über die Playboys der Easton High zu reden, da leuchtet in Dias dunklen Augen eine Erkenntnis auf.

»Warte mal. Wann warst du gestern Abend mit Xavier zusammen? Er ist doch mitten während der Party verschwunden.«

Mist.

»War er die ganze Zeit über mit dir zusammen?« Ihre aufgeregte Stimme verrät mir alles, was ich wissen muss. Sie sieht eine romantische Begegnung, wo es nur höflichen Small Talk gegeben hat.

»Was auch immer du gerade denkst, vergiss es. Er hat mich nur nach Hause gefahren. Ich konnte ja nicht heim, weil du …« Ich breche ab. Das Lächeln verschwindet schlagartig aus ihrem Gesicht.

»Vee, ich … Das tut mir so leid. Habe ich schon gesagt, wie sehr es mir leidtut? Mein Gott, ich könnte mich ohrfeigen. Willst du, dass ich das tue? Denn dann mache ich das.«

Ich muss lachen.

»Alles gut. Vergeben und vergessen.«

»Hast du Xavier gebeten, dich nach Hause zu fahren, oder hat er es dir angeboten?«, fragt sie.

»Was macht das für einen Unterschied?«

»Einen riesengroßen!« Dia schüttelt mich an der Schulter, als wolle sie mir Verstand einbläuen. »Also?«

Ich gebe nach. »Er hat es mir angeboten.«

Dia grinst zweideutig. »Ich verstehe schon.«

»Halt den Mund.« Ich spüre, wie meine Wangen heiß werden. Dia lacht. »Erzähl mir alles.«

»Da gibt es nichts zu erzählen. Er hat mich nur nach Hause gefahren, nicht um meine Hand angehalten.«

Auch wenn er meine Hand *gehalten* hat.

Sie gedrückt hat, als die Panik mich übermannt hat.

Und das hat sich gar nicht … so schrecklich angefühlt.

»Du willst mir also sagen, dass absolut nichts Erwähnenswertes auf der Fahrt vorgefallen ist?«

Nun, abgesehen davon, dass wir von der Polizei rausgewunken wurden und ich die unangenehmste Panikattacke meines Lebens hatte …

»Ja. Lassen wir das Thema, okay?«

»Na gut. Ich sollte eh wieder los. Ich muss heute Abend auf Charlie aufpassen.« Sie springt vom Bett. »Heute bin ich dran, ihm zu erklären, dass wir Dad nicht gegen einen Hund austauschen können.«

Ich lache.

Charlie, Dias jüngerer Bruder, ist das bezauberndste kleine Monster, das man sich nur vorstellen kann. Gaten, einer von Dias Dads, ist allergisch gegen Hunde. Deshalb hat Charlie als Lösung vorgeschlagen, dass er doch ab sofort draußen schlafen könnte.

An der Tür bleibt Dia stehen und wirft mir einen letzten Blick zu. »Oh, und nur, damit du es weißt … Ich hasse Finn zwar, aber ich würde es total unterstützen, wenn Xavier dich noch mal mit dem Auto mitnimmt und du …« Sie macht eine dramatische Pause. »*Lernen würdest, wie man einen Schaltknüppel bedient.*«

Die Zweideutigkeit ihrer Bemerkung entgeht mir nicht.

»Raus hier.« Lachend werfe ich ein Kissen nach ihr, und sie zwinkert mir noch einmal zu, bevor sie die Treppe hinunterläuft.

* * *

Bis Sonntag um zehn Uhr abends höre ich keinen Piep von Zac.

Doch dann:

Zac: Wie war dein Tag?

Ich schaue auf meinen weiten Pyjama und die Tüte mit dem süßsalzigen Popcorn auf meinem Schoß. Ich liege im Bett, futtere vor mich hin und schaue mir meine Lieblingsserien an, um damit klarzukommen, dass Mom und Ashley ohne mich zum Essen und ins Kino gegangen sind.

Mal wieder.

Das machen sie jeden Sonntagabend.

Es sollte mich nicht verletzen. Die Chancen stehen gut, dass ich ihre Einladung sowieso ablehnen würde. Aber es wäre nett, wenn sie wenigstens fragen würden. Schnell schiebe ich diese deprimierenden Gedanken beiseite und stoppe meine Serie, um zurückzuschreiben.

Love: Ich hatte schon bessere. Und du?

Seine Antwort kommt schnell.

Zac: Was ist los?

Los ist, dass meine eigene Familie lieber in den abgeschnittenen Zehennägeln von Fremden baden würde, als Zeit mit mir zu verbringen.

Love: Nichts, ich habe nur viel um die Ohren. Und du hast meine Frage nicht beantwortet. Wie war dein Tag?

Zac: Passabel.

Love: Passabel?

Zac: Ja.

Love: Was ist los?

Zac: Ich habe zuerst gefragt.

Love: Und ich habe bereits geantwortet.

Zac: Nein, hast du nicht. Du bist ausgewichen, wie immer. Versuchen wir es noch einmal: Was ist los?
Zac: Hat es etwas mit deiner Schwester, dem Wunderkind, zu tun?

Ich bin erstaunt über sein gutes Gedächtnis.

Zac: Du hast in deinem ersten Brief erwähnt, dass du für sie Chauffeuse spielen musst. Der Brief an Mrs. Callahan.

Love: Wieso um alles in der Welt erinnerst du dich daran?

Zac: Da gibt es diese magische Fähigkeit, die sich Aufmerksamkeit nennt.

Ich lache leise.

Love: Es geht ehrlich gesagt um meine Mom.

Zac: Was hat sie gemacht?

Love: Es ist eher, was sie nicht macht. Wie zum Beispiel, sich daran zu erinnern, dass ich existiere.

Zac: Autsch. Das tut mir leid.

Love: Ist ja nicht deine Schuld.

Zac: Ich weiß. Tut mir trotzdem leid.

Ein kleines Lächeln kitzelt meine Mundwinkel.

Zac: Falls du dich dann besser fühlst: Meine Mom ist eine Lügnerin, die alles vögelt, was einen Herzschlag hat. Ist deine Schwester älter als du?

Ich bin geschockt, dass er eine solche Bombe in die Unterhaltung werfen und dann weitermachen kann, als wäre nichts passiert.

Love: Moment mal. Deine Mom betrügt deinen Dad?

Zac: Jupp.

Love: Das ist echt ätzend und tut mir wirklich leid.

Zac: Das muss es nicht. Ich wollte nur, dass du dich besser fühlst. Ich brauche kein Mitleid.

Love: Ich weiß. Es tut mir trotzdem leid.

Zac: Du benutzt meine eigenen Worte gegen mich. Gut gespielt.

Love: Danke, danke.

Ich muss gähnen und kämpfe gegen den Drang an, einzuschlafen.

Love: Ich bin müde und werde wohl bald ins Bett gehen.

Sofort kommt seine Antwort.

Zac: Nicht. Bitte.
Zac: Du musst mich ablenken.

Love: Wovon?

Er antwortet nicht.

Die nächsten fünfzehn Minuten verbringe ich damit, mir alle möglichen Szenarien auszudenken. Shit … Mache ich mir gerade wirklich *Sorgen* um ihn? Meine Finger verselbstständigen sich und tippen eine weitere Nachricht.

Love: Zac, was ist los?

Zac: Ich kann sie hören.

Erst bringe ich die Puzzleteile nicht zusammen.

Bis ich verstehe. Er hat gerade gesagt, dass seine Mom alles vögelt, was einen Herzschlag hat. Ist es das, was er hört? Seine Mom mit … einem anderen?

O mein Gott.

Love: Heilige Scheiße. Deine Mom?

Es vergehen weitere fünf Minuten, in denen er nicht antwortet.

Love: Zac?

Zac: Sorry, ich musste mich gerade übergeben.

Love: Das ist schrecklich. Ich weiß nicht, was ich sagen soll.

Zac: Sag einfach, dass du da bleibst.

Love: Ich bleibe.

Das Bild von Zac – Schrägstrich vielleicht *Xavier* –, wie er sich in seinem Zimmer eingeschlossen hat und versucht, die Geräusche auszublenden, macht mich krank. Zu gern würde ich fragen, warum sie seinen Dad mit irgendeinem Loser betrügt, während ihr Sohn im Haus ist. Ich halte mich aber zurück, weil ich nicht noch mehr Salz in die Wunde streuen will.

Die einzige Erklärung, die mir einfällt, ist, dass sie glaubt, Zac wäre nicht zu Hause.

Love: Ich wünschte, ich könnte dich jetzt umarmen.

Zac: Sei gewarnt. Wenn du mich jetzt umarmen würdest, würde ein Teil von mir dich vermutlich ebenfalls umarmen …

Ich schnaube.

Jungs. Wirklich.

Wie sie in der einen Sekunde über ernste Themen und in der nächsten über Sex reden können, werde ich nie verstehen. Auch wenn mir etwas sagt, dass er nur ablenken will und verzweifelt nach einem sexuellen Szenario gesucht hat, in dem *nicht* seine Mutter vorkommt.

Love: Ruhig, Brauner.

Love: Du weißt nicht mal, wie ich aussehe, erinnerst du dich?

Zac: Das hatten wir doch schon. Ich bin mir zu 99 % sicher, dass du mein Typ bist, L.

Mein Brustkorb zieht sich zusammen, als Bilder von Xaviers Führerschein vor meinem inneren Auge aufblitzen. Also, wenn Zac der ist, für den ich ihn halte … *Dann ist er definitiv auch mein Typ.*

Ich hasse es, dass ich ihn am liebsten aufreißen und tief in die dunkelsten Ecken seiner Seele eintauchen würde. Dass ich verstehen möchte, wie er tickt. Ich sollte nicht so neugierig sein. Wir haben sogar einen Pakt geschlossen und uns versprochen, nicht neugierig zu sein.

Love: Ist jemals jemand gestorben, der dir nahestand?

Zehn Sekunden vergehen.

Zac: Ist das deine Version von Dirty Talk? Falls ja, müssen wir dringend daran arbeiten.

Es ist peinlich, wie laut ich bei dieser Nachricht lachen muss.

Love: Ich meine es ernst, Trottel.

Zac: Niemand sagt mehr Trottel.

Love: Wer bist du? Die Trottel-Polizei?

Zac: Das sollte ich eigentlich sein. Klingt, als wäre es lustig.

Love: Ich habe dir eine Frage gestellt, Trottel.

Zac: Hör auf, mich so zu nennen. Ich habe meinen Großvater verloren, als ich fünf war. Und du?

Love: Meinen Dad.

Zac: Was ist passiert?

Love: Er war krank.

Was ja irgenwie stimmt. *Er erkrankte am Leben.* Die drei Punkte hüpfen auf meinem Display, als Xavier seine Antwort formuliert, aber ich will das Thema nicht vertiefen, also wechsle ich es.

Love: Glaubst du an Schicksal?

Zac: Du meinst im Sinne von Fügung?

Love: Ja.

Zac: Nicht wirklich.

Love: Dir ist also noch nie etwas passiert, das so verrückt ist, dass die Chancen dafür beinahe unrealistisch waren? Etwas, das dich daran glauben lässt, dass alles vielleicht doch aus einem bestimmten Grund passiert?

Zac: Wie zum Beispiel?

Love: Ich weiß nicht. Wie zum Beispiel den Flug zu verpassen, und dann stürzt der Flieger ab.

Zac: Ne, so was ist mir noch nie passiert.

Love: Dir ist bewusst, dass der Grund, warum wir uns gerade miteinander unterhalten, der ist, dass ich einen Hassbrief an eine Lehrerin geschrieben und aus Versehen in einem Buch vergessen habe, oder?

Zac: Das beweist gar nichts.

Love: Okay, was ist dann damit, dass das Timing perfekt war und wir über dieses Buch wochenlang Briefe und Geständnisse austauschen konnten?

Zac: Na gut, das war seltsam, das gestehe ich ein.

Love: Fehlt dir das manchmal? Das Schreiben der Briefe?

Zac: Ich habe, seit wir damit aufgehört haben, nicht wirklich darüber nachgedacht. Warum?

Love: Weil es mir fehlt.

Meine Ehrlichkeit überrascht mich.

Aber es ist wahr.

Mir fehlt es, ihm Briefe zu schreiben. Nicht die geringste Ahnung zu haben, wer der Empfänger ist. Ich vermisse es, meinen Kindheitsschwarm anzusehen, ohne mich zu fragen, ob er mein geheimer Brieffreund ist.

Ich vermisse die Zeit, als Zac einfach nur Zac war.

Love: Versteh mich nicht falsch. Ich mag das Chatten, aber es war alles so viel leichter, als wir einfach nur dumme Geständnisse in einem Buch zurückgelassen haben.

Er braucht zehn Minuten, um zu antworten.

Zac: Dann lass uns das weitermachen.

Love: Meinst du das ernst?

Zac: Vollkommen ernst.

Love: Also ... wie? Wir hinterlassen jede Woche ein Geständnis in dem Buch?

Zac: Warum nicht?

Love: Was ist, wenn jemand sie findet?

Zac: Das wird nicht passieren, wir müssen unsere schmutzigen Geheimnisse einfach nur jedes Mal wieder mitnehmen.
Zac: Aber nichts mehr von diesem jugendfreien Kram. Ich will das gute Zeug. Entweder alles oder nichts, L. Was meinst du?

Ganze fünf Minuten wäge ich die Pros und Contras ab. Ihn mit mehr Informationen über mich zu versorgen entspricht der Definition von Wahnsinn. Wir bewegen uns hier sowieso schon auf sehr dünnem Eis. Spielen mit dem Feuer, jedes Mal, wenn wir auf »senden« drücken.

Ein falsches Wort, und unser Anonymitätspakt löst sich in Luft auf.

Du hast es versprochen, Vee.

Du hast versprochen, keine Angst mehr zu haben.

Und das beginnt jetzt.

Love: Okay.

12. KAPITEL

AVEENA

DAMALS

Mein Dad pflegte zu sagen, dass einige Dinge im Leben in Zeitlupe passieren. Wie dieser kurze Moment, in dem man zum ersten Mal Blickkontakt mit seinem Seelenverwandten aufnimmt. Oder der Bruchteil der Sekunde, bevor man zu früh die Straße überqueren will und noch rechtzeitig von jemandem zurückgehalten wird.

Er redete ständig davon, wie selten solche Augenblicke sind.

Er sagte mir, er hoffe, dass ich die legendäre »Zeitlupe« irgendwann selbst einmal erlebe. Genau wie er, als er sein erstes Rennen gewann – oder besser noch, als Mom an ihrem Hochzeitstag in der Kirche auf ihn zuschritt.

Die »Zeitlupen« meines Dads klangen alle großartig.

Meine hingegen …

Man muss nur ein großes Glas Traubensaft, das weiße Lieblingskleid meiner Schwester und eine Fernsehsendung nehmen, die im ganzen Land übertragen wird. Dann hat man ihn – *den Albtraum eines unsichtbaren, siebenjährigen Mädchens.*

Noch immer kann ich die Schreie meiner Mutter hören, als ich über meine eigenen Füße gestolpert bin und mir das Glas aus den Händen rutschte. Sehe noch immer vor mir, wie die dunkelrote Flüssigkeit in Ashleys Kleid sickerte und der Fleck sich langsam ausbreitete. Spüre denselben Schmerz wie damals, als ich mir in dem Versuch, die Glasscherben aufzusammeln, in den Finger geschnitten habe – beinahe, als hätte sich mein kleiner Kopf damals gedacht, wenn ich das Chaos aufräume, wird der Fleck auf dem teuren Kleid wie von Zauberhand verschwinden.

All das geschah in Zeitlupe, aber es ist die Feindseligkeit in den Augen meiner Mutter, die Enttäuschung, so einen Tollpatsch zur Tochter zu haben, die mich für immer verfolgen wird. Der Hass in ihrer Stimme, als sie andeutete, ich hätte es mit Absicht getan.

»Das wollte ich nicht, ich schwöre«, hatte ich nach der dreißigminütigen Standpauke hervorgestoßen. Dann bin ich heulend aus dem Haus gerannt.

Ich war barfuß, konnte aber nichts unter meinen kleinen Füßen spüren, die in Richtung des roten Ahornbaumes hinter dem Schuppen liefen. Nicht das feuchte Gras unter meinen Zehen. Nicht die Schnittwunde. Nicht das Blut, das von meiner Hand tropfte.

Nichts.

Dort habe ich mich immer versteckt, wenn Mom etwas an mir auszusetzen hatte. Der alte Baum war mein sicherer Hafen. Es war der Ort, an dem ich in Ruhe weinen konnte. Eine Zuflucht, wo Mom mich nie gesucht hat . Wo niemand mich je finden würde.

Das dachte ich zumindest.

»Love?« Anfangs klang die Stimme meines Vaters weit weg, bis ich Äste zu meiner Rechten rascheln hörte und merkte, dass mein Versteck nicht ganz so unfehlbar war, wie ich gedacht hatte. Ich versuchte, meinen hektischen Atem zu beruhigen, damit er mich nicht findet, während meine verquollenen Augen unter all den ungeweinten Gefühlen brannten.

»Love? *Chérie, où es-tu?*«, rief er erneut, dieses Mal in seiner Muttersprache. Ich liebte es, wenn er Französisch sprach, und hatte nie verstanden, warum Mom darauf bestand, dass er es in der Öffentlichkeit auf ein Minimum reduzierte. Rückblickend glaube ich, dass sie vermutlich Angst hatte, es würde ihn zu sehr herausstechen lassen. Und jeder weiß, dass Silver Springs, North Carolina, eine Durchschnittsstadt voller voreingenommener Durchschnittsmenschen ist, in der man nicht herausstechen will.

Ich antwortete ihm nicht und vergrub meinen Kopf zwischen den Knien, um die Geräusche meines Zusammenbruchs zu dämpfen. Äste und Blätter raschelten neben mir. Und obwohl ich nicht sah, wie er sich neben mich setzte, wusste ich doch, er war da.

Spürte ihn.

Seine warme, liebevolle Präsenz.

Eine Berührung, und der Druck in meiner Brust explodierte. Mein Dad hatte nur seine tröstende Hand auf meinen Rücken gelegt, doch das ließ alle Dämme brechen, sodass ich nur noch ein schluchzendes Bündel war.

»Es tut mir so leid, Dad. Ich wollte ihr Kleid nicht zerstören. Das musst du mir glauben«, stieß ich hervor und riskierte einen Blick in seine Richtung. Er lächelte.

Lächelte.

Es war ein echtes Lächeln, in dem ein Hauch von Traurigkeit lag. Ich kannte das falsche Lächeln meines Dads. Er setzte es auf, wenn er ignoranten Leuten mal wieder erklären musste, warum er den Rest seines Lebens damit verbringen wollte, mit schnellen Autos im Kreis zu fahren. Und nur sein echtes Lächeln brachte die kleinen Fältchen neben seinen grünen Augen zum Vorschein.

Für mich ergab das keinen Sinn.

Was gab es da zu lächeln?

»Ich glaube dir, dass du die Wahrheit sagst«, sagte er, und Erleichterung durchflutete mich. Bis er hinzufügte: »Also, dass es dir leidtut, meine ich.«

»Was?«, fragte ich entsetzt.

»Wir wissen beide, dass es kein Unfall war, Love.« Sein Lächeln blieb. Er war nicht böse oder zeigte mit dem Finger auf mich. Er sagte nur, wie es war. Meine Traurigkeit verwandelte sich in Wut; Zorn breitete sich wie ein Tumor in mir aus.

»Du glaubst, ich hätte das absichtlich gemacht?«, fauchte ich. Wie konnte er so schlecht von mir denken? Wie konnte er mich für so böse halten, dass ich den großen Auftritt meiner Schwester ruinieren wollte?

Normalerweise stand Dad auf meiner Seite.

»Okay drücken wir es so aus«, schlug er vor. »Glaubst du, dass du vielleicht … also wäre es möglich, dass du gestolpert bist, ohne es zu wollen, aber gleichzeitig nicht so vorsichtig gewesen bist, wie du es hättest sein können?« Er sah mich unter hochgezogenen Augenbrauen an und ich würde gerne behaupten können, dass ich damals überhaupt nicht wusste, wovon er spricht. Aber tief in mir hatte ich ihn glasklar verstanden.

»Nein«, murmelte ich und zupfte an den Grashalmen, die vom Regen immer noch nass waren, was kahle Stellen neben meinen Füßen hinterließ.

»Du willst also sagen, es besteht nicht mal die klitzekleinste Chance, dass ich recht haben könnte? Nicht einmal *so* klein?« Er presste zwei Finger zusammen, um seine Frage zu verdeutlichen, und ich lächelte ein wenig. Aber kein Lächeln hätte jemals meine Schuldgefühle mindern können.

Denn er hatte recht.

Versteht mich nicht falsch. Mein Glas über Ashley auszukippen hatte ich nicht geplant. Aber als ich mit dem Fuß an der Teppichkante hängen geblieben bin und sich die Gelegenheit ergab …

Da habe ich im Bruchteil einer Sekunde entschieden, sie zu ergreifen.

Vielleicht wollte ich unterbewusst ihr Kleid zerstören.

Wollte, dass sie sich einmal so fühlte, wie ich mich jeden Tag fühlte.

Beschädigt.

Schmutzig.

Dringend einer Reparatur bedürftig.

Ich hätte es einfach leugnen können, aber ich hatte meinen Dad noch nie zuvor angelogen und war nicht sicher, ob ich damit jetzt anfangen wollte.

»Vielleicht sooo klein.« Ich ahmte seine Geste mit den Fingern nach, und er nickte unter meinem Geständnis, während er mir mit dem Daumen sanft die Tränen von den Wangen wischte.

»Aveena, Liebling.« Er seufzte. »Du weißt, dass Mommy dich liebt, ja?«

Es war die Art, wie er das sagte.

Als versuchte er, mich davon zu überzeugen, dass es den Weihnachtsmann wirklich gibt. Was, wie ich mit meinen sieben Jahren wusste, nicht der Fall war. Ein Blödmann namens Chad hatte diese Blase in der Pause auf dem Schulhof nur zu gern für mich platzen lassen. Und auf gewisse, enttäuschende Art hatte mein Dad recht. Mom liebte mich … aber so, wie sie die billige Kopie eines Picasso lieben würde, die sie im Angebot gekauft und an die Wand gehängt hatte.

Anfangs hatte sie sich riesig darüber gefreut.

Bis sie sich das Original leisten konnte. Und irgendwie war sie nie dazu gekommen, das erste Bild abzunehmen.

Jetzt war es einfach nur … *da*. Setzte Staub an.

»Wirst du es ihr sagen?«, kam ich auf den Punkt. »Dass es kein Unfall war?«

Dad atmete tief ein. »Das sollte ich. Ich wünsche mir für dich nicht, dass du zu einem solchen Menschen heranwächst, Aveena. Du wirst nie glücklich werden, nie deinen Frieden finden, wenn du so viel Groll in deinem Herzen trägst.« Er tippte mit dem Finger gegen die linke Seite meines Brustkorbs, wo eines Tages ein mit schwarzem, zähem Schleim gefülltes Loch auftauchen würde, wenn ich nicht aufpasste. »Aber nein, ich werde es ihr nicht sagen.«

Ich blinzelte ihn überrascht an.

»Warum nicht?«

»Weil du dich nur des Versuchs schuldig gemacht hast, deine Mutter daran zu erinnern, dass sie zwei Töchter hat. Und dafür kann ich dir niemals die Schuld geben, Love.«

Diese schlichte Bemerkung entfachte einen Funken Hoffnung in mir.

Er war auf meiner Seite.

»Aber du musst dich bei deiner Schwester entschuldigen. Kannst du das für mich tun?« Er zog eine Augenbraue hoch.

»Ja, Papa. Alles, was du willst.« Ich hielt kurz inne. »Aber was ist mit Mom?«

»Darum kümmere ich mich.«

Daraufhin warf ich mich in seine Arme und drückte ihn so fest, dass ich ihm garantiert die Luft abschnürte. Er zuckte nicht mal, sondern legte seine Arme um meine Schultern und presste mich an seine Brust, als hinge sein Leben davon ab. Dann ließ er mich eine gefühlte Ewigkeit lang weinen. Dabei strich er mir beruhigend mit der Hand über den Rücken und mein Haar, bis meine Tränen versiegten. Kurze Zeit später machten wir uns auf den Weg zurück ins Haus.

Das war der Moment, in dem ich einen so durchdringenden Schrei ausstieß, dass der Dobermann der Nachbarn lautstark zu bellen begann.

»Was ist, mein Schatz?«, fragte Dad sofort.

»Igitt!«, kreischte ich und zeigte auf ein wurmartiges Ding, das den Kirschbaum hochkroch. »Mach das tot, Daddy!«

Das Letzte, womit ich gerechnet hatte, war Dads Lachen, das die Luft durchschnitt. *Was ist so lustig?*, dachte ich. *Und warum kniet er sich hin?* Ich keuchte vor Entsetzen auf, als er den grünen Wurm in seine Hand nahm.

»Weißt du, was das ist?« Er hielt seine Hände in meine Richtung, und ich zuckte zurück. »Ist schon gut, Liebling. Wirklich. Komm, sieh es dir an.«

Nach einem zittrigen Atemzug gehorchte ich und betrachtete das haarige Insekt auf der Hand meines Vaters mit größter Aufmerksamkeit.

So etwas hatte ich schon mal gesehen.

»Das ist eine Raupe«, erinnerte ich mich.

»Das stimmt. Sie ist ganz harmlos.«

»Sie ist so … komisch. Und sieh nur, wie langsam sie sich bewegt.« Ich überlegte hektisch, wieso dieses grüne Dinge anders sein sollte als die Mücken und großen Spinnen, die Dad beim Camping, ohne zu zögern, zerquetschte.

»Was ist mit dem Schmetterling, den wir letzte Woche gesehen haben?«, fragte Dad. »War der auch seltsam?«

Ich rief mir den wunderschönen, weiß-gelben Schmetterling in Erinnerung, den ich beim Spielen im Park gesehen hatte. Er hatte eine warme, goldene Aura gehabt. Vermutlich war das nur das Sonnenlicht gewesen, das sich auf seinen Flügeln brach, aber dennoch hatte ich den ganzen Heimweg davon geträumt, ihn noch einmal zu sehen.

»Nein.« Ich lächelte bei der Erinnerung. »Der war wunderschön. Wie ein schimmernder Stern.«

»Du irrst dich«, sagte mein Dad zu meinem Erstaunen. »Dieser kleine Kerl hier …« Er zeigte mit dem Kinn auf das gestreifte Insekt. »Ist der echte Star. *Er* ist derjenige, der die harte Arbeit leistet. Und ja, er ist langsam. Ja, es kann eine Weile dauern, bis er an sein Ziel kommt. Aber er kriecht trotzdem weiter. Damit er eines Tages … auch ein Schmetterling werden kann.«

Fasziniert kniete ich mich neben ihn in das feuchte Gras und saugte wie ein Schwamm wissbegierig alles auf, was mein Vater sagte. »Siehst du, ohne diese Phase der Arbeit, den Kampf, gäbe es keinen Sieg. Ohne das Hässliche gäbe es keine Schönheit.«

»Also … der einzige Weg, um *dorthin* zu kommen«, ich zeigte zum blauen Himmel, unter dem überall auf der Welt Schmetterlinge ihre Flügel ausbreiteten, und dann auf die haarige Raupe, die sich in der Hand meines Vaters ringelte, »ist, hier anzufangen?«

»Ganz genau.« Dad nickte zufrieden, bevor er mir ein unerwartetes Geschenk machte: die Raupe. Erst öffnete er meine

Faust, dann setzte er den zarten kleinen Kerl sanft auf meine Handfläche.

Als ich ihn dann anschaute, war er nicht mehr seltsam.

Oder eklig.

Er war ein Kämpfer.

Hier, um uns daran zu erinnern, dass es in Ordnung ist, hart für seine Ziele zu arbeiten und dabei auch mal zu scheitern.

Denn wenn man nicht dafür kämpfte – wie könnte man dann jemals fliegen?

»Also sag mir, Love«, fragte Dad, während ich meinen neuen Freund mit den Knopfaugen beäugte. »Was für ein Mensch möchtest du sein? Ein Schmetterling?« Er hielt inne. *»Oder eine Raupe?«*

JETZT

Es gibt drei Dinge, die ich während meiner zwei Jahre in der Bücherei der Easton High gelernt habe: *Erstens,* wenn man Bibliothekarin ist, gehen die Leute automatisch davon aus, dass man eine Leseratte ist. Dagegen kann man nichts machen. In ihren Augen atmet, lebt und isst man Bücher. *Zweitens,* in diesem Job muss man wesentlich seltener *»Psst«* sagen, als alle denken. Und drittens, wenn deine mürrische, sechzig Jahre alte Kollegin aussieht, als hätte ihr jemand in den Kaffee gepinkelt, steht dir ein langer Abend bevor.

Als ich vor zwanzig Minuten die Bücherei betrat, habe ich direkt gemerkt, dass Lucille schlechte Laune hat. Sie hat diesen verrückten Ausdruck in den Augen, den sie immer hat, wenn jemand ihr jemand gehörig auf die Nerven gegangen ist. Ich tippe auf die Jungs aus der Basketballmannschaft

Nichts bringt die gute alte Lucille so schnell auf die Palme wie die Sportler der Easton. Ich bin mir nicht sicher, was genau sie getan haben, um ihren Zorn zu verdienen. Aber eines weiß ich: Jedes Mal, wenn sie auf einen von ihnen trifft, werde ich für den Rest der Woche zu ihrem emotionalen Sandsack. Meistens kann ich das gut wegstecken, aber im Moment bin ich nicht in der Stimmung, mir ihre Monologe über *»die heutige Generation«* anzuhören.

Vor allem nicht nach der Nachricht, die ich vorhin bekommen habe.

Direkt nach Ende der sechsten Stunde piepte mein Handy mit einer Message von Zac.

Zac: Seite 31.

Kurz war ich verwirrt.

Dann erinnerte ich mich an unsere Unterhaltung von Sonntag. Er hat mir verraten, wo ich sein erstes Geständnis finde.

Das muss es sein.

»Du hättest die Typen vorhin hier sehen sollen. Lauter Störenfriede«, zischt Lucille leise. »Ihnen sollte der Zutritt zur Bücherei überhaupt nicht gestattet sein, wenn du mich fragst. Es ist ja nicht so, als hätte jemals einer von ihnen freiwillig ein Buch gelesen. Sie sollten einfach bei ihren albernen Basketballspielchen bleiben.«

Ich nicke, während ich mir wahllos ein Buch von dem Rückgabestapel nehme, um in unserer alphabetisch geordneten Datei nachzusehen, wohin es gehört.

Gang sechs, steht auf dem Monitor.

Man muss Zufälle einfach lieben.

Das ist perfekt. Ich bringe den Roman zurück und werfe einen Blick in den Gedichtband, sobald Lucille gerade nicht guckt. Zufrieden mit meinem Plan mache ich mich auf zu Gang sechs und stelle das Buch auf das richtige Regal zurück, während Lucille mit ihrer Litanei fortfährt.

»Aber das ist noch nicht mal das Schlimmste.« Sie lacht verbittert auf. Ihre zusammengezogenen Augenbrauen lassen ihre Stirn ganz faltig aussehen. »Dieser Emery-Junge kommt in der Mittagspause ständig für den Emily-Dickinson-Gedichtband her. Ein Gedichtband! Ist das zu fassen? Ich wette, er hält sich für besonders lustig. Eine Schande, diese Kids, das sage ich dir.«

Alle Härchen an meinem Körper richten sich auf.

Im Kopf gehe ich Lucilles Worte noch einmal durch, und die Erkenntnis dessen, was sie da gerade gesagt hat, sinkt ein wie ein tausend Kilo schwerer Stein.

Hat sie eben …

Nein.

Hatte ich recht?

Denk darüber nach, Vee.

Zac hatte mir geschrieben, wie sehr er Theos Party hasst. Währenddessen versteckte Xavier sich aus demselben Grund in seinem Truck. Heilige Scheiße, er musste außerdem zwei Wochen lang nachsitzen, was erklären würde, wie er mir hatte antworten können.

Dann ist da sein zweiter Vorname. Und die ganzen Dinge, die er erzählt hat. Wie, dass sein bester Freund seine Ex gevögelt hat … Genau zu der Zeit, als Dia herausfand, dass Finn sie betrogen hat. Moment mal, hat Finn mit Brie gevögelt? Nein, das war nicht Brie. Dia meinte, es wäre irgendein Mädchen gewesen, das wir nicht kennen.

Komm auf den Punkt zurück, Vee.

»W-wirklich?« Ich kann das Zittern in meiner Stimme nicht unterdrücken.

»Ja, wirklich. Ich sollte mir das Buch mal genau angucken, um sicherzugehen, dass er darin keine Drogen versteckt hat oder was auch immer Störenfriede wie er tun.« Lucille kommt um die Ecke, und ihre Absichten sind genauso klar wie furchteinflößend. Sie glaubt, er benutzt das Buch für irgendwelche Drogengeschäfte. *Sie darf das Buch auf keinen Fall öffnen.*

»Ich mach das schon.« Ich hebe meine Hand wie ein Stoppschild.

»Bist du sicher?« Sie verlangsamt ihre Schritte.

»Na klar. Ich bin ja bereits hier. Ich kümmere mich darum.«

»Okay.« Lucille nickt. Sie ahnt zwar nichts, zieht sich aber auch nicht zum Tresen zurück. Ich gehe ein Stück den Gang hinunter, ziehe das Buch heraus und öffne es auf Seite einunddreißig.

Das Geständnis ist exakt da, wo er gesagt hat.

Geschrieben auf einem Post-it-Zettel.

Geständnis #1: Insgeheim glaube ich, meine Ex-Freundin hat die Konversationsfähigkeiten einer Tapete.

Ich unterdrücke mein Grinsen, weil ich mir nur zu bewusst bin, dass Lucille mich mit Adleraugen beobachtet. Dann drehe ich mich ein wenig, sodass sie nicht sehen kann, wie ich den Zettel aus dem Buch nehme und in meine Hosentasche stecke.

»Und?«, fragt Lucille ungeduldig.

»Nichts. Er steht wohl tatsächlich einfach auf Gedichte«, lüge ich und schlendere zum Tresen zurück, um die weiteren Bücher aus dem Rückgabestapel wegzuräumen, als wäre nichts geschehen.

Als wäre nicht auf einmal alles anders.

Als hätte ich nicht unseren Anonymitätspakt gebrochen.

Ich hasse es.

Ich hasse es mehr, als ich mit Worten ausdrücken kann.

Aber ich kann nicht länger vor der Wahrheit davonlaufen.

Zac ist Xavier Emery.

AVEENA

Love: Ich dachte, wir hätten gesagt alles oder nichts. Das letzte Geständnis war ziemlich schwach, Z.

Während ich auf die unbeantwortete Nachricht auf meinem Handy starre, wippe ich unruhig mit dem Bein auf und ab und überlege, Zacs – oder sollte ich besser sagen Xaviers – Nummer von meinem Telefon zu löschen.

Ich nehme mir immer vor, ihn ab jetzt zu ghosten. Aber mein dämliches Gehirn scheint Probleme damit zu haben, zwischen den Wörtern »ghosten« und »schreiben« zu unterscheiden. Zu meiner Verteidigung muss ich sagen, dass ich seit über einer Stunde in meinem Wagen sitze und darauf warte, dass Ashley endlich aus ihrer noblen Schule kommt. Ich dachte, ich könnte mir die Langeweile während des Wartens vertreiben.

Okay, das klingt wie eine lahme Ausrede.

Endlich piept mein Handy mit einer Antwort.

Aber der Absender ist nicht der, auf den ich gehofft habe.

Es ist Dia.

Dia: Nicht vergessen, heute Abend Abschluss-Streich an der Schule. Ich hole dich um Mitternacht ab.

Aveena: Okay.

Wegen meines mangelnden Widerstands könnte ich mir selbst auf die Schulter klopfen. Aveena Harper geht freiwillig zu einem Schulevent? Gebt den Aliens Bescheid, dass mit der Entführung etwas schiefgelaufen ist. *Seit Neuestem mag sie Menschen.*

Dia und ich reden schon seit letztem Jahr über den Abschluss-Streich, als Dias älterer Bruder Jesse anfing, davon zu schwärmen. Er hat nicht mehr aufgehört, darüber zu reden, wie er und Finns älterer Bruder Mr. Tates Pult mit Superkleber zugeklebt haben.

Dia hat mir das Versprechen abgenommen, mitzumachen, wenn wir dran sind. Zum Großteil habe ich nur eingewilligt, weil es sich damals noch so weit in der Zukunft angefühlt hat.

Aber nun ist es so weit. Nur noch wenige Monate bis zum Abschluss.

Um ehrlich zu sein, ich würde den ganzen »Schule zerstören«-Trend gern aussitzen, aber ich weiß, wie wichtig diese Erlebnisse für Dia sind. Vor allem jetzt, wo sie alle Verbindungen mit Finn und Lacey gekappt hat. Sie hätte sonst niemanden, der mit ihr geht, also habe ich beschlossen, mich zu überwinden und eine Nacht lang gemeinsam mit meiner besten Freundin Unsinn mit der Heißkleberpistole anzustellen.

Mein Handy piept erneut, und ich rufe meinen Chat mit Dia in dem Glauben auf, dass sie für das Piepen verantwortlich ist.

Nur … das ist sie nicht.

Der Schuldige ist Zac.

Zac: Du hast es nicht gesehen, oder?

Ich runzle die Stirn.

Love: Was gesehen?

Seine Antwort kommt erst fünf Minuten später.

Zac: Dreh den Zettel um.

Verwirrt schiebe ich eine Hand in die Hosentasche, ziehe das zerknitterte Post-it raus und drehe es um.

Ich war noch nie verliebt. Nicht einmal in meine Ex. Es ist, als könne kein Mädchen meine Aufmerksamkeit halten, nachdem wir miteinander geschlafen haben, und das hasse ich. - Zac

Schnell wird mir klar, dass sein erstes Geständnis nur ein Versuch von ihm war, mich zum Lachen zu bringen.

Ein Witz.

Aber das zweite …

Das ist alles andere als lustig.

Er hatte mich gewarnt, dass er sich nicht zurückhalten würde. Warum also bin ich so … enttäuscht? Wenn die verdammte Brielle Randall – und wir reden hier von Körbchengröße D, superschmaler Taille, schimmerndem roten Haar und Kylie-Jenner-Lippen – seine Aufmerksamkeit nicht halten konnte, habe ich Mauerblümchen überhaupt keine Chance. Ich entlasse meine unrealistischen Hoffnungen ins Universum, stelle mich der Realität …

Und lösche unseren Chat.

* * *

Die Abschluss-Streich-Nacht war ein Reinfall.

Nach zwei Stunden wurden wir erwischt – okay, vielleicht ist das nicht ganz richtig. Ich bin bis jetzt noch davongekommen. Aber wenn die derzeitigen Umstände mich nicht täuschen, sollte es nicht mehr lange dauern.

Als ich zugestimmt habe, bei dieser fürchterlichen Tradition mitzumachen, hätte ich nie zu träumen gewagt, dass ich hier enden würde – zusammengekauert in einem dunklen Klassenzimmer mit Theo und meinem *nicht mehr ganz so anonymen* Brieffreund.

Dia, ein Dutzend anderer Zwölftklässler und ich waren gerade halb fertig damit, die Sporthalle mit Toilettenpapier zu schmücken, da kam Axel durch die Tür gestürmt und brüllte, dass die Cops da wären und wir zusehen sollten, schnellstens wegzukommen.

Auch wenn ich mir nicht sicher bin, was die Konsequenzen für die Teilnahme an dem Streich sind, weiß ich eines: Es gibt keine Welt, kein Universum, keine *Galaxie*, in der es gut endet, wenn man dabei erwischt wird, die Schule in Toilettenpapier einzuwickeln.

Dia hat auf keine meiner Nachrichten reagiert, seit ich sie in der Menge der panischen Schüler verloren habe. Ich habe nur kurz geblinzelt und plötzlich war sie weg. Bevor ich michs versah, war ich allein. Gestrandet im Hauptflur, während die Cops die Schule von allen Seiten aus durchsuchten.

Kurz hatte ich überlegt, zum Ausgang der Cafeteria zu rennen, als ich den Sheriff und ein paar Deputies in der Ferne reden hörte. Sie waren auf direktem Wege zu mir, und ich wusste, dass ich den Ausgang nicht erreichen könnte, ohne gesehen zu werden.

In diesem Moment flog die Tür zum Chemielabor auf. Er stand auf der anderen Seite, so heiß wie immer – *was nichts Neues ist* –, und bedeutete mir, reinzukommen, bevor es zu spät wäre.

Xavier.

Natürlich musste es er sein. Warum sollte ich *auch nicht* von *dem* einen Kerl gerettet werden, dem ich heute Nacht nicht begegnen wollte?

Xavier hin oder her, ich konnte es mir nicht leisten, geschnappt zu werden. Deshalb fiel mir die Entscheidung nicht schwer: Entweder konnte ich mit ihm in den Klassenraum gehen oder mich von meiner Mutter auf dem Schwarzmarkt gegen eine neue Tochter eintauschen lassen. Ernsthaft, sie würde meine Organe verkaufen, wenn sie wüsste, dass ich mich mitten in der Nacht rausgeschlichen habe.

Ich höre Schritte den Flur hinunterlaufen, und Theo warnt uns mit einem drohenden »Alle halten die Klappe«. Aus Angst, irgendein Geräusch von mir zu geben, ziehe ich meine Knie fest an die Brust. Wir drei sitzen mit dem Rücken gegen die Wand gepresst in der hintersten Ecke des Raumes.

»Verfluchte Kids.« Ich erkenne Sheriff Daniels Stimme aus der Nacht, in der Xavier und ich rausgewunken wurden. »Als ob ich um zwei Uhr nachts nichts Besseres zu tun hätte.«

»Die sind schon lange weg, Joe. Wir haben die meisten von ihnen erwischt. Warum machen wir nicht Schluss?« Ein mir unbekannter Officer gähnt.

»Noch nicht«, widerspricht der Sheriff.

Die Schritte halten direkt vor dem Chemielabor an.

Sie sind hier.

Auf der anderen Seite der Tür.

Ein Geräusch, nur *ein einziges*, und wir sind geliefert.

»Haben wir hier schon nachgeguckt?«

»Glaube nicht, Boss«, antwortet der Officer.

Ich verspanne mich, als einer von ihnen mit der Taschenlampe durch das kleine Fenster in der Tür leuchtet. Von dort aus können sie uns nicht sehen, aber wenn sie die Tür nur einen Zentimeter weit öffnen, wars das für uns.

Panik steigt in mir auf.

Mein Atem geht schwer, hektisch.

Mist. Nicht jetzt.

»Habt ihr das gehört?«, fragt Sheriff Daniel.

Fuck, fuck, fuck.

»Was?«

Ich presse mir die Hand flach auf den Mund in dem erfolglosen Versuch, meine Panik zu unterdrücken. Doch es ändert nichts – im Gegenteil, es macht das Atmen noch schwieriger.

Ich spüre Xaviers Blick auf mir.

Und erwarte, dass er genervt ist.

Vielleicht sogar wütend.

Immerhin ist das jetzt das *zweite* Mal, dass ich in seiner Gegenwart durchdrehe. Doch zu meinem Erstaunen … sehe ich nicht den Hauch von Missfallen in seinem Blick. Nur Besorgnis. Die gleiche Besorgnis, die er gezeigt hat, als er in der Nacht im Auto meine Hand gehalten hat.

»Atme«, formt er lautlos mit den Lippen, und ich sehe mich der kalten, harten Wahrheit gegenüber.

Dieses Mal wird mich keiner retten.

Niemand wird meine Hand halten oder mich durch die Atemübung leiten. Es liegt ganz allein an mir, die Panikattacke abzuwehren, bevor sie mich umbringt. Ich schließe die Augen und konzentriere meine gesamte Energie darauf, meine Lungen bis zum Rand mit Luft zu füllen.

Sonst nichts.

Ich atme einfach.

Jedes Mal ein bisschen langsamer. Bis ich wieder die Kontrolle habe, bis ich nicht mehr das Gefühl habe, zu sterben.

Ein paar Sekunden vergehen.

»Was ist, Joe?«, fragt der Officer genervt.

»Vergiss es. Ich dachte, ich hätte etwas gehört.«

»Also gehen wir nun rein oder nicht?«

»Ja, lass uns den Raum hier checken, dann machen wir Schluss.«

Der Türknauf dreht sich, und ich umklammere mein Handy so fest, dass meine Fingerknöchel wehtun.

Das ist es.

Das Spiel ist aus.

Die Tür wird aufgedrü…

»Ich brauche Verstärkung im ersten Stock, Raum B-2506. Hier sind über ein Dutzend von ihnen in der Bücherei«, ruft eine männliche Stimme über das Funkgerät.

Meine Finger entspannen sich, das Blut fließt wieder zurück in meine Gliedmaßen.

»Auf dem Weg«, antwortet Sheriff Daniel und schließt die Tür. Eine Sekunde später hören wir, wie die beiden Männer den Flur hinunterlaufen. Sobald ihre Schritte verhallt sind, stoßen Xavier, Theo und ich den längsten, tiefsten Seufzer der Erleichterung aus, den ich je gehört habe.

»Heilige Scheiße, das war knapp«, spricht Theo meine Gedanken aus.

Wir drei stehen auf.

»Das ist unsere Chance. Ich sage, wir verschwinden von hier, während sie oben sind«, schlägt Theo vor.

»Bist du verrückt?«, widerspreche ich. »Da könnten noch Millionen von ihnen in den Korridoren patrouillieren.«

»Na und?« Theo zuckt mit den Schultern. »Abhauen klingt besser, als hierzubleiben und darauf zu warten, dass sie uns finden.«

»Sie hat recht, Alter«, schaltet Xavier sich ein. »In der Schule wimmelt es nur so von Cops. Ich denke, wir sollten es einfach aussitzen.«

»Fuck, dann hocken wir die ganze Nacht über hier«, stöhnt Theo.

»So weit wird es nicht kommen. Die ziehen bald ab«, versichert ihm Xavier.

»Wie ihr wollt. Ich werde nicht eine weitere Sekunde hierbleiben.« Theo geht zur Tür, öffnet sie leise und wirft uns einen Blick über die Schulter zu. »*Bis später, Loser.*«

Bevor ich michs versehe, ist er verschwunden.

Schweigen senkt sich über das Chemielabor. Eine Minute lang sagen weder Xavier noch ich etwas, während wir auf die nicht existenten Geräusche vor dem Klassenraum lauschen. Es klingt nicht so, als würde Theo da draußen gejagt oder in Handschellen gelegt.

Ich nehme an, das ist ein gutes Zeichen?

Ich fange Xaviers Blick auf und komme zu dem Schluss, dass seine Augen im Dunkeln genauso faszinierend sind und ich leider immer noch für ihn schwärme.

»Vielleicht hat er recht und wir sollten abhauen«, flüstere ich.

Er nickt leicht.

»Okay, aber du zuerst.« Er zeigt auf die Tür.

Mein Gesichtsausdruck scheint unbezahlbar zu sein, denn Xavier unterdrückt ein Lachen.

»Entspann dich. Es ist nur für den Fall, dass etwas schiefgeht. Dann halte ich sie auf.«

»A-aber was ist mit dir?«, frage ich besorgt.

»Aveena, hör mir zu.« Er kommt näher. Die Art, wie mein Name von seiner Zunge rollt, ist seltsam berauschend, und ich versuche mein Bestes, mein rasendes Herz zu beruhigen.

Jetzt ist nicht der richtige Zeitpunkt, Herz.

»Ich habe eine Stinkbombe in der Schule gezündet, eine *Stinkbombe*, und nur zwei Wochen Nachsitzen bekommen«, erklärt er. »Das war ein verdammter Witz. Meine Mom ist Rektorin, und ich bin Mannschaftskapitän. Ich komme klar, Vee. Du nicht.«

Ich muss zugeben, dass er recht hat.

»Okay«, füge ich mich.

»Auf drei?«, fragt er.

»Auf drei.« Ich nicke.

»*Eins*«, sagen wir zusammen.

Ich schleiche mich auf Zehenspitzen zur Tür.

»*Zwei.*«

Meine Hand greift nach dem Türknauf.

»*Dre…*«

Ich habe die Tür noch keinen Zentimeter weit geöffnet, als Xavier mich ohne ein Wort der Warnung hinter den riesigen Aktenschrank neben uns zieht. Er drängt mich einfach in eine Ecke, wo seine riesige, muskulöse Gestalt meinen Körper komplett zu verschlucken scheint.

Er versteckt mich.

Aber vor was?

»Was zum Teufel machst du …«

Er presst mir den Zeigefinger gegen die Lippen, um mich zum Schweigen zu bringen.

Dann höre ich sie.

Die Stimmen, die schnellen Schritte auf dem Flur.

»*Wir haben noch einen. Hintertür*«, höre ich einen Officer aus einem Funkgerät rufen, die Worte durch die Statik verzerrt. Mein Mund bleibt offen stehen, als mir klar wird, was das bedeutet. Ich schaue zu Xavier auf und sehe, dass er mich anguckt. Man muss kein Genie sein, um zu wissen, wen sie meinen.

Theo.

Er ist erwischt worden.

Und wenn Xav mich nicht aufgehalten hätte, würden sie jetzt mich jagen.

In der Ferne knallt eine Tür. Ich zucke zusammen und klammere mich instinktiv an Xaviers Jacke fest. Ich meine ein leichtes Grinsen um seine Mundwinkel spielen zu sehen, und meine Wangen werden heiß vor Scham.

Mein Gott, wieso riecht er nur so gut?

Ist das sein Aftershave?

Sein Weichspüler?

Egal, was es ist, es weckt in mir den Wunsch, an ihm zu schnuppern.

Wage es ja nicht, an ihm zu riechen.

So bleiben wir stehen – ich mit dem Gesicht auf Höhe seines Brustkorbs, die Finger in seine Jacke gekrallt –, bis die Geräusche verstummen. Dann lasse ich ihn los und er zieht sich viel zu schnell von mir zurück.

Sobald er sich von mir gelöst hat, sehne ich mich nach mehr. Mehr von diesem gut riechenden Weichspüler. Mehr von seinem verdammt muskulösen Körper an meinem. Mehr von dem Gefühl, das er in mir weckt, wenn er so nah bei mir steht. Aber »mehr« ist nicht für Mädchen wie mich gedacht … *Vor allem nicht mit dem Kapitän der Basketballmannschaft.* Außerdem ist es nicht so, dass ich je wirklich eine Chance bei ihm hätte. Der Typ ist nicht für die Liebe gemacht. Das hat mir sein letztes Geständnis mehr als deutlich gemacht. Ich flehe meine Gefühle innerlich an, sich zu benehmen. Aber die albernen Schmetterlinge in meinem Magen feiern eine Hardcore-Party.

»Ich … Danke für die Rettung.«

»Gern geschehen.« Xavier räuspert sich und massiert sich den Nacken. Für den Bruchteil einer Sekunde frage ich mich, ob er *das* – was auch immer *es* war – ebenfalls gespürt hat.

»Also … was machen wir jetzt?«

Er zuckt mit den Schultern. »Warten.«

Ich sehe zu, wie Xavier sich mit dem Rücken zur Wand auf den Boden setzt und die Unterarme auf die angewinkelten Knie legt. Eine Stille, so dick, dass man sie durchschneiden könnte, legt sich über uns. Zum ersten Mal, seit ich diesen Raum betreten habe, wird mir bewusst, dass mein Brieffreund direkt hier ist.

Direkt. Vor. Meinen. Augen.

Xavier ist Zac.

Zac ist Xavier.

Warum will es bei mir nicht klick machen?

»Setz dich, Vee. Wir werden noch ein Weilchen hier sein.« Xavier zeigt auf den Platz neben sich, und ich schlucke schwer. Er hat recht. Das hier ist noch nicht vorbei, also kann ich es mir genauso gut bequem machen.

Etwas nervös setze ich mich neben ihn und presse meine Knie an die Brust. Xavier holt zweimal sein Handy raus, um auf seinen Sperrbildschirm zu gucken. Zwei Mal. Dann, keine fünf Sekunden später, ein drittes Mal.

Ich kann nicht glauben, wie schnell sich diese Nacht in einen Haufen Scheiße verwandelt hat. Aber was mir so gar nicht in den Kopf will, ist, wie schnell Xavier vorgeschlagen hat, dass ich zuerst gehe. Er hat nicht eine Sekunde gezögert! Er hat einfach angeboten, seinen Kopf hinzuhalten.

O Xavier, was zum Teufel hast du dir nur dabei gedacht?

»Was meinst du?«

Seine Antwort lässt mir den Atem stocken.

Ich wirble mit dem Kopf herum und sehe, dass er mich neugierig ansieht.

Mist, das habe ich laut gesagt, oder?

»Versteh mich nicht falsch, aber es ist nicht mal einen Monat her, dass du wegen eines Streichs Schwierigkeiten bekommen hast.«

»Und?« Er zieht fragend eine Augenbraue hoch.

»Und jetzt bist du *hier*«, sage ich, als wäre es offensichtlich. »In der Nacht des Abschluss-Streichs. Und bettelst förmlich darum, schon wieder Probleme zu kriegen. Entweder bist du wirklich leichtsinnig oder wirklich dumm. Ist nicht böse gemeint.«

Er grinst. »Verdammt, Harper. Du bist ziemlich direkt. *Nicht böse gemeint.*«

Er weicht der Frage aus.

»Aber liege ich falsch?«

»Hör mal.« Er seufzt. »Ich hatte nicht vor, zu kommen. Aber Finn und ich reden seit Anfang des letzten Jahres davon und ich …« Er hält kurz inne. »Ich schätze, ich bin momentan lieber überall anders als zu Hause.«

Das Ziehen in meinem Magen entwickelt sich zu Bauchschmerzen. Jede Einzelheit, die *Zac* mir per Chat über seine Mom erzählt hat, bricht in langsamen, größer werdenden Wellen über mich herein. Wie sie seinen Dad betrügt. Wie er sie gehört hat, während sie …

Bei dem Gedanken wird mir schlecht.

»Willst du darüber reden?«, frage ich, und die Schuldgefühle nagen an meinem Gewissen. Ich hasse es, so tun zu müssen, als hätte ich keine Ahnung, wovon er spricht. Ich komme mir wie eine Schwindlerin vor, die in der Welt eines Fremden herumstochert und Gläser mit Geheimnissen sammelt, die nicht für sie bestimmt sind.

»Auf keinen Fall«, antwortet er tonlos.

Ich muss ihn fragen, wie er das macht.

Wie er so leicht Nein sagen kann.

So selbstbewusst.

»Was ist mit dir? Warum bist du hier?«, dreht er den Spieß um. »Ich dachte, solche Sachen wären nicht so dein Ding.«

»Das sind sie auch nicht. Aber Dia hat jemanden gebraucht, der sie begleitet. Du weißt schon, weil sie jetzt Single ist.«

Xavier schnaubt. »Glaub mir, sie wird nicht lange Single bleiben.«

»Wie meinst du das?«

»Ich habe vorhin gesehen, wie Finn sie in einen Abstellraum gezogen hat.«

In meinem Kopf blinken alle Lichter auf. *Dahin* ist sie also verschwunden. Das würde auch erklären, warum sie keine meiner Trillionen Nachrichten beantwortet hat.

»Was glaubst du, was die beiden gerade machen?« Kaum haben die Worte meine Lippen verlassen, wird mir bewusst, wie dumm die Frage klingt.

»Vermutlich nur reden«, gibt Xavier trocken zurück.

Wir tauschen einen Blick.

Und fangen beide an zu lachen.

»*Ja klar*«, pruste ich.

Mein Verdacht ist, dass die beiden gerade skandalösen Abstellkammersex haben, während wir hier sitzen. Vielleicht ist es Finn endlich gelungen, Dia davon zu überzeugen, dass er sie nicht betrogen hat? Denn auf keinen Fall hätte sie meine Nachrichten unbeantwortet gelassen, wenn sie nicht gerade … *beschäftigt* wäre.

Unser Lachen verebbt zur gleichen Zeit, und wieder treffen sich unsere Blicke. Wir sind beide atemlos und erschöpft. Inzwischen ist es Viertel vor drei am Morgen.

Xavier schaut nicht weg.

Ich auch nicht.

»Wenigstens haben einige von uns heute Nacht Spaß«, scherze ich.

»Hey.« Er stößt mit seinem Knie gegen meines, und ich erschauere, als wäre ich noch nie im Leben von einem Mann berührt worden. »Ich habe nicht … *keinen* Spaß.«

Nicht erröten.

Nicht erröten.

»Wirst du rot?«, fragt er.

Verdammt.

»Nein«, antworte ich etwas schnippischer, als ich vorgehabt hatte. »Und du musst nicht so tun, als hättest du Spaß. Ich bin nicht dumm.«

»Stimmt, ich muss nicht so tun«, versichert er mir.

»Ah. Komplimente aus Mitleid. Das sind mir die liebsten.«

Er lacht. »Aber es stimmt. Du bist nicht die schlechteste Gesellschaft, die ich je hatte, Harper. Vielleicht die verklemmteste, aber nicht die schlimmste.«

»Danke.« Ich schenke ihm ein kleines Lächeln. »Glaube ich.«

Wieder schweigen wir für ein paar Minuten. Während ich gedankenverloren durch meinen Social-Media-Feed scrolle, komme ich nicht umhin, zu bemerken, dass er ständig sein Handy checkt. Er wartet definitiv auf eine Nachricht.

Aber von wem?

Brie?

Lacey?

Oder könnte es sein …

Von Love?

»Ich muss dich warnen, wenn du noch mal dein Handy checkst, könnte es sein, dass es zerbricht«, ziehe ich ihn auf, und er lässt ein bezauberndes, schuldbewusstes Grinsen aufblitzen. Ein Grinsen, das Stahl schmelzen und ein gebrochenes Herz wieder zusammensetzen könnte.

»So offensichtlich, hm?«

»Ein bisschen.«

Sein Grinsen wird zu einem breiten Lächeln. »Ertappt.«

»Wer ist sie?«

»Nur eine Freundin.«

Eine *Freundin.* Ich bin nicht blöd. Ich weiß verdammt gut, was das Wort »Freundin« im Wortschatz eines Sportlers bedeutet.

»Lass mich raten. Brie?« Ich versuche, die Enttäuschung in meiner Stimme mit einem Lachen zu übertönen, das so falsch klingt, dass es mich schaudert. »Seid ihr zwei wieder zusammen?«

»Fuck, nein.« Er verzieht das Gesicht.

Ich kann mir ein Lächeln nicht verkneifen.

Sei doch noch offensichtlicher, Vee. Also wirklich.

»Wer ist es dann? Jemand, den ich kenne?«

Er schnaubt. »Es ist ein bisschen ironisch, mit dir über Mädchen zu reden, findest du nicht?«

Ich bin mir nicht sicher, ob mein unter Schlafmangel leidendes Gehirn sich langsam abschaltet oder ob mir hier etwas entgeht. Aber irgendwie gelingt es mir nicht, die Anspielung in seinen Worten zu entziffern.

»Wieso ist das ironisch?«

»Ach komm schon, Vee.« Er zieht eine Augenbraue hoch und wirft mir einen nicht überzeugten Blick zu. *»Das weißt du.«*

»Was weiß ich?«, hake ich nach.

»Du willst wirklich, dass ich es ausspreche? Das ist nicht cool, Harper.« Er wirft den Kopf zurück. Ein leichtes, sexy Grinsen umspielt seine Lippen, und dieser Anblick allein reicht, um mich innerlich dahinschmelzen zu lassen.

»Ich bin zu müde für diesen Scheiß«, sage ich. »Spuck es aus.«

»Ich mochte dich damals, Vee.«

Mir bleibt die Luft weg.

»Als Kind war ich total in dich verknallt.«

Ich hätte mit allem gerechnet.

Nur nicht damit.

»Sehr lustig.« Ich lasse den Witz an mir abprallen.

»Ich versuche nicht, witzig zu sein.« Er schaut mir direkt in die Augen.

Heilige Scheiße … Er meint das ernst.

»*Wie bitte?*«, quieke ich.

»Ich habe gesagt, was ich gesagt habe.«

»Aber du warst so gemein zu mir!« Ich zermartere mir das Gehirn und suche nach einer Erinnerung, nach nur einem einzigen Moment, in dem Xavier gewirkt hat, als wäre er auch nur das kleinste bisschen an mir interessiert. Okay, er hat mich an diesem einen Tag im Park geküsst. Ich war aber immer davon ausgegangen, dass das nur sein verzweifelter Versuch gewesen war, mich davon abzuhalten, ihn zu verpetzen.

»Warum überrascht dich das? Ich war zu allen ein kleines Arschloch.«

»Ja. Aber zu mir warst du extra scheiße.«

Er hebt ergeben die Hände. »Zu meiner Verteidigung muss ich sagen, ich hatte keine Ahnung, wie ich mich Mädchen gegenüber benehmen sollte. Die einzige Kommunikation zwischen meinen Eltern bestand damals darin, dass sie sich gegenseitig verletzende Dinge an den Kopf geworfen haben. Ich schätze, ich dachte … dass das so funktioniert, oder so was in der Art?«

Da ist sie.

Die Wurzel all dessen, was falsch ist an dieser toxischen »Sei fies zu denen, die du magst«-Mentalität.

Kinder müssen ihr Verhalten ja irgendwo lernen.

»Ich dachte, du wüsstest es.« Er wirkt aufrichtig schockiert.

»Du hast recht, es tut mir leid. Ich hätte wissen sollen, dass es ein Zeichen deiner Zuneigung war, als du meine Barbiepuppen auf den Grill geworfen hast.«

»Ich nehme deine Entschuldigung an.« Er bringt den kurzen Satz kaum raus, ohne dabei zu lächeln. Es ist mehr als offensichtlich, dass er versucht, mich aufzuziehen.

Und es klappt.

»Idiot. Ich habe meine Puppen geliebt!« Ich haue ihm gegen die Schulter, und er lacht. Wir lachen beide. Ein wenig lauter, als um drei Uhr morgens im Chemielabor der Schule angemessen ist. Die nächsten zehn Minuten über diskutieren wir die verrückten, beinahe grausamen Streiche, die Finn und er mir in jenem Sommer gespielt haben.

»Gib zu, das war ein guter Sommer«, sagt er.

»Sprich für dich selbst, du Teufel.«

Er grinst ungerührt.

Schweigen legt sich über uns. Aber ein gutes. Ein Schweigen, nachdem der Bauch von zu viel lachen schmerzt und man einen Augenblick braucht, um wieder zu Atem zu kommen.

»Das waren alles deine Ideen, oder? Die Streiche meine ich.«

»Jupp«, gesteht er schamlos ein.

»Finn ist nicht *ein einziger* davon eingefallen?«

»Nein. Aber er hatte keine Probleme damit, mitzumachen.«

»Gott, ich hasse dich«, sage ich lachend.

Er hält inne und mustert mich misstrauisch.

»Kann ich dich was fragen?«

Ich nicke.

»Warum sagt ihr Mädchen manchmal Sachen, die ihr nicht so meint?«

»Was macht dich so sicher, dass wir sie nicht meinen?«, entgegne ich.

»Brie hat mir ständig gesagt, dass sie mich hasst, auch wenn das offensichtlich nicht stimmte. Das macht ihr oft. Ihr sagt *ich hasse dich* zu einem Typen, den ihr eigentlich gar nicht hasst.«

Verdammt. Wer zum Teufel hat ihn in unsere Geheimnisse eingeweiht?

»Also was?«, schnaube ich. »*Ich hasse dich,* bedeutet jetzt, *ich liebe dich*, oder was?«

»Ja, so ziemlich.«

»Laut deiner Theorie habe ich dir also gerade gesagt, dass ich dich liebe?«

»Jap, das hast du.« Er nickt. »Weißt du, wann immer du mir ab jetzt sagst, dass du mich hasst, bedeutet es das Gegenteil. Ich habe die Regeln nicht gemacht«, erklärt er und grinst wie der selbstbewusste Mistkerl, der er ist. Ich erröte und lehne meine Stirn seitlich gegen die eiskalte Wand.

»Du bist albern, weißt du das?«, flüstere ich, während meine Lider immer schwerer werden.

»Danke. Ich bemühe mich.«

Schweigend schauen wir einander an.

Ich präge mir seine Gesichtszüge genau ein.

Sein kantiges Kinn, die scharf geschnittenen Wangenknochen. Und diese hellbraunen Haare … *Großer Gott, lass mich gar nicht erst von seinen Haaren anfangen.* Dieser Kerl könnte den stylish zerzausten Look im Schlaf abziehen. Die Spannung in der Luft wird beinahe greifbar, und ich versuche den blauen Augen, deren Blick sich in meine Seele bohrt, zu entkommen.

Es ist zu still. *Zu intim.*

Wenn das hier ein Film wäre, würde einer von uns den anderen jetzt küssen. Und in einer perfekten Welt wäre es er. Aber in dieser? Ich breche den Blickkontakt ab und hoffe, damit die magnetische Anziehung zu unterbrechen, die mich gefangen hält. In dem Eifer, meine Gefühle von mir wegzuschieben, lasse ich meinen Blick schweifen und sehe, dass Xavier ein Stück Luftschlange in seinen Haaren hängen hat.

Ich lächle.

»Bist du heute mit Luftschlangenspray besprüht worden?«

»Kann sein, dass wir eine kleine Luftschlangenschlacht in der Umkleide hatten. Warum?« Seine Stimme ist rau und schläfrig. Er hat Mühe, wach zu bleiben, und mir geht es nicht viel besser.

»Du hast was in den Haaren.« Ich lache leise auf. »Warte.« Ich rutsche zu ihm herüber, bis ich nah genug dran bin, um den Luftschlangenzipfel aus seinen Haaren zu pflücken und ihn vor seiner Nase baumeln zu lassen. Das einzige Problem ist … Er sieht nicht die Luftschlange an.

Sondern mich.

Nur mich.

Sehr eindringlich mustert er mein Gesicht.

Zu versuchen, herauszufinden, was dieser Kerl denkt, wäre dasselbe, wie eine lang vergessene Sprache übersetzen zu wollen. Ich sollte mich zurückziehen, eine akzeptable Distanz zwischen uns bringen, bevor ich mich lächerlich mache. Aber ich kann keinen Muskel rühren. Meine Kehle ist wie zugeschnürt und meine Lippen sind so trocken, dass ich sie unwillkürlich mit der Zungenspitze befeuchte.

Xavier folgt der Bewegung mit seinen Augen.

Jetzt blickt er auf meinen Mund.

Intensiv.

Heilige. Verdammte. Scheiße.

Dann beugt er sich vor.

Und mein Herz wirft sich so heftig gegen meine Brust, dass ich mich frage, ob es versucht, ein Loch in meinem Brustkorb zu schlagen.

Die Bewegung ist so klein, dass sie nicht mal als »der nächste Schritt« durchgehen würde. Xavier neigt seinen Kopf einfach ein paar Zentimeter in meine Richtung. Gerade ausreichend, dass ich mich frage, ob ich verrückt bin.

Doch was er dann als Nächstes tut, das kann selbst *ich* nicht mehr leugnen.

Seine Hand schließt sich um meine, und ich bin mir plötzlich sehr bewusst, dass ich noch immer die Luftschlange auf Höhe seiner Augen halte. Ohne etwas zu sagen, drückt er meine Hand sanft nach unten.

Ganz langsam.

Und dann hält er für einige lange Sekunden still.

Innerlich schreie ich so laut, dass ich Glück habe, wenn ich morgen nicht mit Kopfschmerzen aufwache.

Unser Atem vermischt sich.

Nur noch ein Zentimeter.

Nur einer, und wir werden uns küssen.

Er beugt sich weiter vor und unsere Lippen berühren einander nun beinahe …

»Schluss mit dem Verstecken, Motherfuckers!«, dröhnt eine männliche Stimme durch den Raum. Ich brauche einen Moment, um zu begreifen, dass Finn und Dia gerade hereingekommen sind. Xav und ich ziehen uns blitzschnell voneinander zurück. Ernsthaft, wenn es einen Weltrekord im schnellsten Rückzug von einem Kuss gibt, haben wir ihn gerade gebrochen.

Aber es hat keinen Zweck.

Sie haben uns gesehen.

Oder zumindest Finn hat uns gesehen.

Dia kam eine Sekunde später.

»Stören wir bei irgendetwas?« Finn bemüht sich nicht mal, sein Grinsen zu verbergen. Ich öffne den Mund, nur um festzustellen, dass ich keine Ahnung habe, wie ich seine Frage beantworten soll.

Zum Glück lenkt Xavier die Aufmerksamkeit auf sich, indem er ein gelangweiltes »Nö« hervorstößt, bevor er aufsteht. Ich blinzle ihn an, verblüfft von seiner Lässigkeit. Ich bin ein totales Wrack und er ist … ungerührt?

Ich hasse Männer.

»Ich schätze, die Cops sind weg?«, fragt er.

»Jap. Axel hat sie durch das Fenster der Cafeteria wegfahren sehen. Wir sollten zusehen, dass wir von hier verschwinden. Vorzugsweise bevor die erste Stunde anfängt«, witzelt Finn.

Dia kommt zu mir, streckt mir die Hand entgegen und hilft mir auf die Beine. Ihr Lippenstift ist verschmiert, ihre Klamotten zerknittert, und ihre wunderschönen schwarzen Haare ein wildes, lockiges Chaos.

Wir hatten recht.

Die beiden haben nicht geredet.

Aber sie sieht trotzdem … *traurig* aus.

Ein Anflug von Schmerz funkelt in den Tiefen ihrer Augen.

Sind Finn und sie wieder zusammen?

Mein Bauchgefühl sagt Nein.

Meine beste Freundin hakt sich bei mir unter, und wir marschieren auf den Ausgang zu. Erst jetzt realisiere ich es. Beinahe hätte ich Xav geküsst. Ich, Aveena Harper, hätte beinahe meinen Brieffreund Schrägstrich Chatpartner Schrägstrich Xavier Emery, der mir vor wenigen Stunden das Herz auf einem Post-it ausgeschüttet hat, geküsst.

Und das Beste daran?

Er wollte mich auch küssen.

* * *

Als ich endlich den Mut gefasst habe, ihm eine Nachricht zu schicken, ist es 4:05 Uhr. Dafür hat es nur eine Stunde des Hin- und Herwälzens im Bett gebraucht, dreißig Minuten Überzeugungsarbeit, dass zu schlafen keine Option ist, und weitere dreißig Minuten, in denen ich mich gefragt habe, ob es in Ordnung ist, meine Meinung zu ändern und *Zac* zu *ent*-ghosten.

Love: Bist du noch wach?

Fünf lange Minuten dauert es, bis die Nachricht zugestellt wird. Und als es endlich so weit ist, erscheinen nicht die »Gelesen«-Häkchen. Was für ein Schocker. Xavier ist vermutlich sofort eingeschlafen, als er zu Hause war. Gerade habe ich mein Handy weggelegt und versuche, dem Schlaf doch noch eine Chance zu geben, als es auf meinem Nachttisch vibriert.

Zac: Vielleicht.

Ich lächle.

Love: Kannst du nicht schlafen?

Zac: Nein.

Love: Ich auch nicht.

Er antwortet nicht und ich habe das Gefühl, dass er irgendwie sauer auf mich ist. Um fair zu sein, ich habe ihm nicht mehr geantwortet, seit ich sein Geständnis gefunden habe. Ich habe seine Nachricht stundenlang auf »gelesen« gelassen. Es muss ätzend sein, sich einer Fremden zu öffnen, nur um dann hängen gelassen zu werden.

Love: Tut mir leid, dass ich so lange gebraucht habe, um zu antworten. Das war scheiße. Ich habe dein Geständnis gelesen und bin einfach durchgedreht.

Zac: Warum?

Love: Ich glaube, es wurde für mich zu real? Mir wurde klar, dass mein nächstes Geständnis mithalten muss, und ich fürchte mich davor, dich mit meinem Ballast in die Flucht zu schlagen.

Zac: Ich habe dir gestanden, dass ich ein emotionales Wrack bin, L. Ich bin derjenige, der Angst haben sollte, dich in die Flucht zu schlagen.

Love: Ein Vorschlag: Ich lege mein Geständnis morgen ins Buch. Und dann können wir die ganze »Wer ist verkorkster«-Debatte anschließend weiterführen.

Zac: Deal.

Love: Was hast du heute Nacht gemacht?

Zac: Nicht viel. Bin auch zum Abschluss-Streich gegangen und saß da mit einem Mädchen, das ich von früher kenne, fest. Und du?

Love: Was meinst du mit »auch«?

Zac: Ich gehe davon aus, dass du deswegen noch wach bist? Weil du auch da warst?

Warnleuchten blinken in meinem Kopf auf.

Sage ich ihm die Wahrheit?

Was, wenn er es herausfindet?

Nein. Das Risiko kann ich nicht eingehen.

Love: Ich war nicht da. Ich bin zu Hause geblieben und habe eine Serie geguckt. Wie kam es, dass du mit einem Mädchen festgesessen hast?

Zac: Die Cops sind aufgetaucht und sie wäre fast erwischt worden. Sie hat sich dann bei uns versteckt.

Love: Ooooh. Ist sie hübsch?

Was denn? Das musste ich einfach fragen. Die Anspannung zieht mir den Magen zusammen, während ich auf das Display schaue und auf seine Antwort warte, was eine gefühlte Ewigkeit dauert. Zwanzig Minuten später leuchtet mein Display endlich auf.

Zac: Sehr.

Vermutlich sollte mich das nicht so glücklich machen. Ich sollte auch nicht wie eine Zwölfjährige kichern. Aber ich kann nicht anders.

Dann schickt er mir eine weitere Nachricht.

Und das Lächeln fällt mir aus dem Gesicht.

Zac: Aber auf eine zurückhaltende, unsichere Art.

Das denkt er also wirklich von mir?

Dass ich unsicher bin?

Zurückhaltend?

Ich meine … er liegt nicht komplett falsch.

Halt den Mund, innere Vee.

Love: Und ist das dein Typ? Mädchen, die zurückhaltend sind?

Fünf Minuten vergehen, bis er antwortet.

Zac: Nein.

Mein Magen sackt mir in die Knie.

Zac: Zumindest normalerweise nicht.

Normalerweise nicht?

Ich bekomme keine Chance, nachzufragen, weil er eine weitere Nachricht schickt.

Zac: Das klingt total verrückt, aber mir ist heute Nacht etwas klar geworden.

Love: Was?

Zac: Erinnerst du dich, dass ich gesagt habe, kein Mädchen könnte je meine Aufmerksamkeit halten?

Love: Ja?

Mein Herz flattert vor Aufregung.

Zac: Ich glaube, ich habe mich geirrt.

14. KAPITEL

1. WOCHE

Ich habe mich immer gefragt, ob er sich meinetwegen umgebracht hat. – Love

* * *

Zac: Verdammt, L … Damit hatte ich nicht gerechnet.

Love: Ich habe dir doch gesagt, dass ich verkorkst bin.

Zac: Nenn mir eine Person, die das nicht ist.
Zac: Du musst mir nicht antworten, aber darf ich dich fragen, wen du meinst?

Love: Ich würde es vorziehen, wenn du das nicht tust.

Zac: Wer auch immer es ist. Es tut mir leid. Wirklich.

Love: Das muss es nicht. Bist du bereit für dein Geständnis nächste Woche?

Zac: Mehr als nur bereit.

* * *

2. WOCHE

Ich vertraue meinem besten Freund nicht so wirklich. Wir haben beide den gleichen Traum, und ich kann nicht anders, als ihn als meinen Konkurrenten zu sehen. - Zac.

* * *

Love: Ich habe gerade dein Geständnis gelesen. Reden wir hier über den gleichen besten Freund, der mit deiner Ex geschlafen hat?

Zac: Ja, über genau den.

Love: Und du bist immer noch mit ihm befreundet, weil …?

Zac: Er ist ein guter Mensch. Tief, tief, tief im Inneren.

Love: Ich hasse es, dir das sagen zu müssen, aber niemand ist so tief.

Zac: Du willst also sagen, dass du noch nie mit jemandem geschlafen hast, mit dem du es nicht hättest tun sollen?

Love: Na gut. Hab verstanden.

Zac: Warte, wirklich? Mit wem hast du geschlafen?

Love: Das sage ich dir nicht.

Zac: Wie wäre es, wenn du es mir schreibst?

Zac: Zum Beispiel in deinem morgigen Geständnis?

Love: Ich denk darüber nach.

* * *

Ich habe meine Jungfräulichkeit an den Freund meiner Schwester verloren. – Love

* * *

Zac: Heilige Scheiße, L. Du bist wild.

Love: Du hältst mich für einen schrecklichen Menschen, oder?

Zac: Bereust du es?

Love: Jeden Tag.

Zac: Dann bist du kein schrecklicher Mensch.

Love: Wie kannst du dir da so sicher sein?

Zac: Nun ja, dieses Mädchen, mit dem ich Briefe schreibe, hat mir mal gesagt, man wäre nur so schlecht wie der Mangel an Reue, die man empfindet. Sie sagt, Menschen würden nicht über ihre Fehler definiert. Ich finde, sie hat recht.

Love: Danke, Trottel.

Zac: Nenn mich nicht so.

* * *

3. WOCHE

Mein Dad hasst es, dass meine Mom mehr verdient als er. Insgeheim glaubt er, Frauen gehören in die Küche. - Zac

* * *

Tief im Inneren befürchte ich, dass ich nie gut genug sein werde ☹
PS: Umdrehen für ein weiteres Geständnis.

Ich wünschte, ich wäre an seiner Stelle gestorben.
– Love

* * *

Zac: Zwei für den Preis von einem, hm?

Love: Ja, das Erste war ziemlich zahm, deshalb dachte ich, ich gebe das Zweite noch dazu, damit es sich für dich lohnt.

Zac: Willst du über das Letzte reden …?

Love: Nein.

Zac: Auf die Gefahr hin, mich zu wiederholen, es tut mir so verdammt leid, dass dir das passiert ist.

Love: Danke, Trottel.

Zac: Nenn mich nicht so.

Zac: Kann ich irgendetwas tun?

Love: Ja.

Love: Du kannst nächste Woche ein so episches Geständnis machen, dass es mich auf andere Gedanken bringt.

Zac: Ich lege noch einen drauf und gebe dir zwei.

* * *

4. WOCHE

Ich kam nach Hause und meine Mom war gerade dabei, einem meiner Freunde einen zu blasen … Das Schlimmste daran? Er war noch minderjährig. - Zac

Oh, und eventuell habe ich in jede Schnapsflasche in seinem Kofferraum Abführmittel getan. Uuups

* * *

Love: WAS. ZUM. TEUFEL?

Love: Du kannst nicht einfach ohne weitere Erklärungen so eine Bombe platzen lassen! Was ist danach passiert? Hast du sie zur Rede gestellt?

Zac: Das habe ich nicht fertiggebracht. Sie haben immer noch keine Ahnung, dass ich sie an dem Tag gesehen habe.

Love: Sie betrügt deinen Dad also schon die ganze Zeit über mit einem deiner Freunde?

Zac: Jupp. Nun ja, mit ihm und dem Nachbarn. Und dem Klempner.

Love: SIE HAT GLEICH DREI?

Zac: Ich fürchte, ja.

Love: Das tut mir so leid. Ich weiß gar nicht, was ich sagen soll.

Zac: Jedes Mal, wenn einer von uns in diesem Chat »es tut mir leid« sagt, müssen wir einen Shot trinken.

Love: R.I.P. für unsere Lebern.

Zac: Hat es funktioniert? Mein Geständnis, meine ich? Hat es dich abgelenkt?

Love: Wovon abgelenkt?

Zac: Ah, ich verstehe, was du da machst.

Love: Mein Gott, Zac. Es wird echt schwer, mit meinem nächsten Geständnis da noch einen draufzusetzen.

Zac: Dann gib mir einfach zwei. So wie ich.

Love: Ich sehe, was sich machen lässt.

Am wichtigsten Tag im Leben meiner Schwester habe ich absichtlich ihr Kleid ruiniert.
– Love

AVEENA

Ich habe nach einem langen Schultag kaum einen Fuß in mein Zimmer gesetzt, als mein Handy mit Zacs Reaktion auf mein letztes Geständnis vibriert.

Zac: Entschuldigung, Ma'am. Das war nur ein Geständnis. Ich glaube, Sie schulden mir zwei.

Love: Sorry, ich habe kalte Füße bekommen. Ich dachte, das erste lässt mich schon schlecht genug dastehen.

Zac: Du glaubst, das wäre schlimm? Hast du den Teil vergessen, wo meine Mom kostenlose Blowjobs an meine Kumpel verteilt?

Love: Ja, aber das lässt deine Mom schlecht dastehen. Nicht dich.

Zac: Was macht das für einen Unterschied?

Love: Einen RIESIGEN. Denk mal darüber nach. Beinahe alle deine Geständnisse handeln von anderen Leuten. Deinem besten Freund, deiner Mom, deinem Dad. MEINE Geständnisse drehen sich um den Scheiß, den ich gemacht habe. Neben mir wirkst du wie ein verdammter Heiliger, Z.

Zac: Ein Heiliger, der nicht lieben kann.

Love: Was ist mit dem Mädchen, mit dem du beim Abi-Streich festgesessen hast? Du meintest, sie hätte dich zum Umdenken gebracht.

Zac: Ich habe mich geirrt.

Ein unerwarteter Schmerz schießt durch meine Brust.

Zac: Nicht, dass es wichtig wäre. Sie geht mir seitdem aus dem Weg, als hätte ich die Pest.

Wenn er lügen würde, hätte ich vielleicht das Recht, wütend zu sein. Enttäuscht. Verletzt. Aber er hat recht. Das war ich. Das alles war ich. Ich habe jegliche Möglichkeiten im Keim erstickt. Ich habe *Zac* wochenlang geschrieben, während ich *Xavier* in der Schule aus dem Weg gegangen bin. Es ist, als *bräuchte* ich den virtuellen Xav, könnte aber im echten Leben nicht mit ihm umgehen. Die Wahrheit ist: Ich habe Angst. Ich werde *panisch* bei der Vorstellung, dass er mir eines Tages in die Augen sieht und die Wahrheit erkennt.

Erkennt, dass ich es die ganze Zeit über gewesen bin.

Nach unserem Beinahe-Kuss vor knapp einem Monat hat sich etwas zwischen uns verändert. Xavier hat mich während der Mittagspausen immer wieder verstohlen gemustert. Ich hätte blind sein müssen, um nicht zu merken, wie der Blick aus seinen blauen Augen auf mir ruht. Es ist beinahe, als hätten die Stunden, die wir gemeinsam im Chemielabor festsaßen, einen Schalter umgelegt, der dafür sorgt, dass er mich nun bemerkt. Für eine Sekunde wirkte es sogar, als hätte ich eine Chance beim Starspieler der Stallions. Und mit »ich« meine ich nicht Love.

Sondern *Aveena*.

Aber ich kann nicht beide Mädchen für ihn sein, also musste ich mich entscheiden. Wer wollte ich sein: Vee – echt, empfindsam, sich davor fürchtend, verletzt zu werden? Oder Love – sicher, vorhersehbar, nur ein Name auf dem Display.

Ich habe mich für Love entschieden.

Love: Das kaufe ich dir nicht ab. Dieses Geständnis muss eine Lüge sein. Es muss doch wenigstens EIN Mädchen geben, das dir mal was bedeutet hat.

Zac: Das war keine Lüge. Damals.

Zac: Aber jetzt schon.

Moment.

Also hat er damals niemanden gemocht, aber jetzt schon?

Love: Was soll das heißen?

Er braucht zwanzig Minuten für seine Antwort.

Zac: Ich glaube, du weißt genau, was das heißt.

Meine Wangen brennen.

Mein Herz klopft wie wild in meiner Brust, während ich auf mein Handy starre. Sagt er, was ich glaube, dass er sagt? Was, wenn er gar nicht von mir spricht und ich das alles falsch verstehe?

Nach einem tiefen Atemzug überlege ich mir eine Antwort. Eine Nanosekunde bevor ich sie abschicke, poppt eine Nachricht von meiner besten Freundin auf.

Dia: Ich bin draußen.

Jetzt schon?

Love: Sorry, ich muss los. Ich habe meiner besten Freundin versprochen, sie heute zum Piercen zu begleiten.

Seine Antwort lässt keinen Herzschlag auf sich warten.

Zac: Warte mal. DU lässt dich piercen? Wer bist du und was hast du mit Love gemacht?

Love: Trottel.

Zac: Nenn mich nicht so.

Love: Wer bist du, die Trottel-Polizei?

Zac: Das werde ich bis zum Ende meines Lebens zu hören bekommen, oder?

Love: Jupp.

Love: Ich lasse mir kein Piercing stechen, sondern begleite sie nur. Obwohl sie vermutlich versuchen wird, mich zu überreden. Wir hören uns später?

Zac: Darauf kannst du wetten. Mach keine Dummheiten.

Love: Versprochen.

* * *

DER NÄCHSTE TAG

Love: Also … ich habe etwas Dummes gemacht.

Zac: Nein.

Love: Doch.

Zac: Darauf falle ich nicht herein.

Love: Ich schwöre.

Zac: Du bist also zu feige, um mir zu sagen, wer du bist, aber du hast kein Problem damit, dir eine Nadel durch die Haut stechen zu lassen? Bullshit.

Love: Ich weiß, es klingt verrückt, aber meine beste Freundin hat mich mit ihrem Enthusiasmus angesteckt und ich wollte schon immer ein Piercing haben. Außerdem kann ich mich nicht erinnern, wann ich das letzte Mal etwas nur für mich getan habe. Also dachte ich, scheiß was drauf, und habs einfach gemacht.

Zac: Ich fürchte, ich brauche einen Beweis für dieses angebliche Piercing.

Dreißig Minuten lang überlege ich hin und her, nur um zu dem Schluss zu kommen, dass ein kleines Bild noch nie jemanden umgebracht hat. Solange er mein Gesicht nicht sieht, sollte es in Ordnung sein …

Oder?

Ich erstelle einen Fake-Account auf Snapchat, bevor mein gesunder Menschenverstand die leichtsinnige Person zu Boden ringen kann, zu der mich die Piercings gemacht haben, und schicke ihm einen Screenshot von meinem Usernamen.

Love: Folge mir.

Eine Minute später habe ich eine Einladung von @DieTrottelPolizei auf dem Display. Ich pruste und nehme sie dann mit zitternden Fingern an. Anschließend ziehe ich mein langärmliges Shirt aus und werfe es neben mir aufs Bett. Darunter trage ich ein Tanktop und keinen BH. Dieses Folterinstrument habe ich ausgezogen, sobald ich nach meiner Schicht in der Bücherei nach Hause gekommen bin.

Die nächste halbe Stunde verbringe ich damit, Fotos zu schießen und wieder zu löschen. Weitere fünf Minuten vergehen, in denen ich überlege, ob ich überhaupt ein Foto schicken soll. Das passt alles so gar nicht zu mir – das Piercing, das halbprovokative Foto. Nichts davon bin ich, aber hey … einem Fremden meine dunkelsten Geheimnisse in einem Buch anzuvertrauen war eigentlich auch nicht ich. Also kann man wohl sagen, dass Menschen sich ändern.

Zac: Ich kann nicht glauben, dass ich einen verdammten Snapchat-Account erstellt habe, nur um ein Foto von deinem Bauchnabel zu kriegen.
Zac: Du hast mich um den verdammten kleinen Finger gewickelt, weißt du das?

Ein teuflisches Grinsen breitet sich auf meinem Gesicht aus, als ich durch meine Fotogalerie scrolle und das perfekte Bild suche. Dann stelle ich das Zeitlimit des Fotos bei Snapchat auf vier Sekunden und schicke es ab, zusammen mit der Nachricht: »Wer hat denn was von meinem Bauchnabel gesagt?«

Das Foto zeigt eine gesichtslose, BH-lose Aveena, die in einem dünnen Tanktop auf dem Bett liegt. Im Hintergrund ist ein Wasserglas auf meinem Nachttisch zu sehen. Aber der Fokus liegt auf den Umrissen meiner aufgerichteten, gepiercten Nippel, die sich durch den Stoff abzeichnen.

Selbst ich muss zugeben, dass die goldenen Barbell-Piercings meine Brüste verdammt gut aussehen lassen – das macht es beinahe wieder wett, dass ich während der Prozedur beinahe ohnmächtig geworden wäre.

Er öffnet sein Snapchat sofort.

Das Warten ist unerträglich.

Ich kann keinen Muskel rühren und halte den Atem an, bis mir schwindelig wird. Bis zu diesem Punkt waren wir platonische Brieffreunde, aber das hier … *könnte uns zu Ü18-Freunden machen.*

Die drei Punkte pulsieren auf meinem Display, während er antwortet, und die Luft in meinen Lungen wird mit jedem Atemzug dünner.

Zac: Heilige Scheiße, L.

Zac: Du musst einen Kerl doch vorwarnen. Ich hätte beinahe mein Handy fallen lassen.

Ich schlage mir die Hand vor den Mund, um mein Lachen zu unterdrücken.

Love: Sorry?

Zac: Ist schon gut. Nur schick mir nie wieder so ein Foto.

Vor Verlegenheit werden meine Wangen ganz heiß.

Er steht nicht darauf.

Wie. Endlos. Peinlich.

Love: Es tut mir leid, wenn ich dir Unbehagen bereitet habe.

Er schreibt zurück, bevor ich auch nur blinzeln kann.

Zac: Unbehagen? L, das einzig Unbehagliche sind die verdammt blauen Eier, die ich davon bekommen habe.

Hitze sammelt sich in meinem Unterleib.

Tja, *das wars wohl mit unserer platonischen Freundschaft.*

Love: Warum willst du dann nicht, dass ich dir noch mal ein Foto schicke?

Zac: Weil ich dann unseren Pakt brechen und den gesamten verdammten Planeten absuchen werde, bis ich dich endlich gefunden habe.

Ich verstehe nicht, wieso mich diese Drohung so heiß macht. Die Warnung klingt so verlockend, dass ich seine Grenzen bis zum absoluten Maximum austesten will, um zu sehen, wie weit ich gehen kann, bevor er sein Versprechen bricht. Dazu muss ich nur dafür sorgen, dass er anbeißt.

Love: Heißt das, du kannst mir kein Foto von dir schicken …?

Doch das tut er.

Ohne zu zögern.

Zac: Du meinst so eines wie dieses?

@DieTrottelPolizei hat dir ein Snapchat geschickt.

Das Blut in meinen Adern kocht wie Lava, während ich das Bild in mich aufnehme. Sein Gesicht ist ebenfalls nicht zu sehen und er steht in einem dunklen Zimmer. Ein schwacher Lichtstrahl hebt seinen nackten, definierten Oberkörper mit den sichtbaren V-Muskeln hervor. Und diese Bauchmuskeln, von denen ich am liebsten Eiscreme lecken würde.

Von der Art, wie seine Klamotten sich über seinen Bizeps und Brustmuskeln spannen, habe ich schon immer gewusst, dass Xav darunter einen göttlichen Körper verbirgt. Aber ihn jetzt mit eigenen Augen zu sehen? Ich fühle mich wie ein notgeiles Fangirl. Ich schwärme hier wie ein Groupie vor mich hin, das sich wünscht, der Kapitän der Basketballmannschaft *würde mal einen Slam Dunk in ihrem Korb landen.*

Love: Das ist nicht fair. Wenn ich keine senden darf, darfst du das auch nicht.

Sobald ich die Nachricht abgeschickt habe, ziehe ich das Tanktop aus und ersetze es durch einen Bralette aus schwarzer Spitze, um Zac ein etwas gewagteres Bild von meinem Dekolleté und meinem nackten Bauch zu schicken.

Love: Hups. Mein Finger ist ausgerutscht.

Er öffnet es doppelt so schnell wie vorher.

Zac: Fuck, L.
Zac: Das ist Folter.
Zac: Du kannst mir nicht so was antun und mir dann sagen, dass ich nicht wissen darf, wer du bist.

Love: Und?
Love: Was willst du dagegen machen?

Ich erwarte, dass er mir ein weiteres Fotos schickt. Eine weitere Nachricht. Aber dass mein Handy anfängt, zu klingeln, und sein Name auf dem Display auftaucht?

Damit … habe ich *nicht* gerechnet.

Zac: Geh ran und finde es heraus.

Das Handy klingelt einmal.

Zweimal.

Vier Mal.

Oh.

Mein.

Gott.

Für den Bruchteil einer Sekunde stelle ich mir vor, was passieren würde, wenn ich abnähme.

Mit ihm redete.

Ihn meine Stimme hören ließe.

Ich frage mich, ob wir in der realen Welt eine Chance hätten. Oder ob er es mir nie verzeihen würde, ihm nicht verraten zu haben, dass ich seine wahre Identität schon lange herausgefunden habe. Ich frage mich, ob es richtig von mir war, mich hinter *Love* zu verstecken.

Anstatt ich selbst zu sein.

Aveena.

Alle meine Hoffnungen und Träume geraten außer Kontrolle, bevor sie gegen die kalte Mauer prallen, die sich Realität nennt.

Wir können nie mehr sein als Geständnisse in einem Buch.

Das mit uns kann nie real sein.

Also beschließe ich, noch ein wenig länger Love zu sein.

Und weise den Anruf ab.

Love: Z, das geht nicht. Es ist zu riskant, wenn du meine Stimme hörst.

Zac: Dann sag nichts, sondern hör einfach nur zu.

Er ruft wieder an.

Ich weise ihn ein zweites Mal ab.

Er wählt erneut.

Zac: Riskier es, L.

Ich schlucke schwer, presse das Handy kurz gegen meine Brust und gehe dann ran. Vorsichtig führe ich das Handy ans Ohr und spüre, wie alle Muskeln in meinem Körper sich anspannen. So, als wären meine Gefühle eine tickende Zeitbombe, die nur darauf wartet, zu explodieren.

Kein Wort dringt durch den Hörer.

Aber ich kann ihn atmen hören.

Verdammt, selbst sein Atem klingt heiß.

Dann durchbricht er die Stille.

»Hey«, sagt eine leise, tiefe, unglaublich sexy Stimme, und dieses eine Wort jagt mir Schauer über den Rücken. Ich sage nichts, was ihn nicht zu überraschen scheint, denn er kommt sofort auf den Punkt.

»Siehst du das Glas Eiswasser auf deinem Nachttisch?«

Ich schaue zu dem fraglichen Glas.

Woher weiß er davon?

Ach ja. Er muss es auf meinem ersten Foto im Hintergrund gesehen haben.

»Nimm es in die Hand«, befiehlt er.

Verwirrt, weil ich nicht weiß, worauf er damit hinauswill, strecke ich den Arm aus und nehme das eiskalte Glas, das ich vorhin in der Küche gefüllt habe, in die Hand.

Er gibt mir ein paar Sekunden, bevor er weiterspricht.

»Tu mir den Gefallen und nimm einen der Eiswürfel raus.«

Seine Stimme verrät mir, dass das keine Bitte ist.

Diese Stimme.

Ich habe sie im echten Leben so oft gehört, aber Xav am Telefon … Ich kann nicht mal erklären, was er mit mir macht. Je klarer mir seine Absichten werden, desto schneller schlägt mein Puls. Gehorsam fische ich mit zwei Fingern einen Eiswürfel aus dem Wasser und erschauere vor Kälte.

»Streich damit über deinen Hals.«

Ich füge mich seinem Willen und presse den langsam schmelzenden Eiswürfel gegen die weiche Stelle hinter meinem Ohr und fahre dann damit an meinem Hals entlang. Als ich mein Schlüsselbein berühre, keuche ich leise auf.

Verdammt, ist das kalt.

Xavier stößt ein kleines, undefinierbares Geräusch aus, und der Gedanke, dass er nach jedem kleinen Stück greift, das ich ihm gebe, lässt mein Herz in Flammen aufgehen. Er sehnt sich genauso verzweifelt nach mir wie ich mich nach ihm.

Fuck, ich wünschte, das hier wäre echt.

Ich wünschte, wir *wären echt.*

»Deine Brust«, befiehlt er.

Der Eiswürfel gleitet von meinem Schlüsselbein nach unten, nähert sich dem Stoff meines Bralettes, und ich muss mir auf die Unterlippe beißen, um meinen Atem unter Kontrolle zu halten.

»Zieh das aus, L«, kommandiert er, und die Art, wie mein Spitzname über seine Lippen kommt, lässt mich innerlich schmelzen. Es fühlt sich so gut an, ihn das laut sagen zu hören. Ich ziehe den Bralette nach unten, und die kalte Luft ist wie ein Peitschenschlag gegen meine schmerzhaft aufgerichteten Nippel.

»Braves Mädchen«, sagt er heiser, und diese beiden Worte lösen ein schmerzhaftes Pochen zwischen meinen Beinen aus. »Du bist vermutlich noch wund. Warum gönnst du deinen neuen Piercings nicht ein bisschen Abkühlung?«

Ich schlucke schwer und lasse meine Hand tiefer gleiten, bis der Eiswürfel auf meinem pulsierenden Nippel zu ruhen kommt. Das Gefühl entlockt mir ein lautes, peinliches Keuchen, und ich presse schnell die Lippen zusammen. Ich hatte gedacht, dass meine Brüste von dem Piercing gestern Abend noch empfindlich sind, aber während ich den Eiswürfel um sie kreisen lasse, spüre ich keinen Schmerz und kein Unbehagen. Nur diese infernalische Hitze, die wie Blitze durch meinen gesamten Körper schießt.

Es fühlt sich an, als wäre Xavier hier.

In meinem Bett.

Mich berührend.

Als könnte er meine Gedanken lesen, stößt er ein schmerzhaftes, genervtes »Fuck, das sollte ich sein« aus.

Ich presse meine Oberschenkel zusammen, um den Druck zwischen meinen Beinen abzubauen. Doch das Pochen wird nur noch stärker, und ich weiß, dass es für mich kein Halten mehr gibt.

»Warum verdammt bin das nicht ich, L?« Seine Stimme hat einen sinnlichen Unterton. »Warum bin ich nicht derjenige, der dich jetzt gerade berührt? *Warum?*«

Ich stelle es mir vor.

Sehe es förmlich vor mir.

Wie seine Zunge meine Nippel umspielt.

Bevor ich mich zurückhalten kann, kommt ein leises Stöhnen über meine Lippen. Das scheint ihn zu triggern, denn er stößt ein verzweifeltes »Mein Gott, sag mir, wer du bist. Scheiß auf unseren Pakt. Scheiß auf Geheimnisse. Scheiß auf alles. Sag mir einfach nur, wer du bist, L. Bitte. *Lass das hier real sein« aus.*

Seine Bitte lässt mein Herz in eine Milliarde kleine Teile zersplittern. Ich will auch, dass das hier real ist.

Mehr als alles, was ich je in meinem Leben wollte. Aber »real« ist der furchteinflößendste Ort, an den ein zerbrechliches, beschädigtes Herz gehen kann. Und meins ist so zerbrechlich, wie ein Herz nur sein kann.

Ich antworte nicht, sondern atme nur heftig, doch das nimmt er mir nicht übel. Er schlägt einen noch gefährlicheren Weg ein.

»Zieh dich aus. *Alles.*«

Der Eiswürfel ist inzwischen komplett geschmolzen und das Wasser tropft über meine Brust, was mich aber nicht davon abhält, seiner Bitte zu folgen. Ich atme zitternd ein und schiebe die Leggins über meine Beine nach unten.

»Ashley, Honey! Bist du oben?«

Shiiiiit.

Eilige Schritte kommen die Treppe hoch.

Meine Mom ist zu Hause.

Die Schritte werden lauter, und mir dämmert, dass ich maximal drei Minuten habe, bevor meine Mom die Tür zu meinem Zimmer aufmacht und mich halb nackt auf dem Bett erwischt.

Zweifelsohne nur, um mich zu fragen, wo ihre kostbare Ashley ist.

Ash rebelliert, seitdem sie mit dem Loser Logan Schluss gemacht hat. Sie erzählt uns nicht, warum. Aber sie kommt abends immer später nach Hause und verrät Mom nicht, wo sie war, und lässt zwei von ihren drei Gesangsstunden ausfallen. Ich decke sie immer, so gut ich kann, aber es gibt in unserer kleinen Stadt nur eine begrenzte Anzahl von Orten, wo meine Superstar-Schwester sich aufhalten kann.

»Ashley?«, ruft Mom erneut.

Panisch lege ich auf, ohne mich von Xavier zu verabschieden, und springe vom Bett, um hektisch nach meinen Klamotten zu suchen. Die Leggins wieder anzuziehen ist kein Problem, aber ich finde mein T-Shirt nicht.

Wo zum Teufel ist mein Shirt?

Wie durch ein Wunder erblicke ich das weite Sweatshirt, das ich letzte Woche auf der Kommode habe liegen lassen, und ziehe es mir über, keine zwei Sekunden bevor meine Mom die Tür aufmacht.

15. KAPITEL

XAVIER

Xavier: Hey, Arschloch ...

Xavier: Du hast schon wieder dein Freitagstraining ausfallen lassen.

Alle meine Muskeln und Knochen schmerzen höllisch. Ich springe aus meinem Truck, den Blick auf die Nachricht geheftet, die ich gerade meinem besten Freund geschickt habe. Finn lässt es in letzter Zeit schleifen. Er kommt nicht zu unseren Trainingseinheiten und scheißt offenbar auf sein Sixpack. Der Kerl ist zurzeit so auf Dia fokussiert, dass ich Glück habe, wenn ich ihn mal außerhalb der Schule zu sehen bekomme.

Was ich ihm nicht verübeln kann.

Wenn ich vor die Wahl gestellt werden würde, einen knackigen Arsch zu sehen oder *mir* den Arsch aufzureißen, würde ich das Fitnesstraining auch ausfallen lassen. Auf dem Weg zur Haustür fällt mir auf, dass der Jeep meines Vaters nicht auf der Einfahrt steht, aber ich denke mir nicht viel dabei. Er hat erwähnt, dass er sich heute Abend mit Hank und den Jungs auf ein Bier trifft. Vermutlich habe ich ihn nur um wenige Minuten verpasst.

Ich gehe rein und lasse meine Sporttasche auf den Fliesenboden fallen, bevor ich in die Küche gehe, um meine Wasserflasche aufzufüllen.

»Hey, Kumpel.«

Die vertraute Stimme lässt mich innehalten. Ich wirble herum und stehe dem letzten Menschen gegenüber, den ich heute Abend sehen will. Er lehnt an der Arbeitsplatte, eine nicht angezündete Zigarette zwischen den Fingern.

»Don.« Ich tue nicht mal so, als würde ich mich freuen, diesen

Parasiten hier zu sehen. »Zweimal in einer Woche, hm?« Ich ziehe eine Augenbraue hoch.

Letzte Woche war es der Abfluss in der Dusche, der gereinigt werden musste. Montag die Badewanne. Aber noch ein unerklärlicher Besuch mehr, und meine Mom muss anfangen, absichtlich Sachen im Haus kaputt zu machen, um zu rechtfertigen, dass ihr Fuckbuddy so oft vorbeikommt.

Meine Lebensspenderin schlendert herein. Sie hat einen knielangen, seidenen Morgenmantel an, den sie definitiv vor *niemand* anderem als ihrem Ehemann tragen sollte.

Als sie mich sieht, bleibt sie stehen und wird ganz blass. Dann versucht sie, ihre zerzausten Haare zu glätten, damit sie nicht aussieht, als wäre sie gerade bis zum Mond und wieder zurück gevögelt worden. Bei dem Gedanken erschaudere ich und der Drang, mich zu übergeben, kratzt in meiner Kehle.

»Xavier, Liebling, d-du bist aber früh zu Hause«, stammelt sie.

»Es ist acht Uhr«, erwidere ich ausdruckslos.

»Ich dachte, du wärst heute Abend bei Finn.« Sie bricht in das unnatürlichste Kichern aus, das ich je gehört habe, und ich zucke am ganzen Körper – der ganzen Seele – zusammen.

»Planänderung«, stoße ich hervor und richte meine Aufmerksamkeit wieder auf den Loser in unserer Küche.

»Okay.« Sie registriert meinen abschätzigen Blick. »Ja, lustige Geschichte, ich hatte Don gebeten, vorbeizukommen, hm …« Sie presst die Lippen aufeinander, weil ihr die Ausreden ausgehen. Und ich glaube, nein, ich *weiß*, sie so kämpfen zu sehen, um nicht unterzugehen, sollte sich nicht so gut anfühlen. Ihre Lügen sind wie Treibsand, dem sie nicht entkommen kann. Und auf die Gefahr hin, wie ein schrecklicher Sohn zu klingen … *Ich will, dass sie ertrinkt.*

»Deine Mutter hat mich gebeten, ein paar Rohre zu reinigen«, beendet Don den Satz für sie. Die Zigarette hängt zwischen seinen grinsenden Lippen.

Beinahe hätte ich ihm ins Gesicht gelacht.

Ein paar Rohre reinigen.

Ja, das glaube ich gern.

Don ist, seit ich denken kann, der Klempner der Familie. Als ich noch ein Kind war, hat Dad den Mistkerl durch Hank kennengelernt. Wir brauchten jemanden, der unsere Geschirrspülmaschine installiert, und seitdem ist er für meinen Vater der Klempner seines Vertrauens. Dad hatte keine Ahnung, dass Mom seine Dienste auf *andere* Weise in Anspruch nehmen würde.

Es läuft wie ein Uhrwerk. Mom braucht einen Plan B, sobald mein gerade volljähriger Freund mal nicht verfügbar ist – oder ist der Klempner *Plan C*? Ich weiß, dass unser Nachbar Neal auch ein regelmäßiger Gast war. Aber er ist schon seit ein paar Monaten geschäftlich auf Reisen. Vielleicht musste sie improvisieren.

»Wo ist Dad?« Ich blicke meiner Mutter direkt in die Augen und weigere mich, mir ihre jämmerliche Erklärung noch länger anzuhören.

Ich warte darauf, dass sie zusammenzuckt.

Nur ein einziges Mal.

Dass sie bei der Erwähnung ihres liebenden Ehemannes eine Regung zeigt.

Des Ehemannes, der für die Erneuerung ihres Eheversprechens im nächsten Monat eine Fünf-Sterne-Kreuzfahrt gebucht hat. Ich warte darauf, dass das hier endlich ihr Weckruf ist. Dass sie alles gesteht. Aber das ist offenbar reines Wunschdenken, denn sie zuckt nicht mal mit der Wimper und antwortet stattdessen: »Der ist mit Hank und den Jungs unterwegs.«

Ich will sie anbrüllen.

Will ihr sagen, dass ich von Brody weiß. Dass ich weiß, dass sie seit Jahren mit Finns Bruder schläft. Will ihr sagen, dass sie eine verfickte Kriminelle ist, die einen Schüler gevögelt hat. Ich will ihr sagen, dass ich an jenem Tag da war.

Ich erinnere mich nur zu gut daran.

»Hör mal, Brody, wir … Ich … Wir können das nicht mehr machen. Es tut mir leid.«

»Lustig. Das hast du mein gesamtes letztes Schuljahr über gesagt, aber das hat uns nicht abgehalten, oder?«

»Ich meine es ernst. Ich liebe meinen Mann. Wir werden bald unser Gelöbnis erneuern. Du und ich … das ist falsch, okay? Du musst wieder auf den Campus zurückkehren. Vergiss, dass das hier je passiert ist.«

»Komm schon, Del. Du weißt selbst, dass du das nicht so meinst. Ich bin jetzt auf dem College. Du bist nicht mehr meine Rektorin. Es ist in Ordnung. Hör auf, dir so viele Gedanken zu machen.«

Ich sehe immer noch vor mir, wie seine Hand ihren Kopf nach unten gedrückt hat, während sie vor ihm kniete. Danach konnte ich nicht weiter hingucken, aber ich habe alles gehört.

Das Öffnen des Reißverschlusses und die Geräusche, die er von sich gegeben hat, als sie …

Hallo Würgereiz, mein alter Freund.

Dann bin ich abgehauen. Ich stieg in mein Auto und fuhr auf direktem Wege zu Finn. Die Erinnerungen machen mich erneut so wütend, dass ich die Küche verlasse. Ich tue so, als wäre meine Mutter keine riesengroße Enttäuschung und als würde ich nicht jeden Tag meines Lebens ihre Sünden mit mir herumschleppen.

Im Badezimmer, das an mein Zimmer angrenzt, schließe ich die Tür und fülle meine Lungen mit so viel Luft, wie es nur geht. Es ist der Mangel an Schuldgefühlen in den Augen meiner Mutter … Die Abwesenheit von Reue in ihrer Miene, als ich sie nach Dad gefragt habe.

Entweder sie hat überhaupt keine Seele, oder sie hält ihren Sohn für einen totalen Schwachkopf.

Ein paar Rohre reinigen.

Ist dieses Arschloch zu fassen? *Wie wäre es, wenn ich dir ein Abführmittel in den Kaffee schütte und deine Rohre reinige, Motherfucker?* Bei Brody hat es funktioniert. Finn meinte, sein großer Bruder hätte sich das ganze Wochenende über die Eingeweide ausgeschissen, bevor er auf die Duke zurückgekehrt ist.

Ich strecke meine Hand aus, um die Tür zur Dusche aufzuschieben, und stelle das Wasser an. Bald darauf wabert der Dampf nach oben und sammelt sich wie dichter Nebel unter der Decke. Ich will mir gerade die Jogginghose ausziehen, da piept mein Handy im Schlafzimmer.

Ich gehe hin und schnappe es mir vom Bett.

Beinahe erwarte ich, dass es eine Nachricht von Finn ist.

Oder von Brie, die mich entweder fragt, wann wir mal wieder vögeln, oder mir droht – dazwischen gibt es nichts. Sie sagt ständig, dass sie herausfinden wird, wenn ich mich mit einer anderen treffe. Dieselbe alte Brie. Ich mache mir darüber jedoch keine allzu großen Gedanken. Das Mädchen redet viel, wenn der Tag lang ist.

Zum Glück ist die Nachricht nicht von ihr.

Sondern von Love.

Ich rufe unseren Chat auf und lasse meinen Blick über die Nachrichten von gestern schweifen, nach denen sie mich mitten im Telefonsex mit einer Riesenlatte zurückgelassen hat.

Love: Hey, sorry, dass ich einfach so aufgelegt habe.

Love: Weißt du noch, als ich meinte, meine Mom würde ständig vergessen, dass ich existiere? Tja, sie hatte sich DEN Moment ausgesucht, um sich daran zu erinnern.

Ich habe ihr gestern Abend nicht mehr geantwortet.

Hauptsächlich, weil ich von ihren Bildern so hart geworden war, dass ich fürchtete, er würde in der Mitte durchbrechen, wenn ich mir nicht in dieser Sekunde einen runterhole. Ich wusste immer, dass L attraktiv ist. Ansonsten wäre sie nicht auf Theos Party gewesen. Aber dieser Körper …

Der Umriss ihrer perfekten Brüste, der süße Bauch, der Ansatz eines Tattoos unter ihrer linken Schulter. Ich konnte allerdings nicht erkennen, was es war. Ach, wem will ich hier was vormachen? *Darauf lag mein Fokus nun wirklich nicht.*

Sie hat mich umgehauen.

Dabei habe ich nicht einmal wirklich etwas gesehen. Verdammt, selbst ihr freizügigstes Foto ließe sich nicht mal mit viel Wohlwollen als »Nacktfoto« bezeichnen. Viel Unterwäsche, wenig Haut.

Aber, fuck, als ich sie gehört habe …

Ihr leises Keuchen, als sie mit dem Eiswürfel über ihren Körper gestrichen hat. Das war das Heißeste, was ich je in meinem Leben erlebt habe. Wenn ich daran denke, dass wir das Ganze nicht mal beendet haben und ich mir trotzdem mehrmals einen runterholen musste, nur um wieder *halbwegs* zu funktionieren …

Ich scrolle durch unseren Chat und komme zu der Nachricht, die sie mir vor weniger als einer Minute geschickt hat.

Love: Z??? Alles in Ordnung?

Sie macht sich Sorgen.

Ich habe ihr den ganzen Tag über nicht geantwortet.

Gut. Sie soll an mich denken. Nein, wisst ihr, was? Ich hoffe, sie denkt so viel an mich, dass sie ihren verdammten Verstand verliert.

Das erscheint mir nur fair, wenn sie jeden Quadratzentimeter Platz in meinem Kopf einnimmt.

Ich lese ihre Nachricht erneut.

Alles in Ordnung?

Nein. Das ist es nicht.

Das einzige Mädchen, für das ich mich je auch nur ansatzweise interessiert habe, ist das Mädchen, das ich nicht haben kann.

Ich hatte nicht damit gerechnet, dass unser Telefonat mich so fesseln würde. Es ist, als wäre ich achtmal angespannter, seitdem ich einen kleinen Vorgeschmack auf die verbotene Frucht hatte. Einen Schluck von dem heiligen Elixier.

Jetzt weiß ich, was in meinem Leben fehlt.

Und das tut weh.

Kann mir noch mal jemand verraten, warum ich nicht versuche, sie zu finden? Dieser verblödete Anonymitätspakt war vielleicht damals sinnvoll, aber jetzt? Wir sind schon zu weit gegangen, zu tief in gefährliche Wasser getaucht, um weiterhin Fremde zu bleiben.

Das muss sie doch wissen.

Verdammt, manchmal glaube ich, dass sie mich besser kennt als mein bester Freund. In der Hitze des Augenblicks lasse ich meinem Ärger freien Lauf und schicke ihr eine impulsive Nachricht.

Zac: Erinnerst du dich, dass ich geschworen habe, niemals herauszufinden, wer du bist?

Ihre Antwort kommt sofort.

Love: Ja …?

Ich denke nicht, zögere nicht, beschönige nicht.

Ich formuliere nur meine Warnung und schicke sie ab.

Zac: Vergiss unsere Abmachung.

Ich zähle stumm rückwärts, denn mit Gewissheit wird sie ausflippen in *3, 2, 1 …*

Mein Handy piept.

Love: Was???

Eine Sekunde später.

Love: Zac, was soll das heißen?

Und noch einmal.

Love: Du machst Witze, oder? Bitte sag, dass das ein Scherz ist.

Zac: Ich meine es todernst. Ich muss es einfach wissen, L. Es ist an der Zeit.

Love: Aber du hast gesagt, dass du niemals versuchen wirst, herauszufinden, wer ich bin.

Zac: Ich weiß, was ich gesagt habe.

Love: DAS IST ALLES? Du brichst den Pakt einfach so? Und machst dich gegen meinen Willen daran, mich zu finden?

Sie hat recht, Zac.
So sollte es nicht sein.
Du kannst dir nicht nehmen, was sie dir nicht geben will.

Zac: So meinte ich das nicht. Ich bin diesen Scheiß nur so leid. Das hier muss ein Ende haben.

Love: Wir können darüber reden, Z. Es muss sich nichts ändern.

Zac: Aber Dinge ändern sich.

Love: Was hat sich SO Wichtiges geändert, dass du das jetzt alles wegwerfen willst?

Zac: Was sich geändert hat, ist, dass ich dich verdammt noch mal mag.

Schweigen.

Zac: Ich weiß, das ist verrückt. Ich weiß, wir waren uns einig, dass das hier niemals mehr wird. Aber ich will wissen, wer du bist. Mit dir reden. Ich will alles von dir, L …

Zac: Alles oder nichts.

Sie steht wohl etwas unter Schock, denn es vergeht einige Zeit, bis sie antwortet.

Love: Z …

Zac: Sag mir, dass du es nicht auch fühlst. Komm schon.

Love: Ich fühle es auch. Ich fühle alles.

Zac: Wovor hast du dann solche Angst?

Ich sehe, dass sie anfängt, einen halben Roman zu tippen und wieder zu löschen. Der Prozess wiederholt sich ein paar Mal und man muss kein Nobelpreisträger sein, um zu verstehen, dass sie Angst hat, die Wahrheit zu sagen. Fünf Minuten später kommt die Nachricht endlich durch.

Love: Ich kann nicht. Es tut mir leid.

Love: Du darfst niemals versuchen, herauszufinden, wer ich bin, Z. Niemals. Das hier ist größer als nur wir beide.

Da ist es nun.

Das. Verdammte. Ende.

Zac: Ich werde nicht nach dir suchen. Versprochen.

Zac: Aber du darfst mir nicht mehr schreiben.

Sie vergeudet keine einzige Sekunde.

Love: Was? Nein, sag das nicht. Bitte.

Love: Zac, du bist mein bester Freund.

Zac: Machs gut, L.

* * *

AVEENA

Es ist erst einen Tag her.

Vierundzwanzig unerträglich lange Stunden, seitdem Xavier dem, *was auch immer* das zwischen uns war, ein Ende gesetzt hat. Und doch fühle ich mich bereits verloren, weil ich nicht jede halbe Stunde von ihm höre. Ich bin wie ein einsames Boot, das auf dem Meer treibt. Ohne Kompass. Ohne Karte. Nur ein zerbrechliches Herz, das Signale in die Nacht sendet.

Die einzige Frage ist, ob Xavier Emery der Leuchtturm ist, der mir den Weg nach Hause zeigt … oder der Sturm, der mich kentern lässt.

Seufzend lasse ich mich auf Dias Bett fallen und lese noch einmal unsere letzte Unterhaltung, während Dia duscht.

Er sagt, ich hätte Angst.

Und das bringt mich um.

Denn er hat recht.

Ich *habe* Angst.

Angst, ihn reinzulassen. Angst, ihn mit meinem ganzen, verwundeten Herzen zu lieben. Angst, dass er eines Tages weggehen wird. Dass er die gleiche Erkenntnis haben wird, die meine Mom an dem Tag hatte, an dem Ashley geboren wurde. Die gleiche Erkenntnis, die mein Dad an dem Tag hatte, an dem er seine Schmerztabletten mit seiner ältesten Flasche Bourbon runtergespült hat …

Dass ich nicht genug bin.

Ich werde niemals genug sein.

Um mich abzulenken, stehe ich auf und tigere in Dias Zimmer auf und ab, bis mein Blick auf den roten Flyer fällt, den meine beste Freundin vorhin auf ihren Nachttisch geworfen hat.

Ich nehme ihn in die Hand und unterdrücke ein Lachen.

Finn hat wirklich alle Register gezogen, oder?

DIAMONDS
GEBURTSTAGSFEIER
SAMSTAGABEND
IM HAUS DER RICHARDS

Die Basketballmannschaft hat auf Finns Befehl hin die gesamte letzte Woche über Einladungen zu Dias Geburtstagsfeier verteilt. Man hat die verdammten Flyer überall in der Schule gefunden. In den Umkleideräumen, auf den Fluren, in der Cafeteria. Der arme Hausmeister …

Finns Grund dafür?

Es kommt nicht jeden Tag vor, dass ein Mädchen achtzehn Jahre alt wird.

Auch wenn mir irgendetwas sagt, dass Finns Angebot, die Party in seiner Villa auszurichten, mehr damit zu tun hat, dass besagtes Mädchen die Luft ist, die er zum Atmen braucht. Jeder, der die Katastrophe ihrer Beziehung mitbekommen hat, weiß, dass der Kerl sich das schlagende Herz aus der Brust reißen und es Dia überreichen würde, sollte sie darum bitten.

Oh, und hatte ich schon erwähnt, dass die beiden *noch immer* kein offizielles Paar sind? Was zu diesem Zeitpunkt einfach nur noch lächerlich ist.

Mein Magen knurrt, und ich erinnere mich an das Versprechen meiner Freundin, nur für fünf Minuten unter die Dusche zu springen – das ist jetzt dreißig Minuten her. Wir wollen uns bei ihr fertig machen und mit ihrer Familie zu Abend essen, bevor wir zu der Party gehen.

Was solls, denke ich, als mein Magen einmal zu viel knurrt, und verlasse Dias Zimmer, um runter zu Gaten und Dave in die Küche zu gehen. Sobald ich eintrete, steigt mir der köstliche Duft von Pasta Alfredo in die Nase. Ich schaue mich in der stillen Küche um.

Das sieht man auch nicht alle Tage.

Unter der Woche ist Dias Haus voller Lärm, Leben, Zankereien – was will man von einer sechsköpfigen Familie auch erwarten? –, aber Catalina, Dias ältere Schwester, verbringt ihre Wochenenden jetzt immer bei ihrem Freund, und Jesse kommt nur selten vom College nach Hause. Und auch Dias kleiner Bruder Charlie ist nicht da, weil er heute bei seinen Großeltern übernachtet.

Dias Dad Gaten steht am Herd, eine schwarz-weiße Schürze mit dem Namen seines Restaurants um die Hüfte gebunden. Mit einer Hand rührt er die Nudeln um, mit der anderen führt er ein Glas Rotwein zum Mund und trinkt einen Schluck.

Ich schätze, dass Dave in letzter Minute zur Arbeit gerufen wurde. Er ist Feuerwehrmann. Ich mache einen Schritt vor, um Gaten zu begrüßen, als er sagt: »Diamond, Gott steh mir bei, wenn du noch einmal so lange duschst, ziehe ich dir die Wasserrechnung vom Taschengeld ab.«

Ich lache auf. »Ich werde es ihr ausrichten.«

Gaten wirbelt überrascht herum.

»O Aveena, Darling, du bist das. Tut mir leid. Ich dachte, du wärst Dia.« Er breitet die Arme aus und ich lasse mich, ohne nachzudenken, in seine Umarmung fallen.

Ich kann mich nicht erinnern, dass ich jemals zu den Mitchells gekommen und nicht von Gaten umarmt worden bin. Dieser Mann ist für mich wie ein Vater. Er ist ein warmherziger, kuscheliger, tröstender Papa-Bär. Was ironisch ist, wenn man bedenkt, dass er den mürrischen Dave geheiratet hat – *ehrlich. So nennen ihn die Leute in der Stadt.* Dave lächelt kaum, außer, er ist mit Gaten und den Kids zusammen.

»Ist sie immer noch unter der Dusche?«, fragt Gaten verzweifelt. Aber ich komme nicht dazu, ihm zu antworten, weil er sofort hinzufügt: »Bitte sag, dass du mit uns zu Abend isst. Dave musste noch mal raus und alle anderen sind über Nacht weg. Ich habe hier genügend Essen, um ein ganzes Dorf zu verköstigen. Hilf einem alten Mann aus der Patsche.«

»Nur zu gern.« Ich lache leise, als er sich von mir löst und mich mit seinen großen Händen an den Schultern packt, um mich genauer zu mustern.

»Meine Güte.« Er schnappt nach Luft.

»Was?«, frage ich besorgt.

»Deine Haare.«

Seine Reaktion lässt mich alles infrage stellen.

War es ein Fehler, Dia heute zum Friseur zu begleiten? Sie wollte schon seit einer Ewigkeit metallicblaue Strähnen, um ihr schwarzes Haar zu betonen. Da ihr Geburtstag anstand, war es das perfekte Geschenk.

Aber dann fragte die Friseurin mich, ob ich auch was machen lassen will.

Und bevor ich michs versah, hatte mein braunes, polanges Haar einen roségoldenen Farbton. Ich schätze, ich dachte einfach … dass ich nichts zu verlieren habe? Mom könnte eh nicht noch enttäuschter von mir sein, als sie es schon ist. Und der Einzige, für den ich je Gefühle hatte, will nichts mehr mit mir zu tun haben.

Außerdem habe ich als Kind immer davon geträumt, mir die Haare färben zu lassen. Ständig habe ich meine Mom damit belagert, mir zu erlauben, sie rot oder blau oder welche Farbe mir auch immer in diesem Moment gefiel, zu färben. An dem Tag, an dem ich Dad in der Garage fand, hatte ich mir gerade die Spitzen färben lassen. Ich erinnere mich daran, wie hilflos ich mich fühlte, als ich seine Hand nahm.

Er war so kalt.

So … *tot*.

Danach habe ich mir nie wieder die Haare gefärbt.

Bis jetzt.

»Ja.« Ich erröte. »Das habe ich aus einer Laune heraus gemacht. Was meinst du? Treffer oder Fehlschlag?«

»Ist das überhaupt eine Frage? Ein *Volltreffer.*« Gaten zwirbelt eine Strähne um seinen Zeigefinger und nickt anerkennend. »Definitiv ein Treffer. Du siehst absolut umwerfend aus, Süße. Komm, setz dich.« Er zeigt zum Küchentisch. »Wir fangen besser ohne Diamond an, wenn wir nicht verhungern wollen.«

Ich lache zustimmend.

Und tatsächlich glänzt Dia den Großteil des Dinners mit Abwesenheit.

Gatens Essen ist nicht von dieser Welt – nicht, dass ich etwas anderes erwartet hätte. Gaten Mitchell ist nicht umsonst der beste Koch von Silver Springs. Während des Nachtischs gleitet mein Blick zu den gerahmten Familienfotos an der Wand des Esszimmers. Besonders eines davon fesselt meine Aufmerksamkeit.

Gatens und Daves Hochzeitsfoto.

Ich habe die Geschichte im Laufe der Jahre ein- oder zweimal gehört. Wie Gaten und Dave sich bei der Arbeit kennengelernt haben. Das war, Jahre bevor Gaten sich selbstständig gemacht und sein Restaurant eröffnet hat. Wie sie einander näherkamen – ein wenig zu nahe –, aber Dave sich noch nicht geoutet hatte und Gaten fürchtete, seine Gefühle wären einseitig.

Dann hat Gaten bei der Firmenweihnachtsfeier den ersten Schritt gemacht.

Vor allen.

Das nenne ich mal furchtlos.

»Okay. Wer hat dir heute früh in deine Cornflakes gepinkelt?«, reißt Gaten mich aus meinen Gedanken.

»Was?« Ich stelle mich dumm und stecke mir die letzte Gabel Nachtisch in den Mund.

»Mach mir nichts vor. Irgendetwas beschäftigt dich.«

Seit Xavier mich aus seinem Leben geworfen hat, bin ich nicht mehr ich selbst. Meiner Mom ist es nicht aufgefallen und es spricht Bände, dass der Vater meiner besten Freundin meinen emotionalen Zustand sofort bemerkt.

»Es ist nichts«, lüge ich.

»Jungsprobleme?«, hakt er nach.

Ich kaue auf meiner Unterlippe und spiele mit meiner Gabel.

»Okay, Jungsprobleme.« Er nickt. »Tja … wenn du darüber reden willst … Ich bin zufällig ein Experte«, zieht er mich auf, und ich muss lächeln, weil er recht hat. Mit wem könnte man besser über Männer reden als mit jemandem, der erfolgreich mit einem verheiratet ist?

»Woher wusstest du, dass es sich lohnt, Dave eine Chance zu geben?«, frage ich etwas atemlos. »Hattest du nicht … furchtbare Angst?«

Ein heiseres Lachen springt aus seiner Kehle. »Machst du Witze? Ich dachte, ich würde mir in die Hose machen.«

Ich lache leise mit.

»Aber du hast es trotzdem getan? Obwohl die Möglichkeit bestand, dass er dich abweist?«

Er nickt. »Stimmt.«

»Warum? Ich meine … *wie*?« Für mich ergibt das alles keinen Sinn.

»Um ehrlich zu sein, beinahe hätte ich es nicht getan«, gibt er zu. »Beinahe wäre ich in jener Nacht umgedreht und wieder nach Hause gefahren. Ich ertrug die Vorstellung nicht, dass er mich auslachen oder zurückweisen könnte. Und ja, der Gedanke, es ihm niemals zu sagen, fühlte sich gut an. Sicher. Als würde ich mich schützen. Aber dann …« Er hält inne. »Dann habe ich erkannt, dass ich ein paar Jahre später – vielleicht ein Jahr, vielleicht zwanzig – nachts wach liegen und mich fragen würde, was hätte sein können. Und auch wenn ich Angst vor der Zurückweisung hatte, gab es etwas, vor dem ich noch mehr Angst hatte: *Reue.*«

Das verursacht mir eine Gänsehaut.

»Und, nun ja … es hat ziemlich gut funktioniert, oder?« Er zwinkert mir zu. Seine Liebesgeschichte schenkt mir Hoffnung. Hoffnung, dass es irgendwo, irgendwie … eine Welt gibt, ein Szenario, in dem für Zac und Love ein Happy End möglich ist.

Nein, streicht das – *für Xavier und Aveena.*

»Glaub mir, Kleines.« Gaten hält meinen Blick fest, wie um die Botschaft tief in meinem Gehirn zu verankern. »Das größte Risiko, das wir im Leben eingehen können, ist, gar keines einzugehen.«

Als er das sagt, schmerzt mein Herz ein kleines bisschen.

Er hat so recht.

Ein paar Minuten später stößt Dia endlich zu uns, füllt sich einen Teller mit Pasta und zieht mich mit sich nach oben in ihr Zimmer. Die nächsten paar Stunden fühlen sich verschwommen an. Abgesehen von der kleinen Stimme in meinem Hinterkopf, die mir sagt, was ich nicht hören will.

Sag es ihm, Vee.

Sag es ihm oder du verbringst den Rest deines Lebens damit, dich zu fragen, was gewesen wäre, wenn.

Ein Kloß von der Größe meiner Faust steckt in meiner Kehle. Ich steige mit Dia in mein Auto, um zu Finn zu fahren. Doch vorher schicke ich Zac eine Nachricht, von der es kein Zurück gibt.

Love: Triff mich um Mitternacht in Finn Richards, Zimmer.

Love: Keine Lügen mehr.

Ich warte und warte und meine Gedanken rasen schneller, als es Dads Rennwagen je gekonnt hätte. Wird er mir antworten? *Bin ich zu spät?*

Dann endlich piept mein Handy mit einer Antwort.

Einem Versprechen.

Zac: Ich werde da sein.

16. KAPITEL

AVEENA

Partys scheinen immer eine gute Idee zu sein … bis man tatsächlich da ist. Es ist jedes Mal die gleiche Geschichte, zumindest in meinem Fall. Ich mache mich fertig, fahre zum Haus des reichen Typen, steige aus dem Auto und …

Vermisse auf der Stelle mein Bett.

Der Drang, nach Hause zu gehen, trifft mich meist innerhalb der ersten Stunde. Wie sich herausgestellt hat, ist es nicht sonderlich interessant, dabei zuzusehen, wie die anderen sich betrinken, während man selbst nüchtern bleibt. Das trifft besonders dann zu, wenn einem der Geruch von Alkohol Übelkeit verursacht. Nur ein Hauch davon, und mein Magen schlägt Purzelbäume um das Abendessen. Aber heute wird es anders.

Heute werde ich lächeln, meine Sozialphobie verstecken und für Dia eine gute beste Freundin sein. Ich werde nicht mal seltsam oder übellaunig werden. *Zumindest nicht schon vor der Torte.*

Dia und ich kommen um kurz vor elf bei Finn an. Insgeheim hatte ich befürchtet, dass das Geburtstagskind mich stehen lassen würde, sobald wir durch die Tür sind. Doch obwohl ihr von allen Seiten gratuliert wird, hat sie mich noch nicht zurückgelassen.

Nicht mal für ihren »Freund«.

Finn scheint es nichts auszumachen. Er hat sie einfach nur vor aller Augen innig geküsst, ihr alles Gute zum Geburtstag gewünscht und sich dann in die Küche zurückgezogen, um Theo und Axel beim Bierpong zu besiegen. Es wirkt beinahe so, als hätte Dia Finn vorgewarnt, dass wir beide heute Abend zusammenbleiben. Immerhin hat sie mir versprochen, von jetzt an eine bessere Freundin zu sein.

Es sieht so aus, als meinte sie es ernst.

Es ist schon halb zwölf, als mir eine Gruppe Schüler auffällt, die sich um die Kücheninsel versammelt hat. Es wird gerufen, gelacht, gesungen, aber über das Dröhnen von *Hot Girl Bummer* von blackbear kann ich nicht verstehen, was sie sagen.

»Was ist da los?« Dia, der der Tumult auch aufgefallen ist, stellt sich auf die Zehenspitzen, um über die Menge zu gucken, aber es sind zu viele Leute. Das haben wir Finns Flyern zu verdanken. Ich bin mir sicher, dass die gesamte Abschlussklasse zur Party aufgetaucht ist.

»Keine Ahnung«, sage ich.

»Komm, lass mal nachsehen.« Dia zerrt mich am Arm durch die Menge von angetrunkenen Zwölftklässlern. Ein paar gezielt eingesetzte Ellenbogenstöße später erreichen wir das Zentrum des Kreises.

Vier Jungs aus dem Basketballteam stehen vor der Kücheninsel, auf der ein nicht identifizierbares Mädchen flach auf dem Rücken liegt. Sie hat ein Top mit V-Ausschnitt an, das kurz unter ihren Rippenbögen endet.

Drei Shots stehen auf ihrem nackten Bauch und ein vierter zwischen ihren Brüsten. Die Menge johlt, als der erste Typ Salz von ihrer Haut leckt, einen der Shots kippt und dann das Stück Zitrone direkt aus dem Mund des Mädchens isst.

Dann kommen der zweite und der dritte Kerl.

Aber erst als der vierte Kerl das Salz zwischen ihren Brüsten ableckt, den Tequila kippt und mit der Hand die Zitronenscheibe aus ihrem Mund nimmt, um das Mädchen dann zu küssen, dreht die Menge durch. Lachend schiebt das Mädchen ihn zurück, setzt sich auf … Und ich erleide fast einen Atemstillstand.

Bis eben konnte ich das Gesicht des Partygirls nicht sehen.

Aber jetzt schon.

»Ashley?«, schreie ich so laut, dass alle verstummen und mich ansehen. Der Kopf meiner Schwester wirbelt zu mir herum, und ich sehe sie blinzelnd an, als wartete – *betete* – ich darum, aus einem Albtraum aufzuwachen.

Aber das tue ich nicht.

Die Szene, derer ich gerade Zeugin geworden bin, ist echt.

Sie ist wirklich hier.

Und verteilt Bodyshots auf Finn Richards' Kücheninsel.

»Meine Güte, da kommt die Spaßpolizei«, sagt Ashley und verdreht die Augen. Dann hüpft sie von der Kücheninsel und geht.

Sie. Geht. Einfach. So.

Als hätte ich sie nicht gerade mit der Zunge eines Typen in ihrem Dekolleté erwischt. Als wäre sie nicht auf einer Easton-High-Party aufgetaucht, obwohl sie Mom versprochen hat, sich niemals unter die Leute der öffentlichen Schule zu mischen.

»Ash? Was zum Teufel?« Ich renne ihr nach und stoße dabei die Leute mit den Schultern aus dem Weg in meinem Versuch, die Fremde mit dem Gesicht meiner Schwester einzuholen. Jedes Mal, wenn ich näher komme, beschleunigt sie ihre Schritte, aber schließlich gelingt es mir doch, sie am Arm zu packen. »Was zum Teufel machst du hier?«

Endlich dreht sie sich zu mir um und sieht mich an – oder, besser gesagt, erdolcht mich mit ihren Blicken –, bevor sie ausstößt: »Das Gleiche wie du, Schwesterherz. Ich feiere.«

Wer ist diese Person?

Und warum sieht sie aus wie Ashley?

»Weiß Mom davon?«

Meine Frage lässt sie laut auflachen. »Bist du verrückt? Natürlich nicht. Sie glaubt, ich wäre bei einer späten Probe für die Schulaufführung.«

Das meinte ich, als ich sagte, sie rebelliert, seitdem sie mit Logan Schluss gemacht hat. Ich erkenne sie nicht wieder.

»Du kannst nicht hier sein. Mom wird uns umbringen.«

»Was für ein *uns*?«, zischt sie. »Es gibt kein uns. Du hast Mom gesagt, dass du bei Dia schläfst, oder?«

Ich nicke.

»Na also. Da hast du deine Ausrede. Und jetzt lass mich in Ruhe.«

»Ich versuche doch nur, dir zu helfen!« Ich greife nach ihrem Arm, bereit, sie notfalls in den Kofferraum meines Wagens zu werfen und sie gegen ihren Willen nach Hause zu fahren.

»Verpiss dich, Vee. Du bist nicht für mich verantwortlich.« Sie entzieht sich meinem Griff und wendet sich zum Gehen. Beinahe hätte ich laut aufgelacht.

Nicht für sie verantwortlich?

Fahre ich sie deshalb jeden Tag zur Schule? Hole sie von ihrem Gesangsunterricht ab, weil Mom keine Lust hat? Renne am Samstagmorgen zum verfickten Supermarkt, um ihr verdammtes *Fiji*-Wasser zu kaufen? Weil ich nicht für sie verantwortlich bin?

Ich bin seit ihrer Geburt für sie verantwortlich.

Das hat sie nur nie erkannt.

»Was ist in dich gefahren?« Ich stelle mich ihr in den Weg, bevor sie wieder weglaufen kann.

»Ich wollte nur einen Abend!«, schreit sie so laut, wie sie kann, woraufhin sich alle Köpfe zu uns umdrehen. Tränen der Wut steigen ihr in die bernsteinfarbenen Augen.

»Nur einen Abend auf einer normalen Party«, zischt sie. »Normales, billiges Bier trinken. Mit normalen, langweiligen Jungs reden. Wie ein verdammtes normales Mädchen. Ist das zu viel verlangt?« Sie schwankt leicht und droht, ihr Gleichgewicht zu verlieren. Ich halte sie fest, damit sie nicht fällt, aber sie stößt mich von sich.

»Verdammt, Ash. Wie viel hast du getrunken?«

»Hör auf. Hör verflucht noch mal einfach auf.« Die ersten Tränen rollen ihr über die Wangen.

»Womit?«, frage ich lauter.

Aus dem Augenwinkel sehe ich Dia auf uns zukommen.

Endlich. Verstärkung. Ich könnte ihre Hilfe gebrauchen, um

Ash ins Auto zu kriegen. Innerhalb von Sekunden ist sie an meiner Seite.

»Hör auf damit, so zu tun wie die besorgte Schwester«, faucht Ashley und wischt sich die Wangen mit dem Handrücken ab.

»Ich tue nicht nur so«, gebe ich zurück. »Ich habe dich in den letzten Wochen immer gedeckt. Ich bin auf deiner Seite, Ash. Ich war immer auf deiner Seite.«

»Ach ja?« Sie lacht bitter auf.

Dann sticht sie mir mit einer einzigen Frage mitten ins Herz.

»Warst du auch auf meiner Seite, als du mit Logan gevögelt hast?«

Ich stolpere einen Schritt zurück.

Als würde ein Teil von mir fliehen wollen.

Und das *will* ich.

Ich habe immer gewusst, dass ich es ihr irgendwann sagen muss. Ich hätte nur nie damit gerechnet, dass Logan mir den Boden unter den Füßen wegreißt. Ashley starrt Dia in Erwartung einer Reaktion an. Vermutlich denkt sie, dass Dia von ihrer besten Freundin angewidert sein sollte. Aber Dia weiß von mir und Logan seit dem Moment, in dem es passiert ist.

Ich habe sie direkt danach heulend angerufen.

»O mein Gott.« Ashleys Gesicht fällt in sich zusammen, als es ihr dämmert. »Alle wissen es, oder?«

Ihr zutiefst enttäuschter Blick über den Verrat lässt mich zusammenzucken. Ich sollte mich entschuldigen, mich erklären und ihr sagen, wie sehr ich es bereue. Aber bevor ich versuchen kann, das zu retten, was von meiner Familie übrig ist, lässt eine hohe Stimme mein Trommelfell beinahe platzen.

»Babeeeees!« Von hinten schlingen sich Arme um Dias und meinen Hals. »Ich habe euch überall gesucht. Ich brauche einen Bierpong-Partner. Wer macht mit?«

Ich drehe den Kopf und sehe eine betrunken lächelnde Lacey. Ihre Augen sind blutunterlaufen und ihr Atem stinkt nach Alkohol. Ich weiß, was ihr denkt – *waren wir nicht fertig mit ihr?* Das dachte ich auch, aber sie hat vor ein paar Tagen eines von Dias Bildern auf Instagram gelikt, und offensichtlich hat sie das wieder zu Freundinnen gemacht. Ich antworte ihr nicht, sondern richte meine Aufmerksamkeit wieder auf meine Schwester.

Das Problem ist nur: Sie ist weg.

Verdammt, Lacey.

Ich löse Laceys Arm von meinem Hals und tausche einen Blick mit Dia, die mir mit einem Wink zu verstehen gibt, dass sie sich um Lacey kümmert. Ich nicke dankbar, als sie anfängt, Small Talk mit der Kapitänin der Cheerleader zu halten. Ausgerechnet in dieser Minute fängt das Handy in meiner Hosentasche an, zu vibrieren. Ich hole es heraus, überzeugt, dass die Situation nicht noch schlimmer werden kann.

Bis ich den Alarm sehe, den ich für 23.50 Uhr gesetzt habe.

Treffen mit Zac in 10 Minuten.

Fuck.

Ich kann nicht glauben, dass ich in diesem Hurrikan der Stufe vier, der gerade durch mein Leben fegt, beinahe Xavier vergessen hätte. Mein Handy piept erneut, dieses Mal mit einer Nachricht.

Zac: Ich bin schon da.

Was mache ich? Treffe ich mich mit meinem heißen Brieffreund oder renne ich meiner Schwester bis zum Ende der Welt hinterher, um mich zu entschuldigen?

Eine weitere Nachricht von Xavier ploppt auf.

Zac: Ich kann nicht erwarten, dass das hier real wird, L.

Seine Nachricht trifft die Entscheidung für mich. Ich habe den Rest meines Lebens, um das mit Ashley wiedergutzumachen. Ich werde sie anflehen, bis meine Knie blutig sind. Werde die zerbrochenen Teile aufsammeln und mir ihre Vergebung verdienen.

Aber das hier?

Das ist *jetzt*.

Noch einmal schaue ich auf mein Handy.

23.53 Uhr.

»Hey D, ich fühle mich nicht allzu gut«, sage ich zu Dia. »Macht es dir was aus, wenn ich mich einen Augenblick in Finns Zimmer hinlege?«

»Was ist los?« Besorgt befühlt sie meine Stirn, um zu gucken, ob ich Fieber habe.

»Ich weiß nicht. Es ist nur … bei allem, was gerade mit Ashley passiert ist, brauche ich eine Pause«, improvisiere ich.

»Sag nichts.« Dia schenkt mir ein trauriges Lächeln, nimmt mich in den Arm und flüstert an meinem Ohr: »Zweiter Stock, letzte Tür am Ende des Flurs.«

»Danke.« Ich löse mich von ihr und mache mich auf den Weg zu der Treppe am anderen Ende des Hauses.

Auf halbem Weg taste ich meine Hosentaschen ab und bemerke, dass ich in dem ganzen Zirkus meine Schlüssel verloren habe – Hausschlüssel, Autoschlüssel, Schlüssel zur Bücherei. *Alle weg*. Dieser Abend wird einfach immer besser und besser, oder?

»Aveena? Heilige Scheiße. Bist du das?«, fragt eine männliche Stimme, bevor ich die Treppe erreiche. Ich wirble herum und sehe Axel, der mich mit Hintergedanken und schlechten Absichten in den Augen anschaut. Langsam glaube ich, das ist sein Normalzustand.

»Axel.« Ich nicke ihm nur kurz zu und blicke noch mal auf mein Handy. 23.55 Uhr.

»Verdammt, Vee. Mit den Haaren hätte ich dich beinahe nicht erkannt.« Axel grinst schmierig. »Du siehst umwerfend aus.«

»Danke«, stoße ich hervor, bevor ich versuche, mich an ihm vorbeizuquetschen. Doch er stellt sich mir in den Weg.

»Kann ich dir was zu trinken besorgen?«, fragt er.

»Nein danke.« Über seine Schulter luge ich zur Treppe, die nur wenige Meter entfernt ist.

Ich bin so nah dran.

»Hör mal, wo ich dich gerade sehe, ich habe einen Freund, den ich dir gern vorstellen würde. Er meinte, du wärst genau sein Typ.«

»Danke, aber ich bin nicht interessiert.«

»Du hast ihn ja noch nicht mal gesehen.« Er lacht.

Ein kurzer Blick auf mein Handy.

23:57 Uhr.

Mein Gott, dieser Typ ist schwerer loszuwerden als Kaugummi an der Schuhsohle.

»Das muss ich auch nicht. Ich bin schon vergeben«, lüge ich.

Seine Augen leuchten auf, und ich gebe mir mental eine Ohrfeige. Warum habe ich das gesagt? Das wird nur zu weiteren Fragen führen.

»Echt? Das ist ja ein Ding. Schade, mein Freund hätte dich gern kennengelernt.«

23:58 Uhr.

Ich habe hierfür keine Zeit.

»Also, wer ist der Glückliche …«

Ich unterbreche ihn. »Sorry, ich muss los.«

»Aber du hast meine Frage nicht beantwortet«, hakt er nach.

»O mein Gott.« Ich keuche auf. »Zieht das Mädchen da grade wirklich sein T-Shirt aus?«

In typischer Axel-Fletcher-Manier dreht er sich sofort um. Als er wieder zu mir schaut, bin ich schon weg.

Eine Gruppe kichernder Cheerleader stürmt an mir vorbei, als ich die Treppe hinaufeile. Ihre Kapitänin geht voran. Bitch – ich meine Brie – hält kurz im Trinken inne und wirft mir den fiesesten Blick zu, den sie zustande bringt. Ich nehme an, sie hasst mich immer noch?

Das beruht auf Gegenseitigkeit, Honey.

Mein Brustkorb hebt und senkt sich hektisch, als ich im zweiten Stock auf der letzten Stufe stehen bleibe und mich am Geländer festhalte, um mich davon abzuhalten, zu flüchten. Der einzige Grund, warum ich nicht die Treppe hinunterlaufe und mein Vorhaben abbreche, ist meine Hand.

Die ich fest um das gusseiserne Gitter gekrallt habe.

Nur noch ein Schritt, Vee.

Nur einer.

Du schaffst das.

0:00 Uhr.

Mein Fuß berührt den Boden des zweiten Stockwerks.

Am Ende des Flurs sehe ich die Tür zu Finns Zimmer und gehe langsam darauf zu. Mein Herz fühlt sich an, als wäre es in eine kleine Kiste ohne Sauerstoff gesteckt worden, und dafür bin ich dankbar. Denn nur deshalb springt es mir in diesem Moment nicht aus der Brust.

Ich streiche meine Kleidung glatt und löse meine roségoldenen Haare aus dem viel zu strammen Dutt. Sie fallen mir über die Schultern, über meinen Bauchnabel, und dann nehme ich den tiefsten Atemzug, den meine Lungen hergeben.

Ich erhasche einen Blick auf mich in dem Spiegel, der die komplette Decke bedeckt – *denn na klar, reiche Leute brauchen verspiegelte Decken* –, und denke: »Das ist es.«

Das bin *ich*.

Ich und meine Sommersprossen. Ich und meine wechselhaften Augen, die sich nie entscheiden können, ob sie grün oder braun sind. Ich und mein Trauma.

Das hier bin ich.

Alles von mir.

Hoffen wir, dass das genug ist.

Ich konnte keinen Internet-Crush für irgendeinen durchschnittlichen Typen entwickeln, oder? Einen netten, normalen Kerl, der nicht allzu weit außerhalb meiner Liga spielt? Nein. Ich musste mich in den sündig heißen Adonis verknallen, der noch im Schlaf locker hundert Telefonnummern zugesteckt bekommen würde.

Endlich bin ich vor Finns Tür angekommen und halte inne.

Dahinter ist Xavier.

Und wartet.

Lass das sacken, Vee.

Ich greife nach der Türklinke, lasse meine Hand aber einen Moment darauf liegen. Dann öffne ich die Tür so langsam, dass sie kein Geräusch von sich gibt. Ich dachte, ich würde ihn auf der Kante von Finns Bett sitzend vorfinden, wo er mit seinen Fingern spielt und hoffentlich genauso nervös ist wie ich.

Ich dachte, er hätte seinen Blick fest auf die Tür gerichtet. Also könnt ihr euch meinen Schock vorstellen, als ich sie sehe.

Die beiden.

Zusammen.

Ich habe diesen Moment hundert Mal in meinem Kopf durchgespielt. Habe mir eine Million Szenarien ausgedacht. Aber in keinem davon …

In keinem davon kam sie vor.

Xavier steht mitten im Zimmer, die Hände an ihre Wangen gelegt, die Zunge so tief in ihrem Rachen, dass es ein Wunder ist, dass sie noch atmet. Er küsst die Seele aus irgendeinem Mädchen, während sie leidenschaftlich aufstöhnt. Seine langen, starken Finger vergraben sich in ihren Haaren, ziehen ihren Kopf zu sich heran, um den Kuss zu vertiefen. Und es fühlt sich an, als würde eine unsichtbare Faust meine Lungen zusammenpressen.

Immer fester.

Und fester.

Je länger er ihr das gibt, von dem ich glaube, es wäre meines.

Ich dummes, dummes Mädchen.

Doch dann kommt der schlimmste Teil.

Der Teil, in dem ich sie erkenne.

Lacey.

Ich bin wohl wirklich unscheinbar, denn sie haben mich noch nicht bemerkt. Sie machen weiter, ohne auch nur etwas von meiner Anwesenheit zu ahnen. Und ehrlich gesagt weiß ich nicht, ob das was Schlimmes ist …

Oder ob der alte Mann da oben mir damit einen Gefallen tut.

Bis zu diesem Punkt war ich leise, aber auf dem Weg aus dem Zimmer zögere ich nicht, die Tür so fest zuzuschlagen, wie es nur geht. Ich hasse mich dafür, diese lächerlichen Tränen zu vergießen. Hasse mein dummes, albernes Herz dafür, dass es glaubte, eine Beziehung, die darauf basiert, dass ich meine dunkelsten Geheimnisse erzähle, könnte jemals real werden. Und zu guter Letzt …

Mehr als alles.

Hasse ich mich dafür, geglaubt zu haben, Xavier Emery könnte wirklich etwas an mir liegen.

17. KAPITEL

XAVIER

Die Tür zu Finns Zimmer schlägt krachend zu, und ich schrecke auf und löse mich von meiner Brieffreundin. Mein Blick schießt zur Tür und dann durch den Raum auf der Suche nach einem Eindringling.

Niemand.

Ich habe nicht mal gehört, dass die Tür geöffnet wurde.

Wie lange wurden wir von irgendeinem Perversen beobachtet?

Meine Aufmerksamkeit wandert zu dem Mädchen zurück, das verzweifelt versucht, in meinen Armen wieder zu Atem zu kommen. Ihre rosigen Lippen sind geschwollen, ihre blaugrünen Augen glasig, und das Lächeln auf ihrem Gesicht? Das ist ein großer, verräterischer Hinweis darauf, welchen Effekt der Kuss auf sie hatte.

Das ist es.

Das Geheimnis ist raus.

Love ist Lacey Mattson.

Wenn man darüber nachdenkt, ergibt es Sinn. Alle Zeichen waren da. Ich wollte sie nur nicht sehen.

Sie verkehrt in den gleichen Kreisen wie ich? *Check.*

War in jener Nacht zu Theos Party eingeladen? *Check.*

Ich meine, verdammt noch mal, ihr Name fängt mit einem L an. Wie konnte mir das entgehen? Aber viel wichtiger noch: Warum bin ich so enttäuscht? Ich sollte glücklich sein. Lacey hat alles: wunderschön, schlank, gut im Bett – *vor allem mit der Zunge* –, aber sie ist nicht … was ich erwartet hatte.

Nicht, dass ich wüsste, was das ist.

Ich weiß nur, *sie* war nicht, wie ich erwartet hatte.

Ich dachte, Love wäre gequälter. Dachte, sie hätte diesen sexy zerstörten Ausdruck, der tief in ihren Augen brennt. Bei all dem Scheiß, den L durchgemacht hat, hätte ich niemals damit gerechnet, dass sie sich als Lacey herausstellt: Cheerleader; die Definition einer blitzsauberen, privilegierten Person.

Um die Wahrheit zu sagen, die Enttäuschung kroch mir in dem Moment unter die Haut, als sie reinkam. Aber das hat mich nicht davon abgehalten, meinen Zug zu machen. Ich meinte, was ich in meiner letzten Nachricht geschrieben habe. Ich konnte keine weitere Sekunde warten, um das hier real zu machen. Als sie also die Tür aufgedrückt und mir ein schüchternes Lächeln geschenkt hat, habe ich sie geküsst.

Sie hat den Kuss sofort erwidert und sich an mich geklammert wie eine Süchtige.

Überwältigt räuspert Love – ich meine *Lacey* – sich und stößt ein heiseres »Selber hi« aus.

»Ich kann nicht glauben, dass ich das nicht gesehen habe«, murmele ich vor mich hin. »Du bist es die ganze Zeit gewesen.«

Ich warte darauf, dass ihre Augen verständig aufleuchten, aber das Einzige, was ich darin sehe, ist …

Pure Verwirrung.

»Was?«, kichert sie.

»Du warst die ganze Zeit direkt unter meiner Nase. Wenn ich nur zwischendurch innegehalten und nachgedacht hätte«, verfluche ich mich selbst.

Da ist wieder diese Verwirrung.

Warum sieht sie aus, als wüsste sie nicht, wovon ich rede?

»Ich wiederhole: Was?«, fragt sie.

Mein Handy piept mit einer neuen Nachricht, und ich ziehe es aus meiner Tasche und gebe mein Passwort so schnell ein, dass ich mich zweimal vertippe.

Ich habe eine neue Nachricht.

Von Love.

Mein Magen zieht sich schmerzhaft zusammen.

Love: Lacey Mattson? Wirklich? Fick dich, Xavier. Fick dich.

Es fühlt sich an, als wären ein Truck, zwei Busse und eine Abrissbirne gleichzeitig in mich hineingeprallt.

Nein, nein, *fuck*.

Die Tür …

Das war sie, oder?

Love ist hereingekommen, während wir …

Fuuuuuuuuuck!

Lacey ist nicht Love. Sie war es nie. Sie war nur zur falschen Zeit am falschen Ort, und ich Trottel dachte …

Jetzt, wo ich darüber nachdenke, fällt mir auf, dass Lacey gar kein Tattoo hat.

Dämlicher. Verblödeter. Idiot.

»Was ist los? Komm her.« Lacey nimmt mein Gesicht in die Hände für einen weiteren Kuss, aber ich weiche ihren Lippen aus und schiebe ihre Hände weg. Wie auf Autopilot öffne ich die Tür von Finns Zimmer und renne ohne einen Blick zurück die Treppe hinunter.

Innerhalb weniger Minuten habe ich das gesamte Erdgeschoss nach Love durchsucht, was natürlich sinnlos ist, weil ich keine Ahnung habe, wie sie aussieht.

Meine einzige Spur ist: wie ein trauriges Mädchen.

Oder ein wütendes Mädchen – *mein* wütendes Mädchen.

Ich brauche nur einen Hinweis.

Wie erwartet, ende ich mit leeren Händen.

Ich antworte ihr schneller, als meine Finger tippen können.

Zac: Fuck. Love, du musst mir glauben, es ist NICHT, wonach es aussieht. Ich dachte, sie wäre du.

Zac: Sag mir einfach, wo du bist. Bitte.

Zac: Love?

Zehn Minuten vergehen.

Keine Antwort.

Die Nachrichten werden nicht zugestellt.

Das ist seltsam.

In einem Anfall von Panik tippe ich auf ihren Kontakt und rufe sie an. Wenn es auch nur eine winzige Chance gibt, dass ich das hier retten kann, muss ich es versuchen. Es klingelt nicht mal, sondern ich werde sofort aus der Leitung geworfen.

Und damit weiß ich, dass ich niemals eine Antwort kriegen werde, egal, wie oft ich mich entschuldige. Ich mag Love im echten Leben nicht kennen, aber ich weiß das eine oder andere über Mädchen. Und in meinem Kopf gibt es keinen einzigen Zweifel.

Love hat mich gerade geblockt.

* * *

AVEENA

»Wo ist Xav?«, fragt eine vertraute Stimme, als ich das Badezimmer im zweiten Stock verlasse, in dem ich gerade zwanzig Minuten damit verbracht habe, zu versuchen, mein Make-up zu richten – *von wegen* wasserfeste Mascara.

»Vermutlich oben, wo er einen schlechten Blowjob mit zu viel Zahn bekommt.« Ein tiefes Lachen lässt mich innerlich vor Ekel erschaudern.

Ich erhasche einen Blick auf Finn und Theo, die im Spielzimmer am Kicker stehen, und ziehe mich in die Leseecke an der Tür zurück. Wenn ich klug wäre, würde ich gehen und mir die glorreichen Einzelheiten ersparen. Immerhin habe ich Xaviers Nummer blockiert, damit ich niemals wieder etwas von ihm oder *über* ihn hören muss. Doch meine Beine rühren sich nicht.

»Auf keinen Fall«, höhnt Theo. »Ich dachte, er wäre fertig mit Brie.«

»Sie sind nicht mehr zusammen«, erwidert Finn achselzuckend. »Aber er hat nie gesagt, ob sie noch miteinander schlafen.«

Mein Herz bricht.

»Warte mal, Xav hat Brie fallen lassen und vögelt trotzdem noch mit ihr?«

»Darauf kannst du wetten. Verdammt, vermutlich machen sie es gerade in diesem Moment. Er hat mir gesagt, dass er um Mitternacht irgendein Mädchen trifft und vorhat, bei ihr zu landen. Wer sollte das sonst sein?«

Ekel steigt in mir auf.

War ich nur das für ihn?

Eine schnelle Nummer?

Und dann? War er das Warten auf mich leid und hat sich dem erstbesten Mädchen an den Hals geworfen, das durch die Tür kam? Ganz zu schweigen davon, dass er die ganze Zeit über weiterhin mit Brie geschlafen hat? Wie dumm von mir, zu glauben, nur weil wir rund um die Uhr geschrieben und unsere Seelen offengelegt haben, würde er aufhören, mit anderen Mädchen rumzumachen. Ich schätze, für ihn war Love nur ein Name auf dem Display.

Während ich Tränen der Wut zurückblinzle, marschiere ich los und mache mich in Finns Riesenvilla auf die Suche nach meiner Schwester. Die Party ist total außer Kontrolle – nichts, was die Millionen Dienstboten von Finns Vater nicht beseitigen können. Ich bin mir bewusst, dass das Suchen nach einer bestimmten Person in der vollgedrängten Menschenmenge dem Suchen einer Nadel im Heuhaufen gleichkommt Aber ohne zu wissen, ob meine betrunkene kleine Schwester noch irgendwo hier ist, kann ich nicht gehen.

Ich weiß, dass sie mich hasst.

Aber ich ziehe es vor, dass sie mich aus der Sicherheit ihres Zimmers zu Hause hasst. In der nächsten Dreiviertelstunde bemühe ich mich, allen aus dem Weg zu gehen, die ich kenne. Ein-

oder zweimal komme ich in Dias Nähe. Das Letzte, was ich will, ist, dass sie meine verheulten Augen sieht und alles stehen und liegen lässt, bis ich ihr sage, was los ist.

An einem Punkt verstecke ich mich sogar vor Xaviers Knutschpartnerin. Ich bin überrascht, Lacey so schnell wieder hier unten zu sehen.

Ich schätze, Finn hatte recht, was den *Quickie* anging.

Zu meiner großen Erleichterung sehe ich Xavier nirgends. Ich würde fünf Dollar wetten, dass er jetzt bei Brie ist, weil Love nicht aufgetaucht ist. Eine Stunde später habe ich jeden Raum dreimal gecheckt und frage mich, ob Ashley schon nach Hause gegangen ist. Dann erinnere ich mich, dass es noch einen Ort gibt, an dem ich nicht gesucht habe.

Die Garage.

Sicher, das ist weit hergeholt, aber ich bin so verzweifelt, dass mir das egal ist.

Ich gehe den verlassenen Flur hinunter, von dem ich glaube, dass er zur Garage führt. Dabei versuche ich uralte Erinnerungen an das eine Mal aufzurufen, als Dia mir eine Führung durch Finns Palast gegeben hat.

Als ich die Flügeltür sehe, atme ich erleichtert auf.

Bitte sei da, Ash.

Begierig darauf, diese Katastrophe einer Party hinter mir zu lassen, drücke ich die Klinke herunter und platze in die hell erleuchtete Garage, als gehöre sie mir.

Dann sehe ich ihn.

Und alles zerbricht.

Angefangen mit der Schutzmauer, die ich um mein Herz herum errichtet habe.

Er sitzt einfach da, auf dem Betonboden.

Mit dem Rücken an die entfernteste Wand der beheizten Garage gelehnt, wirft er einen kleinen Ball gegen die gegenüberliegende Wand und fängt ihn wieder und wieder auf. Hier stehen mindestens fünf Luxusautos, aber die interessieren mich nicht, während ich meinen Brieffreund ansehe.

Den Fremden, dem ich meine dunkelsten Geheimnisse anvertraut habe.

Den Kerl, in den ich mich *beinahe* verliebt hätte.

Ich hätte mich fast in jemanden verliebt, der immer noch seine Ex will. Wie dumm kann man sein? Ich brenne darauf, ihn anzuschreien. Will ihm sagen, was für eine riesige Enttäuschung er ist. Ihm sagen, dass ich wünschte, er wäre der Zac, den ich mir die ganze Zeit ausgemalt habe.

Aber das kann ich nicht.

Er hat immer noch keine Ahnung, wer ich bin.

Durch seine dichten Wimpern schaut Xavier zu mir auf. Er wirkt traurig – nein, so richtig *elend*. Er grüßt nicht mal, sondern wirft den Ball erneut gegen die Wand und fängt ihn problemlos auf.

Ich stammle eine Entschuldigung. »Sorry, ich habe nur … etwas Ruhe gebraucht. Ich gehe wieder.«

Ich wirble auf dem Absatz herum, doch kaum habe ich die Tür einen Zentimeter weit geöffnet, sagt er: »Du musst nicht gehen.«

Die Hand noch an der Türklinke, werfe ich ihm einen zweifelnden Blick zu.

»Hier ist ausreichend Ruhe für alle.« Er zeigt auf die leere Garage. Ich sollte gehen und nie wieder einen Blick zurückwerfen. Ich sollte mein verletztes Ego verarzten und zusehen, dass ich hier wegkomme. Aber entgegen meinen Erwartungen schließe ich die Tür und stelle ihm eine sehr gefährliche Frage.

»Alles … okay?«

Warum ist das gefährlich?

Weil es zeigt, wie wichtig er mir immer noch ist.

»Einfach super.« Er schnaubt leise.

Es sind seine Augen.

Diese traurigen Welpenaugen, die mich mitten ins Herz treffen.

»Was ist los?«

»Nichts ist los.« Er nimmt die Flasche *Fireball,* die zwischen seinen Füßen steht, trinkt einen großen Schluck und wischt sich den Mund mit dem Handrücken ab. »Ich bin einfach nur ein verdammter Trottel, das ist alles.«

Zögernd gehe ich auf ihn zu.

»Willst du darüber reden?«

»Klar. Ich habe das einzig Gute in meinem Leben total verbockt. *Ende.*« Er schafft es nicht mal, sich ein Lächeln über seinen eigenen Witz abzuringen. Deshalb weiß ich, dass irgendetwas überhaupt nicht in Ordnung ist.

»Ich nehme an, wir reden hier über ein Mädchen?«

»Nicht nur irgendein Mädchen, Harper.« Er wirft den Ball härter gegen die Wand, wie um seinen Frust rauszulassen. »*Das* Mädchen.«

Brie?

Lacey?

Wer zum Teufel weiß das zu diesem Zeitpunkt noch.

»Das tut mir leid«, ist alles, was mir dazu einfällt.

»Ach. Muss es nicht.« Er zuckt nicht sonderlich überzeugend mit den Schultern, bevor er noch einen Schluck trinkt. »Es war immer klar, dass es so endet. Alles andere war Träumerei.«

Ich wünschte, ich hätte eine gute Ausrede für das, was ich als Nächstes tue, aber die habe ich nicht. Ich habe nur diesen unerträglichen Drang, zu hoffen, dass ich mich vielleicht geirrt habe. Also setze ich mich neben ihn auf den Boden.

Schweigen breitet sich zwischen uns aus.

»Ich habe mich nie entschuldigt«, sagt Xavier schließlich.

»Wofür?« Ich ziehe die Knie an die Brust.

»Dafür, dass ich mich damals bei Theo wie ein Arsch benommen habe.«

Sein Reuebekenntnis wirft mich um Wochen zurück. Es scheint eine Million Jahre her zu sein, als Dia mich mit zu Theo eingeladen hatte. Das war auch das erste Mal seit dem Kuss zehn Jahre zuvor, dass Xav und ich wieder miteinander gesprochen haben.

An dem Tag war er ein Arsch. Finn hatte mir gesagt, es wäre nichts Persönliches, Xav mache einfach nur eine schwere Zeit durch. Jetzt weiß ich, dass er da vermutlich gerade erfahren hatte, was seine Mom so treibt. Was erklärt, warum er alle im Umkreis von fünf Meilen so ätzend behandelt hat.

Kann man ihm das verübeln?

»Ist schon gut«, versichere ich ihm.

»Das ist es nicht, Vee.« Augen voller Reue blicken zu mir auf. »Ich war schrecklich zu dir. Das hast du nicht verdient.«

»Ich bin mir sicher, dass du deine Gründe hattest.«

Er unterdrückt ein Schnauben. »Kannst du bitte für eine Sekunde aufhören, so verständnisvoll zu sein, und meine Entschuldigung einfach annehmen?«

Ich lache leise.

»Na gut. Entschuldigung angenommen. Bist du jetzt glücklich?«

»Ekstatisch«, sagt er mit einem kleinen Grinsen.

Einen Herzschlag lang herrscht Schweigen zwischen uns.

»Deine neue Haarfarbe gefällt mir übrigens.« Er stößt mich leicht mit dem Ellbogen an. »Rosa steht dir, Harper.«

»Danke, Trottel.«

Es ist, als hätte jemand einen Schalter umgelegt.

In der Sekunde, in der das Wort über meine Lippen kommt, zieht Xavier sich zurück und sein Lächeln entgleitet ihm. Er starrt mich an, als hätte ich ihn gerade mit einer Bratpfanne geohrfeigt. Der Schock in seinen Augen ist nicht zu übersehen.

»Wie hast du mich gerade genannt?«, fragt er.

Die Erkenntnis trifft mich wie eine Palette Backsteine.

Ich habe ihn gerade Trottel genannt, oder?

»Hast du mich gerade einen Trottel genannt?«, hakt er nach, als ich nicht antworte.

Nein, das kann nicht sein.

Das ist nur ein alberner Spitzname.

Er *kann* nicht denken, was ich denke.

Gerade will er etwas sagen, als das Klingeln meines Handys durch die Luft hallt. Vorerst vom Telefon gerettet, gucke ich aufs Display und sehe, dass es meine Mom ist.

»T-tut mir leid. Da muss ich ran«, stammle ich und stehe auf, um mich ein paar Schritte von ihm zu entfernen, bevor ich den Anruf annehme. »Hallo?«

»Was zum Teufel hast du mit deiner Schwester gemacht?«, kreischt meine Mom anstelle einer Begrüßung.

»Hi, Mutter. Mir geht es gut, danke der Nachfrage. Wie geht es dir?«

»Fang gar nicht erst damit an, Aveena. Ich habe gerade eine von Ashleys Klassenkameradinnen angerufen, da die Probe schon vor Stunden zu Ende sein sollte. Wie sich herausgestellt hat, war für heute Abend gar keine Probe angesetzt.«

Erwischt.

»Hast du versucht, sie anzurufen?«

»Was glaubst du?«, ruft sie. »Ich habe letzte Woche einen Tracker auf ihrem Handy installiert, und weißt du, wohin der mich heute Abend geführt hat? Zum Haus der Richards. An einem Samstagabend. Ich bin nicht dumm, Aveena. Ich bin mir sehr bewusst, was Kids wie du an Samstagabenden machen, und ich weiß, dass deine Flittchenfreundin Diamond mit diesem Richards-Jungen zusammen ist. Ich war immer gewillt, ein Auge zuzudrücken, wenn du um einen freien Abend gebeten hast, aber du bist komplett außer Kontrolle! Ich kann nicht glauben, dass du deine minderjährige Schwester dazu verführt hast, sich auf einer Party zu betrinken!«

Natürlich nimmt sie an, dass es meine Schuld ist.

Gott verhüte, dass Ashley eigene Entscheidungen trifft.

»Wie bitte? So etwas würde ich niemals tun. Sie ist von sich aus hergekommen. Ich habe versucht, sie zum Gehen zu überreden, aber ich habe sie in der Menge verloren und finde sie nicht wieder.«

»Und du erwartest, dass ich das glaube?« Ein bitteres Lachen hallt durch die Leitung. »Meine Ashley wäre niemals so leichtsinnig. Sie würde sich niemals unter …« Sie hält kurz inne. »Deine Leute mischen.«

Meine Leute?

Warum nennt sie uns nicht gleich Primitivlinge?

»Tja, vielleicht kennst du deine kostbare Ashley nicht so gut, wie du glaubst«, platzt es aus mir heraus. Ich bin geschockt von meiner eigenen Kühnheit. Dieser Abend hat mir nichts als Kopfschmerzen eingebracht, und meine Toleranzgrenze für Bullshit ist fast erreicht.

»Aveena Harper D'Amour, gibst du mir Widerworte?« Mom dreht ihre Stimme fünf Stufen weiter hoch, und ich zucke zusammen und nehme das Handy vom Ohr. Ich bin so kurz davor, die Geduld zu verlieren und meinen Wahnsinn auf sie loszulassen, als mir einfällt, dass ich einen Zuhörer habe.

»Nein, natürlich nicht.« Ich atme aus. »Ich sage nur, dass ich nichts damit zu tun habe. Sie ist siebzehn, Mom. Ich kann nicht ständig kontrollieren, was sie tut.«

»Du hast dreißig Minuten, um deine Schwester zu finden und nach Hause zu bringen. Wenn du dich auch nur um eine Minute verspätest, informiere ich die Polizei über dieses Alkohol- und Drogenfest für Minderjährige. Ist das klar?« Sie spuckt leere Drohungen aus. Zumindest *hoffe* ich das.

»Ja, Ma'am«, grummle ich und lege auf. Dann stecke ich das Handy in meine Hosentasche zurück.

Nun kommt der Moment, vor dem es mir am meisten graut.

Der Moment, in dem Xav und ich eine Unterhaltung beenden werden, für die ich nicht gerüstet bin.

Ich drehe mich zu ihm um, die Wangen vor Scham gerötet. Mein untreuer Schwarm ist gerade Zeuge davon geworden, wie meine Mom mir übers Telefon den Kopf abgerissen hat. Keine große Sache. Wenn ich vorhin schon dachte, dass er geschockt war, habe ich mich geirrt. Das war nichts im Vergleich zu dem, wie er mich jetzt ansieht. Seine Miene ist starr, während er mich seltsam ruhig mustert. Er sieht aus, als hätte er einen Geist erblickt.

»Sorry, dass du das mit anhören musstest.« Ich verlagere mein Gewicht und knete nervös meine Finger. Eine Million Gefühle schwimmen in seinen Augen, aber seine Lippen bleiben versiegelt. Er sieht aus, als würde er etwas verarbeiten. Als würde er Teile eines Puzzles zusammenfügen.

»Wie auch immer.« Ich räuspere mich. »Ich … ich sollte besser gehen.«

Noch immer gibt er keinen Ton von sich, beobachtet aber jede meiner Bewegungen, als ich zur Tür eile. Doch gerade, als ich flüchten will, tut er etwas Unerwartetes.

Er lacht.

Aus vollem Herzen.

Tief und rau und echt. Aber glaubt nicht, dass mir die Verbitterung entgeht, die unter der Oberfläche brodelt.

»Ich bin so verdammt dumm«, flüstert er so leise, dass ich es kaum höre. Und ich bin versucht weiterzugehen und so zu tun, als hätte ich es wirklich nicht gehört. Doch irgendetwas verrät mir, dass er mich nicht so einfach gehen lassen wird.

Was er als Nächstes sagt, bestätigt meinen Verdacht.

»Du bist es.«

Er sagt es zu meinem Rücken, doch es lähmt mich von Kopf bis Fuß.

»*Natürlich bist du es.*« Er stößt ein undefinierbares Geräusch aus und sagt zu sich selbst: »Mein Gott, Xav, kannst du noch langsamer sein?«

Ich brauche ein paar Sekunden, um die Kontrolle über meinen Körper zurückzugewinnen, damit ich mich zu ihm umdrehen kann. *Stell dich dumm,* rät mir eine kleine Stimme in meinem Hinterkopf. *Nur so kommst du hier mit intaktem Herzen raus.*

»Äh, okay?«, spotte ich, obwohl ich weiß, dass ich der einzig lächerliche Mensch im Raum bin. »Wie viel hast du getrunken?«

»Tu das nicht, Vee«, knurrt er mit der Geduld am Ende. Er redet, als wäre es beschlossene Sache. Als hätte es keinen Sinn mehr, zu leugnen. Aber ich werde mich nicht kampflos ergeben.

Ich bin noch nicht bereit, mich so verletzlich zu zeigen.

Ich bin noch nicht bereit dafür, dass das hier real wird.

Nicht, wenn er Lacey mir vorgezogen hat.

Nicht, wenn er Brie mir immer noch vorzieht.

»Bleib hier. Ich hole Finn, damit er deinen Hintern in ein Taxi verfrachten kann oder so.« Ich wende mich zum Gehen, aber Xavier steht auf, bevor ich auch nur daran *denken* kann, aus der Garage zu stürmen. In zwei großen Schritten ist er bei mir, und der Fluchtinstinkt meines Herzens setzt ein und fleht mich an, abzuhauen.

Bevor er mich zerstören kann.

Nur wenige Zentimeter vor mir bleibt er stehen und blickt mir in die Augen. Sein Atem streicht über meine Lippen. Ich schlucke unter seiner Nähe, bin komplett von Furcht erfüllt, aber Xav? Er ist kalt und ungerührt. Ein Rätsel, für dessen Lösung ich meine Seele verkaufen würde.

Ich weiß, dass er das absichtlich macht. Mich einengt. Mir so nahe kommt in der Hoffnung, mich zu brechen.

»Gib es zu.« Es ist ein Befehl, der mich bis auf die Knochen erschaudern lässt.

»Was soll ich zugeben?« Ich lege hier die Performance meines Lebens hin.

Wenn ich es nicht zugebe, kann er mein Herz nicht in Fetzen reißen. *Wenn ich es nicht zugebe, kann ich noch ein wenig länger an Love festhalten.*

Irritiert von meiner Sturheit beißt er die Zähne zusammen. Es dauert nicht lange, bis er erkennt, dass er etwas finden muss, das ich nicht leugnen kann.

Und genau das tut er.

Ohne Vorwarnung reißt er den linken Ärmel meines Shirts von meiner Schulter, enthüllt meine Haut und hinterlässt eine Gänsehaut. In diesem Moment weiß ich, dass ich geliefert bin.

Er hat mich im *wahrsten Sinne des Wortes* entblößt.

Um genauer zu sein, mein Raupen-Tattoo.

Wenn das kein verräterisches Zeichen ist, weiß ich auch nicht. Ich habe Xavier damals erzählt, dass ich ein Tattoo auf meiner linken Schulter habe. Ich war mir sicher, dass er sich nicht mehr erinnert. Aber nun stehen wir hier. In Finns Garage, umgeben von Lamborghinis und Teslas, und sehen einander in die Augen.

Beim Anblick der Raupe zwischen meiner Schulter und meinem Schlüsselbein bleibt Xavier der Mund offen stehen. Sein Gesichtsausdruck verrät mir, dass er bis zu diesem Moment nicht hundertprozentig sicher war.

»Gib es zu«, wiederholt er, sobald er sich wieder gefasst hat.

Ich kaue auf meiner Unterlippe.

»L, ich weiß, dass du es bist. Sag es einfach.« Er hält kurz inne. »Bitte.«

Jetzt fleht er mich an. In die Ecke gedrängt senke ich den Blick zu meinen Füßen und ergebe mich mit einem krächzenden, kaum hörbaren *»Ich bin es«*.

Xavier taumelt einen Schritt zurück.

Dann erstarrt er für mehrere Sekunden.

»Aber … Du … Ich …«, stammelt er in dem Versuch, sich auf ein Gefühl festzulegen. Endlich kommt er zu einer Entscheidung. *»Die ganze verdammte Zeit?«*, knurrt er. »Du hast mich darüber jammern lassen, wie ich die Sache zwischen uns verbockt habe, während du … direkt neben mir gesessen hast?«

Okay, er hat sich wohl für Wut entschieden.

Ich hebe den Blick. In meinem Kopf wirbeln Bilder, wie er Lacey förmlich verschlungen hat. Wie er Brie vermutlich von hinten genommen hat, während ich so dumm war, ihm in meinen Geständnissen mein Herz auszuschütten.

Fahrig streicht er sich durch sein Haar und stößt ein wütendes »Mein Gott, ich fasse es nicht« aus.

Ich kann nicht glauben, dass ich dich immer noch will.

»Oh, tut mir leid. War das, bevor oder nachdem du Lacey deine Zunge in den Hals gesteckt hast?«, feuere ich zurück.

Mein Kommentar lässt ihn explodieren. Seine Kiefermuskeln spannen sich an, als ich ihn mit den Fakten konfrontiere.

»Ich weiß, dass du meine Nummer blockiert hast«, sagt er zu meiner Überraschung. »Ich habe sie nie küssen wollen. Das wüsstest du, wenn du eine meiner Trillionen Nachrichten gelesen hättest.«

»Ja klar«, höhne ich. »Du bist gestolpert und aus Versehen auf ihrem Mund gelandet. Genau.«

Warum mache ich mir überhaupt die Mühe?

Das mit uns war ein Fehler. Ein. Verdammter. Anfänger. Fehler. Jetzt bleibt mir nur, Ashley zu finden, dieses Haus so schnell wie möglich zu verlassen und diese Brieffreund-Katastrophe ein für alle Mal zu vergessen. Ich greife nach der Klinke und ziehe die Tür einen Spalt auf, aber Xav knallt seine flache Hand gegen das Holz, sodass sie wieder zuschlägt.

»Geh mir aus dem Weg, Xavier«, warne ich ihn.

»Nein«, sagt er nur.

»Ich sagte weg da!« Ich stoße mit meiner Schulter gegen seine feste Brust. Er rührt sich nicht vom Fleck.

»Du gehst nicht, bevor wir verdammt noch mal geredet haben!«

»Was gibt es da zu reden?«, brülle ich. »Du hattest recht. Es hatte immer so enden sollen. Damit, dass du mit einer der Cheerleaderinnen rumknutschst, während ich …«

»Ich dachte, sie wäre du.«

Ich mache einen Schritt zurück, weil ich Abstand brauche.

»Du … was?«, stoße ich aus.

»Das ist die Wahrheit.« Er kommt näher. »Das musst du mir glauben, Vee. Das Erste, was ich getan habe, als sie in das Zimmer kam, war, sie zu küssen. Nein, streich das. Das Erste, was ich getan habe, war, *dich* zu küssen.«

Mein Magen verdreht sich bei der Vorstellung, wie Xavier mein Gesicht in den Händen hält und mich anstelle von ihr küsst. Langsam und hart, um uns von den Wochen der aufgestauten Spannung zu befreien.

Mein Handy piept mit einer Nachricht von Dia.

Dia: Hat Lacey dich erwischt? Sie hat deine Schlüssel gefunden und ist hoch zu Finns Zimmer, um sie dir zu geben.

Dia: Vergiss es. Ich habe gerade mit ihr gesprochen. Sie meinte, sie hätte dich nicht gesehen. Ich habe deine Schlüssel jetzt. Sag Bescheid, bevor du gehst. Xo

Heilige Scheiße.

Ist Lacey *deshalb* in Finns Zimmer gewesen? Um mir meine Schlüssel zurückzugeben? Axel ist mir in die Quere gekommen, als er versucht hat, mich mit einem seiner Freunde zu verkuppeln, was Lacey Gelegenheit gegeben hat, vor mir dort zu sein.

Xavier sagt die Wahrheit, oder?

»Selbst wenn da zwei Prozent Wahrheit drinstecken würden, ändert das nichts daran, dass dir nicht aufgefallen ist, dass es nicht i…« Ich unterbreche mich.

Das ist nicht fair. Er konnte nicht wissen, dass es nicht ich war. Er hat mich nie gesehen. Dennoch ertrage ich den Gedanken nicht, dass er *Love* mit der verdammten Lacey Mattson verwechselt hat.

Kennt er mich denn gar nicht?

Nach all unseren Nachrichten?

All unseren Geständnissen?

»Oh, und vergessen wir nicht, dass du vorhattest – wie hat er es noch ausgedrückt …?« Ich male Gänsefüßchen in die Luft. *»Bei mir zu landen?«*

Schuldgefühle huschen über Xaviers Gesicht, und die Enttäuschung zerquetscht das letzte kleine bisschen von diesem Ding in meiner Brust. Finn hat nicht gelogen.

Xav zieht eine Grimasse. »Wer hat dir das erzählt?«

»Ist das wichtig?«

»Aveena, wer zum Teufel war es?«, zischt er.

»Ich habe Finn und Theo reden hören.«

Bitte sag mir, dass ich mich irre, flehe ich innerlich. *Sag mir, dass Love mehr als nur eine Eroberung war. Mehr als eine glänzende Trophäe für dein Regal.*

Sein Schweigen ist meine Antwort.

»Verstanden.« Ich nicke und mache mich wieder auf zur Tür, doch erneut schießt seine Hand vor. Dieses Mal, um mein Handgelenk zu packen.

»Vee, warte. Lass … lass es mich erklären.«

»Spar dir deine Erklärungen für jemanden, den sie interessieren.« Ich entziehe ihm meine Hand. »O ich weiß! Warum versuchst es nicht bei Brie? Immerhin ist sie diejenige, die du vögelst, während du ihr falsche Hoffnungen machst, oder?«

Ich erwarte, dass er sich jetzt schämt, aber seine unverfrorene Antwort raubt mir den Atem.

»Die ich gevögelt *habe.*«

»Was?« Mehr bringe ich nicht heraus.

»Du hast mich gehört.« Er kommt gefährlich nahe. »Ich habe das schon vor Wochen beendet. Was du wüsstest, wenn du es mich nur eine verdammte Minute erklären lassen würdest. Aber du weißt ja offenbar schon alles. Also warum solltest du, richtig?«

Er kommt immer näher, und ohne nachzudenken, ziehe ich mich weiter zurück, während mein Puls in besorgniserregende Höhen klettert.

»Tu nicht so, als wäre Love für dich je mehr als ein One-Night-Stand gewesen«, spucke ich aus. »Ich habe Finn gehört …«

Er schnaubt. »Was du gehört hast, war Finn, der seinen üblichen Schwachsinn von sich gibt. Er hat über meine Schulter deine Nachricht gelesen, in der du mich gebeten hast, dich zu treffen. Deinen Namen hat er nicht gesehen. Er ist einfach davon ausgegangen, dass ich mich für so was mit einem Mädchen treffe. Mein einziger Fehler bestand darin, seine Annahme nicht korrigiert zu haben.«

Oh.

»Streich das. Mein Fehler war, weiterhin mit Brie zu schlafen, um mich davon zu überzeugen, dass du mich nicht interessierst.«

Ich schlucke schwer.

Fall nicht darauf rein.

Jetzt sagt er nichts mehr.

»Wow.« Ich schüttle den Kopf. »Du bist gut, Emery. *Eine glatte Zehn*. Beinahe wäre ich darauf hereingefallen.«

»Ich lüge nicht, verdammt noch mal!«

»Und? Soll ich glauben, dass du meinetwegen deine Bettgeschichte aufgegeben hast?« Ich zwinge mich zu einem Lachen, das aber falsch klingt. *Schmerzhaft.* »Deine perfekte Cheerleader-Freundin mit dem perfekten Körper? Geh zu ihr zurück, Xavier. Lass dich von mir nicht aufhalten.«

»Du hast mich aber aufgehalten!«, faucht er angespannt zurück, und dieser Ausbruch trifft mich unvorbereitet. »Verdammt, Vee, verstehst du das nicht? Du hast mich aufgehalten, bevor ich überhaupt wusste, wer du bist.«

Sein Geständnis erschüttert mich bis ins Mark.

Es fühlt sich an, als würde alle Luft aus meinen Lungen gepresst, als er auf mich zukommt wie ein Raubtier auf seine Beute. Mir entfährt ein Keuchen, als ich mit den Oberschenkeln gegen den weißen Tesla von Finns Dad stoße.

Xavier stützt sich mit seinen Armen links und rechts neben mir ab und nimmt mich auf der Motorhaube gefangen. Alle meine Muskeln spannen sich an und mein Brustkorb hebt und senkt sich so heftig, dass ich unmöglich Gleichgültigkeit vortäuschen kann.

Du kannst ihm nicht entkommen.

»Ich will sie verdammt noch mal nicht«, zischt er. »Was braucht es, damit du das verstehst?«

»Warum?«, platzt es aus mir heraus. »Warum willst du sie nicht? Oder Lacey? Oder jedes andere der eine Million Mädchen, die ein Organ verkaufen würden, um fünf Minuten mit dir allein zu sein?«

Warum sollte ich glauben, dass ihm je etwas an Love gelegen hat?

An *mir*?

Warum sollte ich irgendetwas von dem glauben, was er sagt?

»Ich will sie nicht, weil sie kein Raupentattoo an der Schulter haben.« Xavier umfasst mein Gesicht mit seinen Händen. »Ich will sie nicht, weil sie nicht diejenigen sind, die mich in einer Welt voller verdammter Schwachköpfe verstehen.« Er lacht atemlos auf. Das fluoreszierende Licht der Garagenlampen schimmert in seinen Augen. »Sie treiben mich nicht in den Wahnsinn. Also ja, ich habe das mit Brie beendet. Und ja, ich habe herausgefunden, dass Lacey nicht du ist.«

Dann setzt er meine Erwartungen an jeden zukünftigen Mann viel zu hoch.

»Denn keine von ihnen ist du, Vee. *Keine verfluchte Einzige von ihnen.*«

Das ist es.

Ich bin vielleicht ein großes Risiko eingegangen, als ich vor all diesen Wochen dem Troll geantwortet habe, der meine Grammatik korrigiert hat. Aber das, was ich als Nächstes tue, wird entweder als die beste Entscheidung meines Lebens in die Geschichtsbücher eingehen …

Oder als die schlechteste.

Ich atme ein, packe den Kragen von Xaviers College-Jacke und presse meine Lippen auf seine. Ganz richtig. Ich, Aveena *Angsthase* Harper, wage zum ersten Mal in meinem Leben den Sprung. Sobald unsere Münder einander berühren, gibt Xavier ein kehliges, zufriedenes Geräusch von sich. Sofort umfasst er mein Gesicht mit seinen Händen und erwidert den Kuss mit einer Intensität, für die man ans Ende der Welt gehen würde, nur um sie *ein einziges Mal* zu erleben.

Seine Lippen sind weich, aber nichts an diesem Kuss ist sanft. Nichts an dem, wie er mich erobert, ist *süß*. Xavier küsst mich mit einer Begierde, einem Hunger, den nicht einmal die beste Version von mir stillen könnte. Ich komme mir ungelenk vor, unerfahren, während ich meine Finger in seinen Haaren vergrabe.

Mache ich das hier falsch?

Mache ich mich hier lächerlich?

Ich habe keine Ahnung, was ich tue. Meine erste Erfahrung mit einem Mann hatte ich mit Logan – wobei ich ihn nicht als Mann zähle. Er ist mehr ein menschlicher Mülleimer, und unser Kuss ist mit diesem nicht zu vergleichen.

Er war überstürzt.

Schlampig.

Aber Xavier … Er schmeckt nach Verzweiflung, als hätte ich gerade inmitten einer weltweiten Dürre den letzten Tropfen Wasser gefunden. Und ich weiß nicht viel, aber das hier weiß ich:

Ich werde diese Oase mit niemandem teilen.

Ich übergebe meinem Körper die volle Kontrolle und presse meine Hüften an seine, ohne auch nur ein einziges Mal unseren rauen, hitzigen Kuss zu unterbrechen. Meine Wangen brennen, als ich seine steinharte Erektion an meinem Oberschenkel spüre.

Ich nehme an, ich bin doch nicht so lächerlich?

Seine Finger gleiten zu meinem Nacken, und dann packt er meine rosafarbenen Haare mit der Faust, zieht meinen Kopf zurück, um unsere Verbindung zu vertiefen. All die Chatnachrichten der Welt, all die Nächte, die ich davon geträumt habe, wie es sein könnte … Nichts davon konnte mich auf die Realität vorbereiten.

Die intensivsten Empfindungen kribbeln meinen Rücken hinunter, als er mir sanft in die Unterlippe beißt und sich dann von meinem Mund zurückzieht. Und ein köstlicher Schauer überläuft mich, als er mich an den Oberschenkeln packt und auf die Motorhaube des Autos setzt.

Ich spreize die Beine ein wenig und greife nach der kleinen Kette, die er immer um den Hals trägt. Mit einem Zupfen ziehe ich ihn näher. Sofort prallen seine Lippen erneut gegen meine, während er mich an den Hüften näher zu sich heranzieht.

Mit seinen großen Händen streicht er über meinen Rücken, während wir schamlos auf Mr. Richards' Wagen herummachen. Eine Minute später lösen wir uns luftschnappend voneinander. Xavier verliert keine Zeit und lässt seine Lippen über meinen Hals wandern, sodass ich laut aufstöhne.

Schnell werfe ich meine Haare über die Schulter, um ihm mehr von mir anzubieten. Meine wortlose Bitte lässt ihn grinsen, und er ist mehr als gewillt, meiner Aufforderung Folge zu leisten. Ich ziehe ihn zurück zu meinem Mund und schiebe die Hände unter seine Jacke, während er durch mein Shirt hindurch beginnt, meinen Brustkorb zu streicheln.

»Xav«, stöhne ich an seinem Mund, doch es klingt wie eine Warnung. Übersetzung: Das hier gerät außer Kontrolle.

»Ich weiß«, sagt er schwer atmend.

Aber keiner von uns hört auf. Ich erkenne die Person nicht

wieder, die er aus mir gemacht hat. Alles verschwimmt, als seine Finger meine gepiercten Nippel durch den Stoff berühren. Langsam kreist er mit dem Daumen darüber, und mein dünner Bralette bietet so gut wie keine Barriere.

Wir fallen rückwärts auf die Motorhaube, und ich bin von mir schockiert, als ich anfange, an der Schnalle seines Gürtels zu spielen. *Was. Mache. Ich. Da?* Meine Initiative lässt Xav aufstöhnen. Gerade will ich seinen Gürtel öffnen, als das Universum mit einem Signal auf die Bremse tritt, das wir beim besten Willen nicht ignorieren können.

Das lauteste, ohrenbetäubendste Geräusch schrillt durch die Garage.

Wir haben gerade die Alarmanlage des Teslas ausgelöst.

Schon o.k., Universum, wir können dich hören.

Der Alarm ist so aggressiv, dass es nicht lange dauern dürfte, bis Finn und womöglich die gesamte Partymeute hier reinstürmen, um nachzusehen, was los ist. Atemlos lösen Xavier und ich uns voneinander. In dem Moment piept mein Handy.

Es ist noch mal meine Mom.

Mom: 15 Minuten. Tick-tack.

Ihre vorherige Drohung, die Polizei über Dias Geburtstagsparty zu informieren, blitzt in meinem Kopf auf. Unsanft lande ich wieder im Hier und Jetzt. Ich kann nicht glauben, dass ich Xavier hier stehen lassen muss. Aber es wäre mir lieber, wenn meine beste Freundin an ihrem Geburtstag nicht wegen unerlaubtem Alkoholkonsum verhaftet würde.

»Mist. Ich muss …«

»Geh«, unterbricht Xavier mich. »Finde deine Schwester, bevor deine Mom uns an die Polizei verpfeift.«

Wie viel von dem Telefongespräch hat er mitbekommen?

Ich rutsche von dem weißen Auto, dessen Alarm immer noch

in unseren Ohren dröhnt, und renne zur Tür. An der Schwelle halte ich inne.

Ich habe das Gefühl, dass ich etwas sagen sollte.

Dass ich den erinnerungswürdigsten Kuss meines Lebens irgendwie anerkennen sollte. Also werfe ich Xav einen Blick zu, setze ein entschuldigendes Lächeln auf und sage mit gepresster Stimme: »Xavier, es … es tut mir so leid.«

Und das tut es wirklich. Weil ich ihn hier so zurücklassen muss.

Aber er scheint zu glauben, dass meine Entschuldigung dem gilt, was wir gerade getan haben, denn das Letzte, was ich höre, bevor ich losrenne, ist …

»Mir nicht.«

18. KAPITEL

AVEENA

Ich habe mein ganzes Leben lang gedacht, ich wäre des Titels der *großen Schwester* wert. Ich glaubte, jemandes große Schwester zu sein würde mich generell zu einem größeren Menschen machen. Ich war die Weise, die Erfahrene und diejenige, die dafür verantwortlich war, meine jüngere Schwester vor jeglichem Schaden zu bewahren. Dann überraschte ich Ashley dabei, wie sie in Finns Badewanne mit einem shirtlosen Basketballspieler rummachte, und mit einem Mal …

Fühle ich mich nicht mehr so groß. Im Gegenteil, ich komme mir verdammt klein vor.

Sie endete in der Badewanne auf dem Schoß des ultimativen Playboys der Easton High und stöhnte in sein Ohr, während seine Lippen ihren Hals brandmarkten. Alles nur, weil sie verletzt ist. Weil *ich* sie verraten habe.

Ich kann ihr wirklich nicht vorwerfen, dass sie versucht, zu vergessen. Wir alle brauchen ab und zu eine kleine Flucht.

Ich wünschte nur, sie hätte sich nicht in Theodore Cox' Mund geflüchtet.

»Theo? *Wirklich?*«, sage ich, nachdem wir fünf Minuten schweigend gefahren sind. Ash hat kein Wort gesagt, seit ich sie förmlich aus der Badewanne gezerrt und auf den Beifahrersitz meines Autos verfrachtet habe. Ihr mag es egal sein, ob Mom die Cops zu Dias Party schickt, aber *mir nicht.*

Kindisch lacht sie auf und sagt: »Ach, so heißt er?«

»Was hättest du getan, wenn ich nicht aufgetaucht wäre, hm? Hättest du mit ihm geschlafen?«, bohre ich nach. Das Bild, wie Theo ihr seine Zunge in den Hals steckt, ist noch zu frisch.

Ich hoffe wirklich, dass das eine einmalige Sache war. Theo

würde lieber tot über dem Zaun hängen, als sich auf eine Beziehung einzulassen. Und Ashley braucht nicht noch einen Herzensbrecher, der nur Chaos und Zerstörung in ihrem Leben zurücklässt.

Sie zuckt mit den Schultern. »Vermutlich.«

»Ash, du hast etwas Besseres verdient. Die Bodyshots und dann mit irgendeinem Sportler in der Badewanne rummachen … Ich weiß, dass du verletzt bist, aber das wird nicht helfen.«

Ich könnte mich selbst dafür ohrfeigen, ihr Vorhaltungen zu machen. Ich bin mir wohl bewusst, dass ich gerade wie Mom klinge, aber es ist peinlich, wie hilflos ich bin. Ich weiß einfach nicht, was ich sonst zu ihr sagen soll. Wie spricht man mit seiner Schwester, wenn man weiß, dass man seine Jungfräulichkeit an ihren Ex-Freund verloren hat?

Wie schaut man ihr *jemals* wieder in die Augen?

Wieder vergehen ein paar Minuten, in denen wir schweigen. An einer roten Ampel binde ich mir die Haare zum Pferdeschwanz. Ich ertrage es nicht, wenn sie mir beim Fahren in die Augen fallen.

Sobald die Ampel grün wird, platzt es empört aus Ashley heraus: »Machst du verdammt noch mal Witze?«

Überrumpelt von dem plötzlichen Ausbruch wäre ich fast von der Fahrbahn abgekommen.

»Was denn?«, brülle ich so laut wie sie.

»Du machst mir Vorwürfe, weil ich mit einem Typen rumgemacht habe, während du das Gleiche getan hast?«

Meine Wangen werden heiß.

Ich schlucke. »Wovon redest du da?«

»Glaubst du, ich bin blind? Du hast einen Knutschfleck von der Größe meiner Faust, Vee.«

»Wirklich?« Ich befühle meinen Hals mit den Fingern.

Verdammt, Xavier.

»Du bist echt unglaublich«, stößt Ash aus und stemmt ihre

dreckigen Schuhe gegen mein Armaturenbrett, einfach nur, um mich zu ärgern. Sie weiß, dass ich es hasse, wenn sie das tut. Verlegen löse ich meinen Pferdeschwanz wieder.

»Du weichst meiner Frage aus«, sage ich, obwohl mir bewusst ist, dass ich gerade jegliche Glaubwürdigkeit verloren habe. »Ich kenne dich, Ash. Das bist nicht du.«

Ein raues, hasserfülltes Lachen steigt in ihr auf. »Ach, du kennst mich, hm? Tja, ich habe Neuigkeiten für dich, Schwesterherz. Wir kennen einen anderen Menschen niemals wirklich. *Das ist ein Mythos*. Nimm zum Beispiel mich. Jedes Mal, wenn ich denke, ich würde jemanden kennen, stellt er sich als fremdgehendes, misshandelndes Stück Scheiße heraus. Oder eine den Freund stehlende Verräterin.«

Bei dem einen Teil ihres Satzes zucke ich zusammen.

»Warte mal.« Ich verspanne mich. »Misshandelnd? W-was meinst du damit?« Ich umklammere das Lenkrad so fest, dass meine Knöchel schmerzen. Wenn Logan Hand an sie gelegt hat, werde ich ihm den Hals brechen.

Sie stellt sich taub.

»Ash, hat Logan dir etwas angetan?«, bedränge ich sie.

Ihre Antwort besteht darin, den Kopf gegen die Kopfstütze zu lehnen und aus dem Fenster zu starren.

Gerade will ich weiterbohren, als sie beschließt, dass sie noch mehr zu sagen hat. »Du bist so eine Heuchlerin, Vee. Du sagst mir, ich solle nicht mit irgendeinem Typen schlafen, obwohl du mit meinem Ex ins Bett gesprungen bist!«

Schuldgefühle schnüren mir die Kehle zu. »Ich habe mit dir darüber reden wollen.«

»Na gut, dann rede. Wie war Logans Schwanz? Gut? Wie hat er sich angefühlt? Bist du gekommen? Hat er dir das Gefühl gegeben, etwas *Besonderes* zu sein?«

Unter ihren grausamen Fragen breche ich zusammen.

Ich trete so hart auf die Bremse, dass Ashley erschrocken aufschreit. Dann halte ich am Straßenrand an und kämpfe mit aller Macht gegen die Tränen an. Ich habe mir jahrelang auf die Zunge gebissen, um nichts darüber zu sagen, wie Mom und sie mit mir umgehen. Aber jetzt ertrage ich es nicht eine Sekunde länger.

»Das glaubst du also? Dass ich mich *gut* gefühlt habe?«, brülle ich. »Dass ich mich, sobald es vorbei war, nicht sofort im Badezimmer übergeben habe? Dass ich nicht jede Sekunde davon gehasst habe?« Ich schmecke salzige Tränen auf meinen Lippen. »Ich habe mit ihm geschlafen, weil ich traurig war, Ash. Und elendig. Und einsam. Du und Mom seid für einige Tage *ohne mich* in den Urlaub gefahren. Dann tauchte Logan mit einem Karton voller Sachen auf, die du bei ihm gelassen hattest, und er war nett. Ihm ist mein Elend aufgefallen, und er hat so getan, als läge ihm etwas an mir. Er hat mir zugehört, und zum ersten Mal seit Dads Tod hatte ich das Gefühl, wichtig zu sein. Als er mich dann also geküsst hat, *habe ich es zugelassen*. Und nein, es war nicht gut. Er war rücksichtslos und brutal während …« Ich kann den Satz nicht zu Ende bringen. »Und nein, ich habe mich nicht besonders gefühlt. Ich habe mich wie Müll gefühlt, Ash. Aber das Gefühl wirst du nicht kennen, oder? *Natürlich nicht.* Denn dir hören die Leute zu, seit du auf die Welt gekommen bist«, spucke ich aus.

Während ich in Tränen und Rotz ertrinke, gebe ich mir einen Moment, um meine Wut herunterzufahren, bevor ich Ash in die Augen schaue. Ihr Mund steht offen und der Schock ist ihr ins Gesicht geschrieben.

»Ich habe einen Fehler begangen, Ash. Und den werde ich für den Rest meines Lebens bereuen.« Ich schniefe. »Aber glaube nicht für eine Sekunde, dass es sich *gut* angefühlt hat.«

Schweigen senkt sich über den Wagen.

Und dann steigen Tränen in den Augen meiner Schwester auf.

»Ich … ich hatte ja keine Ahnung«, krächzt sie.

Ich sage nichts, sondern wische mir nur die Wangen ab.

»Wir sind immer davon ausgegangen, dass du nicht mitkommen willst. Bei unseren Reisen ging es immer nur um Musik und Geschäftstermine und … Gott, Vee, wie lange fühlst du dich schon so?«

Während ich in tausend Teile zerbreche, flüstere ich: »Schon seit Ewigkeiten.«

Ash kaut auf ihrer Unterlippe, und eine Träne rollt ihr über die Wange.

»Und ich versuche nicht, mein Verhalten zu entschuldigen, Ash. Ich weiß, es ist unverzeihlich. Aber ich ertrage es einfach nicht, dass du glaubst, ich hätte das zum Spaß gemacht oder … weil ich versucht habe, dir den Freund auszuspannen. Es ging nicht um ihn. Es ging darum, dass ich jemanden brauchte, der *mich* will. Nur ein einziges Mal.« Ich klinge erbärmlich. Wie ein kleines Mädchen, das zu wenig Aufmerksamkeit bekommt und immer noch darauf wartet, dass ihr Dad kommt und alles wieder richtet.

Ihr sagt, dass sie auch wichtig ist.

Aber Dad wird so schnell nicht mehr nach Hause kommen.

Es ist an der Zeit, das zu akzeptieren.

»Mein Gott, ich bin so selbstsüchtig.« Ashley erschaudert.

»Bist du nicht«, widerspreche ich.

Sie zieht eine Augenbraue hoch.

»Okay, ein bisschen, aber du bemühst dich, es nicht zu sein.«

Ein kleines Lachen perlt über ihre Lippen.

»Wie denn auch nicht? Seit du sprechen konntest, hat Mom dich ins Rampenlicht gestellt.«

Ashley seufzt tief. »Trotzdem. Du bist meine Schwester und ich habe dich verletzt. Das tut mir leid.«

Bin ich verrückt oder hat sie sich gerade …

Bei *mir* entschuldigt?

Nach dem, was ich getan habe?

Das lässt mich nur noch heftiger weinen.

»Mir tut es leid. Mein Gott, es tut mir so, so leid, Ash«, stoße ich zwischen zwei Schluchzern aus.

»Komm her.« Sie streckt ihre Arme in meine Richtung aus, und ich löse den Gurt, um sie zu umarmen. Dann drücke ich sie einmal fest, bevor ich mich zurückziehe, doch sie zuckt zusammen und stößt einen kleinen, schmerzerfüllten Laut aus.

»Mist. Habe ich dir wehgetan?«, frage ich besorgt, während ich mich wieder ordentlich hinsetze. Ich scheine verdammt hart zu umarmen.

»Nein, ich ... Das warst nicht du.« Sie räuspert sich.

Ich verstehe es sofort.

»Ich wusste es. Er *hat* dir wehgetan.«

Sie bestätigt meine Vermutung nicht, aber die Art, wie sie sich auf ihrem Sitz windet, verrät mir alles, was ich wissen muss.

»Deshalb hast du mit ihm Schluss gemacht, oder?«, rate ich.

Den Blick fest auf das Armaturenbrett gerichtet nickt sie.

»Was ist passiert?«, stoße ich durch zusammengebissene Zähne aus, weil die Wut in mir hochkocht.

Ashley seufzt. »Er hat mein Handy genommen und meine privaten Nachrichten gelesen, als ich im Bad war. Er hat gesehen, dass ich mich mit einem Typen über Musik unterhalten habe, und ist durchgedreht. Er hat mich eine fremdgehende Nutte genannt. Da wusste ich, dass er zu weit gegangen ist und ich mit ihm Schluss machen muss. Ich habe ihm gesagt, dass es vorbei ist und er ...« Unter der Erinnerung zuckt sie zusammen. »Er hat mich in das Bücherregal in meinem Zimmer geschubst. Ich bin gestürzt. Dann hat er mich an den Haaren hochgezogen und mir gesagt, dass ihr beide miteinander geschlafen habt. Ich weiß nicht, was passiert wäre, wenn Rob nicht eine Minute später gekommen wäre.«

Ich kann kaum klar denken, und jeder Muskel in meinem Körper spannt sich in Erwartung eines Kampfes an.

»Mein Rücken tut immer noch ein bisschen weh, aber es ist schon besser«, versichert sie mir.

»Ash, du musst ihn der Polizei melden.«

»Rob meinte, das sollte ich nicht tun.« Sie knetet ihre Finger.

»Scheiß auf Rob! Dein Manager hat keine Ahnung. Logan hat dir wehgetan. Das kannst du ihm nicht durchgehen lassen.«

»Nein, er hat recht, Vee. Ich stehe ganz am Anfang meiner Karriere. Eine polizeiliche Untersuchung kann ich jetzt nicht gebrauchen. Ich will das einfach nur hinter mir lassen, den Mistkerl nie wiedersehen, und mich auf meine Karriere konzentrieren.«

Dem stimme ich nicht zu.

Ich würde nichts lieber tun, als Logans Ruf durch den Schmutz zu ziehen und ihn als den lügenden, misshandelnden Scheißkerl zu enttarnen, der er ist. Aber am Ende des Tages ist es ihre Entscheidung.

Ashley hält einen Moment inne, als würde sie ihre Worte in Gedanken noch einmal durchgehen. »Wenn man es überhaupt *meine* Karriere nennen kann«, sagt sie dann.

»Wie meinst du das?«

»Ich weiß nicht. Es ist nur … Mom treibt mich in letzter Zeit so hart an, dass ich mich frage, ob ich überhaupt eine Zukunft in der Musik verfolgen würde, wenn sie nicht wäre. Ich meine, ich liebe es mehr als alles andere, zu singen. Aber trotzdem hätte ich auch gerne ein Leben, verstehst du? Ein Leben ohne den unerträglichen Druck.«

Da mir nicht die richtigen Worte einfallen, damit sie sich besser fühlt, nehme ich mir an ihr ein Beispiel und breite die Arme für eine Umarmung aus. Ashley schmiegt sich an mich und lehnt ihren Kopf an meine Schulter.

»Mein Gott, in Augenblicken wie diesen wünschte ich, Dad wäre noch da. Er hätte nie zugelassen, dass ich überhaupt mit dem verdammten Logan ausgehe«, gesteht sie. »Und er könnte Mom daran erinnern, mich ab und zu mal atmen zu lassen.«

Mein Herz setzt für einen Schlag aus.

Es ist das erste Mal seit Jahren, dass Ashley unseren Vater erwähnt. Zumindest mir gegenüber.

»Wenn er hier wäre, würde er Logan mit seinem Rennwagen überfahren und es wie einen Unfall aussehen lassen«, sage ich, und wir lachen.

»Er fehlt mir so sehr«, gibt sie zu.

»Wirklich?« Neugierde steigt in mir auf. »Versteh mich nicht falsch, es ist nur … du sprichst nie über ihn. Weder am Jahrestag seines Todes noch an seinen Geburtstagen. Ich dachte, du würdest dich nicht an ihn erinnern.«

Immer noch in meinen Armen, sagt sie: »Ich habe von ihm gesprochen. Früher, meine ich. Als wir noch Kinder waren. Aber Mom wurde immer so komisch, wenn ich ihn erwähnt habe. Sie hat mich angesehen, als wäre ich …«

»Ein vierbeiniges Monster?«, beende ich ihren Satz.

Sie lacht leise. »Ja, so in der Art.«

»Das Gefühl kenne ich.« Ich löse mich aus der Umarmung.

»Ich besuche ihn trotzdem noch. Ich gehe jeden Monat zu seinem Grab, wenn Mom glaubt, ich würde mit Rob zu Abend essen.«

»Wirklich?« Sofort füllen sich meine Augen wieder mit Tränen.

Sie nickt.

»Ich auch«, gestehe ich.

»Ist das dein Ernst?« Sie lacht schnaubend. »Du willst mir sagen, wir beide besuchen ihn *allein* auf diesem gruseligen Friedhof, obwohl wir die ganze Zeit gemeinsam hätten gehen können?«

Ich lache darüber, wie lächerlich das klingt, wenn man es laut ausspricht. »Sieht so aus.«

»Mein Gott, Vee. Warum haben wir nie so geredet?« Sie atmet hörbar aus und ergreift meine Hand.

»Du meinst, abgesehen davon, dass du ständig auf irgendeinem Fotoshoot bist? Oder Tanzstunden hast? Oder mit Basketballspielern in der Badewanne rummachst? *Keine Ahnung*«, ziehe ich sie auf, und meine Schwester grinst.

»Lass uns versprechen, dass wir uns niemals wieder so weit voneinander entfernen, okay?« Sie hält mir ihren kleinen Finger hin, denn jeder weiß, dass ein Versprechen nichts wert ist, wenn es nicht mit dem Kleine-Finger-Schwur besiegelt wird. Unbändige Freude durchflutet mich. Ich nicke und verhake meinen kleinen Finger mit ihrem.

»Okay.«

* * *

»Wo zum Teufel seid ihr gewesen?«, poltert Mom, als wir zwanzig Minuten später das Haus betreten. Wir haben völlig die Zeit vergessen, während wir uns über Gott und die Welt unterhalten haben. Sie sitzt im Dunkeln an der Kücheninsel und in ihrer ernsten Miene zeichnen sich Besorgnis und Schlafmangel ab.

Beinahe hätte ich sie gar nicht gesehen, denn das einzige Licht im Raum spendet nur die kleine Lampe in der Abzugshaube. Bevor ich blinzeln kann, springt Mom vom Barhocker und stürmt auf uns zu. Sie trägt ihren schwarzseidenen Morgenmantel und ihre kurzen Haare sind zerzaust.

»Weg«, sagt Ashley, ohne einen Gedanken ans Überleben zu verschwenden.

Sehr mutig.

Dämlich, aber mutig.

»Was zum Teufel hast du zu ihr gesagt?« Mom wendet sich an mich. »Wie hast du deine Schwester dazu überredet, zu lügen und auf diese Kriminellenparty …«

»Sie hat mich zu *gar nichts* überredet, Mom«, unterbricht Ashley sie. »Ich bin ganz alleine da hingegangen.«

Moms Blick huscht zwischen Ashley und mir hin und her, als warte sie darauf, dass einer von uns sagt: *»Reingelegt.«*

»Aber … Ashley, Liebling, warum würdest du …«

»Leben wollen? Meine Jugend genießen? Neue Dinge erleben? Puh, keine Ahnung, Mom. Vielleicht, weil ich ein Mensch bin?« Mit diesen Worten enttarnt Ashley, wie toxisch diese *Momager*-Situation wirklich ist. Für einen kurzen Moment wirkt es so, als würde Mom etwas sagen wollen. Doch dann setzt sie wieder ihr Pokerface auf.

»Ashley, Süße, warum benimmst du dich so? Wo wir so kurz davorstehen, unser Ziel zu erreichen?«

»Mein Ziel, Mom. *Meines*«, korrigiert Ashley sie. »Nicht deins. Das hier ist mein Leben. Meine Zukunft. Meine Träume. Manchmal glaube ich, dass du das vergisst.«

»Nach allem, was ich für dich getan habe? Nachdem ich meinen Job für dich aufgegeben und für dich gearbeitet habe, willst du so tun, als hätte das *nichts* mit mir zu tun? Das geht zu weit, junge Dame.«

»Ich? Und was ist mit dir? Bist *du* nicht auch zu weit gegangen, als du damals Dads Brief verbrannt hast?«

Ashleys Erwiderung haut mich um.

Ich wünschte, ich wäre wie sie.

Mutig und stark genug, meine Meinung zu sagen.

Sobald das Wort »Dad« fällt, macht Mom dicht. Sie zwingt sich, ihre Miene wieder unter Kontrolle zu bringen.

»Darüber will ich nicht reden«, sagt sie ausdruckslos.

»Das ist zu schade«, beharrt Ashley. »Denn wir schon. Vee und ich habe uns unterhalten, und wir können so nicht weiterleben. Wann werden wir über Dad reden? Es ist, als hättest du ihn einfach ausradiert, Mom.«

»Das habe ich nicht. Ich habe euch zur Therapie geschickt, damit wir das alles hinter uns lassen können.« Ich sehe den Schmerz durch ihre Augen wallen, als sie das sagt.

Wir dringen zu ihr durch.

»Was, wenn wir das aber nicht einfach so hinter uns lassen

wollen?«, werfe ich ein. Ashley färbt offenbar auf mich ab. »Was, wenn wir *lernen* wollen, ohne ihn zu leben, anstatt so zu tun, als hätte er nie existiert? Hast du je darüber nachgedacht?«

»Es reicht«, befiehlt Mom und ihr Kiefer ist ganz angespannt.

»Nein, es reicht nicht«, widerspreche ich. »Wir haben neun Jahre lang den Mund gehalten. Neun Jahre lang so getan, als würden wir ihn nicht jeden einzelnen Tag vermissen. Wir können ihn nicht vergessen, nur weil du es getan hast.«

Da bricht sie in Tränen aus.

Das habt ihr richtig gelesen.

Meine Mutter hat seit dem Moment, in dem sie mich vom toten Körper meines Vaters weggezogen hat, keine Gefühle mehr gezeigt. Doch jetzt bricht sie mitten in unserer Küche in Tränen aus.

»Ihr glaubt, ich hätte ihn vergessen?«, brüllt sie förmlich.

Ich fühle mich verloren, unvorbereitet. Als wäre der Zusammenbruch meiner Mutter ein Job, für den ich nicht ausgebildet bin. Ohne ein Wort wendet sie sich in Richtung Treppe. Aus einem Instinkt heraus packe ich Ashley am Handgelenk und folge ihr. Wir nehmen zwei Stufen auf einmal und erreichen den ersten Stock, wo Mom zu Dads Trophäenraum läuft.

Ich meine, *ihr Büro*.

Sie steckt den Schlüssel in das Schloss der Tür, die sie seit Dads Tod hinter sich verschlossen hält. Ash und ich sind immer davon ausgegangen, dass sie einfach nur nicht will, dass wir unsere Nasen in ihre Angelegenheiten stecken.

»Ihr glaubt, er ist mir egal?«, schluchzt sie, während sie mit dem Schloss kämpft. Dann drückt sie die Tür auf, geht hinein und bedeutet uns, ihr zu folgen. Ich bin kaum über die Schwelle getreten, als mein Herz sich schmerzhaft zusammenzieht. Mom sagt nichts, sondern zeigt nur stumm um sich.

Jeder Quadratzentimeter der Wände und der Decke ist mit Bildern von ihm und uns vor seinem Unfall bedeckt.

Jeder. Verdammte. Quadratzentimeter.

Einige sind Polaroids, andere entwickelte Fotos. Alle erzählen sie eine Geschichte. Das erste Foto, das ich entdecke, wurde an dem Tag meiner Geburt aufgenommen. Als mein Vater eines der wichtigsten Rennen seiner Laufbahn hatte, setzten bei meiner Mom die Wehen ein. Er fuhr so schnell ins Krankenhaus, wie er nur konnte. Aber es war zu spät.

Ich war bereits da.

Er trägt noch seinen Rennanzug und steht neben dem Krankenhausbett meiner Mutter, den Daumen in die Luft gereckt. Sie hält mich in den Armen und wirkt erschöpft.

Glücklich.

Das nächste Foto ist von dem Tag, als Dad Ashley und mich mit zum Angeln genommen hat, als ich sieben war. Das ganze Wochenende über haben wir keinen einzigen Fisch gefangen, und Ashley fiel auf der Jagd nach einem Schmetterling ins Wasser. Und ich bekam so viele Bienenstiche ab, dass ich mich eine Woche lang nicht bewegen konnte, ohne vor Schmerzen zu heulen. Ich erinnere mich noch, wie Dad darauf bestand, dass wir ein Foto mit dem einzigen Fisch machen, den wir fangen konnten, bevor wir wieder nach Hause fuhren. Er war sehr klein.

Und nachdem wir das Foto gemacht haben, ließen wir ihn wieder frei.

Auf dem Bild ist Ashley tropfnass, ich sehe dank des wütenden Bienenschwarms aus wie ein Erdbeerfeld, und Dad hält den winzigen Fisch in die Luft.

Klingt wie der schlimmste Ausflug aller Zeiten, oder?

Und doch … ist es eine meiner liebsten Erinnerungen mit ihm.

Ich lasse meinen Blick durch den Raum schweifen. Es gibt hier nicht einen einzigen Gegenstand, der nicht meinem Vater gehört hat. Sie hat seinen alten Schreibtisch behalten und sogar den grässlichen Bürostuhl mit dem Leopardenbezug, den Dad auf der Straße gefunden hat, als er achtzehn und pleite war.

Sie hat bis zu unserer letzten Erinnerung an ihn alles behalten.

Bis zu unserem letzten Foto.

Mom hat es zehn Minuten vor dem Unfall gemacht. Er hält Ashley und mich im Arm. Wir lachen, als gäbe es kein Morgen. Wir hatten nicht die geringste Ahnung, dass es wegen eines kurzen Augenblicks auch kein Morgen geben würde.

Zumindest nicht für Dad.

»Sieht das für euch aus, als würde ich ihn vergessen?« Moms Stimme klingt so schwach und gebrochen. Ich frage mich, wie sie all die Jahre über so stark sein konnte. Doch als sie zu Boden sinkt, die Knie auf den Holzfußboden gepresst, und sich weinend die Hände vors Gesicht schlägt, weiß ich es.

Ich weiß es einfach.

Sie war nie stark.

Sie hat nur so *getan*.

Noch nie zuvor habe ich mich meiner Mutter in irgendeiner Weise verbunden gefühlt. Eine Weile konnte ich sogar kaum glauben, dass wir die gleiche DNA teilen. Aber als ich sie jetzt in diesem Moment anschaue, sehe ich mich selbst. Wie ich alleine in meinem Auto an den Quellen sitze und weinend einen Brief schreibe.

Ich will sie umarmen, doch Ashley kommt mir zuvor und lässt sich auf den Boden sinken. Sie schlingt die Arme um sie und Mom krallt ihre Hände in Ashleys Kleidung, wie eine Ertrinkende. Ashley schaut zu mir hoch und bedeutet mir mit einer Kopfbewegung, mich zu ihnen zu gesellen.

Meine Hände zittern, als ich mich auf Moms andere Seite setze. In der Sekunde, in der ich meinen Arm um sie lege, fängt sie an, lauthals zu schluchzen.

»Es tut mir so leid, meine Mädchen. Ich dachte …« *Sie schnieft.* »Ich dachte, ich würde euch beschützen.« Sie nimmt die Hände vom Gesicht und sieht mich durch tränenverschleierte Augen an. »Vor allem dich, Aveena. Ich wusste nicht, was ich zu dir sagen sollte, nachdem du … Mein Gott, du warst so winzig.« Sie schlägt sich die Hand vor den Mund, als ertrüge sie den Gedanken nicht. »Als ich dich weinend in seinem Schoß vorgefunden habe … Mein kleines Mädchen, das auf dem kalten Körper seines Vaters lag. Ich … ich hatte das Gefühl, als deine Mutter versagt zu haben. Ich sollte dich doch beschützen.« Erneut wird sie von Schluchzern geschüttelt.

Der einzige Unterschied ist: *Jetzt weine ich auch.*

Ich nehme ihre Hand und verschränke meine Finger mit ihren.

»Ich wollte, dass du es vergisst. Ich habe versucht, so weiterzumachen, als wäre nichts passiert. Curts Tod sollte dich nicht für den Rest deines Lebens verfolgen, so wie er mich verfolgt. Aber schlussendlich habe ich die Erinnerung nur fester in deinem Kopf verankert. Indem ich dir verboten habe, darüber zu sprechen, habe ich nur dafür gesorgt, dass du noch mehr daran denkst. Und ich konnte dich nicht berühren oder umarmen, ohne zusammenzubrechen. Mein Gott, es tut mir so leid.«

»Es ist alles gut, Mom«, flüstere ich, und die Worte kratzen wie Dornen in meiner Kehle.

»Nein, es ist nicht gut, Liebling. Ich wusste, dass du meine Hilfe am nötigsten hattest. Und trotzdem habe ich dich von mir gestoßen, weil ich … weil ich mir nicht einmal ansatzweise *selbst* helfen konnte.« Sie hebt die Hand und legt sie an meine Wange. Unter dieser zärtlichen Geste stockt mir der Atem. Ich kann mich nicht erinnern, wann sie mich das letzte Mal so berührt hat. »Ich war so sehr darin gefangen, dass ich die Liebe meines Lebens verloren habe, dass mir nicht in den Sinn gekommen ist, dass meine Mädchen den Verlust ihres Vaters genauso sehr betrauern. Und das tut mir leid. Für euch beide.«

Ich habe es vorher nie auf diese Weise sehen können …

Aber jetzt schon.

Eltern sind keine Superhelden. Übermenschen.

Sie sind einfach nur *Menschen,* die ihr Bestes geben, Fehler machen, hinfallen und auf allen vieren vorwärtskriechen müssen, bis sie wieder aufstehen können. Meine Schwester und ich tauschen einen Blick, der tausend Worte enthält. Ash nickt und signalisiert mir damit ihre Zustimmung, dass wir das Kriegsbeil endlich begraben. Damit werfe ich die Last ab, die ich seit Urzeiten mit mir herumschleppe.

»Wir vergeben dir, Mom«, flüstere ich rau und schmeiße mich ihr in die Arme. Mindestens fünf Minuten lang bleiben Ash, Mom und ich auf dem Boden sitzen und umarmen einander. Wir weinen, wir entschuldigen uns, und wir weinen noch ein bisschen mehr.

»Ich liebe euch, meine wundervollen Mädchen«, flüstert Mom.

Ash weint zu heftig, um antworten zu können. Also übernehme ich und spreche die vier kleinen Worte aus, die wir seit neun Jahren nicht zueinander gesagt haben.

»Ich liebe dich auch, Mom.«

19. KAPITEL

AVEENA

Nach unserem Kuss habe ich keine Nachricht von Xavier bekommen.

Zu seiner Verteidigung muss ich allerdings sagen, dass ich ihn stehen gelassen hatte, um Ashley zu finden. Ganz zu schweigen davon, dass ich zwischendrin sogar seine Nummer blockiert hatte. Das habe ich zwar innerhalb weniger Stunden wieder rückgängig gemacht, aber mein Angstmonster, das sich von Unsicherheit ernährt, ließ sich die Gelegenheit nicht entgehen, mich in den Wahnsinn zu treiben.

Was, wenn ich eine grauenhafte Küsserin bin?

Was, wenn er erkannt hat, dass ich doch nicht sein Typ bin?

Was, wenn wir nun nie wieder miteinander reden?

Es brauchte allen Mut und eine ordentliche Standpauke an mich selbst, um ihm am nächsten Morgen eine Nachricht zu schicken.

Ich saß in meinem Auto, nur wenige Minuten von der Duke University entfernt, und wartete auf das Vorstellungsgespräch für mein Stipendium. Ich will nicht so tun, als hätte ich bei der Bewerbung nicht damit gerechnet, dass sie mir eine Chance geben. Um perfekte Noten zu kriegen, habe ich mir während der gesamten Highschoolzeit den Arsch aufgerissen. Trotzdem war mir bewusst, dass gute Noten allein nicht automatisch ein Stipendium bedeuten. Also habe ich das *Einzige* genutzt, das mich aus der Masse herausstechen lassen konnte.

Meine Schwester.

Am Telefon hatte die Dame von der Zulassungsabteilung großes Interesse an Ashleys Promistatus gezeigt. Ständig sprach sie Ashs unglaublichen Erfolg in so jungen Jahren an. Eventuell habe ich die Geschichte ein wenig ausgeschmückt, insbesondere die Verantwortungen, die ich im Laufe ihrer Karriere »gemanagt« habe. Was soll ich sagen? Während der Highschool habe ich so viel Zeit damit verbracht, die persönliche Assistentin meiner Schwester zu spielen, dass nur wenig Zeit für außerschulische Aktivitäten blieb. Deshalb könnt ihr darauf wetten, dass ich die eine Trillion Erledigungen, um die ich mich in den letzten sechs Jahren gekümmert habe, zu meinen Gunsten eingesetzt habe.

Mein Blick flog über unseren Chatverlauf. Nachdem er seine Zunge in meinen Mund gesteckt und außerdem meinen Hals mit dem größten Knutschfleck aller Zeiten verziert hatte, überlegte ich, seinen Namen in meinem Handy zu ändern.

Aveena: Hey, wegen gestern. Es tut mir leid.

Eine halbe Stunde später hatte er immer noch nicht geantwortet, und in mir wuchs die Sorge.

Bis mein Handy mit einer Antwort piepte.

Xavier: Was genau tut dir leid?

Aveena: Dass ich dich einfach so habe stehen lassen.

Xavier: Dafür musst du dich nicht entschuldigen.

Aveena: Das will ich aber.

Xavier: Du hast uns alle vor der Polizei bewahrt. Wenn überhaupt sollte ich dir danken.

Aveena: Trotzdem. Wir waren da irgendwie gerade mitten in einer Sache …

Xavier: Fuck, Vee … Erinnere mich nicht daran. Ich werde hart, wenn ich nur daran denke.

Zu behaupten, dass ich bei diesem Geständnis nicht laut gequiekt habe, wäre gelogen.

Xavier: Was machst du heute? Ich muss dich sehen.

Ich schätze, das beantwortete meine Frage, ob er das mit uns bereut.

Mein Herz machte einen Satz. Seit das zwischen uns passiert ist, konnte ich nicht mehr aufhören, an Xaviers geschickte Zunge und seine Hände auf meinem Körper zu denken.

Aveena: Mist. Heute kann ich nicht. Bin gerade zur Duke gefahren für mein Stipendiumsgespräch. Ich bin so nervös.

Xavier: Das musst du nicht sein. Du wirst sie umhauen.

Eine so offensichtliche wie unerwartete Frage ploppte in mir auf. Bis zu dem Zeitpunkt hatte ich keine großartigen Gedanken an eine mögliche Zukunft zwischen Xav und mir vergeudet, aber jetzt? Jetzt musste ich fragen.

Aveena: Was ist mit dir? Hast du schon irgendwelche Colleges in Aussicht?

Seine Antwort ließ mein Lächeln noch breiter werden.

Xavier: Ich hoffe auch auf ein Vollstipendium an der Duke. Gerüchte besagen, dass beim nächsten Spiel einer ihrer Scouts zuschauen wird.
Xavier: Das ist am Freitag. Du solltest kommen.

Ich konnte es mir kaum vorstellen.

Ich, das Mauerblümchen, das von jetzt an bei jedem Spiel dabei sein sollte und den beliebtesten Kerl der Schule von der Tribüne aus anfeuert. Trotzdem ließ ich den Traum zu und verlor mich ein wenig in dem Märchen.

Aveena: Das würde ich zu gerne.

Dann sah ich die Uhrzeit.

Aveena: Mist. Ich muss los. Drück mir die Daumen.

Xavier: Das schaffst du!

Danach haben wir nicht weiter gechattet.

Bis jetzt.

Als ich heute früh auf den Parkplatz der Schule biege, kommt eine Nachricht von Xavier.

Xavier: Funfact über mich: Ich hasse Montage.
Xavier: Noch ein Funfact über mich: Der Gedanke daran, dich heute zu sehen, lässt mich Montage ein bisschen weniger hassen.

Angesichts des breiten Grinsens auf meinem Gesicht würde man meinen, ich hätte den Jackpot gewonnen. Und verrückterweise glaube ich, dass ich das vielleicht auch wirklich habe. Es fühlt sich zumindest verdammt danach an, als hätte ich meinen Traummann erobert. Könnte es sein, dass … die Dinge endlich mal zu meinen Gunsten laufen?

Ich werfe mein Handy in meinen Rucksack, steige aus dem Auto und gehe auf den Eingang der Schule zu. Zehn Minuten habe ich damit verbracht, im Wagen zu sitzen und Xaviers Nachrichten wieder und wieder zu lesen. Jetzt drücke ich die schwere Glastür auf und trete ein, schmerzhaft ahnungslos, was für ein Albtraum mich auf der anderen Seite erwartet.

Anfangs wirkt alles normal.

In den Fluren herrscht der übliche Trubel.

Mir fällt wohl auf, dass einige Lehrer und Schulangestellte herumlaufen und gestresst aussehen, aber darüber denke ich nicht groß nach.

Einfach nur ein weiterer Tag an der Easton.

Ich biege um die Ecke und entdecke eine dichte Menschentraube vor den Spinden. Es sieht so aus, als wäre die gesamte Schülerschaft der Easton High hier versammelt. Alle lachen und flüstern miteinander. Ich stelle mich auf Zehenspitzen und suche nach einer logischen Erklärung, als eine Hand sich um mein Handgelenk schließt.

»Vee, da bist du ja.« Dia taucht an meiner Seite auf. »Komm, das *musst* du dir ansehen.« Meine beste Freundin schleust mich durch die Menge, und mein Pulsschlag beschleunigt sich, als ich in der Ferne Finn, Theo, Axel und Xavier erblicke.

Und dann sehe ich sie.

Sie sind überall.

Gefühlt tausend Mal ausgedruckt.

An jeden Spind geklebt.

Sie bedecken jeden Zentimeter des Bodens.

Meine dunkelsten Geheimnisse.

Unsere dunkelsten Geheimnisse.

Ich spüre, wie die Luft dünner wird und mir die Worte im Hals stecken bleiben. Xaviers und mein Blick treffen sich quer über den Flur und unsichtbare Fäden schnüren uns wie Ketten zusammen. Ich muss wohl für einen Moment abgeschaltet haben, denn als mein Gehirn wieder Kontakt mit meinem Körper aufnimmt, stehen Dia und ich zwischen den Jungs, mittendrin in der Hysterie.

Ich spüre, wie er mich anstarrt.

Spüre, wie das Gewicht von Xaviers Blick auf meinen Schultern lastet, wie jeder Knochen, jedes Atom in meinem Körper mich drängt, seinen Blick zu erwidern. Aber ich bringe es nicht über mich, ihn anzuschauen.

Meine Geständnisse lassen mich nicht im besten Licht dastehen, aber *seine* Geständnisse – vor allem die über seine Mom – könnten zu Strafanzeigen führen. Sie dürfen niemals zu Xav zurückverfolgt werden.

Wie ist das überhaupt möglich? Wir waren so vorsichtig und haben immer sichergestellt, die Geständnisse aus dem Buch zu entfernen, damit genau so etwas nicht passiert.

»Alle reden über nichts anderes.« Dia zeigt auf die Stücke meines blutenden Herzens, die überall in der Schule verteilt sind. »Ein Stapel anonymer Geständnisse, die in irgendeinem Buch in der Bücherei gefunden wurden.«

Das stimmt nicht, will ich schreien.

Sie wurden nicht gefunden.

Das hier ist ein abgekartetes Spiel!

Ich fokussiere mich auf eine der Kopien, die auf dem Boden liegen. Jemand hat unsere Post-it-Zettel *abfotografiert* und in großem Stil ausgedruckt.

Aber … *wie*?

Wurden wir die ganze Zeit über beobachtet? Hat jemand nur auf den richtigen Augenblick gewartet, um sich das Buch zu nehmen? *Wer könnte so grausam sein?* Da erst fallen mir die dicken, schwarzen Buchstaben auf, die oben auf jeder Kopie stehen.

WER HAT DIE GESTÄNDNISSE GESCHRIEBEN?
#FINDETZACUNDLOVE

Was. Zum. Teufel?

Als wäre es nicht schon schlimm genug, dass unsere tiefsten, dunkelsten Geheimnisse ans Licht geholt wurden, jetzt sollen wir auch noch bloßgestellt werden?

»Hey, Alter, guck dir das hier an.« Axel stößt Finn mit dem Ellbogen in die Rippen und zeigt ihm eine unserer schmerzhaftesten Erinnerungen.

»Mann, dieser Zac tut mir beinahe leid.« Finn beißt sich auf die Faust, um sein Lachen zu unterdrücken. »Ich schätze, der *›Ich habe deine Mutter gefickt‹*-Witz trifft hier wirklich zu, was?«

Axel und Theo lachen laut los. Xavier tut mir so leid. Ich kann mir vorstellen, dass er den Spott seiner Freunde gut aufnimmt. Trotzdem fehlt mir die Kraft, zu ihm hinüberzuschauen.

Ich … kann es einfach nicht.

»Hey Jungs, benehmt euch«, zischt Dia und reißt Axel das Blatt aus der Hand, um es zusammenzuknüllen. »Es ist echt mies, jemandes schmutzige Wäsche vor aller Welt auszubreiten. Fick dich, wer auch immer das getan hat.«

»Vielleicht hätten sie daran denken sollen, bevor sie ihre *schmutzige Wäsche* in einem Buch geteilt haben, wo jeder sie finden konnte«, erwiderte Axel schulterzuckend, bevor er ein weiteres Geständnis vom Boden aufhebt. »Oh, da ist jemand aber ein unartiges Mädchen gewesen.«

»Lass mich mal sehen.« Theo nimmt ihm das Blatt weg, um es selbst zu lesen. »Verdammt, Love. Mit dem Freund deiner Schwester vögeln. Das ist echt *hart*.«

»Was für eine Schlampe«, höhnt Axel und reißt ein weiteres Stück meines Traumas von einem Spind. Mein Magen zieht sich vor Scham zusammen. »Fuck, das ist echt dunkler Scheiß«, verkündet er, nachdem er das Geständnis gelesen hat. »Hier geht es um einen Typen, der sich umgebracht hat.«

Für eine Sekunde glaube ich zusammenzubrechen.

Der Boden fühlt sich an, als sacke er unter mir weg.

Verrutscht unter meinen Füßen.

Tränen steigen mir in die Augen.

»Ich … ich muss mal aufs Klo«, sage ich zu Dia. Doch sie hört mich gar nicht, weil sie zu sehr damit beschäftigt ist, Axel für seine letzte Bemerkung die Meinung zu geigen. Ich wirble auf dem Absatz herum und dränge mich durch die Menge an tratschenden Schülern. Es fühlt sich an, als würde meine Welt auf langsame, qualvolle Weise enden. Hilflos sehe ich dabei zu, wie mein Universum Stück für Stück in Tausende Fragmente zersplittert und nichts außer Asche und Zerstörung zurückbleibt. Ich glaube, jemanden meinen Namen rufen zu hören, bleibe aber nicht stehen, sondern eile schnurstracks auf den Ausgang zu. Ich bin auf halbem Weg zur Tür, als eine warme Hand meine umfasst und mich zurückhält.

»Aveena, warte!«, sagt eine raue Stimme.

Ich drehe mich um und sehe Xav vor mir. In seinen blauen Augen funkelt eine Mischung aus Wut und Schmerz, wie ich sie nie zuvor gesehen habe. Ich schaue mich um. Schüler aus allen Klassen sind in die Geständnisse vertieft und reichen die Kopien untereinander herum, als wäre es der neueste Klatsch aus Hollywood. Sie lachen über die absolut schlimmsten Momente meines Lebens.

In dem Trubel achtet niemand auf uns, auch wenn es nicht so wirkt, als würde es Xavier einen Scheiß interessieren ob die Leute sehen, wie wir uns an den Händen halten. Sehen, wie er da steht mit seinen Augen voller Bedauern …

Meine Dämme brechen.

Bis vor kurzem habe ich ein Märchen gelebt und war noch das Mädchen, das endlich den Mut gehabt hatte, den zu küssen, den sie mag.

Eine einsame Träne rollt über meine Wange. Xavier zuckt leicht zusammen und wischt sie mit dem Daumen fort.

»Vee, ich …«, setzt er mit brechender Stimme an. Aber keine Entschuldigung könnte je wiedergutmachen, was uns gerade widerfährt.

Der Schaden ist angerichtet.

Das wissen wir beide.

Also schenke ich ihm einen letzten Blick, ziehe meine Hand zurück und tue, was ich längst hätte tun sollen …

Ich renne weg, so schnell ich kann.

20. KAPITEL

AVEENA

Ich hatte gehofft, dass es über die nächsten Tage leichter werden würde.

Kleiner Hinweis: *Wurde es nicht.*

Seit ich vor zwei Tagen meine Mom angerufen und ihr die schlimmsten Kopfschmerzen meines Lebens vorgespielt habe, habe ich mein Zimmer kaum verlassen. Nachdem ich Xavier am Ausgang der Schule hatte stehen lassen, fuhr ich nach Hause, schaltete Licht *und* Handy aus und verkroch mich ins Bett.

Das ich seitdem nicht mehr verlassen habe.

Ich ertrage den Gedanken nicht, Social Media zu öffnen und überall Posts über unsere Geständnisse zu sehen. Die letzten achtundvierzig Stunden habe ich damit verbracht, dafür zu beten, dass diese Katastrophe wie durch ein Wunder verschwindet. Dass die Leute aufhören, über uns zu reden, und sich dem nächsten großen Klatsch zuwenden.

Das Problem ist, dass der Klatsch in einer Kleinstadt wie Silver Springs *nie* wirklich groß ist. Die Chancen stehen schlecht, dass irgendetwas unsere schmutzigen Geheimnisse toppen wird. Ich bin nicht dumm. Ich weiß, dass Zac und Love noch immer brandaktuell sein werden, wenn ich zur Schule zurückkehre. Was zu meinem großen Elend bald sein muss.

Ich bezweifle nämlich, dass meine Mom mir meine Kopfschmerzen noch wesentlich länger abkauft.

Ich hole mein Handy aus der Nachttischschublade, atme einmal zitternd ein und schalte es an. Eine Minute lang blitzt das Display nur weiß, dann kommt alles wie im Rausch zurück – eine unwillkommene Erinnerung daran, dass die Welt nicht aufgehört hat, sich zu drehen, nur weil ich aufgehört habe, in ihr zu leben.

Ich habe vier ungelesene Nachrichten von Xavier.
Und sechs von Dia.

Xavier: Geht es dir gut?

Xavier: Vee?

Xavier: Es tut mir so verdammt leid, was passiert ist.

Xavier: Vee, sag mir wenigstens, dass es dir gut geht. Ich drehe hier noch durch.

Ich verlasse die Unterhaltung, ohne zu antworten. Zwei Tage sind vergangen, und *noch immer* schaffe ich es nicht, mich ihm zu stellen.

Dia: Vee? Was ist los?

Dia: Warum warst du nicht in der Schule?

Dia: Geht es dir gut?

Dia: Vee, bitte, ruf mich zurück. Ich mache mir Sorgen um dich.

Dia: Hör mal, ich hasse es, dir das per Chat sagen zu müssen, aber die Leute reden. Ich weiß nicht, was ich denken soll.

Dia: Das hier solltest du dir ansehen.

Dia: hat vier Screenshots angehängt.

Ich hatte erwartet, dass die Schüler der Easton neugierig sind, wer sich hinter Zac und Love verbirgt. Die Screenshots zeigen mir jedoch, wie naiv dieser Gedanke war.

Das hier ist keine gesunde Neugierde.

Es ist eine Hexenjagd.

Das erste Bild zeigt eine kürzlich erstellte private Facebook-Gruppe namens: »WER HAT DIE GESTÄNDNISSE GESCHRIEBEN? #FINDETZACUNDLOVE«, und sie hat, ob ihr es glaubt oder nicht, zweihundertsiebenundneunzig Mitglieder.

Was zum …

Das ist die halbe Schule.

Es gibt außerdem einen Twitter-Account für anonyme Tipps. Der Username: @FINDETZACUNDLOVETIPPS. Der dritte Screenshot von Dia ist von einem Post in der Facebook-Gruppe. Darin wird wild über Zacs und Loves Identität spekuliert und in langen Posts mit vielen Beleidigungen genau erklärt, warum wir die schlimmsten Menschen der Welt sind. Vor allem Love.

Nun ja, *ich*.

Meine Kehle schnürt sich schmerzhaft zusammen, als ich die Kommentare überfliege.

»Love ist so eine Nutte. Meint ihr, sie nimmt Kunden an?«
»Hinterhältige Zicke. Sie sollte sich schämen.«
»Schlampe. Kein Wunder, dass jemand, der ihr nahestand, sich umgebracht hat.«

Nicht weinen.

Sie kennen nicht die ganze Geschichte.

Sie kennen dich nicht.

Die Kommentare überschlagen sich mit potenziellen Kandidaten für Zac und Love, aber keiner davon liegt richtig …

Bis auf einen.

Der Kommentar von Brie.

Brielle Randall: Ich setzte auf Aveena Harper für Love. Hat ihr Dad nicht Selbstmord begangen? Und ist sonst noch jemandem aufgefallen, dass sie genau dann aufgehört hat, zur Schule zu kommen, als die Geständnisse rauskamen? Und warum ist sie nicht in dieser Gruppe? Das ist irgendwie verdächtig. Ich meine ja nur …

Aber der wirkliche Horror? Ihr Kommentar hat einhundertsechzig Likes bekommen. Die Mehrheit stimmt ihr zu. Das vierte Foto von Dia zeigt die Antworten auf Bries Anschuldigungen.

Theodore Cox: Auf keinen Fall. Aveena würde nie so einen Scheiß machen, wie mit dem Freund ihrer Schwester zu schlafen. Hast du sie mal getroffen? Die kommt einer Heiligen so nahe, wie es nur geht.

Axel Fletcher: Ich wäre ehrlich gesagt nicht überrascht, wenn sie es getan hätte. Das Mädchen wirkt auf mich immer, als hätte sie es nötig.

Finley Richards: @AxelFletcher, @BrielleRandall Hört ihr zwei jetzt verdammt noch mal auf? Aveena ist nicht Love.

Lacey Mattson: Ich bin in dieser Sache ganz bei Brie. Aveena wirkt wirklich SEHR verdächtig. OMG, könnt ihr euch das vorstellen? Miss Perfect vögelt den Kerl ihrer Schwester? *kreisch*

Diamond Mitchell: @AxelFletcher Du bist ein verdammtes Schwein. Und @BrielleRandall, @LaceyMattson: Der einzige Grund, warum Aveena nicht in dieser Gruppe ist, ist, dass sie krank zu Hause ist und sich erholt. Hört auf mit diesem Schwachsinn.

Ich habe nicht mal die Chance, es wertzuschätzen, dass Dia sich für mich einsetzt, bevor ein Tornado aus Fragen über mich hereinbricht. *Woher weiß Brie von meinem Dad?* Nur sehr wenige Menschen an der Schule wissen von jenem Abend. Ich war damals erst neun und noch Jahre davon entfernt, auf die Easton zu gehen. Und ich bin garantiert nicht durch die Schule gezogen und habe über mein Kindheitstrauma geplaudert.

Hat sie über mich recherchiert?

Mein Handy piept mit einer neuen Nachricht und holt mich in die Realität zurück.

Es ist Dia.

Dia: Vee, ich muss dich fragen … Stimmt es? Bist du Love?

Ich kämpfe fünf Minuten damit, ob ich es ihr sagen soll. Schließlich komme ich zu dem Schluss, dass ich diesen Sturm nicht allein bewältigen kann. Ich *muss* es jemandem erzählen. Und mir fällt kein besserer Mensch ein als meine älteste Freundin.

Aveena: Ja, bin ich.

Dia fängt sofort an, eine Antwort zu tippen, und ich ziehe meine Knie an die Brust und warte.

»Vee?« Ashley klopft an meine Zimmertür. Seltsamerweise ist Mom noch nicht zu Hause, obwohl sie um diese Zeit immer schon dabei ist, Abendessen zu bestellen. Sie kocht ja nicht.

»Ja?« Ich gähne.

»Du hast Besuch.«

Was?

»Wen?«

»Irgendein Typ von deiner Schule«, sagt sie.

Ich setze mich auf, während meine Gedanken rasen.

Xavier?

»Er sagt, er wäre hier, um dir die Hausaufgaben zu bringen«, fügt sie an.

Was um alles in der Welt macht er hier?

Er *darf* nicht hier sein.

Nicht, wenn ich aussehe, als hätte ich seit hundert Jahren nicht geschlafen, keine Unterwäsche unter meinem Pyjama anhabe, mein Zimmer einem Mülleimer gleicht und meine Haare nach dem Duschen eine nasse Katastrophe sind.

»S-ag ihm, dass mir nicht danach ist, jemand zu sehen«, stammle ich.

Ich höre ein Glucksen auf der anderen Seite, dann geht meine Tür einen Spalt weit auf und Ashley steckt den Kopf herein. Mit einem befremdlichen Lächeln im Gesicht sagt sie: »Das kannst du ihm selber sagen.« Dann stößt sie die Tür ganz auf, und ich hätte beinahe aufgeschrien, als ich ihn im Türrahmen stehen sehe.

Meinen Vertrauten.

Meinen geheimen Brieffreund, der nicht mehr ganz so geheim ist.

Xavier Emery.

Eine Sekunde später schlendert er ins Zimmer. Seine Haare sind perfekt zerzaust, und unter seinen umwerfenden Augen sehe ich schwarze Ringe. Selbst vollkommen übermüdet stellt dieser Kerl jeden griechischen Gott in den Schatten.

Er trägt eine Trainingshose und eine Kapuzenjacke über seinem Basketball-Trikot – ein Zeichen, dass er direkt vom Training hergekommen ist. Ich schaue auf die Uhr auf meinem Handy.

Moment …

Er ist nicht vom Training gekommen.

Im Gegenteil, er sollte in genau *diesem Moment* beim Training sein. Und ich muss es wissen, denn Dia liegt mir ständig damit in den Ohren, wie ungeduldig sie jedes Mal darauf wartet, dass Finn sich danach in ihr Zimmer schleicht. So wie es aussieht, hat Xav sich angezogen, sich auf den Weg zum Training gemacht und dann eine Hundertachtziggradwendung hingelegt.

Hat er wirklich das Basketballtraining sausen lassen, um zu mir zu kommen? Obwohl er weiß, dass am Freitag das wichtigste Spiel seines Lebens ansteht? Um Himmels willen, das Spiel ist sein Ticket zur Duke! Ist er verrückt?

»Ich überlasse euch dann mal euren *Hausaufgaben*«, sagt Ashley mit zweideutigem Unterton und grinst selbstzufrieden, bevor sie die Tür hinter sich zuzieht. Sobald sich ihre Schritte entfernt haben, springe ich vom Bett. Ich bin zu irritiert, um mir Sorgen über mein unpassendes Outfit zu machen. Sagen wir einfach, dieses Tanktop überlässt nur wenig der Fantasie, und meine gepiercten Nippel haben sich aufgestellt, sobald Xav mein Zimmer betreten hat. Aber all das könnte mir nicht egaler sein.

Jemand muss diesem Idioten ein wenig Verstand einbläuen.

»Bist du verrückt? Was zum Teufel machst du hier?«, schimpfe ich. »Du solltest beim Training sein und dich auf das Spiel am Freitag vorbereiten.« Ich packe ihn am Unterarm und versuche, seine eins neunzig zur Tür zu ziehen.

Wenn er jetzt geht, kann er es noch schaffen.

Er rührt sich jedoch nicht, sondern bleibt wie angewachsen stehen.

»Xav, du kannst nicht hier sein. Du …«

»*Falsch*«, unterbricht er mich. »Hier ist der einzige verdammte Ort, an dem ich sein sollte.« Seine Stimme ist rau, müde, trotzdem wirkt er fest entschlossen. Sein Tonfall verrät mir, dass er seine Entscheidung getroffen hat.

Kopfschüttelnd ziehe ich an seiner Hand. »Du musst zurück. Was ist mit dem Scout, der zum Spiel kommen …«

Ich bekomme keine Möglichkeit, meine Standpauke zu beenden, weil er meine Hand packt und mich in seine Arme zieht. Sofort stockt mir der Atem.

Er riecht wahnsinnig gut, und ohne zu realisieren, wie mir geschieht, lasse ich mich in seine Arme sinken. Es ist nur eine Umarmung, aber verdammt. Ich könnte mich daran gewöhnen, was mir eine Heidenangst einjagt. Sehr lange sagt er nichts, sondern hält mich nur fest, die Nase an meinen Hals gepresst. Sein Atem streicht über meine Haut, und mich überläuft ein Kribbeln am ganzen Körper.

In seinen Armen spüre ich endlich die ganzen Emotionen, die ich unterdrückt habe, seit ich unsere Geständnisse an jedem Spind in der Schule habe hängen sehen. Sie kämpfen sich zurück an die Oberfläche und ignorieren den verzweifelten Protest meines Herzens.

»Es tut mir so verdammt leid, Vee. Ich …«, flüstert Xavier und vergräbt sein Gesicht in meinen Haaren. »Der ganze Scheiß, den die Leute sagen, die Facebook-Gruppe.«

»Ist schon gut«, lüge ich und beiße mir auf die Unterlippe, um nicht zu weinen. Die Wahrheit ist, dank seiner unerreichbaren Ausstrahlung wird er von niemandem verdächtigt. Sein Name wurde in der Gruppe nicht ein einziges Mal erwähnt. Niemand an der Easton würde je auch nur davon träumen, etwas gegen den Star-Spieler der Stallions zu sagen.

Ich bin es, die angegriffen und in Stücke gerissen wird. Xav scheint mir das nicht abzukaufen, denn er zieht sich ein Stück zurück und umfasst mein Gesicht mit den Händen. Sein Griff ist beinahe schmerzhaft.

Dann presst er seine Stirn gegen meine.

»Lüg mich nicht an, Harper«, stößt er hervor.

Diese Worte lassen mich zusammenbrechen. Fünfzig Dollar für jedes Mädchen, das seine Mauern aufrechterhalten kann, wenn Xaviers Blick direkt in ihre Seele schaut. Tränen rollen über meine Wangen, und ich lasse all die schrecklichen Kommentare an mich heran.

»Hure.«

»Hinterhältige Zicke.«

»Schlampe.«

»Kein Wunder, dass er sich umgebracht hat.«

Sie haben recht.

Sie haben alle recht.

»Wer würde so etwas tun?« Meine Augen schwimmen in Tränen, und Xavier verzieht schmerzhaft das Gesicht, so wie vor zwei Tagen, als er mich in der Schule das erste Mal hat weinen sehen. Er zieht mich wieder in seine Arme und hält mich fest.

Noch fester.

»Das weiß ich auch nicht«, gibt er zu. »Aber ich werde es herausfinden. Das verspreche ich dir, Vee. Dieser Wichser wird dafür bezahlen, okay?«

Meine Antwort ist ein Schniefen, und ich kralle meine Finger fester in den Stoff seiner Jacke.

»Okay?«, hakt er nach.

»Okay«, antworte ich kaum hörbar.

Ich brauche ein paar Minuten, um die Tränenflut unter Kontrolle zu bekommen und mich von ihm zu lösen. Allerdings könnte ich mein ganzes Leben in seinen Armen verbringen, wenn er mich ließe.

»Also …« Mit dem Handballen wische ich mir die Wangen ab. »Du bringst mir meine Hausaufgaben, hm?«

Er grinst. »Mir ist keine andere Ausrede eingefallen.«

»Wir haben kein einziges Fach zusammen.«

Er zuckt mit den Schultern. »Ja, aber das weiß deine Schwester nicht.«

Das entlockt mir ein kleines Lachen.

Dann senkt sich dichtes Schweigen über uns. Wenn ich diese Unterhaltung mit einem anderen Jungen führen würde, dann würde ich dieses Schweigen hassen. Es wäre unangenehm. Unbehaglich. Aber mit Xavier ist es …

Irgendwie *heiß*?

Zum ersten Mal, seit er in mein Zimmer geplatzt ist, lässt Xav seinen Blick über mich gleiten. Er nimmt meine blutunterlaufenen Augen in sich auf, die feuchten, rosafarbenen Haare, meine Schlafshorts und das dünne Tanktop, unter dem sich meine gepiercten Nippel abzeichnen. Verlangen schwelt in seinen Augen, und ich bin mir sicher, dass wir beide gerade an den Moment auf der Motorhaube von Mr. Richards' Auto denken.

Die Anspannung ist greifbar und ich verspüre den Drang, etwas zu sagen, bevor einer von uns etwas Dummes tut. Wie zum Beispiel, da weiterzumachen, wo wir aufgehört haben.

Denn das würden wir nicht wollen, oder?

Na gut. Vielleicht will ich ihn noch mal küssen. Okay, vielleicht will ich *sehr* viel mehr tun, als ihn nur zu küssen. Ich kann aber nicht aufhören, mich zu fragen, wo wir nach diesem Debakel mit unseren Geständnissen stehen. Sieht er mich immer noch auf die gleiche Weise? Obwohl die anderen all diese Dinge über mich sagen? Obwohl die Welt mich eine hinterhältige Schlampe nennt?

Wenn er klug ist, wird er alle Verbindungen zu mir kappen. Es ist nur eine Frage der Zeit, bis die Leute herausfinden, dass ich Love bin. Er sollte weglaufen, solange ihn niemand verdächtigt. Noch kann er sich retten.

Aber das muss er dann jetzt gleich tun.

»Bist du deshalb hergekommen?« Der Kloß sitzt fest in meiner Kehle. »Um dich zu entschuldigen?«

Oder um dich zu verabschieden?

»Warum zum Teufel sollte ich das tun?«, lautet seine überraschende Antwort.

Darauf kann ich nichts sagen.

»Aveena, warum sollte ich mich verabschieden?«, hakt er nach.

Verdammt, Vee.

Schon mal was von innerer Stimme gehört?

Ich öffne den Mund, aber es kommen keine Worte heraus.

Xaviers Augen leuchten verständnisvoll auf.

»Hast du … hast du geglaubt, ich würde dich im *Stich* lassen?« Er klingt, als würde es ihm wehtun, wie wenig Vertrauen ich in ihn habe. »Gerade jetzt, wo die Kacke am Dampfen ist?«

»Es ist nur … Du hast noch einen Ausweg«, erkläre ich. »Es glauben sowieso alle, dass ich es bin, aber du hast noch die Chance, dich zu rett…«

Xavier hebt mein Kinn mit einem Finger an und blickt mir direkt in die Augen. »Vee, erinnerst du dich an die Nacht, in der wir von der Polizei angehalten wurden?«

Seine Frage überrascht mich.

Wie könnte ich das je vergessen?

Xav hatte mir auf eine Weise durch meine Panikattacke geholfen, wie es niemand anderes je könnte.

»Natürlich erinnere ich mich.«

»Dann erinnerst du dich auch daran, was ich gesagt habe? Während deiner Panikattacke?«

Die Szene spielt sich vor meinem inneren Auge wie ein Film ab, den ich Szene für Szene auswendig gelernt habe. Ich hatte kein Luft mehr bekommen, woraufhin Xav meine Hand nahm und sagte: *»Ich bin hier, Vee. Du bist nicht allein.«*

Ich spreche seine tröstenden Worte laut aus.

Xav nickt.

»Ich habe das damals ehrlich gemeint.« Er beugt sich vor. »Und meine es auch heute immer noch.«

Mein Herz schwillt an, und ich verringere die Distanz zwischen uns gerade weit genug, dass unsere Lippen nur noch wenige Zentimeter trennen.

Xavier streicht mit einem Finger über meinen Wangenknochen, bevor er an meinem Mund anhält.

Atme, verdammt noch mal.

Er verschlingt mich bereits mit seinem Blick.

Ich will – *brauche* – ihn jetzt.

Dennoch warte ich weiter.

Bis er mir beweist, dass er das hier genauso sehr will wie ich.

Bis ich sein Versprechen spüren kann.

»Ich werde dich niemals im Stich lassen, Harper.« Seine Stimme ist so leise, dass ich mein eigenes Herz klopfen höre. »Komm damit klar.«

Dann presst er seine Lippen auf meine.

Aber Xavier Emery küsst mich nicht nur einfach.

Xavier Emery nimmt mich in *Besitz*.

Ich dachte, beim zweiten Mal würde ich mich selbstsicherer fühlen. Ich dachte, ich wäre vorbereiteter, weil wir das hier schon mal gemacht haben. Aber seine Lippen schmecken immer noch wie der Himmel, und ab dem Moment, in dem seine Zunge nach meiner tastet, bin ich wieder das nervöse, unerfahrene Mädchen.

Er küsst so gut, dass meine Knie weich werden. Während er seine Finger in meinen Haaren vergräbt, nimmt er sich alles, was ich ihm anzubieten habe. Ungeduldig zerre ich an seiner Kapuzenjacke, bis sie auf den Parkettfußboden fällt. Jetzt hat er nur sein Stallions-Trikot an.

Guter Gott. Seine muskulösen Basketballer-Arme …

Ehe ich michs versehe, drängt er mich rückwärts gegen die Wand und stöhnt an meinem Mund, als ich mit meinen Zähnen an seiner Unterlippe knabbere. Dann stützt er sich mit der flachen Hand neben meinem Kopf an der Wand ab und drängt ein Bein zwischen meine Knie.

»Von diesem Moment …«, sagt er und gibt mir einen harten, hungrigen Kuss, »träume ich seit Tagen.«

Ich.

Verdammt noch mal.

Auch.

Sein muskulöser Körper kesselt mich ein und seine Lippen gleiten zu meinem Hals, aber er passt auf, sich nicht der bereits gebrandmarkten Stelle an meinem Schlüsselbein zu nähern. Ich will ihn bitten, mir nicht noch einen Knutschfleck zu verpassen. Doch als er anfängt, an meiner empfindlichen Haut zu knabbern, ist das einzige Geräusch, das meinen Mund verlässt, ein überraschtes Keuchen.

Meine Aufmerksamkeit wandert zu seinem Knie, das zwischen meinen Schenkeln gefangen ist. Nach dem Duschen habe ich mir nicht die Mühe gemacht, Unterwäsche anzuziehen, und jetzt? So wie Xaviers Knie sich an meinen Shorts anfühlt? Jetzt glaube ich, das war womöglich eine der besten Entscheidungen, die ich je getroffen habe.

Seine Lippen streifen mein Ohrläppchen, während sein Knie

sich *genau an der Stelle* ein wenig bewegt. Unter der Reibung stoße ich ein lautes, peinliches Stöhnen aus. Das Geräusch, das da gerade über meine Lippen gekommen ist, schockiert mich. Ebenso wie die Lust, die durch meinen Körper schießt.

Ich wusste nicht, dass ich *so* reagieren kann. Na gut, ich bin noch nie wirklich berührt worden. Logan hat sich nicht im Geringsten für mein Vergnügen interessiert.

Xav löst sich sofort von mir, und mir ist mein Stöhnen so unangenehm, dass ich heulen könnte. *Habe ich ihn gerade abgetörnt?* Zuerst wirkt er verwirrt, doch dann fällt sein Blick auf sein Knie zwischen meinen Beinen, und es dämmert ihm.

Moment …

Das war nicht mal absichtlich?

Meine Güte, ich will mir gar nicht ausmalen, wie es sich anfühlen würde, wenn er sich wirklich Mühe gibt.

Xavier sagt nichts, aber sein verruchtes Lächeln verrät mir alles. Sofort ist sein Mund wieder auf meinem, und sein Knie übt noch gezielteren und stärkeren Druck aus.

Dieses Gefühl ist … unbeschreiblich. Es fühlt sich nach zu viel und gleichzeitig zu wenig an.

Die Reibung jagt mich in unbekannte Höhen, und ich spüre, dass ich bei dem Gedanken erröte, wie lächerlich ich aussehen muss. Das ist sein Knie, sein verdammtes *Knie*, und doch nimmt er mir damit den Atem, als wäre ich gerade einen Marathon gelaufen.

»Verdammt, Vee, du bringst mich noch um.« Xav beißt die Zähne zusammen, und ich schaue nach unten. Ich keuche auf, als ich die Beule in seiner Hose sehe.

Er drängt sich hart gegen den Stoff, *dehnt* ihn. Der Gedanke, dass ich dafür verantwortlich bin, törnt mich unglaublich an. »Bitte sag mir, dass ich dich berühren darf«, knurrt er an meiner Wange. »Wenn nicht, werde ich sehr wahrscheinlich sterben. Das meine ich ernst.«

Und ich weiß, dass er damit nicht sein Knie meint.

»Bitte.« Jetzt bin ich diejenige, die bettelt.

Sofort lässt er seine Finger über meinen Bauch nach unten gleiten, während ich den Kopf gegen die Wand lehne und mich darauf vorbereite, wie …

»*O Gott.*« Ich kann nicht stumm bleiben, als er anfängt, mich durch die Shorts hindurch zu streicheln. Dank der fehlenden Unterwäsche spüre ich *alles*. Xavier braucht nicht lange, um es zu bemerken, und ich winde mich, als sein kreisender Finger langsamer wird.

»Shit, trägst du etwa keine …«

Verlegen schüttle ich den Kopf.

Er reißt die Augen auf.

»Fuck.«

Mit einer Bewegung schiebt er die Shorts zu meinen Füßen hinunter, und ich keuche auf. Seine heißen Lippen ziehen eine Spur über meine Beine, als er sich quälend langsam an meinen Oberschenkeln entlangküsst.

O mein Gott … *Ich bin nackt.*

Nun ja, fast nackt.

Und irgendwie macht es mir nichts aus?

»Xavier«, wimmere ich, mir nur allzu bewusst, wie entblößt ich in diesem Moment bin. Er hält inne, den Blick auf den süßen Punkt der Erlösung zwischen meinen Beinen gerichtet, und beißt sich auf die Unterlippe. *Das Waxing gestern war eine gute Idee.* Im Bruchteil einer Sekunde küsst er mich wieder, während er erneut seine Hand nach unten schiebt und einen Finger hart und schnell über meiner empfindlichsten Stelle kreisen lässt.

Wenn ich gewusst hätte, wie talentiert Xavier Emery mit den Fingern ist, hätte ich ihm schon vor einer Ewigkeit verraten, wer ich bin. Seine Hand gleitet tiefer und er zieht seinen Kopf zurück, um mir in die Augen zu schauen, als er einen Finger langsam in mich hineingleiten lässt.

Mein Innerstes schmilzt unter dem konstanten Blickkontakt. Meine Reaktion scheint ihm zu gefallen, denn mit einem Stöhnen küsst er mich erneut intensiv. Seine Hand bewegt sich schneller, und als er seinen Mittelfinger dazunimmt, habe ich das Gefühl, in andere Dimensionen getrieben zu werden. Gleichzeitig kreist sein Daumen unbarmherzig weiter.

Kann der menschliche Körper überhaupt so viel Lust aushalten?

»Du bist so verdammt feucht«, flüstert er heiser an meinem Mund, und ich drohe, auf der Stelle zu kommen. So ist es also, Sex mit jemandem zu haben, der kein egoistisches Arschloch ist?

Begierde pulsiert in meinen Adern, und bevor ich darüber nachdenken kann, packe ich Xaviers harte Länge durch den Stoff seiner Hose. Er atmet scharf ein und beißt die Zähne zusammen, als er sieht, wie ich ihn umfasse, Druck ausübe und ungeschickt anfange, ihm durch die Hose hindurch einen runterzuholen.

Mir fehlt der Mut, die Grenze zu überschreiten und die Hand in seine Boxershorts zu schieben. Aber angesichts der Ekstase, die seinen Blick vernebelt, scheint das auch nicht nötig zu sein.

Keiner von uns hört auf.

Oder wird langsamer.

Der Anblick, wie Xav und ich uns gegenseitig quälen, wie seine Finger in mich hinein- und wieder aus mir herausgleiten, wobei sein Daumen jedes Mal jeden einzelnen Nerv streichelt, dazu mein ungelenker Handjob – das wird alles bald zu viel für mich. Der Druck in meinem Unterleib steigt an, und meine Augen rollen wie von selbst nach hinten.

Oh. Mein. Gott.

»Xav, ich glaube, ich …«

Lust verzerrt seine Züge.

»Fuck, Vee. S-stopp«, stößt er aus. »Ich kann nicht in meiner Hose kommen.«

Ohne zu blinzeln, ziehe ich meine Hand zurück und erwarte, dass er das Gleiche tut, doch das macht er nicht. Im Gegenteil, er verstärkt die Anstrengungen und verteilt heiße Küsse auf meinem Hals.

Dann höre ich die Haustür zuschlagen.

»Mädchen?«, ruft meine Mom.

Mist.

Nicht schon wieder.

»Ashley?«, ruft sie.

Xav und ich tauschen einen Blick, aber die Ankunft meiner Mutter wirft ihn nicht für eine Sekunde aus der Bahn. Im Gegenteil, er lässt seinen Daumen nur noch schneller kreisen.

»Aveena?«, ruft Mom aus der Küche. »Mädchen, ich brauche eure Hilfe mit den Lebensmitteln.«

Schritte.

Sie nähert sich der Treppe.

»Xav, sie kommt«, keuche ich und bin mir sicher, dass er sich nun geschlagen geben und aus dem Fenster verschwinden wird, bevor sie uns erwischt.

Doch er rührt sich nicht von der Stelle.

Seine Bewegungen werden rauer.

Dann lächelt er, presst seine Lippen an mein Ohr und flüstert: *»Genau wie du.«*

Das lässt mich über den Abgrund stürzen.

Das Gefühl beginnt in meinen Zehen und schießt wie ein Blitz meine Beine hoch. Mein Orgasmus ist so intensiv, dass ich nicht still sein *kann*. Xavier presst sofort eine Hand auf meinen Mund und lässt seine Finger weiter kreisen, was meinen Höhepunkt noch intensiver macht. In der Sekunde, in der das Beben nachlässt, erklingen die Schritte meiner Mutter auf den Stufen.

Mein Zimmer liegt der Treppe am nächsten.

Sie wird definitiv zuerst nach mir sehen.

»Aveena?«

Ich bin so was von tot.

Xav zieht seine Finger aus mir heraus und stößt zum Abschied noch einmal fest zu, was meinen ganzen Körper erzittern lässt.

»Versteck dich«, forme ich stumm mit den Lippen. Ich bin noch ganz benebelt, weil ich so hart gekommen bin. Xav schenkt mit ein zufriedenes, selbstbewusstes Lächeln und reißt die Schranktür auf, um in einem Stapel frisch gewaschener Wäsche zu verschwinden, die ich noch nicht weggeräumt habe. Ich beuge mich vor, hebe meine Shorts auf und ziehe sie an. Xavier hat gerade die Schranktür hinter sich zugezogen, als meine Mom ins Zimmer kommt.

»Aveena, ich habe dich gerufen. Hast du mich nicht gehört?«, schimpft sie, sobald sie eingetreten ist. Ich stehe noch immer mit dem Rücken an die Wand gepresst da und atme schwer.

Ich lächle meine Mutter an und tue so, als hätte sie mich nicht beinahe dabei erwischt, wie ich vom Kapitän der Basketballmannschaft zum Orgasmus gebracht wurde.

»Ist alles in Ordnung?«, fragt sie besorgt. »Warum bist du so außer Atem?«

»Oh, ich habe … ich habe gerade nur ein wenig Sport gemacht«, lüge ich.

»Liebling, das ist toll«, freut sie sich. »Ich nehme an, das bedeutet, deine Migräne ist besser und du kannst morgen wieder zur Schule gehen?«

Verdammt, ich habe die Sache nicht richtig durchdacht.

»Klar«, sage ich und winde mich innerlich.

»Kannst du mir mit den Sachen fürs Abendessen helfen?«

»Natürlich.« Ich halte inne. »Warte mal … Du hast nicht beim Lieferservice bestellt?«

Mom lächelt schüchtern. »Heute nicht. Ich dachte, es wäre nett, wenn wir alle zusammen das Lieblingsessen eures Vaters kochen. Was meinst du?«

Freude durchflutet mich in einer riesigen Welle.

»Das finde ich großartig, Mom. Ich komme gleich runter.«

»Okay.« Kurz bevor sie das Zimmer verlässt, bleibt meine Mutter stehen. »Räum das weg, okay? Du weißt, ich mag es nicht, wenn du deine Klamotten auf dem Boden rumliegen lässt.«

Ich schaue zu den Klamotten, die sie meint.

Es ist Xaviers schwarze Kapuzenjacke.

Wenn sie wüsste …

Als sie die Treppe hinuntergeht, ist mein erster Impuls, zu lachen. Ja, zu *lachen*. Ich lache darüber, wie surreal diese Situation ist. Xavier hat mir gerade den besten Orgasmus meines Lebens verschafft, sich dann im Schrank versteckt und wie durch ein Wunder sind wir nicht erwischt worden.

»Die Luft ist rein«, erkläre ich ihm. »Du musst dich allerdings zur Hintertür rausschleichen, während wir die Lebensmittel wegpacken.«

Xav stolpert aus meinem Schrank und ein rotes Top hängt über seiner Schulter.

»Ich glaube, das gehört dir.« Er reicht es mir.

»Danke.« Errötend werfe ich das Top auf mein Bett.

»Danke?« Xav schenkt mir ein durchtriebenes Lächeln. »Ich habe mich gerade wie ein Ninja in deinem Schrank versteckt. Ich glaube, dafür habe ich mehr verdient als nur ein *Danke*, Harper.«

Er umfasst meine Handgelenke und zieht mich für einen tiefen, atemlosen Kuss an sich. Es wäre perfekt, wenn wir aufhören könnten, zu lächeln. Es ist nämlich nicht so leicht, sich zu küssen, während man dämlich breit lächelt.

»Ich kann nicht glauben, dass wir das gerade getan haben«, kichere ich, als ich mich von ihm löse und meine Arme um seinen Hals schlinge.

»Ich kann nicht glauben, dass wir das nicht schon viel früher getan haben«, erwidert er, und ich schlage ihm spielerisch gegen den Oberarm. Ich bin so glücklich, dass meine Brust, mein Herz, mein gesamter Körper wehtut. Ich wusste nicht, dass glücklich sein so schmerzhaft ist. Oder … ist es die Angst, dieses Glück wieder zu *verlieren*?

»Geh heute Abend mit mir aus.« Xav legt seine Arme um meine Taille. »Ich hole dich ab, sobald alle schlafen.«

»Wie ein Date?«, frage ich zögernd.

»Verdammt richtig. Wie ein Date.« Er gibt mir einen Kuss auf die Nasenspitze.

Innerlich schmelze ich dahin und denke ernsthaft darüber nach, mich mitten in der Nacht aus dem Haus zu schleichen, um mich mit dem Kerl zu treffen, der die Macht hätte, mich zu zerstören.

Klingt nach einer furchtbaren Idee.

»Um wie viel Uhr holst du mich ab?«

21. KAPITEL

AVEENA

Die Quellen waren immer mein Lieblingsplatz in der Stadt.

Es war der einzige Ort, an dem ich frei atmen konnte. Der einzige Ort, an dem sich die zentnerschwere Last auf meinem Brustkorb etwas leichter anfühlte. Der Fluss bei den Quellen wurde in den Wochen nach der Beerdigung meines Vaters quasi mein neues Zuhause.

Ich saß stundenlang im Gras und lauschte dem Wasser, den Vögeln und der Stille.

Mom wusste nicht, was sie mit mir machen sollte. Sie konnte nicht verstehen, warum ich förmlich durchdrehte, wenn sie sagte, dass wir wieder nach Hause müssen. Für kurze Zeit haben mir die Besuche an unserem besonderen Ort geholfen, mit der Welt klarzukommen, die sich einfach ohne ihn weiterdrehte.

Dann wurde ich es leid, ihn zu vermissen, und das hat mir den Ort ein wenig ruiniert. *So wie wenn man einen Song zu oft hört und dann anfängt, ihn zu hassen.*

Jetzt komme ich nur noch an seinem Todestag her und besuche ihn alle paar Wochen auf dem Friedhof.

Als Xavs Truck um ein Uhr nachts vor meinem Haus vorfuhr, hatte ich keine Ahnung, wo er für unser »Date« mit mir hinwollte. Ich war nervös. Verständlich, nachdem er seine Finger ein paar Stunden zuvor tief in mir hatte. Aber nicht in einer Million Jahren hätte ich erwartet, auf dem verlassenen Parkplatz bei den Quellen zu landen.

Xav hat rückwärts eingeparkt, sodass wir freie Sicht auf das Wasser haben. Dann hat er ein paar Decken und Kissen von der Rückbank genommen und gefragt: »Kommst du, Harper?«

Nun liegen wir seit über einer Stunde auf der Ladefläche seines Trucks und haben über alles Mögliche gesprochen und gelacht und in den Sternenhimmel geschaut. Wir haben weder die Geständnisse erwähnt, noch, wie mein Name durch den Schmutz gezogen wird.

Wir haben alte Jolly Ranchers gegessen, die Xav noch in seinem Auto liegen hatte, und so getan, als wäre die Jagd nach Zac und Love nicht immer noch im vollen Gange und als wäre nicht die ganze Schule darauf versessen, uns zu enttarnen.

»Verdammte Wolken«, schnaubt Xavier, als das Meer aus Sternen über uns langsam hinter dichten Nebelschwaden verschwindet.

»Wir haben uns wohl nicht den Wetterbericht für heute Nacht angeschaut, was?«, ziehe ich ihn auf.

Ein teuflisches Grinsen umspielt seine Lippen, als Xav den Kopf zu mir dreht und meine Haut mit einer einzigen Frage in Flammen setzt.

»Glaubst du wirklich, ich hätte ans *Wetter* denken können, nachdem du heute auf meinen Fingern gekommen bist?«

Meine Wangen erhitzen sich auf unerträgliche Temperaturen.

»Also … die Duke, hm?« Ich räuspere mich; mein plötzlicher Themenwechsel verstärkt sein sexy Grinsen nur noch. »Ich schätze, das Basketballstipendium ist ein lebenslanger Traum von dir?«

»Darauf kannst du wetten.« Er richtet seine Aufmerksamkeit wieder auf den Himmel. »Mein Dad und ich reden darüber, seitdem ich fünf bin. Ich kann mir nichts anderes für mich vorstellen.«

»Darum beneide ich dich«, gestehe ich. »Eine Leidenschaft zu haben, einen *Lebenssinn*. Ich wünschte, das hätte ich auch.«

»Du erwartest von mir, zu glauben, dass das Mädchen, das *alles* weiß, keine Ahnung hat, was es mit dem Rest seines Lebens anstellen soll?«, neckt er mich.

»Das ist mein Ernst.« Ich stoße ihn mit dem Ellbogen an. »Ich hatte nie die Gelegenheit, herauszufinden, was mein Ding ist, weißt du?« Ich reiße die Augen auf. »O Gott, was ist, wenn ich gar kein Ding habe?«

Xav lässt ein tiefes, raues Lachen erklingen, das meinen Herzschlag stolpern lässt.

»Wir alle haben ein Ding, Harper.« Er sieht mich durch die Dunkelheit an. »Einige von uns brauchen nur länger, um es zu finden.«

Ich nicke und spüre, wie sich ein schüchternes Lächeln um meine Mundwinkel legt.

Ich will ihm unbedingt glauben.

»Was ist mit dir?«, kehrt er zum eigentlichen Thema zurück. »Was hat es mit deinem Stipendium auf sich? Ich habe euer Haus gesehen, Vee. Deiner Familie geht es ganz offensichtlich gut.«

»Das ist nicht mein Geld«, erwidere ich achselzuckend. »Von dem Tag an, an dem wir herausgefunden haben, dass meine Schwester singen kann, wusste ich, dass ich mich um mich selbst kümmern muss.«

»Ashley, das Wunderkind, richtig?«, fragt er.

Ash war nie dabei, wenn wir uns als Kinder zum Spielen getroffen haben. Sie war zu sehr damit beschäftigt, sich von ihren Gesangslehrern anbrüllen zu lassen.

Xav hat auch meinen Dad nie kennengelernt. Curtis D'Amour hätte sich eher die eigene Haut abgezogen, als an einem *Sonntagsbrunch* teilzunehmen. Er blieb immer zu Hause, um für sein nächstes Rennen zu trainieren.

Xavier sieht meinen fragenden Blick und grinst. »Ich habe mich über dich erkundigt. *Verklag mich doch.*«

Mein Magen flattert.

»Ach wirklich?« Ich lache leise. »Wen hast du gefragt?«

»Theo.« Er schnaubt. »Großer Fehler übrigens. Er hat nicht mehr aufgehört, über deine Schwester zu reden.«

Ich muss lächeln, bis in mir das Bild von Ash und Theo aufsteigt, wie sie einander in Finns Badewanne förmlich verschlungen haben. Ich habe keine Ahnung, was ich über die beiden denken soll. Nicht, dass es wichtig wäre.

Selbst *wenn* etwas anderes zwischen ihnen passiert ist, wird es nie über das Körperliche hinausgehen. Auf keinen Fall würde Ashley Theo so nah an sich heranlassen, dass daraus etwas Echtes entstehen kann. Vor allem nicht jetzt, wo sie *so* kurz davorsteht, mit ihrem Manager Rob die Musikwelt zu erobern.

»Ich will nicht zu neugierig sein, aber … Liegt der Sinn einer berühmten Schwester nicht darin, dass man sich keine Sorgen ums Geld machen muss?«

Ich lache schnaubend auf.

Er kennt Esther Harper nicht.

»In einer normalen Familie vielleicht. *Meine* Mom findet es sinnlos, dass ich mir einen Job suche. Wenn es nach ihr ginge, würde ich für den Rest meines Lebens Ashleys Dienstmädchen spielen.«

Xavier verzieht das Gesicht. »Ich nehme an, dieses Stipendium ist dein Ticket in die Freiheit?«

»Ding, ding, ding«, bestätige ich, und er lacht.

Dann schweigen wir einen Moment und blicken wieder in den Himmel zu den dichten Wolken, hinter denen sich Millionen von Sternen verbergen. Einige Lampen erhellen den Parkplatz, sonst können wir gar nichts sehen. Ich fühle mich ruhig. Friedvoll. Bis ich einen Blick in Xaviers Richtung riskiere und Schuldgefühle in mir aufsteigen.

»Es gibt da etwas, das du wissen solltest«, fühle ich mich genötigt zu sagen. Er hat die Wahrheit verdient. Scheißegal, was die Konsequenzen sind.

Sein Blick schießt zu mir.

»Ich war nicht ganz ehrlich zu dir …« Ich muss tief durchatmen, um meine Nerven zu beruhigen. »Ich habe den Pakt gebrochen. Schon lange bevor wir uns in Finns Zimmer verabredet haben, hatte ich herausgefunden, wer du bist.«

Xavier setzt sich auf. Seine Gesichtszüge verfinstern sich vor Schock und Verärgerung.

»Du hast was?«, spuckt er aus.

»Es tut mir leid«, beeile ich mich zu sagen. »Ich hätte es dir längst sagen sollen, aber es war ein Zufall. Ich habe es nicht herausfinden wollen. Das schwöre ich.«

Meine Entschuldigung beschwichtigt ihn kein bisschen.

»Xav, sag was. Bitte.«

Steif wie ein Brett atmet er langsam und tief ein.

Dann lachte er laut los.

Was zum Teufel?

»Ich mach nur Spaß, Vee«, sagt er atemlos vom Lachen. »Ich weiß das schon eine ganze Weile.«

»Was?«, stammle ich. »*Woher?*«

»Nachdem ich dich in Finns Garage geküsst habe, dachte ich an all die Male, in denen deine Identität mir förmlich ins Gesicht gestarrt hat. Und da wurde mir klar, dass du es gewusst haben *musst*. Es war das Einzige, das Sinn ergeben hat. Nimm zum Beispiel die Nacht vom Abschluss-Streich, in der wir uns zusammen verstecken mussten. *Love …*« Er malt Gänsefüßchen in die Luft, »… hat mich zufälligerweise über das Mädchen ausgefragt, mit dem ich an dem Abend zusammen gewesen bin. Ob sie hübsch wäre und ob ich sie mögen würde. Du bist vermutlich der am wenigsten subtile Mensch auf der Welt, Harper, weißt du das?«

»Sagt der Kerl, der es bis zur letzten Sekunde nicht herausgefunden hat.«

Er lacht. »Hey, zu meiner Verteidigung muss ich sagen, dass du mich links und rechts in die Irre geführt hast. Du hast so getan, als würdest du nicht zum Streich gehen und all solche Sachen. Ich verstehe aber trotzdem nicht, wie du das mit mir herausgefunden hast.«

»Ganz einfach. Ich bin zur Arbeit gegangen.«

Er sieht mich verwirrt an.

»Ich arbeite in der Schulbücherei«, führe ich aus.

»Mist. Wirklich?« Er ist verblüfft.

»Wirklich.«

»Ich schätze, dann hast du gesehen, wie ich nach dem Buch gesucht habe?«

»Nein, aber meine Kollegin. Ich arbeite nur in der Abendschicht«, erkläre ich. »Sie hat mir erzählt, dass du da warst und nach einem Gedichtband gesucht hast. Nun ja, der Rest ist Geschichte.«

Ein paar Sekunden lang schweigt er gedankenverloren.

»Worüber denkst du nach?«, frage ich.

»Darüber, dass du in der Bücherei arbeitest. Das erklärt vieles. Zum Beispiel, wie du jeden meiner Briefe beantworten konntest.«

»Also bist du nicht sauer?« Ich kaue auf meiner Unterlippe herum. »Weil ich den Pakt gebrochen habe?«

»Ach was.« Er zuckt mit den Schultern. »Ich habe dir gesagt, dass irgendetwas passieren wird und wir es herausfinden werden, ohne es zu wollen. Und ich hatte recht, oder?«

Ich nicke.

Schweigen senkt sich auf uns herab.

Ich nutze die Gelegenheit, um mich hinzusetzen und den unbequemen Dutt oben auf meinem Kopf zu lösen. Xavier sieht zu, wie die Haare über meine Schultern fallen. Dann betrachte ich einen Moment meine Umgebung. Den ruhigen Fluss und die berühmten Quellen.

»Stimmt was nicht?«, fragt Xav.

»Nein. Es ist nur …« Ich atme aus und versuche, die nostalgischen Gefühle zuzulassen, anstatt mich vor ihnen zu fürchten. »Mein Dad und ich sind immer hierhergekommen.«

Xaviers Miene fällt in sich zusammen.

»Dein Dad … Es war er, über den du in deinem Geständnis gesprochen hast, oder?«

Mein Herz zieht sich zusammen.

»Ja, das war er«, gebe ich nach ein paar Sekunden zu. »Er hat sich das Leben genommen, als ich neun war.«

Xavier wird ganz blass. »Das tut mir so verdammt leid, Vee. Ich hatte ja keine Ahnung. Willst du, dass wir fahren?« Seine warme Hand schließt sich um meine und macht mir bewusst, wie eiskalt meine Hände sind. Und doch würde ich nichts an dieser Nacht ändern wollen.

Ich will hier auf dem leeren Parkplatz neben den Quellen bleiben, während Xavier Emery meine kalte Hand hält.

»Nein, das hier ist perfekt.« Ich schüttle den Kopf. »Ich hätte nie gedacht, dass ich an diesem Ort jemals wieder lächeln würde. Danke, dass du mir das Gegenteil bewiesen hast, Trottel.«

»Nenn mich nicht so.« Er unterdrückt ein Grinsen.

Dann verschränkt er seine Finger mit meinen, drückt meine Hand und legt sich wieder hin, bevor er mich zu sich herunterzieht und mir mit einem Nicken bedeutet, näher an ihn heranzurücken.

Mein Puls beschleunigt sich, als ich meinen Kopf auf seine Brust lege und den Klang seines Herzens und den anziehenden Duft seines Aftershaves in mich aufnehme. Xav legt einen Arm um meine Schultern und zieht mich eng an sich.

»Bereust du es?« Ich muss ihm einfach die Frage stellen, die schon seit einer ganzen Weile an mir nagt.

»Bereue ich was?« Er fährt mit den Fingerspitzen durch meine Haare.

»Die Geständnisse. Love, Zac – *alles.*«

»Ehrliche Antwort?«

Ich nicke.

Ein Herzschlag des Schweigens.

»Ja.«

Ich hatte nicht damit gerechnet, dass die Bestätigung so wehtun würde.

Natürlich bereut er es.

Es könnte sein Leben zerstören.

Ich könnte sein Leben zerstören.

»Ich bedauere es, das verdammte Geständnis über meine Mom geschrieben zu haben. Wenn rauskommt, dass ich Zac bin, könnte sie …« Er kann den Satz nicht zu Ende bringen, aber das muss er auch nicht. Wir reden hier von einer möglichen Gefängnisstrafe für sie, sollte Xavier je enttarnt werden. »Egal. Bereust *du* es?«

»Ich bereue definitiv, nicht vorsichtiger gewesen zu sein.« Ich stoße ein bitteres Lachen aus. »Ich denke die ganze Zeit, wenn wir nur wachsamer gewesen wären, wäre das alles nicht passiert und wir …«

»Nicht.« Er stoppt mich. »Es ist nicht deine Schuld. Damit hätten wir nicht rechnen können.«

»Es ergibt nur überhaupt keinen Sinn! Wer auch immer die Geständnisse veröffentlicht hat, muss von Anfang an von unserem Briefwechsel gewusst haben. Die Person muss uns gefolgt sein wie so ein verrückter Stalker. Muss unsere Stundenpläne gekannt haben, um zu wissen, wann sie im Buch nachschauen soll.«

»Ja, aber das würde bedeuten, dass sie genau weiß, wer wir sind«, sagt Xavier. »Warum macht diese Person sich dann die Mühe, diese Kampagne auf die Beine zu stellen, um Zac und Love zu finden, anstatt uns einfach bloßzustellen, und gut ist?«

Da fällt es mir wie Schuppen von den Augen.

Ich schaue zu ihm auf. »Um uns zu quälen, warum sonst?«

»Du meinst, es geht hier um Rache?« Er schaut mir in die Augen.

»Hast du eine bessere Erklärung?«

Er nickt, weil er sich gezwungen sieht, mir zuzustimmen.

»Angenommen, du hast recht. Dann haben wir immer noch keinen Verdächtigen.«

»Das liegt daran, dass wir noch nicht nach einem gesucht haben. Also … hast du in letzter Zeit jemanden verärgert?«

Xavier grinst. »Wie viel Zeit hast du?«

Ich lache. »*So* schlimm kann es doch nicht sein.«

»Hm … mal sehen. Da ist der Typ, der mit meiner Mom schläft. Ich habe sein Leben in einen Scheißhaufen verwandelt. Und zwar *wortwörtlich*. Dann ist da Lacey, mit der ich an meinem Tiefpunkt geschlafen habe, nur um sie danach total zu ghosten.«

Diese Erinnerung trifft mich bis ins Mark.

Ich kann meine Enttäuschung kaum verbergen, und ich unterbreche unseren Blickkontakt. Für eine Minute hatte ich beinahe vergessen, dass Lacey auf … *diese* Weise mit ihm zusammen gewesen ist. *Er ist umwerfend im Bett. Ich bin viermal gekommen.* Ihre Prahlerei hallt mir durch den Kopf und bei der Erinnerung zucke ich zusammen. Ich will mich zurückziehen, doch Xav verstärkt den Griff um meine Schultern.

»Vee …« Er sieht mich schuldbewusst an, weil er meine Miene deutlich lesen kann.

Ich rechne mit einer Art Entschuldigung, doch stattdessen stößt er einen Fluch aus, hebt mein Kinn mit einem Finger an und küsst mir die Seele aus dem Leib.

Überrumpelt erwidere ich den Kuss sofort und rutsche näher an Xav heran, bis mein Bein quer über seinem Körper liegt. Ich weiß verdammt genau, was er mit diesem Kuss ausdrücken will. Er will mir etwas beweisen, und als er mein Gesicht in die Hände nimmt und sanft in meine Unterlippe beißt, läuft mir Gänsehaut über den gesamten Körper.

Argument verstanden.

Lacey interessiert ihn nicht.

Er geht noch einen Schritt weiter und lässt seine Hand zu meinem Bein wandern und drückt sanft meinen Oberschenkel. Gerade will er mich auf sich ziehen, als ich ihn zur Vernunft rufe.

»Wahnsinnig gute Ermittlungstechnik, Emery«, ziehe ich ihn auf.

»Ich würde lieber weiter bei dir ermitteln.« Damit küsst er mich erneut, und ich lache an seinen Lippen. Ich kann nicht genug bekommen und muss all meine Willenskraft aufbringen, um mich von ihm zu lösen.

»Xav, jetzt mal ernst. Wir brauchen einen oder eine Verdächtige.« Vor Verlangen bin ich ganz atemlos.

»Na gut.« Grinsend gibt er mir einen kleinen Kuss auf den Mund. »Die einzige andere Person, die mir einfällt, ist Brie. Sobald mir klar wurde, dass ich ein verdammter Mistkerl bin, der dabei ist, sich in seine Brieffreundin zu verlieben, habe ich mit ihr Schluss gemacht.« Er streicht mir eine Haarsträhne hinter mein Ohr. »Sind noch Jolly Ranchers übrig?«

Seine Fähigkeit, das Thema zu wechseln, als hätte er gerade nicht eine riesige Bombe platzen lassen, wirft mich aus der Bahn.

»Was hast du gerade gesagt?«, frage ich verblüfft.

Er zieht eine Augenbraue in die Höhe. »Ob wir noch Jolly Ranchers haben.«

»Nein, das andere.«

»Dass ich mit Brie Schluss gemacht habe?«, stellt er sich dumm.

Ich stoße ein genervtes Schnauben aus. »Nein, das andere.«

Xav schenkt mir ein umwerfendes, jungenhaftes Lächeln.

»Oh, du meinst den Teil, wo ich dir gesagt habe, dass ich dabei bin, mich in dich zu verlieben?«

Mein Gehirn lässt sich verdammt viel Zeit damit, diese Information zu verarbeiten.

Ist das gerade wirklich passiert?

Ich bin mir sicher, jedes andere Mädchen wäre außer sich vor Freude, ihn das sagen zu hören. Euphorisch bei dem Gedanken, Xavier Emerys Herz zu besitzen.

Aber ich?

Ich bin verärgert – sogar *wütend*. Angespannt löse ich mich von ihm und setze mich auf der Ladefläche seines Trucks auf.

»Tu das nicht«, warne ich ihn.

Sein Lächeln verschwindet.

»Was?«, fragt er stirnrunzelnd. »Die Wahrheit sagen?«

»Xav, hör auf. Das ist nicht witzig.«

Er muss damit aufhören, bevor er einen Schaden anrichtet, den er nicht wiedergutmachen kann. Mein Herz würde sich davon nicht erholen.

»Siehst du mich lachen?«, fragt er mit ernster Miene.

Sein stures Verhalten macht mich noch wütender.

»Ich habe gesagt, du sollst aufhören!«, fauche ich ihn an. »Du kannst nicht einfach … solche Sachen sagen.«

Aus einem Impuls heraus springe ich auf und nutze die Stoßstange als Tritt, um von der Ladefläche zu klettern.

»Wo willst du hin?«, ruft Xavier mir nach, aber ich gehe ohne bestimmte Richtung im Kopf einfach weiter. Ich weiß nur, dass ich so schnell wie möglich von ihm wegmuss, bevor ich den Fehler mache, ihm zu glauben.

Die ganze Stadt will unsere Köpfe rollen sehen. Mit mir schaufelt er sich nur ein noch tieferes Grab. Niemand verdächtigt ihn, Zac zu sein. Niemand vermutet, dass Xavier Emery *jemals* solche düsteren Geheimnisse haben könnte. Sein Status als unberührbarer, beliebter Sportler konnte ihn bisher decken. Wenn er sich jetzt aber mit mir einlässt, könnte ihn das zerstören.

Sobald die Leute herausfinden, dass ich Love bin – und das *werden* sie –, will ich ihn im Kreuzfeuer nicht ansatzweise in meiner Nähe haben.

Hinter mir höre ich seine Schritte.

Er kommt mir nach.

»Warum kann ich das nicht sagen?«, ruft er.

Mist, er ist schnell.

»Weil das einfach nicht geht, okay?«, platzt es aus mir heraus, während ich meine Schritte beschleunige. »Nicht, wenn du es nicht …«

»Wenn ich es nicht ernst meine?«, beendet er den Satz.

Ich schlucke schwer und zwinge mich, weiterzugehen.

Noch kann ich ihn retten – ich *muss* ihn retten.

»Was ist, wenn ich es ernst meine?«, ruft er meinem Rücken zu.

Ich kann keinen Schritt weitergehen.

Xavier hingegen überquert den Parkplatz in Rekordgeschwindigkeit. Er ist nur noch wenige Schritte hinter mir und ich möchte fliehen, doch es ist, als hätten meine Füße sich in Eisblöcke verwandelt.

»Was ist, wenn du das Einzige bist, das in meinem Leben noch Sinn ergibt?« Er klingt gequält, gebrochen. »Was ist, wenn ich bei der ganzen Scheiße nur daran denken kann, dass es dir gut geht?« Ich höre ihn näher kommen, drehe mich aber nicht um. »Was ist, wenn ich in meinem ganzen verdammten Leben noch niemals solche Gefühle für jemanden gehabt habe, Vee?«

Ich schreie erschrocken auf, als er meinen Arm packt und mich zu sich herumwirbelt. Er vergeudet keine Sekunde, nimmt mein Gesicht in seine Hände und schaut mir tief in die Augen, während er flüstert: *»Kann ich es dann sagen?«*

Ein See aus Tränen sammelt sich in meinen Augen und Wut verdrängt das warme Gefühl in meiner Brust. Ich schiebe ihn von mir und ohrfeige ihn mit einer Kraft, die mich selbst überrascht.

Erschrocken stolpert Xav zurück, den Kiefer angespannt, seine Wange tiefrot. Schuldgefühle und Bedauern erdrücken mich, aber trotzdem stoße ich hervor: »Ich habe dir gesagt, dass du das lassen sollst!«

Xavier befühlt seine Wange und zuckt leicht zusammen.

Er kommt wieder näher, als hätte ich ihm nicht zwei Sekunden zuvor eine verpasst.

»Tja, das ist äußerst schade … Denn ich glaube, ich bin …«

»Wage es ja nicht!«, brülle ich.

»Ich glaube, ich bin dabei, mich in dich zu verlieben, Aveena Harper.«

Mir bleibt der Mund offen stehen.

Sofort schießt meine Hand wieder durch die Luft, doch Xav

packt mich am Handgelenk und zieht mich, ohne mit der Wimper zu zucken, an seine Brust. Mehrere Sekunden lang rühren wir uns nicht. Unsere Blicke verhaken sich ineinander, als warteten wir darauf, wer zuerst blinzelt.

Dann drückt Xavier seine Lippen auf meine.

Und ich breche zusammen.

Anders kann ich es nicht ausdrücken.

Ich breche in jeder Hinsicht zusammen und werde von Millionen Gefühlen bombardiert, die unter der Wut gelauert haben: Verlangen, die Angst, seine glänzende Zukunft zu zerstören … Liebe.

O Gott, ich liebe ihn.

Den Tyrannen aus meiner Kindheit. Meinen Brieffreund. Den Einzigen, dem ich mich seit dem Tod meines Dads öffnen konnte. Ich bin in ihn *verliebt* und im Moment möchte ich mich ihn einfach nur zurücklieben lassen.

Ich lasse alle Mauern fallen und klammere mich an seine Jacke, als wäre er mein Anker. Mit nie gekannter Intensität erwidere ich den Kuss, und Xavier stöhnt zufrieden auf. Ich öffne mich ihm, erlaube seiner Zunge, meine zu finden, und presse mich so eng an ihn, bis unsere Körper nahezu miteinander verschmelzen. Meine eindeutigen Absichten lassen Xav aufstöhnend die Hände an die Rückseite meiner Oberschenkel legen. Er hebt mich vollkommen mühelos hoch und trägt mich zurück zum Truck.

Dabei spüre ich seine Härte, die unter dem Stoff seiner Hose gefangen ist, und als ich gerade etwas sagen will, legt er mich auf die Ladefläche und schiebt sich über mich. Seine Lippen prallen auf meine, sobald er mich unter sich gefangen hat. Er schmeckt nach Jolly Ranchers, schlechten Entscheidungen und einer Verletzlichkeit, vor der wegzulaufen den Rest meines Lebens dauern würde.

Er fasst den Saum meines kurzen Pullovers und zieht sich für eine Sekunde ein Stück von mir zurück. Seinen feurigen Blick fest auf mich gerichtet, flüstert er heiser: »Sag mir, dass du das hier willst.«

Ich stimme sofort zu.

»Ich will *dich*«, sage ich, und meine Stimme bricht.

Xav grinst sündhaft, was mir die Kehle zusammenschnürt, und gewährt mir meinen Wunsch, indem er mich direkt erneut intensiv küsst. Jegliche Bedenken verlassen mich, als er mir den Pullover auszieht und zur Seite wirft.

Als er seinen Blick über meinen Körper gleiten lässt, sehe ich in seinen Augen ein so sinnliches Verlangen, dass mir ganz schwindelig wird. Xavier nimmt alles in sich auf – meinen nackten Bauch, meinen dünnen BH und darunter die gepiercten, aufgerichteten Nippel … Auch wenn ich bezweifle, dass er in der Dunkelheit des Parkplatzes viel sehen kann.

Moment. Wir sind immer noch auf dem Parkplatz.

Ich reiße die Augen auf.

»Xav … Jemand könnte uns sehen«, erinnere ich ihn, wobei mich die Aussicht, erwischt zu werden, seltsam erregt.

Sein tiefes, sorgloses Lachen löst ein Kribbeln in mir aus. »Na und?«

Ich will gerade widersprechen, als er den Bralette von meinem Körper reißt. Das Geräusch lässt mich aufkeuchen, doch ich habe keine Chance, ihn für den kaputten BH zu schimpfen, denn direkt schließen sich seine Lippen um meinen aufgerichteten Nippel und seine Hände umfassen meine Brüste.

Das Gefühl seiner Zunge, die um mein Piercing kreist, ist so unglaublich, dass ich ein Stöhnen nicht unterdrücken kann. Xavier umspielt meine schmerzhaft steifen Nippel, bis ich die Oberschenkel zusammenpresse, weil ich *mehr* von ihm brauche.

Als könnte er meine Gedanken lesen, wandern seine Lippen nach unten über meinen Bauch. Dabei setzte er quälend langsame, erregende Küsse auf meine Haut. Schüchternheit droht mich zu übermannen, als er seine Finger unter den Bund meiner

Leggins schiebt, sie hastig über meine Beine nach unten zieht und meinen fliederfarbenen Slip enthüllt.

Es ist eine Sache, von ihm gefingert zu werden, aber etwas ganz anderes, wenn er sein Gesicht zwischen meinen Beinen vergräbt. So nah ist mir noch niemand je gekommen. Nicht mal Logan.

Ich schlucke schwer.

Xavier merkt es sofort.

»Ist das in Ordnung?«, fragt er. »Ich kann aufhören.«

Seine Stimme ist rau vor Begehren, aber ich weiß, dass er es ernst meint. Völlig egal, wie erregt er ist.

»Nein«, versichere ich ihm – und mir. »Ich will das.«

Er lächelt wie ein wunderschöner Teufel und zieht mir den Slip aus, bevor er meine Beine weit auseinanderdrückt. Dann senkt er den Blick und beißt sich kurz auf die Unterlippe, bevor er sich positioniert und seine Zunge um meine empfindlichste Stelle kreisen lässt. Schnell. Langsam. *Wieder schnell.* Das hier ist so anders, als ich es mir vorgestellt habe. Es ist besser. Ich lasse den Kopf nach hinten sinken, als er seine Hände unter mich schiebt. Er packt meinen Hintern und saugt mich so hart zwischen seine Lippen, dass ich mich ihm entgegenbiege.

Ich kralle eine Hand in seine Haare. Noch ein Zungenschlag, und ich vergesse, dass uns hier jemand überraschen könnte. Denn Xav ist fest entschlossen, mich um den Verstand zu bringen, und kommt zu dem Schluss, dass seine Zunge dafür nicht ausreicht.

Ich bin so feucht, dass er problemlos zwei Finger in mich hineingleiten lassen kann. Mein Stöhnen entlockt ihm ein zufriedenes Schnauben. Mit seinen Fingern stößt er in mich hinein und gemeinsam mit dem Druck seiner Zunge ist es beinahe unerträglich. Noch nie war ich so sehr in Ekstase und es ist mir beinahe *peinlich*, wie schnell ich zu zittern anfange. Wie schnell meine Augen zurückrollen. Ich presse meine Schenkel zusammen, um den Höhepunkt aufzuhalten, doch Xav drückt sie wieder auseinander und fährt fort, mich mit seinen Fingern in den Himmel zu schicken.

»Wir sind hier noch nicht fertig, Harper«, sagt er mit rauer Stimme und presst seinen Mund wieder gegen meine Mitte. Ich bin ihm hilflos ausgeliefert. Schutzlos.

Der Orgasmus entlädt sich so explosionsartig, dass meine Hüften zucken und ich mein Stöhnen nicht mehr unterdrücken kann.

Ich habe keine Worte.

Außer vielleicht: »*Fuck!*«

Xavier gibt mir einen Moment, um zu Atem zu kommen, bevor er mich vollends mit einem Kuss zerstört, der nach mir schmeckt. Seine Erektion presst sich gegen mich und ich finde es ungerecht, wie viel er anhat, während ich splitterfasernackt auf einem öffentlichen Parkplatz herumliege.

Bevor ich mir dessen wirklich bewusst werde, zerre ich ihm das T-Shirt über den Kopf. Dann presse ich meine Finger auf seine samtige Haut, seine Schultern, sein Sixpack. Ich setze Küsse auf seine muskulöse Brust und stelle fest, dass ich einen *ganz anderen* Teil von ihm küssen will.

Ich überrasche Xav, indem ich uns herumdrehe und mich neben ihn knie. Ich öffne seinen Gürtel so schnell, dass er nicht mithalten kann.

»Vee …«, flüstert er, als ich seine Hose über seine Beine nach unten schiebe. Jetzt hat er nur noch seine Boxershorts an, und auch die ziehe ich ihm schnell aus, um das Gleichgewicht zwischen uns wiederherzustellen. Er ist dick und hart und ich bemühe mich, nicht allzu offensichtlich hinzustarren.

Es ist nicht meine Schuld, dass er wesentlich größer ist als Logan.

Nicht halb so selbstbewusst, wie ich wirke, knie ich mich zwischen seine Beine und umfasse ihn am Schaft. Dabei blicke ich durch meine Wimpern zu Xav hinauf.

»Mein Gott, Vee.« Er beißt die Zähne zusammen. »Sieh mich nicht so an, sonst komme ich auf der Stelle.«

Erstaunt blinzle ich.

»Aber ich habe doch noch gar nichts gemacht.«

»Ich weiß.« Er stöhnt leicht genervt auf und ich verstehe, dass *er* nun peinlich berührt ist. Die Vorstellung, dass er sich nicht zurückhalten kann, macht mich wild.

Ich will mehr Kontrolle über ihn.

Mehr von diesem Ausdruck in seinem Gesicht.

Also mache ich mich daran, ihn zu foltern, und beuge mich vor, bis mein Mund nur wenige Zentimeter von seiner Spitze entfernt ist. Ich sehe, wie Xav die Hände zu Fäusten ballt. Langsam strecke ich die Zunge vor, um mich heranzutasten, bevor ich meine Lippen um seine Spitze schließe. Ich habe noch nicht einmal richtig angefangen, als Xav angespannt ausstößt: *»Nein. Das geht nicht.«*

Bevor ich auch nur blinzeln kann, liegt er auf mir und seine heiße Länge pocht zwischen meinen Schenkeln.

»Ich will nicht kommen, bevor ich dich gefühlt habe.« Die Sehnsucht in seiner Stimme löst einen Strudel der Gefühle in mir aus. Ich ziehe ihn näher an mich heran, weil ich ihn genauso sehr – *wenn nicht noch mehr* – fühlen muss. Dann atme ich tief ein, denn mein Kopf will noch nicht ganz begreifen, was hier gleich passieren wird. Doch das Verlangen ist stärker und ich dränge mich an ihn und erlaube meinem Körper, das Reden für mich zu übernehmen.

»Warte«, stößt Xav aus. Er greift nach seiner Hose, die neben uns liegt, und holt etwas aus der Tasche.

Ein Kondom.

Ich hätte das Thema Verhütung noch angesprochen, wenn er es nicht getan hätte. Er trägt also ständig Kondome mit sich herum. Was hatte ich vom Kapitän der Basketballmannschaft auch anderes erwartet?

Sobald er das Kondom übergestreift hat, senkt er seinen Mund für einen innigen Kuss auf meinen, während er sich zwischen meinen Beinen positioniert, in meine Haare greift und sie sich um die Faust schlingt. Er ist Sekunden davon entfernt, in mich einzudringen, als es mir bewusst wird.

Wir werden gleich Sex haben.

Das ist eine große Sache.

Wir können das nur tun, wenn wir uns einig sind.

»Xav …«, fordere ich. Er schaut mir tief in die Augen, legt eine Hand an meine Wange und streicht mit dem Daumen über meine Unterlippe. »Es gibt kein Zurück«, stoße ich hervor.

Xav versteht, was ich meine, und küsst mich atemlos, bevor er an meinen Lippen murmelt: »*Niemals.*«

Ich bin mir ziemlich sicher, dass ich erblinde, als er in mich hineingleitet. Nur für eine Sekunde, aber es schärft alle meine Sinne. Ich wusste, dass er groß ist. Aber zu spüren, wie er mich ausfüllt, mich dehnt, verschlägt mir den Atem und ich grabe meine Fingernägel in seinen Rücken. Der Anblick meines geöffneten Mundes und meiner geweiteten Augen bringen einen Muskel in seinem Kiefer zum Zucken. Pure Zufriedenheit spiegelt sich in seiner Miene, als er sich noch ein Stück tiefer in mir versenkt und wir gleichzeitig aufstöhnen.

Xavier hält inne und vergräbt sein Gesicht an meinem Hals.

»Fuck.« Er atmet schwer. »Hör auf, dich anzuspannen.«

»Das tue ich nicht«, stoße ich stöhnend aus. Er hat sich nicht mehr bewegt, seitdem er in mich eingedrungen ist, und ich habe das Gefühl, das Stechen in meiner Bauchgegend wird sich erst auflösen, wenn er es tut.

»Verdammt, Vee … Du bist so …« Er stößt zischend den Atem aus, von sich selbst genervt. »So werde ich keine fünf Sekunden durchhalten.«

»Das wären dann die besten fünf Sekunden meines Lebens«, versichere ich ihm, und er lacht und küsst mich so hungrig, dass ich mich *doch* um ihn herum anspanne. »Beweg dich. Bitte«, flehe ich an seinen Lippen. Seine Größe ist zu viel für mich. Er saugt meine Unterlippe zwischen seine Zähne und stößt einmal zu.

Zweimal.

Jedes Mal ein bisschen schneller.

Bis er mir den Schmerz aus dem Leib vögelt.

Der ununterbrochene Blickkontakt lässt mich innerlich schmelzen. Wir sind gefangen von diesem Moment, dieser unwirklichen Verbindung zwischen uns und der Nähe unserer Körper.

Als seine Bewegungen immer schneller werden kann ich nicht anders, als zu stöhnen. Aber als er sich mein rechtes Bein über seine Schulter legt und anfängt, mit aller Kraft in mich einzudringen, wird aus dem diskreten Stöhnen …

Lasst es mich so ausdrücken – ich beiße mir auf die Faust.

Aber davon will Xav nicht wissen. Er zieht die Hand von meinem Mund, damit er mich hören kann. Dann presst er eine Hand an meine Kehle und nimmt mich härter.

»Sieh mich an«, befiehlt er nur wenige Zentimeter vor meinem Gesicht.

Ich bin schockiert davon, wie sehr mich seine dominante Seite erregt, und ich schreie vor Lust laut auf, als er anfängt, mit dem Daumen meinen empfindlichsten Punkt zu streicheln, raue Kreise darüber zu ziehen, während er ohne Zurückhaltung in mich hineinstößt.

Dann fällt ein Wassertropfen auf sein schönes Gesicht. Zu diesem Zeitpunkt sind wir beide verschwitzt, aber das hier … das ist kein Schweiß.

Sondern Regen.

»Soll das ein Scherz sein?« Ein Lachen kommt ihm über die Lippen, als der zweite Regentropfen über seine Schulter rollt.

»Das passiert, wenn man nicht nach dem Wetter schaut«, ziehe ich ihn keuchend auf, und er lässt ein selbstgefälliges Grinsen aufblitzen, bevor er mich erneut küsst.

Innerhalb weniger Minuten wird aus den vereinzelten Tropfen strömender Regen, aber Xav lässt sich davon nicht beeindrucken und verlangsamt seine Stöße nicht.

Das Wasser tropft aus seinen Haaren über seine Stirn, während unsere feuchten Körper sich im Einklang bewegen. Unsere Zungen treffen sich in dem Moment, in dem in der Ferne ein Donnerschlag ertönt, fast zeitgleich beginnt es in meinen Zehen zu kribbeln. Ich beiße mir auf die Unterlippe und mache mich bereit für einen überwältigenden Orgasmus.

Xav schirmt mich mit seinem Körper vor dem Regen ab und lässt seinen Daumen so unbarmherzig kreisen, dass die Hitze in meinem Unterleib droht, mich zu verbrennen.

»X-Xavier«, stöhne ich und kratze mit den Fingernägeln über seinen Rücken.

»Fuck, sag das noch mal«, knurrt er und stößt wieder und wieder in mich hinein. Ich dränge mich ihm so hart entgegen, dass mein Rücken den Kontakt zur Ladefläche verliert.

»*Xavier!*«, schreie ich, als mein Orgasmus seinen Höhepunkt erreicht. Und ich bin nicht allein. Xav kneift die Augen zusammen und seine Bewegungen werden unkontrollierter. Er ist kurz davor und ich tue genau das, von dem er mir gesagt hat, ich solle es *nicht* tun.

Ich spanne alle Muskeln an.

Ich gebe alles, was ich habe, und pulsiere um ihn herum, bis ich ihn genau da habe, wo ich ihn haben will. Er reißt die Augen auf und spannt den Kiefer an, während er meinen Namen ruft und sein heißer, regennasser Körper erzittert. Eine Sekunde später kommt er und zögert diesen kostbaren Moment so lange hinaus, wie er nur kann.

Inzwischen sind wir vollkommen durchnässt, zwei Liebeskranke, nackt im Regen. In der Sekunde, in der wir in die Realität zurückkehren, verhaken sich unsere Blicke und eine lähmende Angst macht sich in mir breit.

Es war perfekt.

Wir waren perfekt.

So perfekt, dass es beinahe beunruhigend ist.

Ich habe Xavier Emery erlaubt, mich erst zu lecken und dann mitten in der Nacht auf einem öffentlichen Parkplatz auf der Ladefläche seines Trucks zu vögeln. Ich habe ihm heute Nacht das Beste von mir gegeben, ohne auch nur einen Gedanken an das *Morgen* zu verschwenden.

Und das macht mir Angst.

Als stünden mir die Gefühle auf die Stirn geschrieben, drückt Xav mein Kinn hoch und gibt mir tausend Küsse auf die Lippen. Dann sieht er mir so tief in die Augen, dass ich mich frage, ob er meine Mauern bröckeln sehen kann.

»Kein Zurück, Harper«, wiederholt er rau meine Worte.

All meine Zweifel und Sorgen lösen sich in Luft auf und mein Herz schwillt an. Ich küsse ihn erneut, umfasse sein Gesicht und stoße zittrig aus: *»Niemals.«*

22. KAPITEL

AVEENA

Aveena: Hey, geht es dir gut? Du warst nicht in der Schule.

Aveena: Xavier?

Aveena: Ich mache mir Sorgen um dich.

Aveena: Bist du sauer auf mich oder so?

Wusstest ihr, dass es möglich ist, von seinem eigenen Atem genervt zu sein? Sich über das kleinste Geräusch so aufzuregen, dass man sich wünscht, man könnte alles abschalten?

Nur für einen Augenblick?

Eine Sekunde?

Ich wusste es nicht.

Ich wusste nicht, wie schmerzhaft Stille sein kann, bis sie alles war, was mir geblieben ist. In letzter Zeit ist mein Leben voll davon. Sie streift durch die Flure, hallt von den Decken, lauert hinter jeder Ecke.

Erinnert mich daran, was ich hören will.

Wie zum Beispiel mein Handy, das mit einer Nachricht von Xav piept.

Ich lasse mich in die Couch sinken und lege das Handy auf meinen Schoß. Dabei denke ich darüber nach, wie *schlimm* die letzten zwei Tage gewesen sind. Seit ich am Donnerstagmorgen die Easton betreten habe, wurde ich durch die Flure von Geflüster und Gelächter verfolgt.

Ich wusste ja bereits von Bries Kommentaren in der »Findet Zac und Love«-Facebook-Gruppe, der ich beigetreten bin, um die Spekulationen zu zerstreuen, dass ich Love bin. Aber ich war nicht darauf vorbereitet, die Ausgestoßene der Schule zu sein.

Dia und die Jungs sind die Einzigen, die noch mit mir reden.

Ich esse immer noch mit den Sportlern zu Mittag, und während Finn und Theo mich unterstützen, wo es nur geht, stellen Axel und Lacey mich nur zu gern auf die Probe.

Sie erwähnen den Suizid meines Vaters oder dass ich mit dem Freund meiner Schwester geschlafen habe, nur um zu sehen, ob ich reagiere.

Anfange zu weinen.

Wütend werde.

Irgendetwas.

Sie wollen mich zusammenbrechen sehen, und es benötigt übermenschliche Kräfte, um unter ihren grausamen »Witzen« nicht mit der Wimper zu zucken. Zum Glück blieb es bisher dabei. Noch hatte niemand den Mut, mich direkt auf die Gerüchte anzusprechen.

Ein- oder zweimal habe ich mitbekommen, wie Finn und Theo sich gefragt haben, was zum Teufel mit Xavier los ist. Sie haben auch schon seit einer Weile nichts mehr von ihm gehört, und ich werde dieses ungute Gefühl in meinem Magen einfach nicht los. Diese nagende Stimme in meinem Kopf, die mir sagt, dass die Welt kurz vor dem Kollaps steht.

Wenn das nicht schon längst passiert ist.

Am Tag nachdem ich Xav alles von mir gegeben habe, kam Dia mit einem halben Kilo Pistazieneis vorbei und hat mich um eine Erklärung gebeten. Und ich habe ihr mein Herz ausgeschüttet.

Ich verriet ihr die Sache mit den Geständnissen und tat dabei so, als wüsste ich selbst nicht, wer Zac ist. Wenn überhaupt muss Xav dieses Geheimnis selbst verraten. Wir beide weinten. Dann erzählte ich ihr, dass ich mit Xavier geschlafen habe. Sie flippte aus und meinte, dass sie seit der Nacht, in der er mich nach Hause gefahren hatte, wusste, dass da etwas zwischen uns läuft.

Sie schwor beim Leben ihrer Väter, dass sie keiner Seele von meiner geheimen Identität erzählen würde, und ich vertraue ihr. Sie versuchte auch, mich zu beruhigen, weil Xavier sich nicht meldet. Sie meinte, er hätte bestimmt einen guten Grund, da er sich auch bei seinen Freunden nicht melden würde.

Sosehr ich ihr auch glauben will, sein Schweigen gefällt mir nicht. Meine Nachrichten werden alle als gelesen angezeigt.

Er hat sie gesehen …

Und sich *entschieden*, mir nicht zu antworten.

Ich scrolle durch die Facebook-Gruppe, die allein in dieser Woche über hundert neue Mitglieder hinzugewonnen hat, und verziehe das Gesicht, als mein Handy mit einer neuen Nachricht vibriert.

Meine Hoffnungen zerfallen, als ich den Absender sehe.

Dia.

Dia: WAS ZUM TEUFEL? HAST DU DAS HIER GESEHEN?

Panik befällt mich, als ich sehe, dass sie einen Link zu einem Instagram-Post eingefügt hat. Noch bevor ich auf den Link klicke, bin ich davon überzeugt, dass das Foto auf der anderen Seite mich zerstören wird. Nachdem ich einmal tief ausgeatmet habe, tippe ich auf den Link.

Dann sterbe ich innerlich.

Der Link zeigt Bries neuestes Instagram-Foto.

Darauf ist Xavier zu sehen.

Er sitzt in einem dunklen T-Shirt auf Finns Couch, die muskulösen Arme um Bries Taille geschlungen. Dia hat erzählt, dass die Gang sich heute Abend bei Finn trifft.

Er ist so umwerfend, dass es wehtut. Mit seinem gebräunten Teint, den zurückgegelten hellbraunen Haaren und dem kantigen, männlichen Kiefer, der schärfer als ein Messer ist. Er ist wie ein wunderschöner Traum, den ich nicht voraussehen konnte.

Brie sitzt in einem weißen Rock und rosafarbenem Top auf seinem Schoß, die Arme um seinen Hals gelegt. Dabei verlieren sie sich in einem tiefen, leidenschaftlichen Kuss.

Sie sehen so glücklich aus.

So … verliebt.

Mein Blick wandert zu der Bildunterschrift unter Bries Post und bei den fünf kleinen Worten auf meinem Display bricht mein Herz.

Wieder dort, wo er hingehört.

* * *

Am Freitag bin ich darüber hinweg.

Über *ihn*.

Nun ja … so in der Art.

Okay, das ist gelogen, aber immerhin habe ich bisher nicht um mich geschlagen und sein Haus niedergebrannt. Also würde ich sagen … alles in allem mache ich mich ziemlich gut. Nachdem ich Bries Instagram-Post gesehen habe, habe ich mich die ganze Nacht in meinem Elend gesuhlt und versucht, nicht zu weinen, bis es körperlich wehtat. Aber ich habe Xavier keine einzige Nachricht geschrieben.

Ich habe ihn nicht verflucht.

Ihm nicht gesagt, dass ich ihm nie hätte vertrauen dürfen.

Versteht mich nicht falsch, *ich würde all das gern tun*.

Es juckt mich in den Fingern, ihn ein herzloses Monster zu nennen. Aber ihn zur Rede zu stellen würde mich schwach aussehen lassen. Würde ihm zeigen, wie viel mir an ihm liegt. Wie sehr er mich verletzt hat. Und nach der Sache mit meinem Vater habe ich mir geschworen, *nie wieder* so verletzlich zu sein. Ich habe verdammt viel Schlimmeres durchgemacht, als mit dem Kapitän der Basketballmannschaft zu schlafen, der anschließend zu seiner Ex zurückgekehrt ist. Wen interessiert es schon, dass er mir in einer Szene, die eines Liebesfilms würdig wäre, gesagt hat, dass er mich liebt?

Mir geht es gut.

Wirklich.

Es ist mir egal.

Habe ich schon erwähnt, dass es mir gut geht?

»Vee, mach auf. Ich habe die Hände voll«, verlangt Dia vor meiner Zimmertür, und ich quäle mich aus dem Bett, um sie hereinzulassen.

Eine lächelnde Dia steht vor der Tür und hat einen Berg voll ungesunder Snacks in den Armen. Sie hat darauf bestanden, dass wir nach dem Basketballspiel heute Abend eine Pyjamaparty veranstalten, und war nur zu gern bereit, dafür auf Theos Party zu verzichten.

Übersetzung: Sie macht sich Sorgen um mich.

»Das war schnell.« Ich lache leise, als wir uns auf mein Bett fallen lassen. »Bist du hergeflogen?«

»Ich bin direkt nach dem Spiel gekommen.« Lachend schnappt sie sich eine Tüte Jolly Ranchers und reißt sie auf.

Die Geschmacksrichtung lässt mich innerlich zusammenzucken.

Kirsche.

Wehe, du hast mir die Freude an Jolly Ranchers versaut, Arschloch.

Dia lehnt den Kopf gegen das Zierkissen auf meinem Bett und seufzt. »Das Spiel war eine Katastrophe. Arschloch-Xav hat in der ersten Hälfte total scheiße gespielt.«

Der neue Spitzname für ihn lässt mich grinsen. Diese Solidarität unter besten Freundinnen muss man einfach lieben.

»Nein, weißt du, was? Zu sagen, dass er scheiße gespielt hat, wäre eine Beleidigung für Scheiße. Ich weiß nicht, was zum Teufel mit ihm los war. Gut, dass Finn das aufgefangen hat. Er hat das Spiel getragen.«

Unter den Zuschauern war ein Scout von der Duke.

Hat Xavier seine Chance vertan?

»Was war mit der zweiten Hälfte? Hat Xav sich erholt?«, frage ich und hasse mich dafür, dass es mich interessiert.

»Ich vermute, Coach Diaz hat ihm gedroht, ihm die Eier abzuschneiden oder so, denn in der zweiten Hälfte war er fantastisch. Er hat den Siegtreffer gelandet.«

Gott sei Dank.

Habe ich das gerade wirklich gedacht? Welchen Teil hast du nicht verstanden, liebes Herz? Wir hassen ihn jetzt. *Reiß dich zusammen.*

Dia knabbert an ihrer Unterlippe, während sie mich mustert. Ihre Miene ist eine Mischung aus Schuldgefühlen und Mitleid.

»Mist, Vee. Ich bin so dämlich. Nach allem, was er dir angetan hat, quatsche ich hier ununterbrochen über diesen Mistkerl. Tut mir leid.«

»Wovon redest du da? Mir geht es gut.« Der gebrochene, schwache Klang meiner Stimme erschreckt mich. Und ich erstarre, als ich etwas Salziges schmecke.

Moment mal …

Weine ich etwa?

»Komm her.« Dia setzt sich hin und breitete die Arme aus.

Ich schüttle den Kopf und lehne ihre Umarmung ab. »Mir geht es gut. Versprochen.«

»Vee.« Sie zieht eine Augenbraue hoch.

»M-mir geht es gut.« Jetzt schluchze ich.

Was. Zum. Teufel.

Es ist, als hätten mein Kopf und mein Herz Verständigungsprobleme und würden einander bis aufs Blut bekämpfen. Mein Gehirn schreit, dass mir Xav egal sein sollte, aber mein Herz ist eine Nervensäge.

Dia ignoriert meine jämmerlichen Versuche, mein Gesicht zu wahren, und schließt mich so fest in die Arme, dass ich spüre, wie ich nachgebe und in tausend Stücke zerbreche.

In den nächsten zwei Minuten sagt keine von uns ein Wort. Ich liege einfach nur in ihren Armen und weine, so wie sie damals in meinen. Als ich meinen Stolz ablege, kann ich endlich zugeben, was ich von Beginn an gewusst habe.

Er hat mich gebrochen.

Ich habe mich ihm geöffnet, und er hat mich gebrochen.

Verdammt noch mal, ich habe mit ihm *geschlafen*. Ich bin auf seine Lügen hereingefallen wie eines seiner hirnlosen Groupies. Und das Schlimmste ist: Als er mir sagte, dass er mich liebt … habe ich ihm geglaubt.

»Bitte sag mir, dass du mit ihm gesprochen hast«, flüstert Dia.

»Was hätte das für einen Sinn?«, schniefe ich und entziehe mich ihr, um mir die Tränen abzuwischen. »Bries Foto hat mir alles verraten, was ich wissen muss.«

»Scheiß auf Brie! Er hat mit dir geschlafen und dir gesagt, dass er dich liebt. Das hat er in dem ganzen Jahr, in dem er mit Brie zusammen war, kein einziges Mal zu ihr gesagt.«

Ich blinzle sie an. »Woher weißt du das?«

»Lacey hat eine große Klappe.« Dia hebt abwehrend die Hände, und ich lächle. »Das ist so abgefuckt, Vee. Du kannst dich nicht so respektlos von ihm behandeln lassen.«

Darauf antworte ich nichts, doch ihre Worte lassen meinen Kampfgeist erwachen. Ich nehme mein Handy in die Hand und logge mich auf Instagram ein, tippe Bries Namen in das Suchfeld und klicke auf ihre Story.

Die ersten beiden Storys sind Videos von Theos Party. Eine Runde Bierpong und ein Video, wie Lacey und Brie Shots kippen.

Aber der dritte Slide …

Er zeigt ein Video von Xavier und Brie, wie sie im Pool rummachen, während im Hintergrund *Bitter* von FLETCHER und Kito dröhnt.

Die zwei haben recht. Ich bin verbittert.

Ich spiele das Video noch mal ab. Brie lächelt breit, während sie ihre Lippen auf Xavs presst und ihre manikürten Finger in seine nassen Haare krallt. Der Clip endet zu schnell, sodass ich nicht sehen kann, ob er auf ihren Kuss reagiert. Aber ich habe keinen Zweifel, dass er ihr vermutlich in der nächsten Sekunde die Luft aus den Lungen geküsst hat.

»*Igitt*«, kommentiert Dia und ich zucke zusammen und drehe den Kopf. Sie guckt sich Bries Story über meine Schulter an. »Wie lautet der Plan?«, fragt sie. »Mission Film oder Mission Fuckboy?«

Ich überlege kurz.

Dann atme ich tief ein und steige vom Bett.

»Lass uns gehen.«

* * *

»Ich kann das nicht.« Ich lasse mich tiefer in den Fahrersitz sinken und schaue zu Theos Haus auf der anderen Straßenseite. Dia und ich sitzen jetzt schon seit zwanzig Minuten in meinem Auto. Ein Kleid anzuziehen, mich zu schminken und zur Party zu fahren war der einfache Part.

Aus dem Auto auszusteigen ist der schwere.

»Doch, du kannst. Das Schlimmste, was passieren kann, ist, dass er der Scheißkerl ist, für den du ihn hältst, und du nie wieder mit diesem Clown reden musst.« Dia löst meinen Gurt. »*Auf drei.*«

Sie muss den Countdown fünfmal starten, bevor ich aussteige. Auf dem Weg zur Haustür hakt Dia sich bei mir unter, und ich lächele sie dankbar an.

Zehn Sekunden später platzen wir uneingeladen in Theos Küche. Die Party hat ihren Höhepunkt erreicht, im Haus wimmelt es nur so von Betrunkenen. Sobald wir über die Türschwelle treten, richten sich alle Augen auf mich.

Beinahe bin ich dankbar für die ohrenbetäubende Musik.

Den lauten Bass.

Den hämmernden Beat.

So kann ich das Geflüster nicht hören, das Lachen und die fiesen Kommentare, die mir überallhin folgen. *»Bitch«*, *»Schlampe«*, *»Verräterin«*, nur um ein paar zu nennen. Ich tue so, als würde ich die Blicke in meine Richtung nicht bemerken, und schlendere mit Dia am Arm durch die Menge. Wir haben kaum das Wohnzimmer betreten, als eine männliche Stimme den Namen meiner besten Freundin ruft.

Ich drehe den Kopf nach links und sehe, wie Finn sich durch die Feiernden schiebt, um zu Dia zu gelangen. Sein lautes Rufen lenkt die Aufmerksamkeit beinahe aller Leute im Wohnzimmer auf uns.

Danke, Finn.

»Hast du mich schon vermisst?« Kleine Grübchen bilden sich, als er sie anlächelt. Dia lässt meinen Arm los und keine Sekunde später senken sich Finns Lippen auf ihre. Sie stolpert zurück und packt seinen Kragen, um nicht umzufallen. »Ich dachte, du wolltest nicht kommen«, stößt er rau an ihrem Mund aus.

»I-ich bleibe auch nicht lange.« Sie räuspert sich und zieht sich zurück. »Vee muss mit Xavier sprechen. Wenn du einfach …«

Finn nickt verständnisvoll und schaut kurz zu mir. Dann schenkt er mir ein mitleidiges Lächeln und wirbelt auf dem Absatz herum.

»Was zum Teufel guckt ihr so?«, bellt er die neugierig guckende Menge an, die sich daraufhin schnell zerstreut. Es muss nett sein, wenn die ganze Welt einen entweder liebt oder fürchtet.

»Wo ist Xavier?«, fragt Dia an meiner Stelle. Ich weiß wirklich nicht, was ich ohne sie machen würde.

»Da drüben.« Finn nickt in die Richtung.

Ich sehe ihn sofort.

Er sitzt mit Brie, Lacey, Axel und Theo auf der Ledercouch. Ein Arm liegt um Bries Schultern. Seine Haare sind vom Pool noch feucht. Lacey und Brie kichern und flüstern sich gegenseitig was ins Ohr, während sie uns anstarren.

Mich anstarren.

Theo guckt, als würde er mich bemitleiden, und Xavier sieht mich ausdruckslos an.

Als wäre ich durchsichtig.

Ein altes, kaputtes Spielzeug, das gegen ein neueres Modell ausgetauscht wurde.

»Komm.« Dia zerrt an meinem Arm, aber ich versteife mich.

»D, lass uns einfach gehen. Das hier war ein Fehler«, stoße ich aus.

»Der einzige Fehler hier ist dieses lügende Arschloch. Es wird Zeit für die Wahrheit.« Dia zieht mich zur Couch und Finn folgt uns mit etwas Abstand. Als Dia vor dem Sofa stehen bleibt, wünschte ich, der Boden würde sich auftun und mich verschlingen. Ich kann Xavier kaum ansehen, geschweige denn mit ihm reden.

Theo schockiert mich, indem er das Wort ergreift.

»Du siehst gut aus, Vee.«

Ich suche nach einem Anflug von Sarkasmus in seiner Stimme, aber seltsamerweise scheint er das ernst zu meinen.

»Äh … danke.« Ich zupfe am Saum meines Kleides herum.

Normalerweise trage ich keine Kleider – niemals. Aber Dia hat mich überzeugt, dass ich mich großartig *fühlen* würde, wenn ich großartig aussähe, und ich war so dumm, sie mein Outfit aussuchen zu lassen. Das Kleid zeigt wesentlich mehr Dekolleté und Bein, als mir angenehm ist.

»Er hat recht. Schickes Kleid«, wirft Finn ein.

Ich bin mir wohl bewusst, dass es sich um Komplimente aus Mitleid handelt. Den Schub für mein Selbstbewusstsein nehme ich trotzdem gerne mit.

»Danke.« Ich schenke ihnen ein schüchternes Lächeln.

»Dia«, wechselt Brie das Thema. »Wie schön, dass du dich zu

uns gesellst. Obwohl … den Müll hättest du vermutlich besser draußen gelassen.«

Es ist nicht die Beleidigung, die mich verletzt.

Es ist sein Lachen.

Xavier *lacht* tatsächlich darüber, dass seine Freundin mich verbal in Stücke reißt.

Als hätte er mich nicht vor drei Tagen im Regen geküsst.

Als hätten wir nicht drei Monate lang ohne Unterbrechung miteinander geredet.

Als hätte ich nicht ein Stück meiner Seele abgerissen und es ihm gegeben.

»Halt deinen blöden Mund, Brie«, fährt Dia sie an. »Sag es ihm, Vee.« Meine beste Freundin stößt mir mit dem Ellbogen in die Rippen, und ich fühle mich wie ein verlegenes Kind in der Pause, das seinem Schwarm seine Gefühle gestehen will.

Ich schaue Xavier direkt in die Augen, bereit, ihn wegen seines Bullshits zur Rede zu stellen. Aber ich bekomme kein Wort über meine Lippen.

»Ich …«

Brie und Lacey lachen und genießen jede Sekunde meiner Blamage.

»Stimmt was nicht, Aveena? Warum heulst du dich nicht bei Zac aus?«, verspottet Brie mich, und ihre Worte durchbohren mein Herz wie Nadelstiche. Ich kann nicht anders, als zu Xavier zu schauen. Nicht, weil ich erwarte, dass er mich verteidigt. Sondern, weil *er* Zac ist. Er ist genauso verantwortlich für dieses Chaos mit den Geständnissen.

Und doch … ist er hier.

Und lacht mit ihnen.

»Oh, tut mir leid, tun wir immer noch so, als wärst du nicht Love?«, gackert Brie.

Dia schaltet sich mit einem Themenwechsel ein. »Schwing deinen Arsch von der Couch, Emery. Vee muss mit dir reden.«

»Vorsicht, Dia«, warnt Brie. »Das Mädchen hat seine eigene Schwester hintergangen. Wer sagt, dass sie nicht als Nächstes *deinen* Freund klaut? Oh, warte, stimmt ja. Den Titel hast du ja gar nicht. Das muss echt ätzend sein. Gut genug, um gefickt zu werden, aber nicht gut genug, um offiziell seine Freundin zu sein.«

Finn ballt die Hände zu Fäusten. »Brie, noch ein verficktes Wort von dir …«

»Xavier. Reden. Jetzt«, drängt Dia.

Xav verdreht die Augen.

»Mein Gott, na gut«, schnaubt er und steht auf.

Autsch.

Dia schenkt mir einen ermutigenden Blick, und ich gehe voran in eine ruhige Ecke neben dem Badezimmer. Xavier ragt über mir auf; seine Miene ist komplett ausdruckslos.

»Was willst du?«, knurrt er.

Wer ist dieser Kerl?

Wo ist mein Brieffreund hin?

»Warum?«, frage ich leise.

»Warum was?« Er lässt den Blick über unsere Umgebung schweifen, als würde er etwas suchen, das seiner Aufmerksamkeit würdig ist.

»Warum hast du mit mir geschlafen? Wenn du wusstest, dass du zu Brie zurückkehren würdest?«

»Ich wusste nicht, dass ich wieder mit Brie zusammenkomme. Das ist einfach so passiert.« Er tut es mit einem Schulterzucken ab.

»Und das konntest du mir nicht persönlich sagen?« Eigentlich will ich wütend klingen, aber der Schmerz durchtränkt jedes meiner Worte. »Ich musste es über Instagram herausfinden?«

»Ich habe es dir gesagt. Also so ähnlich. Wenn du ganz genau sein willst, habe ich es dir geschrieben. Ich habe dir im Buch noch ein Geständnis hinterlassen. Ich hatte gehofft, dass du den Hinweis verstehst.« Er verzieht das Gesicht. »Da habe ich mich wohl geirrt.«

Er würdigt mich keines einzigen Blickes.

»Oh, verzeih, dass ich eine Nachricht erwartet hatte.«

Seufzend fährt Xav sich mit der Hand durch das feuchte Haar. »Hör mal, es war lustig, aber ich habe dich gewarnt, dass ich nach dem Sex das Interesse verliere. Du kannst mir nicht ehrlich sagen, dass du das nicht hast kommen sehen.«

Auszüge aus einem seiner ersten Geständnisse blitzen vor meinem inneren Auge auf.

Er hat recht. Er *hat* es mir von Anfang an gesagt.

»Und was du gesagt hast …«, stoße ich rau aus. »Dass du dich in mich verliebt hast? Das war alles Bullshit? Du hast es nicht ernst gemeint?«

Das ist Xaviers Stichwort, um mich endgültig fertigzumachen.

»Doch, bis ich ihn rausgezogen habe.«

Mein Herz fühlt sich an, als würde es mir lebendig herausgerissen werden.

Zum wiederholten Mal innerhalb kurzer Zeit ohrfeige ich ihn.

Der Unterschied ist, dass diese Ohrfeige meinem Hass entspringt.

Xavier scheint ungerührt; er hat den Blick immer noch auf irgendetwas in der Ferne gerichtet.

»Fahr zur Hölle«, zische ich, bevor ich zur Tür gehe.

Einst hatte ich den Traum, dass der Junge mit den schönen blauen Augen sich für das Mauerblümchen und nicht für die Cheerleaderin entscheidet …

Dann bin ich aufgewacht.

* * *

Keine dreißig Minuten später knie ich in Gang sechs auf dem Boden.

Nachdem Xavier sein Geständnis erwähnt hat, bin ich sofort zur Bücherei gefahren. Dia musste ich eine Lüge auftischen, dass ich etwas bei der Arbeit vergessen habe. Sie wartet nun im Auto.

Gott sei Dank kann ich mich jederzeit in die Bücherei schleichen. Auf keinen Fall hätte ich es ausgehalten, bis morgen zu warten.

Angespannt ziehe ich den Gedichtband aus dem Regal und blättere darin, bis ich es finde.

Das Geständnis.

Seltsamerweise ist es nicht das Post-it, das mir zuerst ins Auge fällt.

Es ist der Name des Gedichts, auf dem es klebt.

I had no time to hate.

Genau dieses Gedicht habe ich in meinem Aufsatz für Ms. Callahan analysiert. Es dreht sich darum, warum zu »hassen« eine fürchterliche Zeitverschwendung ist. Emily Dickinson regt die Leser zu einem Leben voller Liebe an, weil das Leben für alles andere viel zu kurz ist. Es ist grausame Ironie, dass Xavier sein Geständnis ausgerechnet auf dieser Seite hinterlassen hat.

Warum?

Weil es das Gegenteil besagt.

Dear Love, I hate you …

23. KAPITEL

AVEENA

Eine Woche ist vergangen, seit Xavier mir das Herz aus dem Brustkorb geschnitten, es durch den Fleischwolf gedreht und quer über dem Bürgersteig verteilt hat. Die letzten sieben Tage habe ich gedacht, das würde alles vorbeigehen. Dass die Schüler der Easton das Zac-und-Love-Drama bald leid sind.

Ich habe mich geirrt.

Jedes Mal, wenn ich denke, ich hätte den Tiefpunkt erreicht …

Falle ich noch tiefer.

Ich wusste, es war nur der Anfang, als ich vom Admin aus der »Findet Zac und Love«-Facebook-Gruppe entfernt wurde. Vermutlich war es ihnen unangenehm, dass Love ihr brutales Mobbing aus unmittelbarer Nähe mitbekam.

Mit dem Geflüster konnte ich umgehen. Sogar die Beschimpfungen schaffte ich zu akzeptieren. Aber nun haben sich die Cheerleader für eine direktere Methode entschieden … und damit kann ich nicht umgehen. Brie und ihre Hohlköpfe machen sich einen Heidenspaß daraus, mir das Leben zur Hölle zu machen.

Auf den Fluren stellen sie mir manchmal ein Bein.

Sie schieben gehässige Nachrichten in meinen Spind.

Schlagen mir die Bücher aus den Händen.

Es ist, als wäre ich wieder in der dritten Klasse.

Dia hat mir versichert, dass Finn das Basketballteam in Schach hält, und bisher hat er hat sein Wort gehalten. Gott sei Dank. Ich kann mir nicht vorstellen, mich mit Regina George 2.0 und zusätzlich noch mit Axel und seinen Kumpels herumzuschlagen.

Auch wenn ich zu schätzen weiß, dass Finn mich auf Dias Bitte hin beschützt, konnte ich den Gedanken, weiter mit den Sportlern zu Mittag zu essen, nicht ertragen. Und wenn ich Sportler sage, meine ich *Xavier.*

Dia und ich essen jetzt nur zu zweit und auch wenn das dabei hilft, *Arschloch-Emery* nicht täglich zu sehen, laufen wir uns doch ab und zu auf den Fluren über den Weg. Das Entsetzlichste daran? Wenn wir uns begegnen, ignoriert er mich nicht, wie es jeder anständige Fuckboy tun würde, sondern starrt mich in Grund und Boden.

Vielleicht gibt es ihm einen Kick, mich so leiden zu sehen. Zu wissen, dass er mir alles genommen hat. Vielleicht fühlt er sich mächtig. Was auch immer es ist, eine einzelne Begegnung reicht, um mir den ganzen Tag zu versauen.

»Entschuldigt die Störung, Ladys.«

Ich schrecke hoch und finde mich in der vollen Schulcafeteria wieder. Seit Beginn der Pause bin ich gedanklich weit von hier entfernt. Dia sitzt mir gegenüber und starrt aus dunklen, wütenden Augen Löcher in Axels Stirn.

Er steht an unserem Tisch, ein arrogantes Lächeln im Gesicht. Ich brauche eine Sekunde, um zu erkennen, dass er mit mir spricht.

Finn ist heute nicht in der Schule aufgetaucht. Ich schätze, damit wird das heute zum »Quält Aveena«-Tag.

Kommt alle her, Tickets dafür gibts im Schlussverkauf. Eine einmalige Gelegenheit.

»Was willst du, Fletcher?«, stößt Dia durch zusammengebissene Zähne aus.

»Von dir? Nichts.« Axels Blick schießt zu mir. »Von Love hingegen …«

Ich reagiere nicht auf den Namen.

Alle wissen es, es hat keinen Sinn mehr, es zu leugnen.

Axel stützt sich auf seinen Handflächen flach auf dem Tisch ab und beugt sich vor, wie um mir ein Geheimnis zu verraten. Mir fällt auf, dass es in der Cafeteria mit einem Mal ganz still geworden ist. Wie erwartet, schaut die Mehrheit in unsere Richtung. Es ist verrückt, wie sehr sich Menschen vom Chaos angezogen fühlen. Nicht, dass ich es ihnen vorwerfen könnte. Jeder Teenager, der behauptet, er hasse Gerüchte und Drama, lügt.

Wir alle leben für solche Momente.

So lange, bis es uns selbst passiert.

»Ich denke, es ist an der Zeit, dass du gestehst. Meinst du nicht?«

Ich gebe ihm nicht die Genugtuung einer Antwort. So wütend, wie ich bin, bringe ich sowieso keinen Satz hervor, selbst wenn ich wollte. All die Schikane macht mich nicht mehr traurig, sondern *fuchsteufelswild.*

»Komm schon, du kannst mir vertrauen. Wer ist Zac? Ich werde es auch niemandem verraten.« Er grinst verschmitzt.

Ich bin überzeugt, dass höhere Mächte im Spiel sind, als ich zufällig den Blick von Xavier auffange. Wie der Rest der Schule schauen er, Theo, Brie und ein paar der Basketballspieler dem Drama zu, das sich gerade entfaltet. Nur … Anders als in jener Nacht, in der er mir das Herz gebrochen hat, erkenne ich jetzt Gefühl in seinen Augen.

Angst.

Er hat Angst.

Es gibt noch immer keinen Verdächtigen für Zac, und die »Findet Zac und Love«-Armee wird langsam rastlos. Wenn mir danach wäre, könnte ich mit einem Wort sein Leben, seine Zukunft und seinen Ruf zerstören.

Wer hat jetzt die Macht?

»Lass es sein, Axel«, zischt Dia.

»Mit dir rede ich nicht, Schwanzgesicht«, spuckt Axel förmlich aus.

Dias Augen weiten sich vor Schock.

»Cooler Spitzname, oder? Den hat Finn sich ausgedacht«, fügt er an.

Dia schließt den Mund und ich sehe Schmerz in ihren Augen aufblitzen. *Das glaubt sie ihm doch nicht ernsthaft?*

»Aveena, Baby, du zögerst es nur unnötig raus.« Axel hebt mein Kinn mit einem Finger an, und ich schlage seine Hand weg. »Warum sagst du es mir nicht, hm? Schämst du dich wirklich so, zuzugeben, dass du Love bist? Liegt es daran, dass du den Freund deiner Schwester gefickt hast?«

Ich zucke nicht mal zusammen.

Ich bin es inzwischen gewohnt.

»Falls es hilft, Logan hat gesagt, dass du *verdammt* eng bist.«

Ich bin ziemlich sicher, dass mir der Kiefer gerade ins Essen gefallen ist.

Axel lacht ob meiner Reaktion laut auf. »Mist, habe ich vergessen, zu erwähnen, dass er ein Freund von mir ist?«

Die Erinnerungen brechen mit Wucht über mich herein. An dem Abend, als ich mich mit Zac in Finns Zimmer verabredet hatte, wollte Axel mich mit seinem Kumpel verkuppeln.

Er betonte noch, dass ich genau der Typ seines Freundes bin.

Das war er, oder?

Logan?

»Er war übrigens total enttäuscht, dass du ihn auf Finns Party nicht sehen wolltest«, bestätigt Axel meine Vermutung.

Ich gebe mich kühl und antworte nicht, aber in mir brodelt es.

»Nun ja … Ich schätze, du warst zu sehr damit beschäftigt, Zacs Schwanz zu lutschen.«

Jetzt reicht es. Mein Gehirn hat einen Kurzschluss und mein Körper übernimmt die Kontrolle. Ich springe auf und ramme Axel mein Knie so fest in die Eier, dass ein paar Jungs am Nebentisch laut aufstöhnen. Wie ein nasser Sack fällt er zu Boden und winselt wie ein Hund, während er sich den Schritt hält.

»Wenn du es noch einmal wagst, mit mir zu sprechen, reiße ich sie dir ab«, brülle ich extra laut, damit alle mich hören. Dann stürme ich aus der Cafeteria. Dia folgt mir. Ich bin es leid, mich herumschubsen zu lassen.

Und ich will, dass die Welt es erfährt.

Von jetzt an … wehre ich mich.

* * *

Die Sache bringt mir zwei Tage Schulverweis ein.

Das Positive war, dass für den Rest des Nachmittags niemand auch nur ansatzweise in meine Richtung geguckt hat. Ich hätte nie gedacht, dass ignoriert zu werden mich so glücklich machen würde. Für eine Sekunde habe ich mich wie die Aveena von vor den Geständnissen gefühlt.

Normal. *Unsichtbar.* Als hätte ich wieder die Kontrolle über mein Leben. So sehr sogar, dass ich mich von Dia überreden ließ, am Samstag auf Theos Neon-Party zu gehen.

Sie war sicher, dass es niemand wagen würde, mir nach meinem öffentlichen Showdown mit Axel in der Cafeteria auf die Nerven zu gehen. Und ich dachte: *Wie könnte ich besser zeigen, dass ich keine Angst habe?*

Aber jetzt, wo Dia und ich mit leuchtenden Neon-Armbändern in Theos Küche schlendern, frage ich mich, ob hier aufzutauchen nicht geradezu eine *Aufforderung* für neue Probleme ist.

Das Haus der Cox wird von Schwarzlicht erhellt und riecht nach Gras und hochprozentigem Alkohol. Jeder Gast trägt irgendetwas Leuchtendes. Als wir eintreffen, wird Dia von einer Handvoll Zwölftklässler begrüßt, und auf dem Weg tiefer ins Haus hinein drehen sich links und rechts Köpfe nach uns um.

Große Überraschung, sie starren mich an.

Was solls.

Solange sie mich in Ruhe lassen, kann ich mit ein paar Blicken umgehen. Keine fünf Minuten später kommt Finn uns im Esszimmer entgegen, in jeder Hand eine große Flasche Tequila. Dia kann kaum ein Wort sagen, bevor er sie wie verrückt küsst. Ich richte meine Aufmerksamkeit auf … nun ja, alles andere als Dia, die mit Finn Richards Speichel austauscht.

Da sehe ich ihn.

Xavier.

Er lehnt mit dem Rücken an der Wand, den Blick fest auf sein Handy gerichtet. Wie üblich sieht er umwerfend heiß aus, sein weißes T-Shirt spannt sich wie maßgeschneidert über seinen muskulösen Oberkörper. Mein Herz schmerzt ein wenig, und ich lasse es ohne Widerstand zu.

Ich lasse mich den Schmerz spüren.

Ich lasse mich daran zerbrechen.

Und lasse mich von der Aussicht auf den Tag trösten, an dem ich ihm irgendwann in die Augen schauen kann, ohne etwas zu empfinden.

Brie nähert sich ihm. Sie trägt ein enges, graues Kleid, und ihre Makellosigkeit lässt mich innerlich leise wimmern. Sie bleibt neben ihm stehen und streicht mit ihren neonfarbenen Nägeln über Xaviers Arm, um seine Aufmerksamkeit zu erregen. Er beachtet sie jedoch nicht und scrollt mit gelangweilter Miene weiter auf seinem Handy.

Gereizt schaut Brielle sich um, und weil das Universum mich anscheinend noch nicht genügend gefoltert hat, treffen sich unsere Blicke.

Sie ertappt mich dabei, wie ich Xav anstarre, und setzt ein höhnisches Lächeln auf. Dann verschwendet sie keine Zeit, packt sein Gesicht und küsst ihn entschlossen. Xavier erwidert ihren Enthusiasmus nicht, er wirkt eher geschockt von dem Überfall. Nennt mich schwach, jämmerlich, zerbrechlich, aber ich ertrage es nicht eine Sekunde länger, den beiden zuzusehen. Also wende ich mich von dem glücklichen Paar ab. Die erste Person, die ich erblicke, als ich mich umdrehe, ist …

Wartet mal … Axel?

Was zum Teufel ist mit seinem Gesicht passiert?

Der große Basketballspieler hat nicht nur ein, sondern zwei Veilchen, eine geplatzte Lippe und einen Riss über dem Wangenknochen. Warum sieht er aus, als hätte jemand auf seinem Gesicht »Hau den Lukas« gespielt?

»Meine Güte, was ist denn mit Axel passiert?«, wende ich mich an Finn, der gerade damit beschäftigt ist, meine beste Freundin anzuhimmeln, als wäre sie das einzige Mädchen auf der Welt.

»Er und Xav sind gestern Abend beim Training aneinandergeraten«, antwortet Finn, ohne den Blick von Dia zu nehmen.

»Guter Gott«, keucht Dia erschrocken, als sie Axel sieht. »Was hat Axel denn gemacht?«

»Wenn ich das verdammt noch mal bloß wüsste«, erwidert Finn achselzuckend. »Xav hat sich aus dem Nichts auf ihn gestürzt. Ich glaube, Axel hat was über seine Freundin gesagt.«

Dias Augenbrauen schießen bis zu ihrem Haaransatz hoch und ein Lächeln umspielt ihre Mundwinkel, als sie mich ansieht.

»*Welche* Freundin?« Ihre Stimme trieft nur so vor Mehrdeutigkeit.

Ich weiß genau, worauf sie hinauswill, weigere mich jedoch, diese Möglichkeit auch nur für eine Sekunde in Betracht zu ziehen. Na und, dann hat Xav sich eben an dem gleichen Tag auf Axel gestürzt, als der mich in der Mittagspause belästigt hat.

Das hat nichts zu bedeuten.

Es bedeutet auch definitiv nicht, dass er das meinetwegen getan hat.

Nun ja, um fair zu sein, er hat ein Geständnis mit den Worten »Ich hasse dich« direkt auf ein Gedicht geklebt, das »I had no time to hate« heißt, nervt mich mein Unterbewusstsein. Was, wenn das ein Code für irgendetwas war?

Der Gedanke gibt mir Hoffnung. Dann werfe ich einen Blick zu Xavier und Brie. Er hat die Arme um ihre schmale Taille geschlungen und sie nah zu sich herangezogen.

Das hoffnungsfrohe Glimmen in meiner Brust erstirbt schlagartig.

»Wisst ihr, wie spät es ist? Es ist genau *Betrinkt-euch-Uhr*«, höre ich Finn sagen, bevor er einen Schluck Tequila direkt aus der Flasche trinkt. »Ladys?«, bietet er an und hält uns die Flasche hin.

»Du weißt, dass Vee nicht trinkt«, erinnert Dia ihn, bevor sie die Flasche nimmt und einen kleinen Schluck nimmt.

Entgegen meinem gesunden Menschenverstand werfe ich noch einen Blick zu Xav und Brie. *Furchtbare Entscheidung.* Einfach so lösen sich all meine Versprechen in Luft auf, die ich mir nach dem Abend gegeben habe, an dem ich meinen Vater verlor.

»Ehrlich gesagt nehme ich auch einen Schluck«, überrasche ich die beiden.

Dia reißt die Augen auf. »B-bist du sicher?«

Ich nehme ihr die Flasche ab. Das Geräusch meines Herzens, das in meiner Brust auseinanderbricht, dröhnt in meinen Ohren.

»Ganz sicher.«

* * *

»Geht es dir gut?«, fragt Dia mich zum tausendsten Mal innerhalb von zwei Stunden und bricht damit den Weltrekord für die besorgteste Freundin. Bei den ersten hundert Malen ging es mir noch wirklich gut.

Aber … ab da ging es bergab.

Was damit zusammenhängen könnte, dass ich Finns Tequila-Flasche austrinke und danach vier Runden Bierpong spiele. In meinem Kopf dreht sich alles, ich lalle ein wenig und mein Blick ist verschwommen. Aber ich fühle mich gut.

Nun ja … zumindest *besser.*

»Mir geht es gut, D. Hör auf, dir Sorgen zu machen.«

Dia nickt wenig überzeugt und konzentriert sich auf das

Bierpong-Spiel. Ich würde lügen, wenn ich sage, dass ich beim Leeren der Tequila-Flasche nicht würgen musste. Aber egal, wie sehr meine Kehle geschmerzt hat, egal, wie intensiv der Alkohol gebrannt hat, ich habe weitergemacht. Schluck für Schluck haben sich die Wolken über meinem Kopf aufgelöst und damit auch das Gefühl, mehrfach ein Messer in die Brust gerammt bekommen zu haben.

Ich verstehe es, Dad.

Ich verstehe, warum du es so gemocht hast.

»Trink aus, Vee.« Theo lacht, als der Ball in unserem letzten roten Plastikbecher landet. Er und Finn klatschen einander ab und feiern ihren Sieg, während Dia und ich unsere Niederlage tapfer ertragen. Die Jungs haben uns vom ersten Spiel an in der Tasche gehabt.

»Wollt ihr noch mal?«, fragt Finn und grinst Dia an. Sie schüttelt den Kopf und packt mich am Arm.

»Nein. Wir hatten genug.«

Man muss nicht sonderlich klug sein, um zu verstehen, dass sie damit mich meint.

»Wir sind als Nächste dran!«, kreischt eine hohe Stimme zu meiner Linken. Ich wirble mit dem Kopf herum und sehe Brie und Xavier am Bierpong-Tisch stehen. Brie ist total betrunken und muss sich an Xavs muskulösem Arm festhalten, um nicht das Gleichgewicht zu verlieren. Das benommene Lächeln auf ihren Lippen erstirbt, sobald sie mich erblickt. »Was zum Teufel macht *die* noch hier?«

»Fang gar nicht erst an, Brie«, knurrt Finn.

Ohne auf ihn zu achten, löst Brie ihre Hand von Xavs Arm und stolpert auf mich zu. Nur wenige Zentimeter vor mir bleibt sie stehen und mustert mich mit einem Hass in ihren Augen, der mir Gänsehaut verursacht.

»Keiner will dich hier haben, Freak. Nein, erlaube mir, das anders zu formulieren: Keiner will dich. *Punkt*. Ich nicht, mein

Freund nicht …« Sie haut mir gegen die Schulter und ich stolpere geschockt zurück. »Und nicht mal dein eigener Vater.«

Sobald die Worte ihren Mund verlassen, sehe ich rot.

Und das meine ich nicht im übertragenen Sinne.

Das Geräusch von Bries Nase, die unter meiner Faust bricht, ist mein erster Hinweis. Der zweite ist das entsetzte Aufkeuchen im Raum. Der dritte das Blut, das über Bries Gesicht schießt.

Ich habe sie gerade geschlagen.

Ich. Habe. Brie. Geschlagen.

»Nenn mich eine Schlampe, eine Verräterin, was immer zum Teufel du willst. Aber sag *nie wieder* ein Wort über meinen Dad!«, brülle ich sie an.

Bries Hand schnellt zu ihrer Nase, und der Zustand ihres blutverschmierten Kleids lässt sie aufheulen. Als sie merkt, dass dass alle sie anstarren, verzieht sie vor Entsetzen das Gesicht und bahnt sich mit den Ellbogen einen Weg durch die Menge. Theo stellt die Musik leiser. Die Leute richten ihre Aufmerksamkeit von ihr wieder auf mich, geschockt von den Ereignissen. Erstaunt darüber, dass ich ihren Verdacht gerade bestätigt habe.

Dass ich Brie geschlagen habe, hat die Sache klargemacht.

Ich bin Love.

Bin es immer gewesen.

Tja … jetzt, wo ich ihre Aufmerksamkeit habe … Ich weiß nicht, wie mein betrunkenes Ich es geschafft hat, auf einen der Küchenstühle zu klettern. Das Nächste, was ich weiß, ist, dass ich über der Menge aufrage.

»Es stimmt, Leute, *ich bin Love*«, platze ich schamlos heraus. »Herzlichen Glückwunsch, ihr herzlosen Bastarde. Ihr habt mich erwischt. Ich habe die Geständnisse geschrieben und damit euer Abschlussjahr interessant gemacht. Gern geschehen.«

Es ist totenstill.

»Ich weiß, ihr seid alle ganz heiß darauf, herauszufinden, wer Zac ist, also lasst mich euch von euren Qualen erlösen.«

Mein Blick geht zu Xavier, der steif wie ein Brett in der Menge steht und mich mit der vertrauten Angst in den Augen ansieht.

Ich sollte dich bloßstellen.

Zulassen, dass sie dich in Stücke reißen.

Dir zeigen, wie sich das anfühlt.

»Der Witz geht auf eure Kosten, ihr Schwachköpfe. Zac geht nicht mal auf die Easton«, lüge ich.

Xaviers Schultern sacken erleichtert herab.

»Er ist älter und arbeitet an den Wochenenden in der Bücherei. So haben wir uns kennengelernt. Auch wenn ich es sehr zu schätzen weiß, dass ihr Armleuchter euch so viel Mühe gegeben habt, herauszufinden, wer er ist, habt ihr leider eure Zeit vergeudet. Ihr werdet es nie erfahren. Können wir dann jetzt bitte mit unseren Leben weitermachen?« Ich schaue Xavier direkt in die Augen und spreche zu ihm, nur zu ihm, als ich mein Herz zurücknehme. *»Also ich werde es auf jeden Fall tun.«*

Einen Wimpernschlag später stehe ich wieder auf festem Boden. Ich nehme meinen Becher, der bis zum Rand gefüllt ist, und verlasse mit dem Rest an Würde, der mir geblieben ist, die Küche. Als ich bei Xavier ankomme, schaut er beschämt zu Boden. Ich gebe ein unterdrücktes Schnauben von mir und ramme ihm absichtlich den Ellbogen gegen den Arm, als ich mich durch die Menge dränge.

»Vee!«, ruft Dia, aber ich halte erst an, nachdem ich mich im Badezimmer eingeschlossen habe. Während ich mit dem Rücken gegen die Tür sinke, atme ich all die Luft aus, die ich unwillkürlich angehalten hatte.

Ich habe das gerade wirklich getan.

Ich habe es allen gesagt.

Ich habe mir meine Macht zurückgeholt.

Warum weine ich dann?

Vielleicht ist es der Alkohol, der meine Emotionen durcheinanderbringt. Vielleicht ist es das letzte Stück meines gebrochenen Herzens, das mich an seine Existenz erinnert. Aber ich bleibe eine halbe Stunde lang hier drinnen und weine um Xavier Emery. Halte meine schmerzenden Fäuste unter eiskaltes Wasser, um die Knöchel zu kühlen.

Wie sich herausstellt, tut es höllisch weh, jemanden zu schlagen.

Als ich das Badezimmer endlich wieder verlasse, ist die Musik lauter als je zuvor. Ich spüre, wie mein Handy unter Dias Nachrichten vibriert, aber ich bin gedanklich zu weit entfernt, um zu antworten.

»Sorry«, lalle ich, als ich auf dem Weg nach draußen jemanden anremple.

Der Fremde lacht als Antwort heiser auf.

»Keine Sorge, *Vee-Card.*«

Ich bleibe wie erstarrt stehen. Panik übermannt mich. Dann wirble ich herum.

»L-Logan?«

24. KAPITEL

XAVIER

»Hey, Arschloch. Wer ist das?« Ich stoße Theo den Ellbogen in die Rippen, was ihn schmerzhaft aufstöhnen lässt. Er ignoriert mich, den Blick fest auf sein Handy gerichtet. Vermutlich sextet er mit Ashley.

Mal wieder.

Das ist alles, was der Kerl derzeit macht. Ich weiß nicht, was zwischen den beiden läuft, aber Vees Schwester scheint Theos neueste Lieblingsbeschäftigung zu sein. Ich kann nicht aufhören, Aveena und den Typen anzustarren, der sie vor dem Badezimmer angesprochen hat. Ich kenne den Kerl nicht. Ich habe ihn hier noch nie zuvor gesehen, aber angesichts der Feindseligkeit in Vees Miene hat *sie* ihn bereits ziemlich oft gesehen.

Mein Blick gleitet über ihren Körper, woraufhin unterdrücktes Verlangen unter meiner Haut brennt. Ich bin nicht überrascht, dass irgendein Loser versucht, sie anzubaggern. Ich meine, seht sie euch an. Sie trägt ein enges, kurzes Kleid – ohne Zweifel habe ich Dia dafür zu danken.

Diese Beine.

Diese Kurven.

Dieser perfekte kleine Hintern.

Fuck.

Ich dachte, ich würde mich auf den Fußboden übergeben, als Vee auf diesem Stuhl stand und die Macht in den Händen hielt, mein gesamtes Leben in Stücke zu reißen. Das Schlimmste ist, dass ich es ihr nicht einmal hätte verübeln können, wenn sie mich enttarnt hätte.

Doch sie hat es nicht getan.

Sie hat alle angelogen.

Sie hat mich beschützt, obwohl sie keinen Grund dazu hatte.

Niemals hätte ich gedacht, ich könnte glücklich sein *und* mich gleichzeitig wie das größte Stück Scheiße fühlen.

»Cox, wer zum Teufel ist das?«, hake ich nach und gebe Theo einen Klaps auf den Hinterkopf, um seine Aufmerksamkeit zu erregen. Endlich schaut er auf und folgt meinem Blick zu Vee und dem geheimnisvollen Typen.

»Das ist Logan, Axels bescheuerter Freund«, sagt er achselzuckend und leert seinen Becher in einem Zug.

»Was stimmt nicht mit ihm?«, frage ich.

»Du meinst, abgesehen davon, dass er ein Riesenarschloch ist?« Theo schnaubt. »Er ist ein Frauen misshandelndes, wertloses Stück Scheiße, das ist mit ihm los. Er hat Vees Schwester geschlagen, als sie zusammen waren.«

Mir bleibt der Mund offen stehen.

»Warte mal. Du meinst, das ist der Kerl von …«

»Den Geständnissen. Jupp.« Theo nickt. »Ladys und Gentlemen, ich präsentiere Ihnen den Kerl, der Vees Jungfräulichkeit geraubt hat.«

Meine Finger krallen sich so fest um meine Bierflasche, dass ich befürchte, sie brechen gleich.

Er war ihr Erster?

Er?

Dieser verfickte Niemand?

Sie reden immer noch, und mit reden meine ich streiten. Vee ist offensichtlich angewidert von jedem verdammten Wort, das aus seinem verdammten Mund kommt. Gerade, als ich mich frage, ob er spürt, wie sich meine Blicke in seinen Hinterkopf bohren, dreht er den Kopf zur Seite und sieht, dass ich ihn anfunkle.

Ich rühre mich nicht. Nur ein einzelner Muskel in meinem Unterkiefer zuckt.

Fick dich.

Fick dich.

Fick dich.

Du hast das, was sie dir gegeben hat, nicht verdient.

Du hast *sie* nicht verdient.

Du auch nicht, ruft mir der kleine Teufel auf meiner Schulter in Erinnerung.

Dieser Logan-Typ schaut wieder zu Vee und beugt sich für meinen Geschmack viel zu nah zu ihr, um ihr etwas ins Ohr zu flüstern. Sofort schaut sie in meine Richtung und ertappt mich dabei, wie ich sie anstarre.

Der Kerl hat mich verpfiffen.

Ich sollte so tun, als hätte ich nicht hingeschaut, aber ich kann meinen verdammten Blick einfach nicht von ihr losreißen. Also starre ich weiter und überlege mir derweil eine Handvoll Wege, den Kerl umzubringen. Dann sehe ich, wie er ihr etwas in den Drink kippt.

Er. Hat. Ihr. Etwas. In. Den. Drink. Getan.

Das ging schnell.

Maximal zwei Sekunden.

Jeder, der nicht ganz genau hingesehen hat, hätte es verpasst.

Ich habe Axel dafür verprügelt, wie er mit ihr geredet hat. Dieser Kerl hat keine Ahnung, dass er gerade sein Todesurteil unterschrieben hat. Wut brodelt in meiner Brust, als Vee mir einen verbitterten und traurigen Blick zuwirft, bevor sie sich wieder Logan zuwendet.

Sie hat es nicht mitbekommen.

Logan schenkt ihr ein raubtierhaftes Lächeln und gibt irgendeinen Kommentar von sich, der Vee definitiv nicht gefällt, denn sie stößt ihn von sich und geht weg.

Fuck, sie darf das nicht trinken.

Ich muss sie aufhalten.

In der nächsten Sekunde tauche ich in der Menge ab, panisch, sie in diesem Chaos einer Neon-Party zu verlieren. Hier bin ich nun und jage dem Mädchen nach, das ich hinter mir lassen wollte.

Dem Mädchen, dem ich das Herz gebrochen habe.

Ich hatte keine Ahnung, dass ich meines dabei auch brechen würde.

* * *

AVEENA

Ich dachte, ich hätte einen schrecklichen Abend.

Dann bin ich dem schlimmsten Fehler, den ich je begangen habe, über den Weg gelaufen. Dabei habe ich erkannt, dass ich noch nicht mal auf Stufe eins der Schrecklichkeits-Skala angekommen war.

Der Abend war schlimm, ja.

Aber *schrecklich* wurde er erst, als Logan mich vor dem Badezimmer abgefangen hat. Er fing an, mir auf abstoßende Weise Komplimente für meinen Körper zu machen, bevor er mich unverblümt aufforderte, noch einmal mit ihm zu schlafen.

Nachdem er Hand an meine Schwester gelegt hatte.

Der Kerl hat vielleicht Nerven.

Ich sagte ihm, er solle sich verpissen, und ließ ihn stehen. Zum Teil, weil Xavier ihn mit einem Anflug von roher … ich wage fast zu sagen, *Eifersucht* in den Augen angestarrt hat. Was mich ein kleines bisschen zu glücklich gemacht hat.

Jetzt strecke ich meine Beine auf der Liege neben dem Pool aus und atme tief ein. In Theos Garten ist es stockfinster, nur eine schwache Terrassenlampe spendet ein wenig Licht. Ich konnte mir nicht vorstellen, mich nach meiner Rede drinnen noch mal zu zeigen, aber ich will nicht ohne Dia gehen.

Seit die Geständnisse publik gemacht wurden, hat sie jede Party ausfallen lassen. Sie ist durch dick und dünn an meiner Seite geblieben und jeden Tag zu mir nach Hause gekommen. Sie hat diese Zeit mit Finn verdient. Sie würde eher sterben, als es zuzugeben, aber ich weiß, dass sie ihr »normales« Leben vermisst. Das Essen und Herumhängen mit den Sportlern, sich in den Pausen mit Finn in der Umkleide zu treffen.

Ich habe ihr eine Nachricht geschickt und ihr versichert, dass es mir gut geht. Ich dachte, ich könnte mich hier draußen verstecken und ihr ein paar weitere Stunden der Normalität schenken. Der seltsam salzige Geschmack meines Drinks lässt mich das Gesicht verziehen.

Mein Gott, was ist heute Abend nur mit meinen Geschmacksknospen los?

In der Sekunde, in der ich den Becher absetze, überkommt mich eine so brutale Übelkeit, dass ich mich beinahe übergebe. Dazu ein Schwindel, wie ich ihn noch nie zuvor erlebt habe. Ich fühle mich schwach, desorientiert, als würden meine Sinne nach und nach abschalten.

Was zum Teufel ist mit mir los?

Ich muss all meine Energie aufbringen, um auf die Füße zu kommen und …

»Willst du irgendwohin?«

Ich muss ihn nicht sehen, um seine Stimme zu erkennen.

Benommen zwinge ich meine Augen auf und kann gerade so Logan und Axel ausmachen, die in der Dunkelheit des Gartens auf mich zukommen.

»W-was wollt ihr?«, lalle ich.

»Was jeder Kerl in unserem Alter will, Baby.« Logan grinst schmierig. »*Spaß.*«

Die Zeit scheint sich zu verlangsamen.

Meine Augen füllen sich mit Tränen, als ich den roten Becher in meiner Hand anschaue.

Ich weiß es sofort.

Nein.

Nein.

Verdammt, bitte nicht.

»Stimmt was mit deinem Drink nicht, Vee?«, höhnt Axel.

Der rote Becher gleitet mir aus der Hand und landet auf den Boden. Und ich falle gegen meinen Willen rücklings auf die Liege.

So … verdammt … schwach.

Wieso habe ich nicht gesehen, dass er mir was in den Drink getan hat?

Wann?

Eine Träne rinnt mir über die Wange, als die Erkenntnis mich mit voller Wucht trifft.

Es muss passiert sein, als ich zu Xavier geschaut habe. Es geht nicht anders. Die Jungs kommen näher, und ich habe nicht mal die Energie, um in Panik zu geraten. Ich spüre, wie ich verblasse.

»Nein« ist alles, was ich sagen kann.

Logan schnaubt. »Glaub mir, in einer Minute wirst du mich anflehen, dich zu ficken.«

»*Warum ich?*« Meine Lider wiegen tausend Pfund.

»Ich dachte, es wäre an der Zeit, mal einen Dreier auszuprobieren.« Logan drückt mich flach auf die Liege, klettert auf mich und hält mich unter sich gefangen.

Ich kann mich nicht wehren.

Ich kann nur innerlich schreien.

Aber niemand hört mich.

»*Hier?* Bist du verrückt?«, fragt Axel geschockt.

»Halt den Mund und halte Wache«, knurrt Logan.

»Wache halten?«, zischt Axel. »Warum bist du derjenige, der randarf?«

Das hier ist echt.

Es passiert wirklich.

Ich werde in Theos Garten vom Ex-Freund meiner Schwester missbraucht, während meine beste Freundin nur wenige Meter entfernt ist. Das Letzte, was ich sehe, sind Logans Finger, die an den Trägern meines Kleides herumfummeln. Das Letzte, was ich höre, ist das Öffnen des Reißverschlusses seiner Jeans, bevor er sich die Hose nach unten schiebt.

Das Letzte, was ich fühle, sind seine Fingernägel, die sich in meine Oberschenkel graben, und seine Lippen, die an meinem Hals entlangfahren.

Dann nichts mehr.

25. KAPITEL

AVEENA

Anfangs dachte ich, es wäre ein Traum.

Ich lag mit geschlossenen Augen da und versuchte, mich davon zu überzeugen, dass das alles nur in meinem Kopf stattfand. Dass ich in meinem eigenen Bett aufwachen würde. Zwischen den Wänden, die Dad türkis gestrichen hatte, als ich acht Jahre alt war.

Bitte lass es einen Traum sein.

Bitte.

Ich betete und betete, aber der stechende Schmerz in meinem Kopf, der Nebel um meine Gedanken und die Schwäche in meinen Gliedern zerstörten diese Illusion Stück für Stück.

Die letzte Nacht war kein Traum.

Ich zittere und schwitze, als ich mich aufsetze und meine Sinne blinzelnd zum Leben erwachen. Das Bett gehört nicht mir. Genauso wenig wie das Schlafzimmer. Mein Zimmer ist nie so aufgeräumt. Die Tür ist geschlossen und die Vorhänge sind zugezogen, sodass der fremde Raum im Dunkeln liegt.

Mein Kopf tut so weh, dass ich kaum die Augen offen halten kann, und mein Körper *fleht* nach Schlaf. Ich würde mich am liebsten wieder in die bequeme Matratze sinken lassen, aber die Erinnerungen lassen das nicht zu.

Ich verkrampfe und durchlebe erneut die Angst und die Hilflosigkeit. Wie ein Film, den ich nicht vorspulen kann, läuft alles vor meinem inneren Auge ab. Ich spüre Logans Fingernägel, die sich in meine Oberschenkel bohren, seinen Mund, der mir die Entscheidungsfreiheit raubt.

Der Rest ist ein großes schwarzes Loch.

Panisch schiebe ich die Bettdecke von mir und stoße erleichtert den Atem aus. Ich trage ein weites T-Shirt und zu große Boxershorts.

Das ist gut.

Besser als nichts.

Auf den ersten Blick würde ich sagen, dass das hier das Zimmer von einem Kerl ist.

Das von Logan?

Oder vielleicht von Axel?

Großer Gott, haben sie mich mit nach Hause genommen?

Übelkeit zieht mir den Magen zusammen. Ich sehe mein Handy auf dem Nachttisch liegen und schnappe es mir. Damit kann ich Hilfe rufen.

Dann schaue ich aufs Display.

Der Akku ist bei zehn Prozent.

Mist. Es war die ganze Nacht über an.

Ich habe ungefähr fünfzehn Nachrichten von Dia, die wissen will, was passiert ist und warum ich nicht bei ihr übernachtet habe. So gerne ich ihr auch antworten möchte, ich habe selbst keine Ahnung.

Die zehnte Nachricht raubt mir den Atem.

Dia: Finn hat mir gerade gesagt, dass du bei Xav bist. Ruf mich an, sobald er dich nach Hause fährt.

Xavier war das?

Er hat mich mit nach Hause genommen?

Aber … *warum*?

Ich entscheide ziemlich schnell, dass Xavier Emery mir zwar das Herz gebrochen hat, aber auf keinen Fall irgendetwas mit der Sache zu tun hat. Meine Lage könnte schlimmer sein. Ich überlege, ob ich durchs Fenster rausklettern kann, als eine neue E-Mail auf meinem Handy aufpoppt.

Absender ist die Duke University.

Für eine Sekunde bleibt mein Herz stehen. Dann entsperre ich mein Handy mit dem Daumen und öffne die E-Mail, ohne den Betreff zu lesen.

Am Ende der ersten Zeile stoße ich einen spitzen Schrei aus.

Liebe Aveena,

es ist uns eine große Freude, dich zu informieren, dass du ausgewählt wurdest …

Mein Mund klappt auf.

Heilige Scheiße.

Ich habe es.

Ich habe das Stipendium!

Ich werde ruckartig in die Realität zurückbefördert, als ich Schritte höre. Jemand kommt.

Schnell ziehe ich mir wie zum Schutz die Bettdecke an die Brust. Die Schritte kommen näher. Und näher. Vor der Tür bleiben sie stehen. Ich halte den Atem an und warte darauf, dass derjenige auf der anderen Seite der Tür den nächsten Zug macht.

Dann wird die Klinke heruntergedrückt.

Und er taucht im Türrahmen auf.

Xavier.

Er trägt kein Shirt und die schwarze Jogginghose sitzt so tief auf seinen Hüften, dass ich das V sehen kann, das unter dem Bund zusammenläuft. Normalerweise würde ich den Anblick seines umwerfenden Körpers und der wie in Stein gemeißelten Bauchmuskeln genießen, aber jetzt bleibt mein Blick stattdessen an der Narbe auf seinem Bauch hängen.

Sie ist verblasst, aber tief.

Zieht sich einmal quer über seinen unteren Bauch.

Es ist das erste Mal, dass ich Xavier bei Licht mit nacktem Oberkörper sehe. Auf seinem Snapchat-Foto und an den Quellen trug er auch kein Shirt, aber beide Male war es zu dunkel.

Ich erinnere mich, dass meine Mom mir erzählt hat, Xavier wäre bei dem Bootsunfall verletzt worden, bei dem Finns Mom, Nora Richards, ihr Leben verloren hat. Mir ist nur nie klar gewesen, dass Xavier diese traumatische Erinnerung auf seiner *Haut* tragen muss.

In einer Hand hält er ein großes Glas mit Eiswasser, in der anderen die größte Packung Schmerzmittel, die ich je gesehen habe. Als unsere Blicke sich treffen, verziehen sich seine Lippen zu einem kaum sichtbaren Lächeln.

»Guten Morgen«, sagt er mit rauer Stimme.

Seine müden blauen Augen und die zerzausten Haare verraten mir, dass er gerade erst aufgewacht ist.

Ich blicke ihn ausdruckslos an.

Guten Morgen?

Mehr hat er mir nicht zu sagen?

Guten Morgen?

»Ich habe dir ein Glas Wasser gebracht.« Er stellt das Glas auf den Nachttisch und setzt sich dann ans Fußende des Bettes.

Sofort lasse ich meine Fragen auf ihn einprasseln.

»Was ist passiert? Wie lange war ich bewusstlos? Warum hast du mich hierher gebracht? Was hast du …?«

»Ganz ruhig«, unterbricht er mich. »Ich erzähle dir alles, was du wissen willst.«

Irritiert atme ich lange und zitternd ein.

»Was ist passiert?«, frage ich noch mal.

Vor Wut wird Xav ganz blass und sein Kiefer spannt sich an.

Das kann nicht Gutes bedeuten.

»Logan hat dich gestern Abend unter Drogen gesetzt. Axel wusste davon. Sie wollten …« Er kriegt es nicht fertig, es zu sagen.

»Mich vergewaltigen«, vervollständige ich den Satz.

Ich verstehe, wie unangenehm dieser Ausdruck für ihn ist, aber es ist wichtig, die Dinge beim Namen zu nennen. Es waren nicht nur »Teenager, die ein wenig Spaß haben wollten«, oder »ein betrunkener Fehler«.

Es war ein sexueller Übergriff.

Xav nickt und weicht meinem Blick aus, als würde unsere Unterhaltung ihn krank und wütend machen. Deshalb weiß ich auch, dass er mir gleich das erzählen wird, vor dem ich mich entsetzlich fürchte. Verdammt, dieser Ausdruck in seinen Augen … Ich meine, in seinem letzten Geständnis hat er mir mehr als deutlich gemacht, dass ich ihm nicht egaler sein könnte. Und die einzigen Gründe, aus denen man jemanden so anschauen würde, wie er mich gerade angeschaut hat, sind, weil einem etwas an demjenigen liegt.

Oder weil das Undenkbare passiert ist.

Mein Magen zieht sich zusammen und Tränen laufen mir über die Wangen. Ich schlage Xaviers Bettdecke zurück und betrachte die Spuren von Logan auf meinem Oberschenkel.

Schluchzend schlage ich mir eine Hand vor den Mund, und meine Stimme bricht, als ich frage: »Er … Er hat es getan, oder?«

Mein ganzer Körper zittert von den Nachwirkungen, unter Drogen gesetzt und benutzt worden zu sein. Durch meine tränenverschleierten Augen kann ich nichts sehen, und als der erste Schluchzer aus meiner Kehle aufsteigt, frage ich mich, ob der Scheißkerl ein Kondom benutzt hat.

Ob er mich mit einer sexuell übertragbaren Krankheit angesteckt hat.

O Gott, was ist, wenn ich schwan…

»Vee!« Xavier ergreift meine Hand, doch ich ziehe sie schnell zurück und starre ins Leere.

»Er hat es getan«, wiederhole ich mit so schwacher Stimme, dass ich sie selbst kaum höre.

Bilder von Logan, wie er eine unter Drogen gesetzte, bewusstlose Aveena missbraucht, lösen mich von der Realität. Es ist, als würde ich aus meinem Körper schweben.

Und auf das Fleisch herunterschauen, von dem ich dachte, es wäre meines.

»Vee, sieh mich an.« Xavier packt mein Kinn und holt mich auf festen Boden zurück. »Sieh mich an«, drängt er, bis ich gehorche.

Ich erwidere seinen Blick.

»Er hat es nicht getan.«

Ich weine nur noch heftiger.

»W-was?«, schniefe ich.

»Er hat es nicht getan«, versichert mir Xavier. »Axel ist zu seinem verdammten Verstand gekommen, bevor etwas passieren konnte. Das Arschloch ist ins Haus gelaufen, um Theo und mich zu holen. Als wir bei dir ankamen, warst du schon bewusstlos, aber wir haben ihn aufgehalten, Vee. *Es ist absolut nichts passiert*«, betont er, während seine Finger sanft über meine Wange streichen. Zum ersten Mal seit der Nacht, in der wir zu den Quellen gefahren sind, erkenne ich ihn wieder.

Für einen kurzen Moment ist er wieder mein Xavier.

Mein *Zac*.

Bis er sich zusammenreißt, als hätte er gerade erst gemerkt, was er da macht, und seine Hand von meiner Wange nimmt.

»Was ist mit Logan passiert?«, frage ich.

»Wir haben uns um ihn gekümmert«, antwortet er nur.

»Soll heißen?«

Xavier stößt einen tiefen Seufzer aus. »Er ist mit dem Krankenwagen abtransportiert worden.«

»Was? Warum?«, platzt es aus mir heraus.

»Es könnte sein, dass ich ihm eine kleine Gehirnerschütterung verpasst habe, aber das war ein Unfall – *oder so in der Art*.« Xavier unterdrückt ein Grinsen, und mein verräterisches Herz flattert.

Ich sehe, dass es ihm nicht leidtut.

Nicht mal ein kleines bisschen.

Und das gefällt mir mehr, als es sollte.

»Hast du keine Angst, dass er dich verpfeift?«

»Nö.« Xav zuckt mit den Schultern. »Das würde der Bastard nicht wagen. Mich zu verpfeifen würde nur dazu führen, dass rauskommt, was er mit dir vorhatte. Wir sind vier gegen einen.«

Er hat recht. Es ist das perfekte Druckmittel, damit so etwas nie wieder passiert.

»Tja … danke.« Es ist nur ein Flüstern von mir.

Er verzieht das Gesicht. »Danke mir niemals dafür, Vee. *Niemals.*«

Ich verstehe und nicke. Er hat nur getan, was jeder anständige Mensch tun würde.

»Warum hast du mich hierher gebracht?« Jetzt verziehe ich das Gesicht, weil es sich anfühlt, als würde ein Presslufthammer in meinem Schädel wüten.

»Ich hatte keine Wahl.« Xavier drückt sich vom Bett ab. »Dia war total betrunken, und ich konnte mir nicht wirklich vorstellen, dich in diesem Zustand vor der Haustür deiner Mom abzusetzen.«

»Gute Entscheidung.« Ich massiere meine Schläfen energisch, um den Kopfschmerz zu vertreiben, und taste dann die Matratze des Doppelbetts neben mir ab. Wegen des Nebels in meinem Kopf dauert es ein wenig, bis ich alle Punkte miteinander verbinde.

Haben wir zusammen in einem Bett geschlafen?

Xavier liest meine Gedanken und hebt abwehrend eine Hand. »Ich bin auf meiner Seite geblieben. Pfadfinderehrenwort.«

Ich bringe ein kleines Lächeln zustande.

»Ich bin mir sicher, dass Brie vor Freude durchdrehen wird, dass wir zusammen geschlafen haben.«

Xaviers Augen weiten sich.

Das kam falsch rüber.

»I-ich meinte, im gleichen Bett geschlafen haben. Nicht … das andere«, krächze ich und schnappe mir schnell das Wasserglas vom Nachttisch. Ich trinke es aus, bevor ich noch mehr peinlichen Unsinn von mir geben kann. »Wie auch immer, ich sollte gehen.«

Energisch schwinge ich die Beine über den Rand des Bettes und stehe auf.

»Geh es ruhig an«, schlägt Xav vor. »Du bist vermutlich immer noch …«

Meine Knie geben sofort unter mir nach und mein Energielevel fällt auf einen absoluten Tiefpunkt. Starke Arme schlingen sich um meine Taille, bevor ich zusammenbrechen kann.

»Schwach«, beendet Xavier seinen Satz, und sein Atem streicht über meine Wange.

Seine Nähe lässt mich schlucken.

»Mir geht es gut. Nur ein bisschen schwindelig.« Ich kneife die Augen zusammen, um klarer zu sehen.

»Ich muss nach Hause.« Ich löse mich aus seinem Griff und halte mich an den Möbeln fest, während ich zur Tür stolpere. Xavier streckt die Arme aus und versperrt mir den Weg.

»Das Einzige, was du musst, ist, etwas zu essen und ungefähr zehn Liter Wasser zu trinken. Lass mich dir Frühstück machen.«

Wir sind uns näher, als erlaubt sein sollte, vor allem angesichts der Tatsache, dass er vergeben ist. Aber ich ziehe mich nicht zurück, sondern schaue zu ihm auf. Ich weiß, dass er letzte Nacht einfach nur ein guter Mensch gewesen ist, aber mir den Weg zu versperren?

Warum tut er auf einmal so, als würde ihm etwas an mir liegen?

»Aber deine Eltern …«

Er unterbricht mich. »Die sind heute nicht da.«

Ich versuche, mein Handy zu entsperren.

»Ist schon gut. Wirklich. Ich bitte einfach Dia, mich abzuholen.«

Leerer Akku blinkt auf dem Display meines Handys.

Verdammt.

»Komm schon, Vee. Das ist das Mindeste, was ich tun kann, nachdem …«

Du mein Herz gebrochen hast?

Auf all unsere Versprechen gepisst hast?

Zu deiner Ex zurückgegangen bist?

»Ich gehe einfach zu Fuß oder so.« Ich dränge mich an ihm vorbei. Wut brodelt in meinem Magen und ich reiße die Tür auf – wen interessiert es schon, dass ich mich in diesem Haus eigentlich gar nicht auskenne?

In dem Spiegel an der Wand im Flur erhasche ich einen Blick auf mich und erschaudere. Mein Make-up ist verschmiert, meine rosafarbenen Haare total verfilzt. Ich weiß jetzt schon, was für ein Spaß es wird, meiner Mom meinen verwahrlosten Look zu erklären.

Mein Kopf bringt mich um und ich fürchte, mich jeden Moment zu übergeben. Außer Basketball-Shorts und einem T-Shirt habe ich nichts an, aber trotzdem stolpere ich weiter auf die Treppe zu.

Er ist im Moment zu nett.

Zu sehr … Zac.

Warum kann er nicht gemein sein?

Warum kann er nicht das Arschloch sein, das mich so lange geliebt hat, bis er »ihn rausgezogen« hat?

Das würde es so viel leichter machen, ihn zu hassen.

Zu meinem Pech mussten Xaviers Eltern so fancy sein und sich für eine Wendeltreppe entscheiden. In anderen Worten: Ich werde mir mit Sicherheit etwas brechen, aber das hält mich nicht zurück.

»Verdammt, Vee. Du kannst ja kaum gehen«, knurrt Xav, als ich vollkommen sorglos die Treppe herunterwanke. Innerhalb von Sekunden ist er an meiner Seite, packt mich an der Hüfte und hilft mir, Schritt für Schritt ins Erdgeschoss zu gelangen. Sein nackter Oberkörper ist fest gegen meinen Rücken gepresst, und ich erschauere unter seiner Nähe, schiebe es aber auf meine Übelkeit.

»Ich brauche deine Hilfe nicht«, fauche ich unten angekommen – um in der nächsten Sekunde beinahe über meine eigenen Füße zu stolpern.

Fick dich, Universum.

Xavier schnaubt. »Das sehe ich.«

»Kann ich mein Kleid zurückhaben?«

»Zur Küche geht es hier entlang.« Er ignoriert mich und nickt in Richtung des nächsten Raumes. »Wie magst du deine Eier?«

Verblüfft sehe ich ihm nach, als er in die Küche geht.

Er tut so, als hätte er mich nicht zerstört – *uns* nicht zerstört.

Etwas sagt mir, dass ich stundenlang mit ihm diskutieren könnte und der Sturkopf mich trotzdem erst gehen lassen wird, wenn er sich durchgesetzt hat. Ich brauche eine Sekunde, um meine Niederlage einzugestehen. Eine Mahlzeit, und danach kann ich gleich wieder anfangen, ihn zu hassen. Das ist nicht das Ende der Welt …

Richtig?

* * *

Ein unangenehmes, schweigsames Frühstück und eine dringend benötigte Dusche später tapse ich mit nassen Haaren und frischbelebtem Geist aus dem Bad. Sowenig ich es auch zugeben will, Xavier hatte recht. Nach Hause zu eilen, während ich so heruntergekommen aussah, wäre ein selten dummer Schachzug gewesen. Da hätte ich Mom gleich auf Knien anflehen können, mich zu enterben.

Ich habe gute fünf Gläser Wasser und zwei Portionen Rührei gebraucht, um mich wieder *halbwegs* wie ein normaler Mensch zu fühlen. Die extrastarken Schmerzmittel waren auch hilfreich. Und zum Glück hat Xavier mir eine frische Zahnbürste gegeben. Den Geschmack von billigem Bier und Tequila hätte ich nicht eine Minute länger ertragen.

Während des Frühstücks wirkte es ein paar Mal, als wollte Xavier etwas sagen, tat es dann aber doch nicht. Er schien mit sich selbst auf Kriegsfuß zu stehen. Als würde er über eine lebenswichtige Entscheidung nachdenken.

Er hält sich zurück.

Er hält etwas zurück.

Ich weiß nur nicht, *was*.

Ich zupfe an dem Saum von Xaviers T-Shirt, ziehe die weite Jogginghose hoch, die er mir geliehen hat, und betrete das Wohnzimmer, in dem er auf mich wartet. Als er mich sieht, steht er von der Couch auf und steckt sein Handy in die hintere Hosentasche. Er trägt immer noch kein Shirt. Und ich kann immer noch nicht aufhören, seine Narbe anzustarren. Bevor es zu offensichtlich wird, gehe ich auf ihn zu.

»Okay, Mom, ich habe was gegessen und geduscht. Kann ich jetzt mein Kleid zurückhaben?«

Er lacht nicht.

Oder lächelt.

Stattdessen zuckt er ein wenig zusammen und massiert sich den Nacken. »Ich glaube, du kannst nicht mehr viel damit anfangen.«

Ich ziehe mich ein Stück zurück.

»Was soll das heißen?«, frage ich.

Mitleid liegt in seinem Blick.

»Logan hat es …«

Er muss das nicht ausführen, denn ich weiß genau, was er meint.

Logan hat es kaputt gemacht, oder?

»Oh«, stoße ich aus. »Also … als ihr mich gefunden habt, war ich …«

»Ich habe dich mit meiner Jacke zugedeckt. Niemand hat etwas gesehen.«

Mir wird ganz flau.

Ich war also nicht nur bewusstlos, sondern auch halb nackt, sodass die ganze Welt es sehen konnte. Hast du noch irgendwelche Neuigkeiten für mich, Emery?

»Danke … *noch mal*«, murmle ich.

»Was habe ich darüber gesagt, dass du mir nicht danken sollst?«, schimpft Xavier, aber dabei lächelt er. Nickend unterdrücke ich ein Grinsen. »Ich ziehe mir nur schnell was über und fahre dich dann nach Hause«, sagt er, bevor er zwei Stufen auf einmal nehmend die Treppe zu seinem Zimmer hochläuft.

Während er weg ist, schlendere ich durch das Wohnzimmer. Hier also leben Rektorin Emery und der Albtraum von meinem Sportlehrer. Über der L-förmigen Couch hängt ein großes Foto. Darauf hat Rektorin Emery den Arm um die Schultern ihres Sohnes gelegt und gibt ihm einen Kuss auf die Wange. Der kleine Xavier lächelt breit.

Mir fällt auf, dass er seine silberne Kette nicht trägt.

Es ist das erste Mal, dass ich ihn ohne sehe.

»Schleichst du um meine Familienfotos herum, Harper?« Xaviers Atem kitzelt an meiner Wange, und ich zucke zusammen.

Wann zum Teufel ist er zurückgekommen?

»Was? Nein. Ich habe nur …«, plappere ich und entferne mich ein wenig. Ich ertrage es nicht, ihm so nah zu sein. »Na gut, ich habe sie mir angeschaut.«

»Das kann ich dir nicht verdenken. Ich hätte das Gleiche gemacht.«

»Ihr beide scheint euch nahegestanden zu haben«, sage ich, und Xaviers Blick schießt zu dem gerahmten Foto an der Wand.

»Ja, das haben wir mal.« Ein Anflug von Schmerz schleicht sich in seine Stimme.

»Ohne die Kette, die du immer trägst, hätte ich dich beinahe nicht wiedererkannt«, gestehe ich.

»Ich war damals sieben. Finns Mom hatte meine noch nicht gemacht.«

»Oh … sie hat Schmuck gemacht?«, frage ich.

»Ja. Als wir acht waren, hat sie Finn und mir die gleichen Ketten gemacht.«

Das ist zehn Jahre her.

»Zehn Jahre, hm? Du scheinst die Kette ja wirklich zu mögen.«

»Ich habe es nie übers Herz gebracht, sie abzunehmen, nachdem sie … *nach dem Unfall*«, korrigiert er sich.

Nora Richards, tragischer Tod schießt mir durch den Kopf, und ich fühle mich schrecklich, weil ich das Messer in einer Wunde herumgedreht habe, die niemals verheilen wird.

»Wie auch immer, bist du fertig? Können wir los?« Xav lässt die Schlüssel zu seinem Truck von seinem Finger baumeln.

»Auf jeden Fall.« Ich nicke.

Xav bedeutet mir, voranzugehen, was ich, ohne zu zögern, tue. Ich bin auf halbem Weg zur Tür, da tritt mein Herz auf einmal auf die Bremse. Ich bleibe abrupt stehen, denn die mich wahnsinnig machende Stimme in meinem Kopf fordert mich heraus, ein letztes Risiko einzugehen.

Eine *letzte* Chance zu nutzen.

Seite heute früh stört mich nämlich etwas: dass er etwas sagt und dann das Gegenteil davon macht. Die kryptischen Geständnisse in dem Buch, sein zufälliger Streit mit Axel am Tag nachdem der mich in der Cafeteria fertiggemacht hatte. Und ganz zu schweigen von seinem heldenhaften Moment gestern Abend und seiner Fürsorglichkeit heute Morgen. Vielleicht werde ich mich blamieren, vielleicht lacht er mir ins Gesicht, aber ich muss es versuchen. Mein Herz schlägt mir bis zum Hals, als mich umdrehe und direkt auf ihn zugehe. Ein wenig zu nah vor ihm bleibe ich stehen, doch er weicht nicht zurück.

Stattdessen … *kommt er näher.*

Ich glaube nicht, dass er sich dessen wirklich bewusst ist. Aber dass er so empfänglich für meine Nähe ist, setzt mein Herz in

Flammen. Ich umfasse sein Gesicht mit beiden Händen und tauche mit meinem Blick tief in seine karibisch-blauen Augen auf der Suche nach einer Antwort.

Nach irgendeiner Schwachstelle.

Nach *irgendeinem* Anzeichen für den Xavier, in den ich mich verliebt habe.

»Was machst du da?«, fragt er geradeheraus.

»Ich teste eine Theorie«, flüstere ich.

Verzweifelte Umstände erfordern verzweifelte Maßnahmen.

Ich nähere mich noch ein Stück, presse meine Hüften gegen seine und lege meine Arme um seinen Nacken. Unsere Körper sind jetzt eins, aber das reicht nicht. Entschlossen, ihn brechen zu sehen, stelle ich mich auf Zehenspitzen und recke mich ihm entgegen.

Aber ich küsse ihn nicht.

Noch nicht.

Ich verharre ganz nah an seinen Lippen und bete, dass er den Köder schluckt.

Er atmet hörbar ein.

Ich lächle.

Treffer.

»Hör mal, Vee …«, warnt er mich. »Was letzte Nacht passiert ist, ändert gar nichts. Ich will dich immer noch nicht.«

Seine Lügen schaffen es nicht, meine Rüstung zu durchbohren. Ich spüre den Stich der Zurückweisung nicht. Was ich hingegen fühle, ist … seine Härte, die sich gegen meinen Bauch presst.

»Wirklich?«, flüstere ich Millimeter von seinen Lippen entfernt, während ich meine Finger langsam über seinen Oberkörper gleiten lasse. Dann lege ich eine Hand flach auf seine Brust, ohne den Blickkontakt zu unterbrechen.

Ich spüre sein Herz unter meiner Handfläche pochen.

Es rattert wie ein Maschinengewehr in seinem Brustkorb.

»Warum schlägt dein Herz dann so schnell?«, lasse ich seinen

Bluff auffliegen. Er antwortet nicht, aber ich spüre, wie sein Blick zu meinen Lippen wandert.

»Du verwechselst deine Träume mit der Realität, Harper.« Er beißt die Zähne zusammen. Beinahe gebe ich in diesem Moment auf, aber eine Kraft in mir zwingt mich, weiterzukämpfen.

Nur noch ein wenig länger.

»Also … wenn ich dich jetzt küsse, wirst du mich abweisen?« Ich lasse meine Finger in sein Haar gleiten und berühre seine Lippen für einen kurzen Moment mit meinen.

Wieder schluckt er.

»Letzte Chance, Z«, flehe ich mit brechender Stimme.

Er weiß genau, was ich damit meine.

Ich weiß, dass du noch da drin bist.

Aber du musst zurückkommen.

Komm zurück, bevor du mich verlierst.

Er antwortet … nichts.

Absolut gar nichts.

Das ist mein Stichwort, dem Ganzen ein Ende zu setzen.

»Wie du willst.« Ich schlucke meinen Stolz herunter.

Fange an, mich von ihm zu lösen, nehme meine Arme herunter.

Nur lässt er das nicht zu.

Ich keuche auf, als Xavier mich zurück an seine Brust zieht und seine Lippen beinahe gewaltsam auf meine presst. Sein Mund ist rachedurstig und ich erwidere den Kuss mit allem, was ich habe. Es liegt keine Entschuldigung, keine Zurückhaltung in der Art, wie er mich verschlingt. Nur diese brodelnde Mischung aus Schmerz, Lust und Verbitterung.

Mit einem wilden, gereizten Stöhnen, das ich bis tief in meine Knochen spüre, lässt er seine Zunge in meinen Mund gleiten, und ich fange an zu verstehen …

Er ist nicht wütend auf mich.

Sondern auf sich selbst.

Wir klammern uns aneinander, als hinge unser Leben davon ab. Sein Verlangen nach mir ragt hart und lang zwischen uns auf. Ich bin enttäuscht von mir. Enttäuscht, dass es nur einen einzigen Wink von ihm brauchte, damit ich zu ihm zurückgekrochen bin. Ich bin enttäuscht davon, wie sehr ich dieses Arschloch liebe. Aber das ändert nichts an meinen Gefühlen.

Xavier Zachary Emery zu lieben ist eine lebenslange Strafe.

Und ich plädiere auf schuldig.

»Gott, ich habe dich so vermisst.« Er stöhnt zwischen zwei Küssen. »Ich habe dich so verdammt vermisst, Vee.«

Die Maske fällt, die er die ganze Woche über getragen hat, und die Splitter fliegen in alle Richtungen. Tränen sammeln sich in meinen Augen. Die Bestätigung, dass diese ganze Arschloch-Nummer eine Lüge war, ist ebenso erleichternd wie verstörend. Ich muss meine gesamte Selbstkontrolle in meinem Körper zusammensammeln, um mich von ihm zu lösen.

»Warum hast du dann mein Herz gebrochen?«, stoße ich aus.

Als er meine tränenverschleierten Augen sieht, zuckt er zusammen. Er nimmt einen tiefen Atemzug und lehnt seine Stirn an meine. *»Weil ich musste.«*

Dann zieht er mich erneut zu sich heran. Ich stürze mich auf ihn, kralle meine Finger in sein Hemd und verliere mich in einem weiteren heißen Kuss. Wut brodelt in mir, und ich verfluche die unerträgliche Sehnsucht meines Körpers nach ihm. Ich hasse es, wie jede Faser meines Seins seine Lippen dringender braucht als eine vernünftige Erklärung.

»Das ist keine Antwort«, beharre ich zwischen zwei Küssen.

»Das ist die einzige Antwort, die ich dir geben kann«. Er beißt mir in die Unterlippe.

Seine Antwort verletzt mich zutiefst, aber ich küsse ihn trotzdem noch mal.

Und noch mal.

Und noch mal.

Stopp, Vee.

Hör auf.

»Nein.« Ich komme wieder zu Sinnen, schiebe ihn von mir weg und mache einen Schritt zurück. »Das akzeptiere ich nicht. Du kannst nicht auf meinem Herzen herumtrampeln und dich dann weigern, mir zu verraten, warum. Das ist arschig. Du bist arschig.«

Mein Brustkorb hebt und senkt sich heftig.

Genau wie Xaviers.

Er wagt es, einen Schritt vor zu machen, aber ich ziehe mich zurück.

»Sag es mir!« Ich brülle fast. »Oder du verlierst mich für immer.«

Er presst die Lippen zusammen. In seinen Augen schimmert eine herzzerreißende Traurigkeit. Es ist, als wollte er es mir sagen.

Aber er kann nicht.

»Na gut.« Ich wische mir die Tränen ab und wende mich zum Gehen.

Je näher ich der Tür komme, desto größer wird das Feuer, das in meinem Magen brennt.

Bitte lass mich nicht gehen.

Verliere mich jetzt nicht.

Ich packe die Klinke und fange an, sie herunter…

»Warte«, platzt es in der letzten Sekunde aus Xavier heraus.

Ich wirble herum. Der Schmerz pocht dröhnend durch meinen Körper.

»Nenn mir einen guten Grund«, bitte ich.

Zu diesem Zeitpunkt hänge ich … hängen wir am seidenen Faden.

Dann sagt er es.

»Weil ich dich liebe.«

Das ist alles, was es braucht, um meine Mauern einstürzen zu lassen.

Ich höre die Worte, kann sie aber nicht verarbeiten.

»Du … was?«

»Du hast mich gehört.« Er kommt wieder näher. »Ich liebe dich. Ich habe dich seit dem Tag geliebt, an dem ich deine Barbiepuppen auf den Grill geworfen und dich vom Klettergerüst geschubst habe, nur damit ich dich küssen konnte.« Er hält inne. Schmerz durchtränkt seine Stimme. »Verdammt, ich liebe dich, Vee … *Und dafür bezahle ich.*«

Seine Worte lassen die Reste meiner Rüstung zu Asche zerfallen. Tränen rinnen mir über die Wangen.

»Aber … du hast gesagt, dass du mich hasst.«

»Das habe ich nicht so gemeint«, stößt er hervor. »Nicht für eine verdammte Sekunde. Ich dachte, du würdest es verstehen. Ich dachte …«

»Sorry, aber gibt es eine neue Bedeutung von *Ich hasse dich*, die ich noch nicht kenne?«, fauche ich.

»Weißt du noch, was ich in der Nacht vom Abschluss-Streich zu dir gesagt habe?«

Seine Frage lässt die Erinnerungen in mir aufsteigen. Wir saßen zusammen im Chemielabor fest. Es war drei Uhr morgens. Ich hatte behauptet, ihn zu hassen.

»Also was? Ich hasse dich, bedeutet jetzt, ich liebe dich, oder was?«

»Ja, so ziemlich.«

»Laut deiner Theorie habe ich dir also gerade gesagt, dass ich dich liebe?«

»Jap, das hast du. Weißt du, wann immer du mir ab jetzt sagst, dass du mich hasst, bedeutet es das Gegenteil.«

Heilige Scheiße.

Natürlich.

Wie konnte mir das entgehen?

»Das erklärt trotzdem nicht, was du getan hast«, werfe ich ihm vor.

»Ich wusste nicht, was ich sonst verdammt noch mal tun soll, Vee. Ich … Brie hat jeden meiner Schritte beobachtet. Mir ist kein anderer Weg eingefallen, dir die Nachricht zukommen zu lasen.«

»Brie?« Ich hebe fragend eine Augenbraue. »Was zum Teufel hat sie mit alldem zu tun?«

Die Erkenntnis lässt mich geschockt nach Luft schnappen.

Keuchend stoße ich aus: »O mein Gott … Ist sie …«

»Der Admin der Facebook-Gruppe? Ja, das ist sie.« Xavier nickt.

Diese Enthüllung erschüttert mich bis ins Mark.

»Sie ist auch diejenige, die die Geständnisse veröffentlicht hat. Das Miststück ist uns schon eine ganze Weile gefolgt«, fügt er hinzu.

»Du meinst also, Brie hat dich zu dem ganzen Scheiß gezwungen? Dich gezwungen, mich abzuweisen? Mich so zu behandeln, als bedeutete ich dir nichts?«, spucke ich aus.

Schuldgefühle verzerren seine Miene. »Es tut mir so verdammt leid, Vee.«

Das klingt aus seinem Mund so gut, so einfach.

Es wäre so leicht, die Schuld seiner verrückten Cheerleader-Ex zu geben, aber all das hat mein Vertrauen beschädigt. Und es wird wesentlich mehr brauchen als hübsche blaue Augen und Entschuldigungen, um mich zurückzugewinnen.

»Ich will dir glauben, Xav«, sage ich und ziehe die Schultern ein wenig hoch. »Wirklich. Aber …«

»Aber du tust es nicht.« Sein Blick geht zu Boden.

Einen Herzschlag lang herrscht Schweigen.

Dann reißt er den Kopf hoch. »Na gut, dann glaubst du vielleicht *das* hier.«

Er entsperrt sein Handy und scrollt durch die Fotogalerie. Dann dreht er es so, dass ich das Display sehen kann, und startet ein Video.

Es zeigt Xavier, wie er durch Gang sechs schleicht, bevor er den Gedichtband aus dem Regal nimmt. Das Video wurde zwischen den Bücherregalen aufgenommen, sodass er es nicht bemerken konnte. Er schaut sich um.

Dann legt er ein Geständnis in das Buch.

Mist.

Das nenne ich mal erdrückende Beweise.

»Das hat Brie mir an dem Tag geschickt, nachdem wir an den Quellen waren«, fährt er fort. »Das Mädchen ist noch nie in seinem Leben sitzen gelassen worden, und das hat sie nicht gut aufgenommen. Sie hat mir versprochen, dass sie mich nicht verrät, solange ich ihr Untergebener bleibe. Ihre einzige Bedingung war, dass ich mich von dir fernhalte und wieder mit ihr zusammen bin. Sie benimmt sich wie eine Wahnsinnige. Es ist, als würde sie glauben, wir wären wirklich wieder zusammen oder so eine Scheiße.«

Ich stolpere einen Schritt zurück, während ich versuche, das alles zu verarbeiten.

»Ich weiß, es ist viel, aber du musst mich verstehen. Ich hatte keine Wahl. Meine Mom … Sie …« Xavier beißt sich auf die Wange, während er nach den richtigen Wörtern sucht.

Seine geröteten Augen treffen mich mitten in mein Herz.

Er ist kurz davor, zusammenzubrechen.

Vor mir in tausend Teile zu zersplittern.

In diesem Moment ist der Gott der Easton High nur ein ganz normaler Sterblicher. Ein gefallener König, der seine Krone aufgegeben und sein Königreich verlassen hat.

Für einen flüchtigen Moment ist er einer von uns.

Jemand, der Schmerzen empfindet.

Der blutet.

Und Angst hat.

Genau wie ich.

»Meine Mom könnte ins Gefängnis kommen, Vee«, stößt er

rau aus und lässt sich auf einen der Küchenstühle fallen. Dann stützt er die Ellbogen auf seine Oberschenkel und vergräbt den Kopf in den Händen. Seine Haare fallen wie ein Vorhang zwischen uns.

Ich setze mich ihm gegenüber.

»Ich dachte, ich tue das Richtige, indem ich meine Familie beschütze. Aber gestern Nacht …« Er ballt die Hände zu Fäusten. »Als ich diesen Ficker Logan auf dir gesehen habe … Dein zerrissenes Kleid. *Fuck*, ich dachte, ich würde ihn töten. Ich habe keinen Gedanken verschwendet an meine Mom oder Brie oder sonst wen. Ich konnte nur an dich denken. Dieser Bastard hätte nie Hand an dich gelegt, wenn ich …«

Ich kann mir gar nicht vorstellen, unter welchem Druck er gelitten haben muss. Ich kann mir nicht vorstellen, wie es ist, sich entscheiden zu müssen, entweder die eigene Mutter an den Pranger zu stellen, oder jemandem das Herz zu brechen. Obwohl seine Methoden grausam waren, verstehe ich, warum er es getan hat.

Und um ehrlich zu ein, hätte ich dasselbe getan.

»Ich weiß einfach nicht, was ich tun soll, Vee.« Er schaut zu mir auf und wirkt in jedem Sinne des Wortes überwältigt. »Ich … *ich weiß es nicht.*«

Eine einzelne Träne läuft langsam über sein perfektes Gesicht und landet auf seiner Lippe.

Mein Herz bricht.

Er *weint*.

Instinktiv nehme ich sein Gesicht in die Hände. Die Anziehungskraft zwischen uns ist zu stark, als dass ich ihr widerstehen könnte. Ich wische die Träne mit dem Daumen von seiner Unterlippe und presse meinen Mund dann so fest auf seinen, als wollte ich ihn aussaugen. Und das will ich. Ich will ihm sein Leid nehmen, seine kriminelle Mutter, die zerbrochene Familie.

Alles.

Ohne Zweifel.

Ohne Zögern.

Ich würde alles geben, um ihm die Last zu nehmen.

Aber das kann ich nicht. Also gebe ich ihm stattdessen … alles von mir und hoffe, dass es reicht. Der Kuss ist chaotisch, rau, tränennass. Ein tiefes Knurren löst sich aus Xaviers Kehle, und er packt meine Handgelenke und zieht mich auf seinen Schoß.

Ich setze mich rittlings auf ihn und seine Arme umfangen mich. Mit seiner Zunge fährt er über meine Unterlippe, und ich öffne mich ihm. Unser Kuss ist so intensiv, dass ich spüre, wie die Chance, mich zu retten, sich langsam auflöst.

Das hier ist nur für den Moment.

Wir sind nur für den Moment.

Aber der »Moment« fühlt sich zu verdammt gut an. Also stürze ich mich kopfüber in diese Sache ohne Zukunft.

Ich bin nicht sicher, wie wir in seinem Zimmer landen. Ich weiß nur, sobald Xavier die Tür hinter sich zuwirft, werden alle meine Unsicherheiten von dem Drang überwogen, den schmerzhaften Ausdruck von seiner Miene zu wischen. Ich kann ihn förmlich schlucken hören, als ich auf die Knie sinke und zu ihm hochblicke.

Er beißt sich auf die Unterlippe und sieht zu, wie ich meine Finger unter den Bund seiner schwarzen Jogginghose hake und alles – Boxershorts inklusive – mit einem Ruck nach unten ziehe. Seine harte Länge ragt zwischen uns auf. So, wie er da steht, sieht er irgendwie … *beeindruckend* aus.

Groß.

Nackt.

Einschüchternd.

Jetzt bin ich diejenige, die um Atem ringt.

Ich schließe eine Hand um seinen Schaft und unter meiner unerfahrenen Berührung zieht Xav scharf die Luft ein. Mit der anderen Hand streiche über seinen muskulösen Körper, über jede Kurve, jeden Muskel, bis ich mit der Spitze meines Zeigefingers die Umrisse seiner Narbe entlangfahre. Sie ist etwas heller als die umliegende Haut und endet kurz vor seinem Schritt.

Sie sieht aus, als wäre es ihr bestimmt, dort zu sein.

Mein Gott, selbst sein Trauma ist wunderschön.

Der Gedanke, wie er sie sich zugezogen hat, schmerzt mich.

Es bringt mich um, mir vorzustellen, wie der kleine Xavier bei dem Bootsunfall so schlimm verletzt wurde. Ich bin mir bewusst, dass die Szenarien in meinem Kopf vermutlich zehn Mal schlimmer sind als das, was wirklich passiert ist, aber ich kann die Gedanken nicht aufhalten. Xav bemerkt es und streicht mir die Haare aus der Stirn.

»Bemitleide mich nicht, Vee. Ich bin an jenem Tag mit einer Narbe davongekommen. Aber Finn ist ohne Mutter zurückgeblieben.«

Ich nicke und lande wieder im Hier und Jetzt. Dann führe ich ihn langsam zwischen meine Lippen. Sofort schließt Xav die Augen und vergräbt seine Finger in meinen Haaren. Ich lasse meine Zunge um ihn kreisen.

Unaufhaltsam.

Unschlüssig.

Der Druck meiner Lippen bleibt jedoch konstant. Ich beschließe, auszuprobieren, wie weit ich gehen kann, und nehme ihn tiefer in mich auf. Xavier wirft den Kopf in den Nacken und stößt ein so sinnliches Stöhnen aus, dass ich die Oberschenkel zusammenpressen muss. Ich spüre, wie seine Spitze meinen Rachen berührt, und lasse meine Faust schneller an ihm auf und ab gleiten.

»*Fuuuuck, Vee*«, stößt er aus und öffnet die Augen, um mich anzusehen. Doch ich verlangsame mein Tempo nicht. Weil ich es nicht länger aushalte, lasse ich meine Hand über meinen Bauch in die Jogginghose gleiten und fange an, mich in kleinen Kreisen zu massieren.

Als er das sieht, flackern seine Augen auf, und ich spüre, wie er in meinem Mund zuckt.

»Steh auf«, befiehlt er mit so rauer Stimme, dass ich sie bis in die Knochen spüre. Er zieht sich aus mir zurück und nimmt meine Hand, um mir aufzuhelfen. Ohne ein Wort führt er mich zu seinem Bett.

Ich bin kaum auf das Bett geklettert, als er mich mit der Hand zwischen meinen Schulterblättern auf die Matratze drückt. Einen Herzschlag später hat er mir die Jogginghose und den Slip ausgezogen.

Das Gesicht gegen die Bettdecke gepresst, stelle ich mir vor, wie sein Blick über meinen Körper gleitet und er jeden Zentimeter von mir in sich aufnimmt. Ich fühle mich so entblößt und gleichzeitig so dermaßen erregt, dass ich wette, man könnte an meiner Haut ein Streichholz entzünden.

»Spreiz die Beine«, befiehlt er.

Gänsehaut überläuft meinen gesamten Körper, als ich gehorche.

Seine Finger gleiten zwischen meine Schenkel und ich keuche auf, als er mir einen Klaps auf den Hintern gibt und mich für einen besseren Blick noch weiter spreizt. Verlegenheit lässt mein Herz schneller schlagen, doch die unsichere Stimme in meinem Kopf verstummt, sobald Xaviers Lippen sich um meine heiße Mitte schließen.

Er leckt mich so hart und schnell, dass ich beinahe Angst habe, dass alles taub sein wird, sobald das hier vorbei ist. Laut stöhnend kralle ich meine Hände in die Bettdecke.

Eine Minute später hört er abrupt auf und zieht sich zurück. Ich will mich gerade beschweren, doch seine harte Länge ersetzt seinen Mund und bringt mich zum Schweigen. Unerbittlich reibt er ihn über mein Zentrum und treibt mich damit in den Wahnsinn.

»Xav …«, wimmere ich, mein Körper ist nur noch ein Bündel aus Zuckungen und Feuerwerk. »*Bitte.*«

»Was willst du, Vee? Zeig es mir.« Er neckt mich, gleitet ein

Stück in mich hinein und zieht sich sofort wieder zurück. Wie betrunken von ihm drehe ich den Kopf, strecke meinen Arm nach hinten aus …

Und führe ihn in mich ein.

Ungeschützt.

Unter dem plötzlichen Gefühl keuchen wir beide gleichzeitig auf. Xaviers Griff an meinem Po verstärkt sich bis zu dem Punkt, an dem ich fürchte, dass er blaue Flecken hinterlässt. Doch als mir bewusst wird, dass ich meinen Verstand verloren habe, ist es zu spät.

»*Aveena.*« Von seinen Lippen klingt mein Name wie ein Gedicht.

Ich weiß, wie unsicher das ist, was wir hier gerade tun.

Er weiß es auch.

Aber keiner von uns zieht die Reißleine.

»Fuck, das können wir nicht …«, sagt Xav und stößt tiefer in mich hinein. »Mein Gott, du fühlst dich so verdammt gut an.« Er gibt mir einen Klaps auf den Hintern, und ich verfalle endgültig dem Wahnsinn.

»Das ist eine ganz schlechte Idee«, stöhne ich und recke ihm die Hüften entgegen für mehr. Seine Reaktion besteht darin, noch tiefer in mich hineinzugleiten.

»Ganz, ganz schlechte Idee«, stimmt er zu und wickelt sich meine Haare um die Faust, während er seine Hüften kreisen lässt. »Fuck, Vee … das können wir wirklich nicht tun.« Es gelingt ihm, für einen Moment klar zu denken und sein Tempo zu verringern. »Nimmst du überhaupt die Pille?«

»Ja.« Ich nicke. »Bist du getestet?«

Es wäre besser gewesen, diese Unterhaltung vor dem Sex zu führen.

»Ja. Du bist das einzige Mädchen, mit dem ich seit meinem letzten Test geschlafen habe«, versichert er mir und zupft mit den Zähnen an meinem Ohrläppchen. »Und du?«

»Ich habe mich nach Logan testen lassen, und du bist der Einzige, mit dem ich seit … nun ja … einer Ewigkeit zusammen war«, gebe ich beschämt zu.

Das besiegelt die Sache.

Xav beugt sich über mich, sodass seine Brust meinen Rücken berührt, und gibt mir einen innigen Kuss, während er seine Hüften immer schneller bewegt. Er dauert nicht lange, bis er mich ins Delirium gevögelt hat. Unser erstes Mal war umwerfend, aber nichts im Vergleich zu dem hier. Ihn zu fühlen – *alles von ihm*.

Ich winde mich, als er einen Arm unter mich schiebt und anfängt, seine Finger über meiner Klit kreisen zu lassen. Er hört nicht auf, bis sie ganz geschwollen ist. Eine Million Funken brechen in meinen Zehen aus und schießen direkt zu dem empfindlichen Punkt zwischen meinen Beinen.

Ich keuche auf, als er uns mit einer abrupten Bewegung umdreht und mich auf den Rücken legt. Dann positioniert er sich zwischen meinen Beinen und stößt wieder zu. Eine Hand legt er an meine Kehle, die andere an meine empfindlichste Stelle, und ich schreie auf. Dieses Mal küsst er mich nicht, sondern genießt meine Reaktionen, als unsere Körper miteinander verschmelzen.

Von hinten war es besser.

Zumindest für mein Herz.

Denn so musste ich nicht in seine Augen schauen.

Musste nicht innerlich zerbrechen.

Aber dabei in sein Gesicht zu blicken lässt mich wie eine zersplitterte und wieder zusammengeklebte Porzellanvase fühlen. Die Lust pulsiert durch meinen Körper, und ich presse die Augen zusammen.

»Ich bin kurz davor«, platze ich heraus und versuche, so leise wie möglich in tausend Teile zu zerspringen. Xavier hebt mein Kinn für einen heißen, chaotischen Kuss.

Kurz davor, dich aufzugeben.

Kurz davor, dich zu vermissen, bis mein Herz blutet.

Kurz davor, die Entscheidung zu treffen, *die du nicht treffen kannst.*

Seine Bewegungen werden abgehackter.

»Ich liebe dich«, keucht er an meinem Ohr, und ich küsse ihn, bevor ich etwas Dummes tue, wie zum Beispiel die Worte zu wiederholen.

»Nicht aufhören«, flehe ich, als die Lust ihren Höhepunkt erreicht. Mit geöffnetem Mund komme ich. Ich erbebe unter ihm, und sein heftiger Atem verrät mir, dass er mir gleich folgen wird.

»Verdammt, ich liebe dich, Vee«, wiederholt er und schaut mir direkt in die Augen. Als *wüsste* er, was ich vorhabe.

Als *wüsste* er, dass ich ihn verlassen muss.

Er fängt an zu zucken, und seine Kiefermuskeln spannen sich an, als er sich tief in mir ergießt. Ich sehe ihn an und finde so viel Schönheit und Perfektion in der Art, wie er zusammenbricht.

»Ich liebe dich«, platzt es aus mir heraus, und mein Herz zerspringt in zwei Teile.

In vier.

In sechs.

In tausend verfickte Teile.

Scheiße. Warum hast du es zurückgesagt?

Warum hast du es klingen lassen, als gäbe es Hoffnung für euch?

Warum hast du ihn glauben lassen, dass du nach dieser Sache jemals wieder auch nur ein einziges Wort mit ihm wechseln wirst?

Verschwitzt und erschöpft fallen Xavier und ich einander in die Arme, und während ich die Tränen zurückhalte, finde ich Trost in dem Wissen, dass alle großen Liebesgeschichten ein Verfallsdatum haben …

Ich wünschte nur, unseres wäre nicht heute …

26. KAPITEL

XAVIER

Ab welchem Punkt akzeptiert ein Kerl, dass er ein Loser ist?

Wie viele nicht beantwortete Nachrichten braucht es, bevor man sich selbst als jämmerliche kleine Bitch bezeichnet? Laut meinen Berechnungen sollte es jeden Tag so weit sein, dass ich mich Aveena zu Füßen werfe und sie um ihre Aufmerksamkeit anflehe.

Sie lag noch in meinem Bett, mit ihren perfekten gepiercten Brüsten in meinen Händen, als ich eingeschlafen bin. Sie war noch da – immer noch mein.

Bis sie es nicht mehr war.

Sie ist gegangen.

Mit ihr hatte ich den besten Sex meines verdammten Lebens, und sie ist einfach abgehauen.

Ich weiß nicht, was ich erwartet hatte. Aber ganz sicher hatte ich nicht damit gerechnet, dass sie in der einen Minute meinen Namen stöhnt und auf meinem Schwanz kommt und mich in der nächsten wie einen komplett Fremden behandelt. Seit Tagen hat sie nicht eine meiner Nachrichten beantwortet. Sie sieht mich nicht mal an, wenn wir uns auf den Fluren begegnen, sondern schaut einfach durch mich hindurch.

Es ist, als hätte ich sie nie mit dem Gesicht nach unten auf meinem Bett gehabt.

Als hätte ich ihr nie mein gesamtes verdammtes Herz ausgeschüttet.

Erneut mit ihr zu schlafen hat es mir klargemacht.

Ich brauche sie. Ende der Geschichte. Das Mädchen ist meine beste Freundin geworden, der einzige Mensch, dem ich vertraue, das einzig Echte in meinem Leben. Sie sieht mich so, wie ich bin.

Sieht *Zac,* wo alle anderen Xavier sehen. Sie sieht den Kerl hinter all der nutzlosen Beliebtheit, den Titeln, dem Ansehen.

Ich brauche Aveena Harper.

Auf welche Weise ich sie auch immer kriegen kann.

Ich dachte, ich fange damit an, ihr heimliche Nachrichten zu schicken. Mich jede Nacht rauszuschleichen, um sie zu sehen. Dann hat sie mir aber einen Löffel meiner eigenen Medizin gegeben und mich geghostet. Sie jeden Tag in der Schule zu sehen, so verdammt hübsch mit ihren rosafarbenen Haaren, die hin und her schwingen, während sie an mir vorbeigeht … Das ist die *Definition von Folter.* Es fühlt sich an, als würde ich einen langsamen, niemals endenden Tod sterben.

Die Krönung ist, dass ich wette, sie glaubt, sie hätte mich erfolgreich von sich gestoßen. Dass ich sie vergessen und nicht alles daransetzen werde, mir das zu holen, was ich will.

Ach Harper … Ich spiele nicht des Spiels wegen.

Ich spiele, um zu gewinnen.

Den Blick fest auf mein Handy gerichtet, knalle ich die Tür zu meinem Spind zu und werfe mir den Gurt meiner Sporttasche über die Schulter, während Finn und Theo miteinander ringen wie professionelle Schwachköpfe. Das Training heute war hart, und ob ihr es glaubt oder nicht, Coach Diaz hatte nichts damit zu tun.

Es lag an Vee.

Alles liegt an Vee.

Sie hat mir den Kopf verdreht.

Ich konnte nicht aufhören, quer über den Platz zu Brie und ihren Pompons zu starren. Als sie von ihrer Truppe aus Möchtegerns in die Luft geworfen wurde, ertappte ich mich dabei, wie ich mir wünschte, Brie würde hinfallen.

Sich etwas brechen.

Sich vielleicht den Kopf stoßen.

Und dabei ein verdammtes Gewissen entwickeln.

»Xav?«, nervt Theo. »Hast du mich gehört?«

»Er ist schon die ganze Woche über abwesend«, kommentiert Finn.

»Hm?« Ich schaue zu den Arschlöchern, die ich meine besten Freunde nenne.

»Wo bist du mit deinen Gedanken, Kumpel?«, schnaubt Theo.

Zwischen Vees Beinen.

»Hast du inzwischen was von der Duke gehört?«, sucht Theo nach einem Grund, wieso ich mich so verhalte.

»Nö«, lüge ich.

»Das kommt noch, Mann.« Theo klopft mir auf die Schulter. »Ich habe den Anruf erst vor ein paar Tagen erhalten.«

Um die Wahrheit zu sagen, mein Anruf kam auch schon vor ein paar Tagen. Genauer gesagt in dem Moment, in dem ich mir aus meinem Zimmer ein T-Shirt geholt habe, bevor ich Vee nach Hause fahren wollte. Ich würde gerne sagen, dass ich es nicht glauben konnte, aber zu dem Zeitpunkt fühlte ich mich beinahe *berechtigt*, das verdammte Stipendium zu bekommen.

Vor Vee war Basketball mein ganzes Leben. Ich gebe es nicht gerne zu, aber Brie war für mich nie mehr als eine naheliegende Lösung. Ich habe Jahre damit verbracht, mich für diesen fünf Minuten langen Anruf zu quälen.

Und ich habe es noch keiner Menschenseele erzählt.

Theo war frustriert, weil er zu dem Zeitpunkt noch nichts von der Duke gehört hatte, und ich wollte es ihm nicht unter die Nase reiben. Außerdem kann ich es nicht gebrauchen, dass mein Dad mir während der Play-offs auf die Nerven geht. Ich kann beinahe schon seine Rede hören, wie ich der Duke beweisen soll, dass sie mit mir die richtige Entscheidung getroffen haben.

Mich als würdig erweisen.

»Ich warte immer noch auf meinen Anruf«, witzelt Finn, und ich schnaube. Finns Dad ist so stinkreich, es wäre ein verdammter Witz, wenn er ein Stipendium bekäme.

Das würde er in einer Million Jahren nicht brauchen.

Und nur weil ich mir nichts sehnlicher wünsche, als Profi zu werden, bedeutet das nicht, dass es Finn genauso geht. Klar, er liebt Basketball. Aber er hat uns erzählt, dass er nur ein großes schwarzes Loch sieht, wenn er an seine Zukunft denkt. Er meinte, er würde nach der Highschool ein Jahr freimachen, um herauszufinden, was er will.

Finn, Theo und ich verlassen die Umkleide gemeinsam. Die Jungs erzählen was von einer Party, die mich nicht weniger interessieren könnte. Ich will einfach nur nach Hause. Oder vielleicht bei Vees Haus vorbeifahren und wie ein Weichei betteln, bis sie mich zurücknimmt. Nicht, dass wir je wirklich zusammen waren, aber fuck, wenn es nach mir ginge, wären wir es. Wenn ich vor ihrer Haustür auftauche, redet sie vielleicht endlich mit mir.

Wenn ihr denkt, dass das verdammt verzweifelt klingt …

Dann habt ihr recht. Denn das bin ich.

Ekel steigt in meiner Kehle auf, als wir um die Ecke biegen und ich Brie am Trinkbrunnen neben der Sporthalle stehen sehe. Sie trägt ihre Cheerleader-Uniform und hat die roten Haare zu einem hohen Pferdeschwanz gebunden. Ihre Nase ist von Vees Schlag immer noch blau unterlaufen. Ich habe nicht den geringsten Zweifel, dass sie auf mich wartet. Und ich liege richtig, denn ihr Kopf zuckt nach oben, sobald sie mich sieht.

Sie grinst. »Hey, Sexy.«

Die Jungs hören es und lachen schnaubend, sicher, dass ich ein wenig Action nach dem Training bekomme. Der Gedanke bringt mich beinahe zum Lachen. In der Öffentlichkeit spiele ich zwar mit und lasse mich von ihr küssen – während ich mir wünsche, sie wäre jemand anderes. Aber sie ist verdammt noch mal verrückt, wenn sie glaubt, ich würde sie jemals wieder willentlich berühren.

»Wir lassen euch beide dann mal allein«, scherzt Theo.

»Wir sehen uns.« Finn gibt mir einen kurzen Händedruck.

Dann ziehen er und Theo davon und lassen mich mit meiner selbstsüchtigen Ex allein. Ich gehe einfach weiter und verschwende keine Energie darauf, sie zu begrüßen. Brie folgt mir wie ein verlorener Welpe. Im Gehen rufe ich meinen Chat mit Vee auf. Immer noch keine Antwort.

Xavier: Wann kann ich dich sehen?

Xavier: Es ist mir scheißegal, was ich tun muss, Vee. Wir finden einen Weg.

Xavier: Ich kann einfach nicht aufhören, an letzte Woche zu denken.

Xavier: Mein Gott, Vee, erlöse mich endlich aus meinem Elend und sag es mir.

Dann die Nachricht, die ich ihr kurz vor dem Training geschickt habe.

Xavier: Du fehlst mir, Trottel …

»Lacey veranstaltet heute ein kleines Get-together. Gehen wir hin?«, fragt Brie und beschleunigt ihre Schritte, um zu mir aufzuschließen. »Sie meinte, der Stoff wäre gut. Könnte die Anspannung vor den Play-offs ein wenig lösen.«

»Mal sehen … Zusammen mit meiner manipulativen Ex was einschmeißen? Eher würde ich mir die Eier abreißen und mit ihnen Minigolf spielen.«

Im nächsten Augenblick taucht Axel im Flur auf, aber ich weiß, dass er sich nicht lange zeigen wird. In letzter Zeit rennt der Mistkerl immer verängstigt weg, sobald unsere Blicke sich treffen. Ich habe ihm klargemacht, dass er für mich gestorben ist. Nur weil er in letzter Minute einen Sinneswandel bezüglich des Übergriffs an Vee hatte, bedeutet das nicht, dass er auch nur für eine Minute vom Haken ist.

Beim Training toleriere ich ihn, aber beim Lunch hat er sich seitdem nicht mehr getraut, sein Gesicht zu zeigen. Wie erwartet dreht der Müllsack um, sobald er mich sieht.

Ich bin fast beim Ausgang, als Brie die großen Geschütze auffährt. »Weißt du, ich habe gehört, dass Orange diese Saison *die* Farbe ist.« Sie packt meinen Unterarm und krallt ihr roten Acrylnägel in meine Haut. »Ich wette, deine Mom würde darin super aussehen.«

Ihre Anspielung lähmt mich. Das macht sie jedes Mal, wenn ich mich zu weit von ihr entferne. Sie zieht an meiner Leine, als wäre ich ihr verdammtes Eigentum. Lässt die Sünden meiner Mutter bedrohlich über mir schweben. Erinnert mich daran, wo mein Platz ist.

Innerlich schreie ich vor Wut. Ich balle meine Hände in den Hosentaschen zu Fäusten und akzeptiere meine Niederlage.

»Um wie viel Uhr sollen wir da sein?«

* * *

AVEENA

Ich wollte nur in Frieden zu Mittag essen.

Zu sehen, wie Brie in ihrer Instagram-Story auf Xaviers Schoß sitzt, ist das *Gegenteil* von Frieden. Um fair zu sein, ich bin diejenige, die ständig ihr Profil checkt. Was soll ich sagen?

Ich scheine es zu lieben, mir auf dem Herzen herumtrampeln zu lassen.

Nur weil ich jegliche Bindungen zu Xav gekappt habe, heißt das nicht, dass es mich nicht trotzdem umbringt, dass er gestern mit ihr auf einer Party gewesen ist. Noch dazu mitten in der Woche. Ich habe mich zwar aus der Sache zurückgezogen, dennoch verwandle ich mich in ein jämmerliches Wrack, sobald ich sie auf dem Schulflur Händchen halten sehe.

Ich weiß, dass diese vermeintliche »Liebe« nur ein Haufen Scheiße ist.

Aber … ein Teil von mir fürchtet sich vor dem Tag, an dem sich das ändert. Dem Tag, an dem Xavier vergisst, dass es überhaupt mal eine Lüge war.

In einem Moment der Schwäche gestatte ich mir, zum Tisch der Sportler zu schauen und Blickkontakt mit dem Teufel persönlich herzustellen.

Wie sich zeigt, guckt er bereits in meine Richtung.

Ich halte den Blickkontakt aufrecht, als würde ich dazu gezwungen. Als wäre es mir *körperlich* unmöglich, wegzuschauen. Wenn Augen sprechen könnten, würden wir hier gerade einen ganzen verdammten Roman schreiben. Mist, ich war die ganze Woche über so gut. Ich habe eine oscarwürdige Performance hingelegt, wenn ich das so sagen darf. Nicht ein einziges Mal habe ich in seine Richtung geschaut, egal, wie sehr ich es wollte.

Bis jetzt ..

Brie sitzt auf seinem Schoß, die Arme um seinen Hals geschlungen, während sie sich mit Lacey unterhält. Ich zucke zusammen, als sie ihm einen Kuss auf die Lippen gibt, von seinem Schoß springt und dann mit Lacey verschwindet. Ich löse meinen Blick von dem Traumpaar und richte meine Aufmerksamkeit wieder auf Dia, die an ihrer Wasserflasche nippt. In dem Moment piept mein Handy mit einer neuen Nachricht.

Von ihm.

Während ich den Text überfliege, schlägt mein Herz doppelt so schnell wie sonst.

Xavier: Ich wünschte, das könntest du sein.

Ich schaue auf und blicke in seine Augen. Xavier starrt mich so intensiv an, dass meine Haut zu kribbeln anfängt. Schmerz überrollt mich wie eine Welle, der ich nicht entkommen kann.

Ich wünschte auch, das wäre ich.

Der Gedanke tut so weh, dass ich das Handy wieder in die Hosentasche stecke, als hätte ich die Nachricht nicht gesehen. Ich sollte glücklich sein. Meine betrunkene Rede auf der Party hat ihren Zweck erfüllt.

Alle Leute kaufen mir die Geschichte ab, dass Zac kein Schüler der Easton ist. Die Geständnisse werden langsam zu Schnee von gestern, und auch das Getuschel und die Beschimpfungen auf den Fluren verstummen nach und nach.

Warum fühle ich mich dann so, als ob ich sterben würde?

Ich habe fast aufgegessen, als eine Stimme durch die Lautsprecher an der Decke dröhnt und durch die Cafeteria hallt.

»Aveena Harper, bitte melde dich sofort im Büro der Rektorin.«

Das Stimmengewirr erstirbt, und alle Köpfe drehen sich zu mir herum. Ich hatte mir mal gewünscht, im Zentrum der Aufmerksamkeit zu stehen – ihr wisst schon, wegen meiner brillanten Schwester. Damals muss ich verrückt gewesen sein, denn das hier ist mein schlimmster Albtraum.

Was könnte Xaviers Mom von mir wollen?

Ich schaue zu Dia.

Besorgnis schimmert in ihren Augen. »Erzählst du es mir nachher?«

Ich nicke stumm und nehme mein Tablett. Den Rest meines Essens werfe ich weg, bevor ich unter den Blicken der gesamten Schülerschaft die Cafeteria verlasse. Ein paar Minuten später lasse ich mich in einen der Klappstühle vor Rektorin Emerys Büro fallen.

Nicht ein Ton dringt nach draußen.

Ich spiele nervös mit meinen Fingern und rutsche auf dem Stuhl hin und her, bis die Tür aufgeht. Mr. Hall, der Konrektor der Easton High, kommt heraus und nickt mir zu. »Komm rein, Aveena.«

Moment … hat er mich hergebeten?

Ich betrete das Büro und sehe Xaviers Mom in der Ecke stehen. Eine Mischung aus Scham und Schuldgefühlen spiegelt sich auf ihren zarten Gesichtszügen. Mr. Hall bedeutet mir, mich zu setzen. Ich tue es kommentarlos. Ein einziges Mal bin ich hier gewesen. Nachdem ich Axel in die Eier getreten habe und Xaviers Mom mir Nachsitzen aufgebrummt hat.

Das Büro ist in einem langweiligen Grauton gestrichen und zwei große Fenster erhellen den kleinen Raum. Mr. Hall sitzt hinter dem Schreibtisch, ein klares Anzeichen dafür, wer hier heute das Sagen hat.

Warum gucken die beiden mich an, als hätte ich ein Verbrechen begangen?

»Du fragst dich vermutlich, warum du hier bist, also komme ich gleich auf den Punkt«, sagt Mr. Hall entschieden. »Du weißt, was das hier ist?«

Er dreht den alten Computermonitor in meine Richtung.

Ich schlucke, als ich die Texte auf dem Bildschirm sehe.

Wer hat die Geständnisse geschrieben? #FindetZacUndLove

Die private Facebook-Gruppe.

»Es wäre ziemlich schwer, es nicht zu wissen. Jeder in der Schule weiß es«, sage ich.

Mr. Hall nickt. »Uns sind Gerüchte zu Ohren gekommen, dass du eine der Autorinnen dieser Geständnisse bist.«

Fuck.

Ich wusste, dass mich diese Sache noch in den Hintern beißen würde. Ich wusste nur nicht, *wann*. Die Schule hat alles in ihrer Macht Stehende getan, um die Sache unter den Teppich zu kehren. An dem Tag, als Brie überall die Geständnisse verteilt hatte, war ich in tausend Stücke zerbrochen nach Hause gelaufen. Dia erzählte mir dann aber, dass zur Lunchzeit nicht mehr *eine einzige* Kopie irgendwo zu sehen gewesen wäre.

Natürlich war es da schon zu spät.

Die Schüler waren bereits fasziniert.

Ganz versessen auf unsere abgefuckten Geheimnisse.

»Stimmt das? Bist du Love?«, fragt Mr. Hall.

Ich sage nichts, sondern beiße mir von innen auf die Wange und werfe einen Blick zu Rektorin Emery, die sich feige in der Ecke versteckt.

»Wie du sicher verstehen kannst, sind viele Eltern nicht glücklich mit uns. Uns wird vorgeworfen, die Kontrolle über unsere Schüler verloren zu haben. Sie sagen, dieser Unsinn um *Zac und Love* lenkt vom Unterricht ab. Wir stehen hier unter Beschuss, Miss Harper.«

Ich sage immer noch kein Wort.

»Die Leute wollen Namen. Sie wollen die Verantwortlichen, zur Rechenschaft ziehen.«

»Und Sie glauben, ich bin dafür verantwortlich?«, frage ich.

Mr. Hall stößt einen entmutigten Seufzer aus.

»Wir wissen es, Aveena. Spar dir das Theater.«

Ich runzle die Stirn. »Was für ein Theater?«

»Wir wissen, dass du die Geständnisse veröffentlicht hast. Und wir wissen, dass du die Facebook-Gruppe erstellt hast.«

Mein Unterkiefer knallt auf den Boden.

»Sie glauben, *ich* war das?«, rufe ich.

Das Schlimmste ist, selbst wenn ich beweisen wollte, dass ich nicht der Admin bin, weiß ich, dass Brie clever genug war, einen Fake-Account zu erstellen, damit niemand das Ganze zu ihr zurückverfolgen kann.

Mr. Hall schweigt lange.

»Brielle Randall hat mit uns gesprochen. Sie hat uns gesagt, dass sie gehört hat, wie du über die Gruppe geredet hast. Und sie hat uns auch gesagt, dass du ihr beinahe die Nase gebrochen hast, damit sie den Mund hält.«

Ich schäume vor Wut.

Natürlich glauben sie dieser Malibu-Barbie eher als mir. Sie würden einem *sprechenden Affen* glauben, solange er das Richtige sagt. Alles, um ihren eigenen Arsch zu retten und die wütenden Eltern zu besänftigen.

»Warum sollte ich so etwas tun?«, schnaube ich. »Die Geständnisse waren demütigend. Sie haben mein Leben ruiniert.«

»Wirklich? Für mich sieht es so aus, als hätten sie … *dich bekannt gemacht*«, entgegnet Mr. Hall.

Ich bin total perplex.

»Sie glauben, ich hätte das gemacht, um Aufmerksamkeit zu bekommen?« Tränen steigen mir in die Augen.

»Miss Randall hat angemerkt, dass du immer eher eine Einzelgängerin warst und nicht viele Freunde hast.«

»Wenn ich Freundschaften schließen wollte, würde ich mit Menschen reden und nicht meinen eigenen Ruf zerstören. Sie irren sich. Das Ganze war Brielle. *Sie* hat die Geständnisse veröffentlicht. Sie hat die Facebook-Gruppe erstellt.«

»Hör mal, Aveena … Die Highschool ist hart, das Leben ist schwer – ich verstehe das. Es ist nicht unsere Absicht, dich zu bestrafen. Du bist eine ausgezeichnete Schülerin. Vielleicht sogar eine der Besten. Immerhin bekommen nur die Besten ein Stipendium für die Duke.«

Mein Kiefer spannt sich unbewusst an, und eine Träne rollt mir langsam über die Wange.

Sie haben vor, mich zu erpressen, oder?

»Kein Grund, zu weinen. Wir haben einen Vorschlag für dich.«

Und da ist die Erpressung auch schon.

»Die Leute wissen bereits, dass du Love bist. Aber Zac … Er ist schwer zu fassen. Seine Geständnisse sind … Nun ja, du verstehst bestimmt, dass sie uns in ein sehr schlechtes Licht rücken. Die Eltern sind außer sich. Du musst uns nur sagen, wer er ist.«

Ich schaue kurz zu Xaviers Mom.

Sie tut alles, um meinem Blick auszuweichen. Sie wirkt gequält.

Verängstigt. Sie weiß, dass Zac ihr Sohn ist. Es *kann* niemand anderes sein. Deshalb übernimmt sie heute nicht das Reden. Deshalb hat sie das Ganze auf Mr. Hall abgeschoben.

Ich wette, sie wollte von Anfang an nicht, dass die verantwortlichen Schüler gefunden werden. Sie wusste, dass sie sich damit ihr eigenes Grab schaufeln würde. Vermutlich hat sie die Wut der Eltern so lange ignoriert, bis ihr keine andere Wahl mehr blieb. Was auch erklären würde, warum dieses Gespräch jetzt erst stattfindet.

»Gib uns Zac, und ich verspreche dir, wir lassen das Ganze *ohne Aufsehen* verschwinden. Keine Bestrafung, keine Konsequenzen. Die Duke muss nicht wissen, was für eine Verwüstung du hier angerichtet hast.«

»Ich habe doch schon gesagt, dass Zac ein Angestellter …«

»Der Bücherei ist?« Mr. Hall lacht. »Ja, das haben wir gehört. Zu schade, dass wir seit Jahren keinen männlichen Mitarbeiter mehr in der Bücherei hatten.«

Mist.

»Es tut mir leid, aber dieser Deal gilt nur für den *echten* Zac.«

»Und wenn ich es Ihnen nicht sage?«, frage ich mit zitternder Stimme.

»Tja, dann glaube ich, dass die Duke es verdient hat, zu wissen, was für eine Person sie in ihre Institution aufnehmen. Findest du nicht?«

Jetzt weine ich so richtig.

Verschlucke mich im Büro der Rektorin an meinen eigenen Schluchzern.

»Also, was soll es sein? Entscheide dich weise.« Mr. Hall lässt seine Unterarme auf der Schreibtischplatte ruhen und verschränkt die Finger.

Ich mache mir nicht die Mühe, zu antworten.

Warum auch?

Es ist sowieso alles vorbei.

Egal, was er als Nächstes sagt, ich bin ausgeliefert.

»Ich schlage dir was vor: Ich gebe dir das Wochenende, um dich zu entscheiden. Komm am Montag mit deiner Antwort zu uns.«

Ich schweige.

»Okay?«, hakt er nach.

Ich nicke kurz und schleppe mich zur Tür. Ich weiß verdammt gut, dass ich das Wochenende nicht brauche, um zu wissen, wie meine Antwort lautet.

Ich kann es nicht. Ich kann Zac nicht verraten.

Oder Xavier.

Niemals.

Mit einem Gefühl, als hätte Mr. Hall mein Herz an seine langweilig-grauen Wände getackert, eile ich den Flur zu meinem Spind hinunter. Ich muss hier weg. Es ist Freitag. Ich bezweifle, dass es meiner Mom etwas ausmacht, wenn ich den Nachmittag schwänze. Ich werde ihr einfach sagen, dass es mir nicht gut ging. Ich kann ihr ja schlecht erzählen, dass ich mein Stipendium verloren habe – von dem sie noch nicht einmal wusste, dass ich es bekommen habe. Ich schätze, es war gut, dass ich es ihr nicht erzählt habe …

Denn es gibt nichts mehr zu erzählen.

Auf meinem Handy wartet eine Nachricht von Dia.

Dia: Was ist passiert?

Während ich mich durch das Gewusel auf dem Flur dränge, schreibe ich ihr zurück.

Aveena: Nicht viel. Ich habe nur mein Stipendium verloren.

Sie antwortet sofort.

Dia: WAS? Wo bist du?

Dia: Ich komme zu dir.

Aveena: Ich gehe nach Hause. Wir reden später?

In der nächsten Minute bin ich an meinem Spind, packe meine Sachen in Rekordzeit ein und renne den Flur hinunter. Ich bin fest entschlossen, es zu meinem Wagen zu schaffen, bevor ich jemandem über den Weg …

»Vee?«

Mein Kopf schnellt hoch.

Es ist ein Wunder, dass ich ihn trotz der vielen Tränen erkenne.

Xavier.

Natürlich.

Ich versuche, mir das Gesicht zu trocknen, verwische dabei aber nur meine Wimperntusche. Xaviers Lippen öffnen sich, als er mich ansieht. Zu sagen, dass ich ein Wrack bin, wäre die Untertreibung des Jahrhunderts.

Eine Mischung aus Schmerz, Bedauern und Schuldgefühlen schimmert in seinen blauen Augen.

»Ich …«, setzt er zu sprechen an.

»Baby?«, sagt eine Stimme hinter uns. Brie taucht an seiner Seite auf und legte besitzergreifend eine Hand an seinen Bizeps. »Da bist du ja.« Sie gibt ihm einen lauten Schmatzer auf die Wange.

Normalerweise würde mir das das Herz brechen.

Das Problem ist: Da ist nichts übrig, das gebrochen werden könnte.

»Aveena, hey. Hab dich gar nicht gesehen.« Brie schenkt mir ihr bestes hinterhältiges Miststücklächeln. Ich habe keine Kraft mehr, etwas vorzuspielen. Also entscheide ich mich für meine beste und einzige Option: Flucht. Brie ignorierend, schaue ich Xavier direkt in die Augen.

Dem Jungen, für den ich meine Träume geopfert habe.

Dann stürme ich aus der Schule.

* * *

Theodore Cox' Auto habe ich noch nie leiden können.

Es ist knallrot und auf großspurige Art protzig.

Ich habe ihn mal erzählen hören, dass es einst das Auto seines Vaters gewesen sei, trotzdem hasse ich es. Und im Moment … hasse ich ihn. Um fair zu sein, ich hasse gerade jeden auf der Welt, der auch nur ansatzweise glücklich ist.

Als ich beschloss, die Schule zu schwänzen, habe ich gehofft, ich hätte das Haus für mich allein. Rein technisch gesehen habe ich das auch. Wenn unsere Auffahrt nur nicht von Theos Auto blockiert würde … Die beschlagenen Scheiben und hüpfenden Bewegungen überlassen nur wenig der Fantasie.

Man braucht keinen Nobelpreis, um zu wissen, dass meine Schwester gerade da drin ist und auf dem Rücksitz mit einem der Spieler der Easton High vögelt. *Still Don't Know My Name* von Labrinth dröhnt aus dem Wagen, aber die ohrenbetäubende Musik reicht nicht aus, um Ashleys Stöhnen zu übertönen, oder wie sie wieder und wieder Theos Namen schreit.

Erschöpft von meinem Tag, parke ich auf der Straße und flüchte ins Haus. Sie sind so miteinander beschäftigt, dass sie mich nicht einmal bemerkt haben.

Ich hoffe, du weißt, was du tust, Ash.

Du wirst bald wegziehen.

Du gehst, und er bleibt zurück.

Das ist eine einfache Rechnung.

Ich stoße einen Seufzer aus und knalle die Tür zu meinem Zimmer hinter mir zu, bevor ich mich auf den Holzfußboden sinken lasse. Ich bin es so leid, zu weinen. So leid, zu sehen, wie mir alles, was ich liebe, entrissen wird.

Ich kann immer noch nicht fassen, dass ich es verloren habe.

Ich habe mein Stipendium verloren.

Ich wünschte, ich hätte diese dummen Geständnisse niemals geschrieben.

Ich weine, bis mein Shirt von meinen Tränen durchnässt ist. Bis mein Make-up völlig verlaufen ist und ich wie ein depressiver Waschbär aussehe. Mein Handy piept fünf Mal in meiner Tasche, bevor ich es hervorhole.

Ich habe eine Nachricht von Xavier und vier von Dia.

Xavier: Wer war das? Sie sind verflucht noch mal so was von tot.

Ein verbittertes Lachen durchbricht meinen Schmerz. Ich muss im Delirium sein, denn zum ersten Mal seit einer Woche antworte ich ihm tatsächlich.

Aveena: Frag deine Mom.

Die drei Punkte hüpfen auf dem Display und zeigen mir, dass er direkt seine Antwort formuliert. Ich springe aber zu meinem Chat mit Dia, damit ich nicht dazu verleitet werde, ihm noch mal zu schreiben.

Dia: Geht es dir gut? Xav hat gesagt, du bist weinend weggelaufen.
Dia: Ich mache mir Sorgen.
Dia: Es geht um die Geständnisse, oder?
Dia: Vee, ich will dir helfen, aber das kann ich nicht, wenn du mir nicht sagst, was los ist.

Ich tippe eine schnelle Antwort.

Aveena: Sie haben mich vor die Wahl gestellt: Entweder ich verrate ihnen Zacs Identität oder ich verliere mein Stipendium.

Dia: Warum sagst du es ihnen nicht? Er ist doch nur ein Typ, den du in der Bücherei kennengelernt hast.

Schniefend ziehe ich meine Knie an die Brust.

Ich kann nicht länger lügen.

Bevor ich antworten kann, schickt sie mir eine weitere Nachricht.

Es ist an der Zeit, flüstert eine Stimme in meinem Kopf.

Dia: Er ist irgendein Unbekannter, richtig?

Aveena: Falsch.

27. KAPITEL

XAVIER

»Ich werde keinen Anzug tragen«, schnaubt Theo und zeigt Finn den Mittelfinger, bevor er sich auf die Couch im Heimkino schmeißt. Hier hängen wir immer ab, wenn Theo und Finn drinnen einen Joint rauchen wollen, während Finns Dad zu Hause ist. Dieser Raum liegt nämlich am weitesten von Hanks Büro entfernt, sodass er nichts riechen kann.

Hank würde uns in Stücke hacken, wenn er es je herausfände. Was immer wahrscheinlicher wird, wenn Dia von dem Rauch weiterhin so viel husten muss.

»Und ob du das wirst.« Finn zieht lange an dem Joint zwischen seinen Fingern. »Mein Dad hat scheißviel Geld in die Sache gesteckt, also trägst du entweder einen Anzug oder ein blaues Auge, Cox. *Deine Entscheidung.*«

Sie reden schon seit Stunden über die morgige Cocktailparty, die Finns Dad jedes Jahr am Ende der Basketballsaison in seinem Garten schmeißt. Alle Angestellten der Easton sind eingeladen, dazu die Basketballmannschaft und das Cheerleader-Team. Hauptsächlich geht es darum, die Stallions zu loben und Coach Diaz Zucker in den Arsch zu blasen.

Willkommen in Silver Springs, der Stadt der basketballverrückten Leute.

Habe ich schon erwähnt, dass wir Basketball lieben?

Ich kann mein jährliches Nickerchen während der Rede des Trainers kaum erwarten.

»Ich habe gehört, dass sie zur Vorspeise dieses Jahr den besten Spieler der Saison verkünden«, sagt Finn.

»Ich liebe diese Mini-Frühlingsrollen«, träumt Theo. »Fuck, und die Käsesticks.«

Dia lacht. »Empfinde nur ich das so oder seid ihr Jungs echt besessen von dem Essen?«

»Das geht nicht nur dir so«, versichere ich ihr.

Dia funkelt mich als Antwort so bösartig an, als würde sie mich mental einen langsamen, schmerzvollen Tod sterben lassen. Das macht sie schon den ganzen Abend. Ohne Zweifel hat ihr neu entflammter Hass etwas mit Vee zu tun. Seitdem Aveena gestern unter Tränen aus der Schule gestürmt ist, bombardiere ich sie mit Nachrichten.

Sie hat mir nur ein einziges Mal geantwortet.

Und das war nicht mal eine klare Antwort.

Sondern eine, die nur weitere Fragen aufgeworfen hat.

Frag deine Mom.

Was zum Teufel soll das heißen?

Seitdem habe ich nicht eine Sekunde geschlafen. Und ich habe alles versucht.

Meditation hat überhaupt nicht funktioniert. Mir einen runterzuholen, während ich mir Vees Lippen um meinen Schwanz vorgestellt habe, auch nicht. Ihr Keuchen und die kleinen Geräusche, die sie von sich gibt, wenn ich sie mit meinem Mund verwöhne. Fehlanzeige.

»Oh, und er hat wieder so eine Rentner-Band engagiert. Bringt Ohrenstöpsel mit«, schnaubt Finn und verstärkt seinen Griff um die Taille von Dia, die auf seinem Schoß sitzt.

Die Party ist schon die ganze Woche über das Stadtgespräch. Finns Dad ist nicht zu bremsen, wenn es darum geht, allen anderen das Gefühl zu geben, arm zu sein. Er heuert Kellner an, die Essen und Getränke auf silbernen Tabletts anbieten, und so.

»Was glaubt ihr, wer dieses Jahr der Spieler der Saison wird?« Finn hustet meinen Namen in seine Faust. *»Xavier.«*

Ich lache leise.

Jedes Jahr bekomme ich diese alberne »Spieler der Saison«-Medaille.

»Puh, gute Frage.« Theo nimmt eine Handvoll Popcorn aus der Tüte und wirft es in meine Richtung.

Ich weiche seinem Angriff aus.

»Hast du eine Rede vorbereitet, Schwachkopf?«, fragt Finn mich.

»Nö.« Ich lasse mich gegen die Couch sinken. »Ich sage einfach den gleichen Scheiß wie immer. *Danke und auf Wiedersehen.*«

»Sag mir, dass es wenigstens Alkohol gibt, Richards«, stöhnt Theo.

Finn zieht eine Augenbraue hoch und wirft Theo einen Blick zu, der sagt: *»Ist das überhaupt eine Frage?«* Der Kerl könnte Alkohol in eine Entzugsklinik schmuggeln, wenn er wollte.

»Falls jemand fragt, wir trinken keinen Champagner, sondern alkoholfreien Cidre, verstanden?« Finn grinst, zieht noch einmal am Joint und stößt eine dicke Rauchwolke aus. Ich sehe, dass Dia seinen Alkoholmissbrauch entschieden ablehnt. Aber sie sagt nichts.

»Ich rufe eben meinen Dad an«, verkündet sie und gibt Finn einen Kuss auf den Mundwinkel, bevor sie den Raum verlässt.

Ich sehe meine Chance.

Ich warte kurz, damit es nicht so offensichtlich ist.

»Ich muss mal.« Ich springe von der Couch und laufe Dia nach. *Was denn? Ich erkenne eine Gelegenheit, wenn ich sie sehe.* Suchend streife ich durch den zweiten Stock, bevor ich sie in Hanks Bibliothek finde.

Als ich reinkomme, diskutiert sie gerade mit jemandem am Telefon.

Sie klingt emotional.

Gestresst.

»Du machst Witze, oder?«, versucht sie mit ihrem Dad zu argumentieren. »Sag mir, dass das ein Witz ist.«

Etwas stimmt hier nicht.

»Nein, Vee, du hörst mir zu. Das wird gar nichts lösen.«

Mein Atem stockt.

Vee.

Sie spricht nicht mit ihrem Dad.

»Ich komme vorbei, okay? Ich bin so schnell da, wie ich kann. Rühr dich nicht vom Fleck.« Dia stößt einen unterdrückten Fluch aus und legt auf.

Ich vergeude keine Sekunde. »Was ist mit Vee los?«

Dia schreit erschrocken auf und wirbelt zu mir herum.

»Mein Gott, Xavier. Hast du schon mal was von Privatsphäre gehört?«

»Was ist mit Vee los«, wiederhole ich.

»Das würdest du nur zu gern wissen, stimmts Zac?«, fragt sie betont.

Mir fällt die Kinnlade herunter.

»Sie hat es dir erzählt?«

Blöde Frage.

Natürlich hat sie das.

»Was denkst du denn?«, faucht Dia.

Doch das ist mir an diesem Punkt egal. Ich muss nur wissen, dass es Vee gut geht.

»Wie geht es ihr?«, versuche ich es erneut.

»Als ob dich das interessiert«, schnaubt Dia und will an mir vorbei, um den Raum zu verlassen.

Ich stelle mich ihr in den Weg.

»Das tut es, Dia! Es interessiert mich so sehr, dass ich dabei bin, den Verstand zu verlieren … Ich muss es einfach wissen. Ich … *Bitte.*«

Sie schweigt lange und wirkt nicht überzeugt.

»Du willst wissen, wie es ihr geht, hm?« Dia legt den Kopf schief und mustert mich, als überlege sie, ob ich einer Antwort würdig bin. »Okay. Es geht ihr *schrecklich*. Ich habe sie noch nie in meinem Leben so traurig gesehen. Bist du jetzt glücklich?« Sie versucht erneut, an mir vorbeizugehen.

Ich halte sie wieder auf. »Warum?«

Jetzt bin ich wohl diese Art von Kerl. Der Stalker, der die beste Freundin eines Mädchens belästigt, nur um ein Fitzelchen von Informationen zu bekommen.

»Deinetwegen.« Sie beschönigt nichts.

Ich wünschte, ich wäre schockiert, aber das bin ich nicht.

»Erinnerst du dich, als sie gestern ins Büro der Rektorin gerufen wurde?«

Ich nicke.

»Mr. Hall hat sie vor die Wahl gestellt: Entweder sie gibt deine Identität preis, oder sie rufen die Duke an und erzählen ihnen von den Geständnissen, die Vee«, sie malt Gänsefüßchen in die Luft, »*angeblich veröffentlicht hat.* Sie haben ihr die Chance auf das Stipendium versaut, Xav. Sie ist am Boden zerstört.«

Ihre Worte sind wie eine Ohrfeige.

Deshalb hat Vee mir gesagt, ich solle meine Mom fragen.

Weil sie und Mr. Hall Vees Traum zerstört haben.

»Warte mal, sie denken, *Vee* hätte die Geständnisse veröffentlicht?« Zorn steigt in mir auf.

»Jupp. Und dass sie die Facebook-Gruppe erstellt hat.«

»Wie zum Teufel kommen sie darauf?«, zische ich.

»Weil deine Freundin ihnen das erzählt hat. Brie hat das perfekte Opfer gespielt. Sie meinte, sie hätte Vee darüber reden hören und dass sie ihr beinahe die Nase gebrochen hat, damit sie nichts sagt.«

Unkontrollierbare Wut brodelt in meinem Magen.

Dieses verdammte Miststück.

Ihre Eltern sollten zu einer jährlichen Strafzahlung verdonnert werden, sie in die Welt gesetzt zu haben.

»Sie hätte ihnen sagen sollen, dass ich Zac bin«, murmle ich.

»Das habe ich ihr auch gesagt – *mehrmals*. Aber sie ist stur. Aus irgendeinem mir unbekannten Grund liebt sie dich. Und sie würde lieber alles verlieren, als dich zu verpfeifen.« Dia schnaubt hasserfüllt auf und erdolcht mich mit ihrem Blick. »Ehrlich gesagt sehe ich an dir nichts, was es wert wäre, gerettet zu werden.«

Damit drängt sie sich an mir vorbei und geht zur Tür. Aber das verrät mir immer noch nicht, worüber die beiden gerade gesprochen haben.

»Worüber habt ihr gerade am Telefon geredet?«, hake ich nach.

»Träum weiter. Ich habe dir bereits zu viel erzählt.« Dia ist an der Tür angekommen und legt die Hand auf die Klinke.

»Dia, ich … Verdammt, ich liebe sie.« Es ist mir beinahe peinlich, wie jämmerlich ich klinge. Wie zerbrechlich. Wie *bedürftig*. Dia bleibt stehen, denkt sorgfältig über ihren nächsten Schritt nach, und wirbelt dann zu mir herum.

»Es ist eine Schande, dass du keine Gelegenheit haben wirst, ihr das zu sagen.«

Angst packt mich.

»Was zum Teufel soll das heißen?«

Dia seufzt. »Sie zieht weg, Xav.«

Es fühlt sich an, als hätte sie mir gerade ein Messer in den Bauch gerammt und mir ein Organ nach dem anderen herausgeschnitten.

»*Was?*«, keuche ich auf.

Ich muss mich verhört haben.

Es kann nicht anders sein.

Vee *kann* nicht wegziehen.

»Sie hat mir gesagt, dass sie gemeinsam mit ihrer Mom und Ashley nach LA geht. Ash sollte eigentlich noch ein Jahr in Silver Springs bleiben, aber anscheinend hat sich eine große Gelegenheit für sie ergeben und sie ziehen früher um.«

»Aber … Wie soll Vee dann ihren Abschluss machen?«

»Entweder sie schreibt sich an einer anderen Schule ein oder sie macht Online-Unterricht. Ich weiß es nicht. Verdammt, wenn ich ehrlich bin, bezweifle ich, dass sie überhaupt ihren Abschluss macht.«

»Warum zum Teufel sollte sie das nicht tun?«, brülle ich.

»Sie hat ihrer Mutter erzählt, dass sie das Stipendium verloren hat, und … nun ja. Jetzt, wo sie nicht auf die Duke gehen wird, hat sie sich von ihrer Mom überzeugen lassen, dass Vollzeit als Ashleys Assistentin zu arbeiten ihre beste Option ist.«

Ich will etwas kaputt machen.

Jedes verdammte Buch in dieser Bibliothek in Fetzen reißen.

Das ist alles, was Vee *niemals* gewollt hat. Sie hat so hart dafür gearbeitet, dass es nicht dazu kommt. Sie hat mir erzählt, wie sehr sie sich danach sehnt, ein eigenes Leben zu haben. Eine Chance darauf, zu entdecken, wer sie ist, wenn sie aus Ashleys Schatten heraustritt.

Wenn sie für sich *selbst* lebt.

»Wann reisen sie ab?«, stoße ich durch zusammengebissene Zähne aus.

»Montag früh«, läutet Dia den Countdown ein. »Sie fliegen vielleicht ein paar Mal hin und her, um alles zu organisieren, aber ihre Mom will das Haus verkaufen.«

Das ist so ein Bullshit.

Kompletter. Verdammter. Bullshit.

So darf unsere Geschichte nicht enden. Nicht mit Vee, die ein Flugzeug besteigt und in ein Leben fliegt, das sie nicht will. Es kann nicht sein, dass ich sie nie wiedersehen werde.

Nein.

Dia öffnet die Tür und wirft mir über die Schulter einen Blick zu. »Herzlichen Glückwunsch, Superstar. Du hast deinen Ruf gerettet …« Dann dreht sie das Messer in meiner Brust um. *»Aber dein Mädchen hast du dabei verloren.«*

* * *

»Ist alles in Ordnung, Liebling?«

Unter der rauen Stimme meiner Mutter richten sich alle Härchen an meinem Körper auf. Angespannt drehe ich den Kopf und sehe sie am Türrahmen zum Badezimmer stehen. Seitdem ich von ihrem und Mr. Halls Versuch erfahren habe, Vees Leben zu zerstören, habe ich kein Wort mit ihr gewechselt.

Ich kämpfe mit meiner Krawatte und tue so, als wäre meine Mom nur Hintergrundrauschen.

Hank und Finn erwarten, dass Dad und ich zwei Stunden früher bei ihnen auftauchen, um beim Aufbau für die Party zu helfen. Da wir anschließend dort bleiben, ziehe ich mich jetzt schon um.

»Sieh dich einer an. So attraktiv«, macht mir meine Mom ein Kompliment.

Ich ignoriere sie und kämpfe weiter mit dieser verdammten Krawatte.

Mom lacht über meine Ungeschicktheit.

»Komm, lass mich dir helfen.« Sie kommt herein und übernimmt. Unter ihrer Berührung verspanne ich mich.

Mein Gott … was ist bloß mit uns passiert, Mom?

Ich habe dich mal über alles geliebt.

Und jetzt kann ich dich nicht einmal mehr ansehen.

»Fertig.« Sie lächelt und tätschelt meine Brust.

Ich antworte nicht, lächle nicht oder gebe ihr sonst *irgendeinen* Anlass, zu glauben, dass ich ihre Anwesenheit genieße. Trotzdem kommt sie näher, legt die Arme um meine Schultern und drückt ihre Wange an meine Brust. Ich erwidere die Umarmung nicht.

»Ich bin so stolz auf dich, weißt du das?«, flüstert sie und löst sich von mir. Ich bin erleichtert, als sie sich zum Gehen wendet.

Bis sie an der Tür innehält.

»Stimmt ja, das hätte ich beinahe vergessen. Was glaubst du, wann du morgen vom Training zurück sein wirst?«

Wut zerreißt mich. Ich weiß genau, was sie tut, wenn ich im Fitnessstudio bin.

»Warum?«, gebe ich aggressiv zurück. »Damit du einen Quickie mit dem Klempner einlegen kannst?«

Ihr bleibt der Mund offen stehen.

Für den Effekt stolpert sie sogar ein paar Schritte zurück.

Zwei Punkte für die Bemühungen, null Punkte für ihre nicht vorhandenen schauspielerischen Fähigkeiten.

»W-wovon redest du da?«

Scheiße, verdammt noch mal.

»Spar dir das … Ich weiß, dass du Dad betrügst.«

Sie verlagert das Gewicht und blickt zu Boden.

»Xavier, Liebling, das musst du verstehen. Nach zwanzig Jahren Ehe … ist der Funke nicht mehr das, was er mal war. Ich konnte nicht anders.«

Ich schnaube.

Spielt sie tatsächlich die »Ich hatte keine Wahl«-Karte?

»Du konntest nicht anders?« Mein Geduldsfaden reißt. »Hörst du dir überhaupt zu? Ich soll glauben, dass du mit einem Minderjährigen vögeln *musstest*? Mit *meinem* verdammten Freund? Mit Finns verficktem Bruder?«

Sie wird ganz blass. »Du *bist* also wirklich Zac.«

Warum bin ich überrascht, dass das das Einzige ist, was sie von meiner kleinen Rede mitgenommen hat?

»Erspar mir den Teil, in dem du so tust, als hättest du es nicht gewusst«, spucke ich förmlich aus.

»Ich wusste es nicht!«, schreit sie. »Ja, ich hatte meinen Verdacht! Aber bis jetzt war ich mir nicht sicher. Ich habe immer noch gehofft, dass es ein Zufall ist.«

»Ich habe eine Neuigkeit für dich: Außer dir gibt es niemanden in der Stadt, der so etwas getan hat.«

Ihre Wangen werden rot. Aber anstatt die Verantwortung zu übernehmen und mir zu sagen, dass sie für kurze Zeit den Verstand verloren hat, dass sie es zutiefst bedauert, gibt sie nur zurück: »Ich hätte wissen müssen, dass du Zac bist, als ich letzte

Woche nach Hause kam und dieses rosahaarige Mädchen in das Auto ihrer Freundin habe einsteigen sehen.«

Wie ein liebeskranker Idiot schlucke ich den Köder.

»Rede verdammt noch mal nicht über sie!«

Ihre Augen werden groß, und sie nickt, als würde sie die Dinge nun klar sehen.

»Du glaubst, du bist in sie verliebt, oder?«

Ich gehe nicht darauf ein.

Ich *glaube*, ich bin in sie verliebt?

Ich *weiß* es bis tief in die Knochen.

»Diesen Blick kenne ich.« Sie lacht. »Verdammt, ich hatte diesen Blick auch mal. Damals, als ich deinen Dad kennengelernt habe.«

Dieser Schwachsinn muss sofort aufhören. Ich muss versuchen, an den letzten Rest ihrer Menschlichkeit zu appellieren.

»Mom, sie hat das nicht verdient«, sage ich. »Vee wird alles verlieren. Ihre Träume. Alles, wofür sie gearbeitet hat. Und das nur, weil du mit einem Schüler vögeln musstest.«

»Ich?« Verärgerung breitet sich auf ihrer Miene aus. »Du hast die Geständnisse geschrieben. Es tut mir leid, Honey, aber das Ganze ist deine Schuld. Wenn du diesem Harper-Mädchen nicht alles erzählt hättest, wäre das alles nicht passiert.«

Unnnnd … sie versucht, es mir anzuhängen.

Super.

»Die Geständnisse waren nie dazu gedacht, an die Öffentlichkeit zu gelangen.«

»Das ist egal. Sie sind rausgekommen. Das ist deine Schuld, Xavier. Nicht meine.«

Ein verbittertes Lachen steigt in mir auf. »Lustig. Irgendwie glaube ich nicht, dass die Polizei das genauso sehen würde.«

Erst da packt sie die Angst.

Das sehe ich an ihren Augen.

Sie hat gerade erkannt, dass ich nicht spaße.

»Schatz, das kannst du unmöglich ernst meinen.« Sie kommt zu mir herüber und legt ihre Hände an meine Wangen. »Ich weiß, es wirkt wie Liebe, weil du jung bist. Aber dieses Mädchen … sie ist nichts. Eine Affäre. Wir hingegen sind eine Familie.«

Panik flammt in ihr auf, als sie spürt, dass ich mich ihrer Manipulation nicht ergebe.

»Liebling, sieh mich an.« Sie zwingt mich, ihr in die Augen zu schauen. »Ich bin deine Mutter. Ich habe dir das Leben geschenkt, habe mich immer um dich gekümmert. Da draußen gibt es eine Million Mädchen wie sie, aber Familie gibt es nur einmal.«

Da irrt sie sich.

Und zwar gewaltig.

Es gibt *keine* Million Aveena Harpers da draußen.

Mein wütendes Mädchen.

Meine Brieffreundin.

Meine Love.

Nur eine.

Und die steigt morgen in ein Flugzeug.

»Auf dem College kannst du jedes Mädchen haben, das du willst, Xavier.«

»Ich will verdammt noch mal kein anderes Mädchen«, feuere ich zurück.

»Du willst aber auch nicht deine Familie zerstören, oder?«

Mist. Damit hat sie mich.

Ich verkrampfe mich und der Muskel in meinem Kiefer zuckt.

»Lass sie den Kopf dafür hinhalten, Xav. Beschütze dein eigen Fleisch und Blut. *Beschütze die Menschen, die auch dich beschützen würden.* Wir sind deine echte Familie.«

Ich lache ihr ins Gesicht. Sie hat keine Ahnung, wie ironisch das ist. Mein Handy piept in meiner Anzugtasche, und ich löse die Hände meiner Mutter von meinem Gesicht, bevor ich auf das Display schaue. Für eine Sekunde erlaube ich mir zu hoffen, dass

Vee mir geantwortet hat, aber *nein*. So viel Glück habe ich nicht. Es ist Finn.

Finn: Sag Brie, sie soll sich mit ihrem Blowjob beeilen. Du bist zu spät.

Ich schüttle den Kopf.

Finn ist mein ältester Freund, aber er ist so ahnungslos, dass es beinahe unerträglich ist. Ich kann immer noch nicht fassen, dass er glaubt, ich wäre freiwillig zu Brie zurückgekehrt. Zu seiner Verteidigung muss ich sagen, dass ich ihn nicht auf dem Laufenden gehalten habe. Es ist schwer, mit jemandem zu reden, wenn man nicht die ganze Geschichte erzählen kann, ohne zu verraten, was die eigene Mutter mit seinem Bruder getan hat.

»Ich muss los«, sage ich eiskalt und laufe nach unten, wo mein Dad in der Küche wartet. Bevor ich in seinen Wagen einsteige, schicke ich Aveena die tausendste und letzte Nachricht.

Xavier: Hör mal, ich weiß, dass du morgen wegfliegst und keinen Grund hast, mich anzuhören. Aber bitte, komm zu der Party bei Finn. Danach werde ich dir nie wieder schreiben.
PS: Ich hasse dich immer noch.

28. KAPITEL

AVEENA

Für den Fall, dass ihr euch fragt, wie meine Mutter auf das Raupen-Tattoo reagiert hat, das ich jahrelang vor ihr versteckt habe …

Lautet die Antwort *nicht gut.*

Mir war von der Sekunde an klar, in der ich mich in das schwarze Spaghettiträger-Kleid gequetscht habe, das Dia mir zum Geburtstag geschenkt hat, dass ich mein Schicksal herausfordere. Meine Mom wusste jahrelang nichts von den Erinnerungen auf der Haut ihrer Tochter, und sie zögerte nicht, ihr Missfallen deutlich zu zeigen.

Ich ergriff die Gelegenheit und erinnerte sie daran, dass ich quasi mein gesamtes Leben aufgebe, um Ashley und ihr nach LA zu folgen.

Das brachte sie sofort zum Verstummen.

Ich lag gerade im Bett und ertränkte meine Sorgen in Schokolade und Eiscreme, als Xaviers Nachricht auf meinem Handy aufleuchtete. Die letzten Tage hatte ich seine Nachrichten immer ignoriert, aus Angst, meinen Gefühlen zum Opfer zu fallen und ihm zu antworten. Aber aus irgendeinem Grund … schenkte ich dieser Nachricht *einen* kleinen Blick.

Unglücklicherweise reichte *ein* Blick aus.

Xavier: Hör mal, ich weiß, dass du morgen wegfliegst und keinen Grund hast, mich anzuhören. Aber bitte, komm zu der Party bei Finn. Danach werde ich dir nie wieder schreiben.
PS: Ich hasse dich immer noch.

Ich habe keine Ahnung, wann oder *wie* Xav das mit LA herausgefunden hat. Das hält mich jedoch nicht davon ab, unter die Dusche zu springen und anschließend Dia ein kurzes »Ich habe meine Meinung geändert. Wir sehen uns dort« zu schicken. Sie hat mich schon den ganzen Tag bekniet, mit zur Party zu kommen.

Ich hasse dich immer noch. Seine Worte kreisen in meinem Kopf, bis mein Herz mich anfleht, damit aufzuhören. Die versteckte Bedeutung ist mir klar.

Ich liebe ihn auch.

So sehr.

Aber Xav und ich …

Wir sind wie ein Spiel, das ich niemals gewinnen kann.

Egal, wie oft ich es durchspiele.

Während ich mich in Finns Garten durch die Menge an Lehrern, Eltern und Basketballspielern dränge, stelle ich meine Entscheidung immer wieder infrage. Warum bin ich noch mal hergekommen?

Die Antwort kommt wie ein Blitz.

Weil Xavier dich darum gebeten hat.

Und … du ihn insgeheim noch ein letztes Mal sehen willst, aber zu stur bist, um es zuzugeben.

»Vee!« Dias Stimme hallt über die Hintergrundmusik, und ich drehe den Kopf und sehe sie in Stilettos quer über den Rasen auf mich zukommen. Finn folgt ihr und fasst besitzergreifend ihre Hand.

Sie sehen perfekt aus.

Sündhaft perfekt.

Finn trägt einen dunkelblauen Anzug, der vermutlich mehr gekostet hat als das Stipendium, das ich verloren habe. Dia hat ihr Haar zu einem lockigen, wilden Dutt hochgebunden und ein hellbraunes Kleid an, das ihre sonnengeküsste Haut strahlen lässt. Ich habe sie kaum begrüßt, da entzieht sie Finn auch schon ihre Hand und schlingt die Arme um meinen Nacken.

Wie sollte ich bloß jemals ohne Diamond Mitchell durchs Leben gehen?

»Ich dich auch, D.« Ich tätschle ihren Rücken.

»Hast du schon … alles gepackt?« Sie zieht sich zurück und in ihren dunkelbraunen Augen liegt ein Schmerz, auf den ich nicht vorbereitet bin.

»Noch nicht ganz, aber Mom meinte, wir kommen in ein paar Wochen zurück, um den Rest zu holen«, erkläre ich und sie nickt.

»Ich … ich kann nicht glauben, dass du wegziehst.« Ihre Unterlippe zittert, ein klares Zeichen dafür, dass es ihr nicht besser geht als mir. Sie wischt sich eine Träne ab, und ich zucke zusammen.

»Sei nicht so traurig, D. Ich werde dich jeden Sommer besuchen. Und wir werden ständig facetimen. *Das hier ist kein Abschied für immer.*« Ich greife ihre Hand und drücke sie.

»Richtig.« Sie schnieft. Mein Versprechen tröstet sie nicht so sehr, wie ich es gehofft hatte.

»Wie auch immer, wo sind die Jungs?«, frage ich Finn und lasse meinen Blick schnell über den Garten der Richards schweifen. Auf dem Weg durchs Haus habe ich Lacey mit einem der Kellner flirten sehen, habe Brie und ein paar der Cheerleader entdeckt, wie sie Selfies machend am Schokobrunnen standen, und bin Axel auf der Einfahrt über den Weg gelaufen. Sein Anzug war zerknittert, und er sah zu Tode verängstigt aus, als er in seinen Sportwagen stieg und mit quietschenden Reifen davonfuhr.

»Keine Ahnung«, antwortet Finn achselzuckend. »Ich schätze, Theo plündert gerade den Weinkeller, und Xav ist …«

»Hier«, sagt eine tiefe Stimme hinter mir.

Mein Herz macht einen Satz nach vorn, fest entschlossen, aus meinem Brustkorb auszubrechen, und ich wirble herum und stehe meiner größten Schwäche gegenüber. Er sieht so verdammt perfekt aus, dass ich versucht bin, ihm in die Wange zu piksen. Nur um sicherzugehen, dass er echt ist. Ich analysiere seinen Aufzug von Kopf bis Fuß und präge mir jeden Zentimeter von ihm ein.

Braunes, zurückgegeltes Haar.

Pechschwarzer Anzug.

Die Hände in die Hosentaschen gesteckt.

So.

So will ich ihn in Erinnerung behalten.

»Hey Mann«, sagt Finn und Xavier nickt ihm kurz zu, bevor er mich mit einem Blick fixiert, der alle Nerven in meinem Körper kribbeln lässt.

Dia räuspert sich. »Babe, wolltest du mir vorhin nicht was zeigen?«

Ich drehe mich zu Dia um. Meine aufgerissenen Augen flehen: *»Wage es ja nicht«*, aber sie ignoriert mich.

»Was denn?« Finn kann ihr nicht folgen.

»Du weißt schon, das Ding da drüben bei dem …« Sie hält kurz inne. *»Ding.«*

Xavier unterdrückt ein Lachen, weil sie so offensichtlich ist.

Völlig verwirrt spielt Finn mit. »Ach ja … das Ding.«

»Wir sehen uns später.« Dia zieht mich in eine schnelle Umarmung.

»Ich hasse dich«, flüstere ich ihr nur halb im Scherz ins Ohr, bevor sie sich zurückzieht und mir ein zufriedenes »Eines Tages wirst du mir danken«-Grinsen schenkt. Finn dreht sich noch einmal um, bevor sie in der Menge verschwinden. »Oh, und cooles Tattoo, Vee.«

Ich schenke ihm ein Lächeln. »Danke.«

Sobald sie verschwunden sind, spottet Xavier: »Und der Preis für das unauffälligste Verhalten geht an …«

Ich atme tief ein und schaue ihm in die Augen. Ich habe keine Ahnung, wie ich mich von ihm verabschieden soll.

Es war so schön, mich in dich zu verlieben.

Sorry, dass das mit uns ein hoffnungsloser Fall ist.

Wir sehen uns.

Da mir all diese Optionen nicht sonderlich zusagen, entscheide ich mich für ein schlichtes: »Hi.«

Xavier verzieht den Mund zu einem traurigen Lächeln. »Hey Harper.«

Dann herrscht einen Herzschlag lang Schweigen.

»Also …«, setze ich an. »Ich … Du wolltest, dass ich vorbeischaue?«

Nur damit das klar ist, er kann mich *immer noch* mit einem einzigen Blick innerlich dahinschmelzen lassen. In seiner Nähe bin ich *immer noch* ein stotternder Trottel und kann keinen klaren Satz formulieren. Xavier tritt näher an mich heran, ein Hauch von seinem Aftershave genügt, um meine Knie weich werden zu lassen.

»Nein.« Seine Antwort schockiert mich.

»Ich wollte, dass du kommst und *bleibst*«, stellt er richtig, und eine Herde mordlüsterner Schmetterlinge attackiert meinen Magen.

»Heute Abend?«

Er kommt noch ein Stück näher.

»Für immer«, antwortet er ungerührt.

Ich weiche seinem Blick aus. »Xav, ich …«

»Geh nicht, Vee.« Er nimmt mein Gesicht in die Hände, ohne auch nur einen Gedanken daran zu verschwenden, wer uns sehen könnte. »Ich weiß, dass das alles scheiße ist und kompliziert, und es wäre für dich leichter, in dieses Flugzeug zu steigen, aber … Ich will es verdammt noch mal nicht leicht. Ich will dich. *Ich liebe dich, Vee*«, stößt er hervor und presst seine Stirn an meine. »Bitte … bleib.«

Ich hätte wissen müssen, dass ich hier ende.

Alles noch mal überdenkend wegen einer einzigen Ansprache.

Mich fragend, ob ich bleiben soll.

Wegen dieser Augen.

Dieses Munds.

Wegen ihm.

»Hier gibt es nichts mehr für mich«, flüstere ich.

»Blödsinn! Du hast mich«, kontert er.

Seine wunderschöne Illusion reißt mich entzwei. Mein realistisches Gehirn siegt jedoch und ich nehme seine Hände herunter, die immer noch an meinen Wangen liegen.

»*Habe ich das?*«, konfrontiere ich ihn mit den Fakten.

Xavier presst die Lippen aufeinander. Und ich weiß, so gerne er mir widersprechen möchte, er kann es nicht.

Denn ich habe recht.

Ich habe ihn nicht.

Und ich hatte ihn auch nie.

Er will gerade etwas sagen, als ein schriller Ton von einem Mikrofon die Luft durchschneidet. Mein Blick schießt zu dem Podium auf der anderen Seite des Gartens. Ein Mann, den ich als Xaviers Trainer wiedererkenne, steht mitten auf der Bühne und tippt gegen das Mikro.

Theo taucht hinter uns auf. »Setz dich hin, Mann. Coach ruft in ein paar Sekunden die Spieler der Saison auf.« Er klopft Xavier auf die Schulter und schlendert dann in Richtung der Stühle vor der Bühne, die für die Sportler reserviert sind.

Die Cheerleader und der Großteil der Basketballmannschaft haben bereits Platz genommen und die restlichen Gäste müssen stehen, während alle darauf warten, dass die »Zeremonie« beginnt.

Keine Sekunde später sagt Coach Diaz: »Alle Basketballspieler bitte mal hierherkommen.«

Mit »alle Spieler« meint er *Xav*. Er ist der Einzige, der noch fehlt. Ich sehe, wie Brie uns aus der dritten Reihe mit eifersüchtigen Blicken erdolcht.

Gut.

Mach ein Foto, Bitch.

Xaviers Blick verhakt sich mit meinem. In seinen blauen Augen funkeln Frust, Bedauern und Angst.

»Mist, ich muss los.«

»Hau sie um.« Ich bringe ein schwaches Lächeln zustande.

Ein kleines Keuchen entfährt mir, als Xav meine Hand in seine nimmt und mir einen Kuss auf die Stirn gibt. Ohne zu zögern. Er hat das gerade vor allen Leuten getan, obwohl er weiß, dass uns alle anstarren.

»Das hier ist noch nicht vorbei«, verspricht er.

Ich nicke, denke aber …

Doch, das ist es.

Ich schaue Xavier nach, wie er sich von mir entfernt, und geselle mich dann zu Dia in der Menge. Ihr Lächeln verwandelt sich in Sorge, sobald sie die Tränen sieht, die sich in meinen Augen gesammelt haben.

Sie spricht mich zum Glück *nicht* darauf an, sondern hakt sich nur zur emotionalen Unterstützung bei mir unter. Die Ansprache beginnt damit, dass der Coach allen dafür dankt, dass sie gekommen sind, und Finns Vater den Hintern küsst, weil er diese Party ausrichtet.

Dann faselt er zwanzig Minuten lang über seine Karriere und darüber, was ihn dazu gebracht hat, an die Easton zu kommen und die Stallions zu trainieren. Schließlich kommt er endlich auf den Punkt.

»Wie auch immer, genug von mir. Ich glaube, es ist an der Zeit, dass wir unsere strahlendsten Sterne feiern, was meint ihr?«

Es gibt keinen einzigen Menschen hier im Garten, der nicht klatscht.

Vermutlich, weil alle froh sind, dass er endlich zum Ende kommt.

»Ich weiß, wir machen das jedes Jahr, aber lasst mich euch eins sagen, dieser Teil wird niemals langweilig.« Coach Diaz nimmt etwas von dem Tisch hinter sich und hält eine billig aussehende, goldfarbene Medaille in die Luft, damit die Gäste sie bewundern können. »Viele von unseren Jungs haben diese Saison hervorragend gespielt, aber ein bestimmter Spieler hat uns zum Sieg geführt.«

Finn und Theo stoßen Xavier gegen die Schulter wie zwei aufgedrehte Kids, und ich unterdrücke ein Lächeln. Ich kann nicht glauben, dass ich das sage, aber … Diese Schwachköpfe werden mir fehlen.

»Er war hervorragend auf dem Platz, hat kein einziges Training ausfallen lassen … Nun ja, abgesehen von einem, aber keiner ist perfekt, oder?«, scherzt Coach Diaz, und die Leute lachen.

Ich weiß genau, wen er meint, denn ich erinnere mich an Xaviers überraschenden Besuch bei mir, als er mir meine »Hausaufgaben« bringen wollte. Welche Ironie, dass er mich stattdessen zu einem welterschütternden Orgasmus gebracht hat.

Coach Diaz macht eine Pause, um die Spannung zu steigern, und lacht dann leise auf.

»Wem will ich hier was vormachen. Xavier Emery, komm zu mir, Junge.«

Die Menge bricht in Jubel aus.

Und mein Herz bricht.

Xavier steht auf und geht zur Bühne. Coach Diaz schüttelt ihm die Hand, tätschelt ihm die Schulter und reicht ihm dann die Medaille für den *Besten Spieler der Saison*.

»Einen Moment.« Xavier richtet das Mikro auf seine Größe aus – weil Coach Diaz wesentlich kleiner ist als er – und die Menge kichert. »Mann, ich weiß gar nicht, was ich sagen soll.«

Finn legt die Hände an den Mund und ruft: »Versuch es mal mit Danke!«

Die Menge lacht erneut.

»Das wäre ein guter Anfang, oder?« Xav grinst, und ich hasse es, dass mich selbst sein *Lächeln* schmerzt. Ich hasse es, dass ich es nicht ertrage, ihn so zu sehen.

Glücklich.

Nicht, wenn es das letzte Mal ist.

»Danke.« Xavier mustert die Medaille genauer. »Ich muss sagen, ich bin mir nicht sicher, wie sehr ich das verdient habe. Ich habe uns diese Saison nicht zum Sieg geführt. Das war das Team. Großartige Mannschaft, großartige Freunde, großartiger Trainer. Was kann ein Kerl sich mehr wünschen?«

Ich kann das hier nicht.

Ein letztes Mal blicke ich zu Xav und schließe dann die Augen, um gedanklich ein Foto von ihm zu machen, in dem er völlig in seinem Element ist. Einem Augenblick, in dem er sorgenfrei ist. Dann stecke ich das Bild in die Schublade in meinem Kopf, welche die Beschriftung trägt »Dinge, dich ich geliebt und verloren habe«. Direkt neben meinem Dad.

»Ich muss los. Ich … ich ruf dich später an.« Ich ziehe Dia für eine letzte Umarmung an mich, bevor ich mich so schnell wie möglich durch die Menge zwänge. Die Gesichter verschwimmen, während ich die Leute mit »Sorry« und »Entschuldigung« bombardiere.

Ich sehe Xaviers Mom.

Seinen Dad.

Finns Dad.

Mr. Hall.

Sie alle nippen teuren Champagner. Sie sind hergekommen, um ihre hellsten Sterne zu feiern … *ich* dagegen bin nicht in Feierlaune. Denn Xavier Emery ist dazu bestimmt, in dem Himmel von jemand anderem zu strahlen. Und ich bin noch nicht bereit, zuzusehen, wie er meinen verlässt.

Ich bin auf halbem Weg zum Haus, als Xav in seiner Rede innehält. Ich nehme an, er hat vergessen, was er sagen wollte, und gehe weiter.

Renne.

Bis ein leiser Fluch durch die Lautsprecher hallt.

»Fuck, ich kann das nicht.«

Ich bleibe stehen.

Man könnte eine Stecknadel fallen hören.

»Es tut mir leid, ich kann das nicht«, gibt Xavier zu, und ich drehe mich um, während meine Anspannung nie geahnte Ausmaße annimmt. »Ich rede so einen Schwachsinn«, sagt er, nachdem er sich ein paar Sekunden gesammelt hat, und fährt sich mit der Hand durchs Haar.

Nein.

Dreifaches Nein.

Was zum Teufel macht er da?

»Dieses Jahr war nicht großartig«, stößt er aus. »Ganz im Gegenteil. Ich würde sagen, es war das schlimmste Jahr meines ganzen verdammten Lebens. Alles ist den Bach runtergegangen. Alles. Und das einzig Gute …« Sein Blick findet mich in der Menge, »war, dass ich ein Mädchen kennengelernt habe.«

Ich schlucke schwer.

Er sieht mich an, als wäre ich der einzige Mensch auf der Party.

Der einzige Mensch im ganzen verdammten Universum.

»Technisch gesehen habe ich sie nicht kennengelernt. Ich kannte sie schon eine ganze Weile. Seit ich ein kleiner Junge war, der in genau diesem Garten hier Fangen gespielt hat. Ich wusste bis vor Kurzem nur nicht, was für ein unglaublich wundervoller Mensch sie ist.«

Ich schaue ihn flehend an.

Tu das nicht.

Es gibt nichts mehr zu retten.

Nichts, wofür es sich lohnen würde, dein Leben zu zerstören.

Ich bin mir sicher, dass es nicht schlimmer kommen kann, bis er meinen Namen sagt.

»Du hattest recht, Aveena.«

Wie auf Kommando drehen alle ihre Köpfe und suchen mich in der Menge. Innerhalb weniger Sekunden haben sich mich entdeckt und durchbohren mich mit ihren Blicken.

»Ich *bin* ein Trottel«, gibt Xav zu, und jedes seiner Worte trieft vor Schuldgefühlen.

Meine Kehle zieht sich schmerzhaft zusammen, und ich bin froh, als mir ein dichter Tränenschleier die Sicht nimmt.

Ich kann mir das nicht länger ansehen.

»Ich bin der größte Trottel auf Erden, weil ich dich an meiner Stelle habe leiden lassen. Vielleicht war ich vorher nicht stark genug, aber …« Er richtet seinen Fokus wieder auf die verwirrten Gäste. »Jemand hat mir mal gesagt, ich solle die Menschen beschützen, die auch mich beschützen würden …« Er wirft einen Blick zu seiner Mutter, die mit seinem Vater in der Nähe des Buffets steht. »Und ich glaube, es ist an der Zeit, dass ich diesen Rat befolge.«

Sein Vater sieht stinksauer aus.

Und seine Mom … Sie ist so weiß wie ein Bettlaken.

Für die längste, quälendste Ewigkeit meines Lebens sagt Xavier nichts mehr. Ich spüre, wie die Anspannung aller Anwesenden ins Unerträgliche steigt. Dann sagt er das, was er niemals wieder zurücknehmen kann.

»Ich bin Zac.«

Die Zeit bleibt stehen.

Niemand rührt sich.

Keiner reagiert.

Und zum ersten Mal in meinem Leben verstehe ich wirklich, was mein Dad gemeint hat. Zum ersten Mal, seit er mich verlassen hat, erfahre ich einen dieser lebensverändernden Momente, die einen entweder stärker machen …

Oder umbringen.

Hier, in Finns Garten, inmitten der halben Stadtbevölkerung …

Erlebe ich meine erste *Zeitlupe*.

Bis das erste Flüstern an mein Ohr dringt.

Gefolgt von einem weiteren.

Und noch einem.

Bevor ich michs versehe, hallt ein schockiertes Raunen durch den großen Garten.

Das hat er nicht getan.

Xav, sag mir, dass du das nicht getan hast.

»Es stimmt. Ich habe die Geständnisse geschrieben. Oh, und Brie.« Er sieht Brie direkt an. »Kleiner Tipp: Wenn du einen Kerl erpressen musst, damit er mit dir zusammen ist, dann steht er einfach nicht auf dich.«

Das Basketballteam und die Cheerleader starren Brie mit offenem Mund an und können sich das Lachen nicht verkneifen, als ihre Wangen sich knallrot färben. Ich schaue mich um und erwartete beinahe, irgendwo versteckte Kameras zu sehen oder ein Fernsehteam … Doch da ist nichts.

Das Geräusch von splitterndem Glas lenkt meinen Blick von Xav ab. Eine Frau hat ihr Champagnerglas auf den Terrassenboden fallen lassen. Nur ist es nicht *irgendeine* Frau.

Es ist Xaviers Mutter.

Die Erkenntnis scheint alle Gäste auf einen Schlag zu treffen. Das Getuschel wird lauter und eine Welle der Erschütterung ergreift die gesamte Party.

»Sie war das«, höre ich jemanden zu meiner Rechten sagen.

»Rektorin Emery ist die Frau aus den Geständnissen«, flüstert eine Frau ihrem Mann etwas zu laut ins Ohr.

»Sie hat mit einem Minderjährigen geschlafen?«, fragt der Ehemann entsetzt zurück.

So viel dazu, dass die Geständnisse nur an der Schule Thema waren, hm?

Zac und Love haben nicht nur die Easton High im Sturm erobert.

Sondern *ganz* Silver Springs.

Alles begann mit einem anonymen Brief …

Und zwei Kleinstadt-Kids mit Geheimnissen von der Größe einer Stadt.

Xaviers Mom liefert die Performances ihres Lebens. Ein absichtlich lauter Schluchzer entfährt ihr, als sie sich umdreht und das Weite sucht. Krokodilstränen strömen über ihre Wangen. Xav folgt ihrem Beispiel und verlässt ohne weitere Erklärung die Bühne.

Alle sehen zu, wie Xavier sich durch die Menge zum Haus drängt. Im Bruchteil einer Sekunde ist er in der Villa verschwunden. Niemand läuft ihm nach. Alle sind zu geschockt, um zu reagieren.

Alle außer mir.

Kaum habe ich den ersten Schritt gemacht, schleudere ich meine High Heels von mir. Mit nackten Füßen renne ich über das weiche Gras Xavier hinterher, Xav, der sein eigenes Leben in Brand gesteckt hat, um das Feuer zu löschen, das meines verwüstet hat.

In der nächsten Sekunde schließen sich die Glastüren von Finns Haus hinter mir. Mein Herzschlag dröhnt so laut in meinem Kopf, dass ich das Gefühl habe, gleich eine Migräne zu bekommen. Krank vor Sorge gehe ich ins Wohnzimmer und rufe seinen Namen.

Einmal.

Zweimal.

Nichts.

Dann höre ich draußen einen Motor aufheulen.

Panik verstärkt ihren Griff um mich.

Shit. Ist er weggefahren?

Er kann nicht einfach weglaufen.

Er kann nicht …

»Was ist mit deinen Schuhen passiert?«

Auf einen Schlag entspannt sich jeder Muskel in meinem Körper. Aufgrund meiner mangelnden Kondition immer noch völlig außer Atem, drehe ich mich herum und Tränen der Erleichterung strömen mir übers Gesicht.

Er ist hier.

Er hat sein schwarzes Jackett ausgezogen und steht in seinem weißen Hemd mit aufgerollten Ärmeln vor mir. Ich mache mir nicht die Mühe, ihm die Schuhsituation zu erklären. Zu stark ist mein Drang, ihn zu küssen.

Also tue ich das.

Ich renne auf ihn zu, schlinge meine Arme um seinen Nacken und presse meine Lippen auf seine, bevor er noch ein Wort sagen kann. Sofort hebt er mein Kinn an, um den Kuss zu vertiefen. Seine Finger vergraben sich in meinem Haar, und er küsst mir jegliche Angst und Adrenalin aus jeder Zelle meines Körpers. Sein Mund wirkt auf mich wie ein Beruhigungsmittel und als seine Zunge auf meine trifft, rücken all meine Sorgen in den Hintergrund. Noch immer weine ich und bin mir nicht sicher, ob es ist, weil ich glücklich bin, traurig, zu Tode verängstigt bin …

Oder alles zusammen.

»Was hast du dir dabei gedacht?«, stoße ich mit zitternder Stimme an seinen Lippen aus. »Dein Stipendium, deine Zukunft. Gott, was ist, wenn die Duke davon erfährt? *Xavier, was hast du getan?*«

Er legt eine Hand an meine Wange und schaut mir in die Augen, als wolle er seine Worte tief in mein Gehirn einbrennen. Dann flüstert er: »Ich habe meine Familie beschützt.«

Jetzt weine ich so richtig und Xavier bedeckt meine Lippen mit Küssen, während er mit dem Daumen die Tränen von meiner Wange wischt. Er küsst mich so intensiv, dass ich mich frage, wie ich auch nur für eine Sekunde in Betracht ziehen konnte, 2.216 Meilen weit wegzuziehen.

Ich habe nicht die leiseste Ahnung, was das alles für uns bedeutet. Ob ich morgen immer noch in einen Flieger steige, ob sein Geständnis vor versammelter Menge irgendetwas verändert hat, aber all das ist mir in diesem Moment egal. Nichts spielt eine Rolle, wenn Xavier Emery mich küsst, als wäre es das Letzte, was er jemals tun wird.

Ich kralle die Finger in den Kragen seines Hemds und presse

meinen Körper an seinen, da höre ich schnelle Schritte, die auf uns zukommen.

Im nächsten Augenblick wird die Wohnzimmertür aufgerissen und jemand zerrt Xav gewalttätig von mir weg.

Die folgenden Ereignisse überschlagen sich so schnell, dass ich kaum mithalten kann.

Ich erhasche einen Blick auf Xaviers Dad, der uns so wütend anfunkelt, als würde er einen Mord planen, bevor er ausholt und die geballte Faust auf seinen Sohn zuschießen lässt.

Er trifft Xavier mit aller Kraft mitten ins Gesicht, und ich schreie auf und schlage mir geschockt die Hand vor den Mund. Xav stolpert verblüfft ein paar Schritte zurück, dabei schwankt er, als würde er das Gleichgewicht verlieren. Doch er fängt sich wieder. Zornig hebt er den Kopf und wischt sich mit dem Handrücken das Blut vom Mund.

»Hast du eine verdammte Ahnung, was du da angerichtet hast?«, brüllt Mr. Emery aus voller Kehle, und seine Nasenflügel blähen sich vor Wut. »Du hast unser Leben zerstört, Sohn. Wir waren vollkommen glücklich so, wie es war.«

Voller Abscheu verzieht Xavier das Gesicht; die Ader an seinem Hals pulsiert vor Wut.

»Willst du damit sagen … dass du es verdammt noch mal *gewusst* hast?«

Mr. Emery beißt die Zähne aufeinander, als würde er überlegen, ob er ein dunkles Geheimnis enthüllen soll, für das Xav niemals bereit sein wird.

Schließlich sagt er: »Natürlich habe ich es gewusst.«

Die Bestätigung entzündet endgültig die explosive Wut, die schon viel zu lange in Xavier brodelt.

Mit der gleichen Gewalt wie zuvor sein Dad packt Xav ihn an den Jackenaufschlägen und zischt direkt vor seinem Gesicht: »Du hast es also die ganze Zeit über gewusst? Du wusstest, dass sie mit einem Minderjährigen schläft? *Mit meinem Freund?*«

Mr. Emery, der einen Hauch kleiner als sein Sohn ist und nicht ansatzweise so muskulös, hat keine andere Wahl, als einzusehen, dass er keine Chance hat.

»Verdammt, nein!« Er hebt abwehrend die Hände. »Ich wusste von dem Klempner und dem Nachbarn. Aber von dem Schüler habe ich nichts gewusst. Das schwöre ich.«

Nicht wirklich überzeugt, lässt Xav seinen Vater mit einem Stoß gegen die Brust los, der Mr. Emery um sein Gleichgewicht kämpfen lässt.

»Also was?«, zischt Xavier. »Ihr beide hattet ein verdammtes Fremdgeh-Arrangement? Du wusstest von Anfang an, dass sie mit all diesen Losern gevögelt hat, und es war dir *egal*?«

Mr. Emery stößt einen langen Seufzer aus. »Ich habe es vor zwei Jahren herausgefunden. Eines Abends bin ich nach Hause gekommen und habe sie oben gehört. Erst war ich fuchsteufelswild. Ich bin rausgegangen und habe es ihr heimgezahlt. Ich habe mich davon überzeugt, dass damit Gleichstand zwischen uns herrscht. Ich hatte sogar vor, es ihr zu sagen, bevor ich die Scheidung einreiche, aber dann … Ich … ich habe *nie aufgehört*.«

Xav sieht aus, als wäre ihm gerade ungefragt ein unverdauliches Stück der Realität in den Mund gesteckt worden. Dass seine Mutter seinen Dad betrogen hat, war eine Sache. Aber dass *beide* Eltern sich gegenseitig betrügen, ist eine komplett andere Geschichte.

»Komm schon, Sohn.« Mr. Emery macht einen Schritt vor. »Du hast nicht wirklich geglaubt, dass ich all diese Abende mit Hank zusammen war, oder?«

Xavier stolpert mit offenem Mund ein paar Schritte zurück.

»Aber … wie konntest du mit ihr zusammenbleiben?«

»Hör mal.« Mr. Emery geht auf ihn zu. »Als deine Mutter direkt nach der Schule mit dir schwanger wurde, habe ich das Richtige getan. Ich habe sie geheiratet. Habe gelernt, ein Vater zu sein. Das war keine Frage. Ich wollte dich, mein Junge. Du warst mein ganzer Stolz und meine Freude. Aber als sie anfing, mit dem Handwerker zu vögeln, habe ich erkannt, dass … Nur weil ich das Kind wollte …«, er hält kurz inne. »Bedeutete das nicht, dass ich jemals die *Frau* gewollt habe.«

Xaviers Augen sind blutunterlaufen, seine Fäuste so fest geballt, dass seine Knöchel kreideweiß hervortreten.

»Außerdem hatten wir das Haus. Jobs an derselben Schule. Es war so einfach. Vertraut. Und ich wollte nicht noch mal mit jemand anderem ganz von vorne anfangen. Also habe ich den perfekten Ehemann gespielt. Habe sie mit Liebe überschüttet, damit sie nichts ahnt und wir so weitermachen konnten wie bisher. Du wärst überrascht, wie ängstlich deine Mutter werden kann. Sie hat mich ständig überwacht, mich gefragt, wo ich hingehe. Als hätte sie ihr Fehlverhalten auf mich projiziert.«

Xaviers Dad unterdrückt ein Schnauben. »Nicht, dass das jetzt noch wichtig wäre. Es gibt keine verdammte Schule auf dem gesamten Planeten, die uns nach alldem noch anstellen würde. Ganz zu schweigen davon, dass deine Mom angeklagt wird. Verabschiede dich von Silver Springs, Junge. Das ist definitiv nicht mehr unser Zuhause.« Damit wendet er sich zum Gehen, bleibt aber nach zwei Schritten noch einmal stehen und lässt seinen hasserfüllten Blick über mich gleiten. *»Ich hoffe wirklich, dass sie es wert ist.«*

Auf dem Weg nach draußen knallt Mr. Emery die Tür hinter sich zu, und Stille macht sich breit.

Aber sie hält nicht lange an.

»Es tut mir so leid.« Das meine ich aufrichtig.

»Das spielt alles keine Rolle.« Xavier gibt sich unbesiegbar, aber ich fühle seinen Schmerz. Mit beiden Händen fasst er mich an der Taille und zieht mich an sich. »Das einzig Wichtige ist, dass du nicht gehen musst.«

»Xav, ich … Das war nicht der Deal. Mr. Hall hat gesagt, dass ich ihm sagen muss, wer du bist, sonst nimmt er mir mein Stipendium.«

»Und das hast du getan.«

»Was? Nein, ich …«

Er gibt mir einen Kuss, um mich zum Schweigen zu bringen. »Ich habe ihn beiseitegenommen, bevor du hergekommen bist. Ich habe ihm gesagt, dass du mich überzeugt hast, die Karten auf den Tisch zu legen. Wir haben einen Deal gemacht: Ich habe eingewilligt, den Kopf hinzuhalten, wenn er deinen Namen aus der Sache rauslässt. Die Duke muss niemals etwas von alldem hier erfahren.«

Zu diesem Zeitpunkt weine ich nicht mehr, ich heule, weil ich noch nie in meinem Leben so erleichtert war.

Gleichzeitig … habe ich mich noch nie so schuldig gefühlt.

»Du hast das alles geplant?«, schniefe ich. »Wann?«

»Sobald Dia mir erzählt hat, dass du wegziehst.«

Ich brauche einen Moment, um das zu verarbeiten.

»Sie können mit mir machen, was immer sie wollen, Vee. Aber nicht mit dir. *Niemals mit dir.*«

»Aber … Was ist mit dir?« Meine Stimme bricht. »Mit deinen Träumen? Deinem Stipendium? Du musst das nicht tun, Xav. Ich war bereit, zu gehen. Ich hatte meinen Frieden damit geschlossen.«

Xavier lacht und zieht mich in seine Arme, dann stützt er sein Kinn auf meinen Scheitel. »Tja, das ist zu schade, denn ich hatte das nicht.«

Immer noch weinend lasse ich mich in seine Umarmung sinken und kralle meine Finger in den blutverschmierten Stoff seines Hemdes. Sein Duft umfängt mich. Seine geplatzte Lippe sieht schlimm aus, also gebe ich einen kleinen Kuss auf seinen nicht blutenden Mundwinkel.

Er hat es selbst gesagt.

Alles ist den Bach runtergegangen.

Und es wird weiter den Bach runtergehen.

Morgen, nächste Woche, nächsten Monat.

Der Unterschied ist: Es ist mir egal.

Denn ich habe etwas gefunden, für das es sich lohnt, durch die Hölle zu gehen.

»Ich liebe dich, L«, flüstert Xavier und streicht mit dem Daumen über meine Unterlippe. Ich lache über den Spitznamen.

»Ich liebe dich auch, Z«, sage ich heiser.

Er lächelt.

Ich lächle.

Dann schiebe ich Xavier von meiner »Dinge, die ich geliebt und verloren habe«-Schublade in meinem Kopf in eine komplett neue Schublade.

Eine, die ich nie zuvor hatte.

Meine absolute Lieblingsschublade.

Dinge, die ich geliebt und *behalten* habe.

EPILOG

DUKE UNIVERSITY

ERSTES JAHR

»Du kannst deine Meinung immer noch ändern, weißt du? Es ist noch nicht zu spät.« Dia trottet hinter mir her zu Xaviers Truck, einen Karton mit der Aufschrift »ZERBRECHLICH« in den Händen.

»Mist, du hast recht. Lass uns alles wieder ins Wohnheim zurückbringen«, sage ich sarkastisch und hieve den schweren Karton von meinen Armen auf die volle Ladefläche. Kaum habe ich die Klappe geschlossen, als Xavier – der seit zehn Minuten mit unserem Vermieter telefoniert – auflegt und um den Truck herum zu uns kommt.

»Alles bereit?« Er legt die Arme von hinten um meine Taille und zieht mich an seine Brust. Ich breche in albernes Kichern aus, als er mein Gesicht mit kleinen Küssen bedeckt.

»Noch ein letzter Karton«, sage ich und drehe den Kopf, sodass ich Xav auf den Mund küssen kann. Unsere Lippen bewegen sich langsam und intensiv, in nie gekanntem Einklang.

»O nein«, unterbricht Dia uns lachend. »Für ein paar Minuten gehört sie noch mir. *Hände weg, Emery.*«

Dia will uns gerade trennen, als ihr Klingelton über den leeren Campus hallt – der Vorteil daran, zwei Wochen nach Beginn der Sommerferien umzuziehen. Die meisten Studierenden sind schon abgereist. Xav und ich lösen uns voneinander und Dia holt ihr Handy hervor und checkt den Namen auf dem Display. Ein Lächeln, das nicht ganz ihre Augen erreicht, breitet sich auf ihren Lippen aus.

Das muss dieser Kerl namens Chance sein.

Darauf würde ich wetten.

»Egal, knutscht weiter. Ich bin gleich zurück«, sagt sie augenzwinkernd und entfernt sich ein paar Schritte, bevor sie sich das Handy ans Ohr hält. Ich lehne den Kopf an Xavs Schulter und beobachte meine beste Freundin dabei, wie sie sich tiefer in das Loch der Leugnung gräbt.

»Ist das ihr neuer Freund?«, fragt Xav an meinem Ohr. Er nutzt die Gelegenheit, um meinen Hals zu küssen und die empfindliche Haut hinter meinem Ohrläppchen zwischen die Zähne zu saugen.

Ich erschauere am ganzen Körper.

»Er ist mehr eine vorübergehende Lösung für ein dauerhaftes Problem«, korrigiere ich ihn.

Dia mag zwar ein bisschen angefressen sein, weil ich aus unserem gemeinsamen Wohnheimzimmer aus- und mit Xav in eine Wohnung außerhalb des Campus ziehe, aber wir beide wissen, dass sie ein Zimmer für sich allein gut gebrauchen kann. Es wurde immer komplizierter, Xavier reinzuschmuggeln, wenn wir beide scharf waren.

Außerdem … Stockbetten.

Nicht sexgeeignet.

Gut, Xav und ich sind im Bett nicht gerade zurückhaltend – okay, wir können ganz schön wild werden –, aber ich werde nie vergessen, als ich Dia erklären musste, warum das Stockbett beschädigt war. Ich habe den Schaden zwar bezahlt, aber ich konnte mir die Geschichte noch monatelang von ihr anhören. Selbst jetzt bin ich überzeugt, dass sie mich das nie vergessen lassen wird. *Ernsthaft,* diese Geschichte wird sie eines Tages auf meiner Hochzeit erzählen.

»Hast du ihr gesagt, dass er wieder in der Stadt ist?«, fragt Xavier.

Der Gedanke lässt meine Haut kribbeln.

»Nein. Und das werde ich auch nicht«, erwidere ich.

Das *Letzte,* was Dia jetzt braucht, ist, dass der verdammte Finn

Richards wieder in ihr Leben tritt. Vor allem jetzt, wo sie es mit ihrer Familie nicht leicht hat. Finn ist Dias Schwachpunkt und wird es immer sein. Ihre epische und toxische große Liebe. Es ist mir egal, dass er wieder in Silver Springs ist, nachdem er wie vom Erdboden verschwunden war. Es hat sie beinahe umgebracht, als er gegangen ist.

Wow, das war vor fast einem Jahr.

Es ist verrückt, wie die Dinge sich verändern.

Vor weniger als einem Jahr stand Xavier auf einer Cocktailparty auf der Bühne und hat der Welt sein dunkelstes Geheimnis offenbart. Die darauffolgenden Ereignisse erreichten eine solide zehn von zehn auf der Abgedrehte-Scheiße-Skala. Die Neuigkeit verbreitete sich wie ein Lauffeuer in der Stadt und Montagmorgen kannte jeder Schüler der Easton High Zacs Identität.

Nicht, dass irgendjemand es gewagt hätte, Xavier darauf anzusprechen.

Die Stallions blieben ihrem Kapitän durch die Bank weg treu und hatten keine Probleme damit, gebrochene Kiefer und blaue Augen an jeden zu verteilen, der den Mund nicht halten konnte. Und das Beste? Brie wurde schließlich als Administratorin der Facebook-Gruppe enttarnt. Und zwar ausgerechnet von *Lacey*. Ich glaube, es hatte was damit zu tun, dass Brie meinte, Lacey sähe in ihrer Cheerleader-Uniform fett aus.

Eine kurze Aufnahme auf Laceys Handy, und es war für Brie vorbei. Laceys Racheplan sorgte auch dafür, dass Brie uns in Ruhe ließ. Das Miststück hatte sich so viel Nachsitzen eingefangen, dass ihr keine Zeit mehr blieb, sich einen weiteren fiesen Plan zu überlegen, wie sie unser Leben zerstören kann.

Xavs Eltern wurden mit sofortiger Wirkung von der Easton High gefeuert, und Mr. Hall machte Xavier wegen der Geständnisse die Hölle heiß. Er brummte ihm drei Wochen Nachsitzen auf, dazu täglichen Putzdienst bis zur Abschlussfeier. Xavier beschwerte sich nicht ein einziges Mal. Er akzeptierte das alles einfach und wartete auf den Anruf der Duke, in dem sie ihm mitteilen würden, dass ihm das Stipendium entzogen wird.

Nur … der ist nie gekommen.

Wir fanden später heraus, dass Finns Dad einige wichtige Verbindungen zur Duke hat und ein paar Strippen ziehen konnte. Bis heute bin ich mir nicht sicher, was Mr. Richards mit der neuen Interpretation der Geschichte zu tun hat. Ich weiß nur, dass Xav eines Tages einen Anruf von jemandem weit oben in der Hierarchie des Auswahlkomitees bekam, der ihn für seinen Mut und seine Selbstlosigkeit lobte, weil er seine eigene Mutter den Behörden ausgeliefert hatte.

Was *meine* Mutter angeht, wäre ich fast zur Waise geworden, als ich meinen Job als Ashs Assistentin ausgeschlagen habe. Das hätte bei meiner Mom beinahe einen Herzinfarkt verursacht.

Sie war außer sich über die Nachricht, dass ich in Silver Springs bleiben wollte. Sie hat alles versucht, um es mir auszureden. Aber da das Stipendium für die Duke wieder auf dem Tisch lag, wusste sie, dass sie keine Chance hatte. Außerdem hatten Dias Väter bereits eingewilligt, dass ich bis zum Abschluss bei ihnen wohnen darf.

Sie und Ashley zogen wie geplant nach LA, um die großartige Chance wahrzunehmen, nur um eine Woche später mit gebrochenen Träumen zurückzukehren.

Kurz gesagt: *Das Timing passte einfach nicht.*

Mom, Ashley und ihr Manager Rob beschlossen dennoch, dass nach LA zu ziehen noch immer der richtige Weg wäre. Vor dem großen Umzug wollten sie Ashley jedoch noch einen letzten Sommer in Silver Springs erlauben.

Ihr könnt euch vorstellen, in welche verzwickte Lage sie das mit einem gewissen dunkelhaarigen, grünäugigen Herzensbrecher gebracht hat. Ash verbrachte in jenem Sommer jede freie Sekunde mit Theo, bis der September kam und ein unausweichliches Dilemma mit sich brachte.

Sich für den Kerl zu entscheiden …

Oder für ihre Träume.

Seitdem ist so viel passiert. Aber am lebhaftesten erinnere ich mich an den Tag, an dem Xavier zur Befragung ins Polizeirevier einbestellt wurde. Ich bin zur emotionalen Unterstützung mitgegangen.

Ich sehe noch immer seine Verbitterung, den Schmerz, die pure Abscheu in seinen blauen Augen vor mir, als sie ihn baten, zu beschreiben, was er zwischen Brody und seiner Mom beobachtet hat.

Der Prozessbeginn zögerte sich ewig hinaus, aber vor drei Monaten waren wir endlich im Gerichtssaal. Es war das erste Mal, dass Xav seine Mom gesehen hat, seit er ihr Verbrechen vor der halben Stadt enthüllt hatte. Er wollte sie vorher nicht treffen, trotzdem hat es ihn am Boden zerstört, zu erleben, wie seine Mutter vor Gericht stand.

Brody, Finns großer Bruder und der Schüler, mit dem sie geschlafen hat, sagte zu ihren Gunsten aus. Er stellte klar, dass er nie zu etwas gezwungen wurde und alles einvernehmlich geschehen war, so falsch es auch war.

Dann kam das Urteil.

Fünf Jahre Gefängnis mit der Aussicht auf Bewährung.

Niemals hätten wir gedacht, dass etwas so Kleines wie ein paar Geständnisse in einem Buch uns einmal an so einen Punkt führen würde.

In dem Moment hörte Xavier auf, zu schlafen.

Wochenlang ertrank er in Schuldgefühlen.

Trieb sich selbst in den Wahnsinn.

Ab da schlief ich jede Nacht bei ihm im Verbindungshaus, in dem er ein Zimmer gemietet hatte. Den gesamten folgenden Monat erinnerte ich ihn täglich daran, dass seine Mutter die alleinige Schuld trägt. Delilah Emery hatte ihr Schicksal selbst bestimmt, als sie beschloss, mit einem Sechzehnjährigen zu schlafen.

Xavier und sein Dad haben sie letzten Monat besucht.

Zuvor hatte sie ihre Familie immer abgewiesen, aber nun war sie endlich bereit gewesen, sie zu sehen. Xav wollte nicht darüber reden, als er nach Hause kam, aber er sah aus, als hätte ihm jemand eine Last von den Schultern genommen. Also kann ich davon ausgehen, dass alles … einigermaßen gut gelaufen ist?

Von da an ging es bergauf.

Xavier konnte sich aus den bodenlosen Tiefen seiner Schuldgefühle herauskämpfen und einen klaren Kopf bekommen. Sein Plan lautet: Er will in die NBA gewählt werden. Und ich habe keine Zweifel an seiner Fähigkeit, seine Ziele zu erreichen.

Den Beweis dafür erhielt ich letzten Monat, als ihm spontan »Zieh mit mir zusammen« herausplatzte, während wir in meinem Stockbett bei der Sache waren. Er liebte mich so wild und intensiv, dass ich zuerst glaubte, er hätte es endlich geschafft, mich wortwörtlich in den Wahnsinn zu treiben.

Aber es war keine Halluzination.

Er hatte es wirklich gesagt.

»Was?«, habe ich gestöhnt und meine Finger in seinen Rücken gekrallt, während Lust in meinem Unterleib explodierte.

«Du.« *Er stieß in mich.* »Ich.« *Ein erneuter Stoß.* »Zusammenwohnen?«, hatte er es noch einmal einfacher ausgedrückt und mich dann atemlos geküsst, während er das Tempo rausgenommen hat, um nicht in mir zu kommen – für den Fall, dass ihr euch fragt: Seine Bemühungen waren vergebens.

Eine Weile lang hatte ich meine Zweifel. Habe ihm gesagt, dass wir noch nicht so weit sind und er mich bestimmt bald satthaben würde, wenn wir zusammenwohnten. Aber Xav wollte sich nicht kampflos ergeben. Viele Unterhaltungen und geheime Orgasmen später, während Dia im Stockbett unter uns schlief, sagte ich Ja. *Und da sind wir nun*. Dabei, unser gesamtes Leben auf die Ladefläche seines Trucks zu packen und quer durch die Stadt zu fahren, um zusammenzuziehen.

»Woran denkst du gerade?«, holt Xaviers raue Stimme mich aus meinen schmutzigen Gedanken.

»An Sex mit dir«, gestehe ich schamlos. In Gegenwart dieses Kerls habe ich meinen Filter schon vor langer Zeit verloren.

»Lustig. Ich auch. Sollen wir es dann tun?« Er grinst und drückt mich gegen die Stoßstange seines Trucks. Er hat diesen schelmischen Ausdruck in den Augen. Den, den er immer hat, wenn er kurz davor ist, etwas sehr Ungezogenes mit mir anzustellen.

»Bist du verrückt? Wir sind auf einem öffentlichen Parkplatz.« Ich lache.

Xavier schnaubt und zieht spöttisch eine Augenbraue hoch. Noch bevor er den Mund öffnet, weiß ich, was er sagen wird.

»Das hat uns bisher auch nicht abgehalten«, zieht er mich auf und bezieht sich auf unser erstes Mal, damals auf dem Parkplatz bei den Quellen. Dann finden seine Lippen meine für einen Kuss, dem zu widerstehen es übernatürliche Kräfte bräuchte.

»Xav, wirklich.« Lachend ziehe ich mich zurück. »Das geht nicht. Wir warten immer noch auf meine Regel, weil *jemand* zu spät herausgezogen hat, nachdem ich die Pille gewechselt habe. Was ist, wenn ich überfällig bin?«

»Das Risiko ist gering, Babe. Entspann dich.« Xavier gibt mir einen Kuss auf die Schläfe, und ich lege einen Arm um seine Taille und lehne meinen Kopf an seine Brust. Schweigen umfängt uns.

»Wäre es so schlimm, wenn es so wäre?« Seine Frage schockiert mich.

Ich hebe den Kopf und starre ihn an.

»Was meinst du?«

»Ich meine, es wäre nicht das Schlimmste auf der Welt, *wenn* deine Regel nicht kommt.«

»Warte mal.« Ich mustere ihn eindringlich, schiebe ihm die zerzausten Haare aus den Augen und streiche mit den Fingerspitzen über seine Stirn.

Er zieht die Augenbrauen zusammen. »Was machst du da?«

»Ich sehe keine Prellung. *Seltsam.*«

Er versteht es sofort.

»So wird das also zwischen uns sein, hm?« Er kitzelt mich, bis ich mich wie ein Wurm in seinen Armen winde.

»Ich mache nur Witze«, stoße ich lachend aus.

»Ich habe mir nicht den Kopf gestoßen, Klugscheißerin.« Er hört mit dem Kitzeln auf.

»Also, rein hypothetisch gesprochen wäre es für dich in Ordnung, wenn ich schwanger wäre?«

Er denkt einen Moment darüber nach. »Hypothetisch gesprochen will ich dich heiraten und Babys mit dir kriegen. *Wie wäre es damit?*«

Ich lächle so breit, dass ich mir sicher bin, man kann es vom Weltraum aus sehen. Und ich reagiere auf die einzige Art, die mir einfällt, nämlich, indem ich ihn am Kragen packe und meine Lippen für einen heißen, langen Kuss auf seine presse.

»Hypothetisch gesprochen *bist du verrückt*«, keuche ich.

Xavier schmollt. »Warum?«

»Zum einen, weil wir neunzehn sind und du deine Meinung ändern wirst.«

»Okay, aber was ist, wenn …« Er tippt mir gegen die Nasenspitze. »Wenn ich dich, *hypothetisch gesprochen*, in einem oder zwei Jahren noch mal frage, sobald du verstanden hast, dass ich meine Meinung über dich niemals ändern könnte, selbst wenn ich es wollte?«

Mein Herz schlägt so schnell, dass man glauben könnte, es wollte seinen Geist aufgeben.

»Tja, dann würde ich, *hypothetisch* gesprochen, Ja sagen.«

»Cool. Also *hypothetisch* gesprochen können wir dann jetzt endlich nach Hause fahren, damit ich dich ausziehen kann und …« Er beugt sich vor, um mir den Rest des Satzes ins Ohr zu flüstern.

Guter Gott.

Ich reiße meine Augen auf. Seine grafische Beschreibung weckt alle meine animalischen Instinkte.

»Mit *nach Hause* meinst du unsere nicht möblierte Wohnung?«, rufe ich ihm unsere suboptimalen Lebensumstände in Erinnerung. Wir müssen so bald wie möglich ein paar Möbel kaufen gehen.

Xav lässt ein hinreißendes Lächeln aufblitzen. »Keine Sorge, ich werde eine Luftmatratze aufblasen, damit du es bequem hast.«

Ich schnaube. »Und da soll noch einer sagen, Romantik wäre ausgestorben.«

Ich sehe Dia mit dem Handy in der Hand auf den Truck zukommen, bevor ich meinen Freund mit Küssen überschütten kann. Eine Sekunde später bleibt sie neben uns stehen.

»Okay, ihr Perversen, Knutschzeit ist rum. Wir sollten den letzten Karton holen, bevor Chance kommt«, sagt sie und geht schnurstracks auf das Wohnheim zu. Xavier und ich folgen ihr.

Mein Herz schmerzt von dem Moment an, in dem Dia die Tür zum Wohnheim öffnet. Eine Handvoll Erinnerungen liegen in der Luft – der Tag unseres Einzugs, Diskussionen mit Dia, wie wir uns für unsere erste Collegeparty fertig gemacht haben. Dias Sachen sind unberührt, aber von uns beiden war ich schon immer diejenige mit dem meisten Zeug.

Und jetzt, wo meine Sachen fehlen, ist das Zimmer beinahe … nicht wiederzuerkennen.

Xavier hebt problemlos den letzten Karton vom Boden auf, und mir graut vor dem anstehenden Abschiedsschmerz.

»Das war es also«, sage ich zu Dia, während sich eine Träne aus ihrem Augenwinkel löst.

»Ich kann nicht glauben, dass du ausziehst«, jammert Dia.

»Komm schon, D. Ich ziehe ja nicht nach Kanada.« Ich lache leise. »Ich bin maximal eine halbe Stunde mit dem Auto entfernt.«

»Trotzdem werde ich dich vermissen«, gesteht sie und breitet die Arme für eine Umarmung aus, in die ich mich sofort stürze. »Auch wenn du unordentlich bist und meine Klamotten klaust und ihr beide das Bett zerstört habt.«

Wir lachen alle drei.

Kaum hat Dia sich von mir gelöst, sagt sie: »Meine Güte, es ist ganz schön heiß hier, oder?«

»Wirklich? Ich kann dazu schon gar nichts mehr sagen. Mir geht es nämlich immer so, wenn Vee einen Raum betritt.« Xav grinst, und ich schlage ihm spielerisch gegen die Brust, bevor ich so tue, als müsste ich mich übergeben. Was denn? Ich kann ihn ja wohl schlecht wissen lassen, dass ich auf seine Sprüche stehe, oder?

»Bevor ihr geht, könnt ihr mir noch kurz helfen? Ich kriege dieses verdammte Ding nie auf«, bittet Dia und geht zum Fenster.

»Klar.« Ich folge ihr.

In der nächsten Sekunde stößt sie einen Schrei aus, als hätte sie gerade ein Gespenst gesehen.

»Was ist los?«, frage ich.

Sie springt vom Fenster weg und presst sich die Hände aufs Herz.

Ich eile selbst zum Fenster – und das größte, albernste, dümmste Grinsen von allen breitet sich auf meinem Gesicht aus, als ich einen alten Freund an der Fassade hochklettern sehe.

Und einfach so verschwinden meine Sorgen. Ein Blick, und ich habe keine Angst mehr. Nicht vor der Zukunft, nicht vor meiner verspäteten Regel, nicht vor meiner Entscheidung, mit Xav zusammenzuziehen.

»Was ist los?« Xavier taucht hinter mir auf und reckt den Hals, um mir über die Schulter zu blicken. Ich lächle.

Denn jetzt weiß ich, dass alles gut wird.

»Es ist eine Raupe.«

KRISENTELEFONE & ANLAUFSTELLEN IN NOTLAGEN

Krisentelefone und Anlaufstellen können eine wertvolle Stütze in schwierigen Lebenslagen sein. Wenn euch etwas passiert oder ihr etwas mitbekommt, das nicht in Ordnung ist, zögert bitte nicht, Hilfe zu holen und über eure Probleme zu sprechen.

SUIZIDGEDANKEN:

TELEFONSEELSORGE 0800 11 10 111

SEXUELLE GEWALT:

HILFETELEFON SEXUELLER MISSBRAUCH 0800 22 55 530

HÄUSLICHE GEWALT:

HILFETELEFON GEWALT GEGEN FRAUEN 08000 116 016

HILFETELEFON GEWALT AN MÄNNERN:

0800 12 39 900

TRIGGERWARNUNG

Diese Geschichte enthält folgende sensitive Themen:

- VERBALE UND KÖRPERLICHE GEWALT
- HÄUSLICHE GEWALT
- SEXUALISIERTE GEWALT
- SEXUALISIERTER MACHTMISSBRAUCH
- DROGENMISSBRAUCH
- SUIZID
- TOD UND TRAUER
- PANIKATTACKEN
- MOBBING

DANKSAGUNGEN

Mein allererster Dank geht an Amanda Anderson (@allaboutthatromance), weil sie eine großartige Bücherfreundin Schrägstrich die beste inoffizielle persönliche Assistentin ist, die ich je hatte. Du hast dieses Buch als Erste gelesen, und für dein kostbares Feedback und deine Ratschläge werde ich dir immer dankbar sein.

An Michelle Lancaster (@lanefotograf): Danke dir so sehr, dass du mir den besten Xavier geschenkt hast. Ich könnte mir unseren Hauptcharakter mit keinem anderen Gesicht vorstellen.

An meine Lektorin Sandra von *One Love Editing*, die immer einen Weg findet, mich in letzter Minute in ihren Terminkalender zu quetschen: Danke, dass du mich noch nicht leid bist und mich auf dem Weg immer weiter anfeuerst.

An meine Leserinnen und Leser, ob neu oder von der *OG Wattpad*-Gang: ein riesiges Dankeschön und eine dicke Umarmung. Dieses Buch wäre nichts ohne eure Bereitschaft, ihm eine Chance zu geben. Ich kann meinen Traum leben, weil ich die unterstützendsten Leserinnen und Leser habe, die es gibt. Ich bin für immer für eure Zeit, euren Beistand und eure Liebe dankbar.

An mein Straßenteam von *Dear Love, I Hate You*: Ohne euch könnte ich das hier nicht machen. Amanda, Amy, Angelica, Jenifer, Lia, Amara, Rachel, Leslie, Dani. Euch ausgewählt zu haben war die beste Entscheidung, die ich je getroffen habe, und ich hoffe, wir rocken noch weitere Veröffentlichungen zusammen.

An meinen Dad: Danke, dass du dich kümmerst, wenn es sonst niemand tut.

NUR EIN SPIEL ODER ECHTE GEFÜHLE?

Kate Corell
NEVER BE MY DATE
Klappenbroschur
416 Seiten
ISBN 978-3-551-58502-8
Auch als E-Book erhältlich

ALS DER VERSCHULDETE CAMERON auf einer High-Society-Gala seinen Doppelgänger trifft, kann er es kaum fassen. Jasper Anderson, Sohn des größten Immobilien-Moguls des Landes, ist ihm wie aus dem Gesicht geschnitten – und macht ihm ein unwiderstehliches Angebot: Rollentausch für ein Semester im Gegenzug für ein schuldenfreies Leben. Scheinbar reibungslos schafft Cameron es, sich unter falschem Namen im elitären Waterbury College einzuschleusen und als Jasper durchzugehen – bis ein Dating-Spiel die Runde macht und er mit der scharfsinnigen Millionärstochter Aspen gematcht wird ...

WWW.CARLSEN.DE

CARLSEN

LIEBE WIRD AUS MUT GEMACHT

– DIE FESTIVAL-SERIE –

Ivy Leagh
FESTIVAL-SERIE BAND 1:
WHERE SUMMER STAYS
Klappenbroschur
464 Seiten
ISBN 978-3-551-58505-9
Auch als E-Book erhältlich

WEGRENNEN, UND ZWAR GANZ WEIT WEG. Das ist Charlies einziger Wunsch, als sie während ihres Klassikradio-Praktikums auf ein riesiges Rockfestival geschickt wird. Am liebsten würde sie sich die kommenden vier Tage einfach im Zelt verstecken, vor all dem Lärm und den Menschenmassen, die sie so sehr überfordern. Doch dann trifft sie auf Levy mit seiner faszinierend charismatischen Art, dem Eyeliner und den unzähligen Tattoos – und plötzlich fühlt sie sich wie im freien Fall. Er macht Charlie mutig, in seiner Nähe fühlt sie sich sicher. Aber dann fallen ihr Verhaltensweisen an Levy auf, die sie nicht begreift. Er scheint ein ganz anderer Mensch zu sein, als er vorgibt, und zurück im Alltag wendet Levy sich plötzlich von ihr ab – ohne zu wissen, dass ihr Herz in seiner Nähe immer schneller schlägt …

WWW.CARLSEN.DE

CARLSEN

Wir produzieren nachhaltig

- Klimaneutrales Produkt
- Papiere aus nachhaltigen und kontrollierten Quellen
- Hergestellt in Europa

FSC
www.fsc.org
MIX
Papier | Fördert gute Waldnutzung
FSC® C083411

Originaltitel: Dear Love I Hate You

Aus dem Englischen von Ivonne Senn
Lektorat: Veronika Herzog
Umschlaggestaltung: ZERO Werbeagentur, München
Umschlagabbildungen: shutterstock.com / © Vandathai © anna42f
© Hazano Sun seksan © wangkeeree © Bisams
Satz: Pinkuin Satz und Datentechnik, Berlin
Produktionsmanagement: Gunta Lauck
Litho: Margit Dittes Media, Hamburg
ISBN 978-3-551-58518-9